imaginist

想象另一种可能

理
想
国
imaginist

天下骏马

All the Pretty Horses
Cormac McCarthy

[美] 科马克·麦卡锡 著

尚玉明　魏铁汉 译

北京日报出版社

ALL THE PRETTY HORSES

Copyright © 1992 by Cormac McCarthy

Simplified Chinese character translation copyright © 2021

by Beijing Imaginist Time Culture Co., Ltd.

All rights reserved

北京出版外国图书合同登记号：01-2021-0958

图书在版编目 (CIP) 数据

天下骏马 /（美）科马克·麦卡锡著；尚玉明，魏
铁汉译 . -- 北京：北京日报出版社，2021.3（2023.7 重印）
（边境三部曲；第一部）
ISBN 978-7-5477-3756-9

Ⅰ . ①天… Ⅱ . ①科… ②尚… ③魏… Ⅲ . ①长篇小
说－美国－现代 Ⅳ . ① I712.45

中国版本图书馆 CIP 数据核字 (2020) 第 150146 号

特邀策划：李恒嘉
特邀编辑：闫柳君
责任编辑：许庆元
装帧设计：邵年 | XYZ Lab
内文制作：陈基胜

出版发行：北京日报出版社
地　　址：北京市东城区东单三条 8-16 号东方广场东配楼四层
邮　　编：100005
电　　话：发行部：（010）65255876
　　　　　总编室：（010）65252135
印　　刷：山东新华印务有限公司
经　　销：各地新华书店
版　　次：2021 年 3 月第 1 版
　　　　　2023 年 7 月第 3 次印刷
开　　本：850 毫米 ×1168 毫米　1/32
印　　张：12.875
字　　数：268 千字
定　　价：66.00 元

目录

前　言

　　美国作家科马克·麦卡锡（Cormac McCarthy）的《天下骏马》[All the Pretty Horses，"边境三部曲"（The Border Trilogy）之第一部] 是我和魏铁汉先生于 1997 年末译出的。过后，我又与同在美国杨百翰大学任教的李笃教授着手"边境三部曲"之第二部《穿越》（The Crossing）及第三部《平原上的城市》（Cities of the Plain）的中文翻译，将这位美国现代文学巨匠之最大手笔面貌完整地呈现给了中国的文学爱好者。而根据《天下骏马》改编的电影被作为世纪末的贺岁大片于 2000 年圣诞节在全美 1800 家中心影院同时上映。我和李笃教授在美国亲临盛况，感奋不已。科马克·麦卡锡被世界文坛誉为"当代最伟大的美国作家之一"，他的作品在北美大地已经脍炙人口，也早已由多国语言推向国际。现在，是让更多的中国读者了解他和他的作品的时候了。

科马克·麦卡锡于1933年出生于美国的罗得岛州,一生的经历丰富多彩,有过数次婚变。他曾就读于田纳西大学,主修文科,后来做过军人,主持过电台节目,干过汽车技师,此后便成为职业作家,遍游欧美,写下数十部小说、剧本。主要有长篇小说《守望果园》(1965)、《外部的黑暗》(1968)、《上帝之子》(1973)、《园丁的儿子》(1977)、《苏特里》(1979)、《血色子午线》(1985)、《天下骏马》(1992)、《石匠》(1994)、《穿越》(1994)、《平原上的城市》(1998)、《老无所依》(2005)和《长路》(2006)。如今,这位年逾古稀的多产作家仍然才思喷涌,耕耘不息,正在酝酿着新的题材,新的作品。

麦卡锡的小说致力于描写美国及墨西哥中下层人民的生活经历及人生感受,因而受到广大北美读者的欢迎及评论界的赞誉。尤其是他的西部小说(以"边境三部曲"及《血色子午线》为代表),更是奠定了他在现代美国文坛的大师地位。这些在美墨边境地区发生的动人史诗,既有噩梦般的屠杀、令人震颤的暴力,又有优美如画的田园诗和柔细人心的安魂曲,被评论家称为"地狱与天堂的交响曲","是可与中世纪以来的文坛巨星但丁、爱伦·坡、梅尔维尔、福克纳、斯坦贝克的杰作相媲美的当代经典"。

麦卡锡的作品具有一种感觉和想象的力量。这种力量寓于他作品中的主人公——尤其是几位重复出现的主人公身上。他们对自然和人生的感受和探求,对于年轻生命中甘苦喜乐的真实、细致的体验，对于未来的期待和向往，都造就了文学的力量。这种力量也孕自麦卡锡本人的生活经历及追求。尤其是他在田纳西州、得克萨斯州及墨西哥的生活。"文学作品源于直接或间接的生活。"麦卡锡的作品前期以描写美国中南部为主，后期则走入大西南，也是伴随着他生活的步履而动。他的西部小说集笔墨于几个坚忍脱俗的青年流浪者身上。这几个男性主角，带着各种程度的悟性，投身于生命的探索，情节的高潮每每伴随着神意的显示，往往与宗教启示文学并入一途。这种抽象灵性主题的出现似是作者自身思想的升华，也侧映出作者对自然世界的炽热感情及对人类社会的深切关注。在他的作品中，大自然始终是最伟大的存在。作者赋予大自然丰满而蓬勃的生命。在麦卡锡的世界里，兽类甚至日月山水都是人类的观察者。它们无处不有、无时不在地审视着人类的行为——人类的愚蠢、邪恶与残暴；它们也欣赏着人类的不朽英雄史诗，铭记着英雄们的善行义举。

麦卡锡既是思想天才，又是语言大师。他的作品是一首首丰富语域里的交响诗。尤其是在口语体极强的西部小说里，他能在小说中纯熟、确切地使用英语、西班牙语表现人物的不同文化背景，又能灵活、谐趣地驾驭俚语、土语、牛仔语言以凸现各个角色的身份、性格、教养、志趣……他的西部小说也和其他同类作品一样富有质朴、粗野的黑色幽默。他令人振奋的散文诗语言奇异地描绘了沙漠、群山、草原、河流、冷凝的风、夜间的声音、杂陈的食物、奇特的衣衫、荒僻的乡村和人欲横流的城市。他的作品可读，可听，可视，无异于一部部配以壮阔交响乐的全景电影。《天下骏马》更是以其辽阔的画卷、传奇的色彩、特殊的风土人情、惊险的牛仔遭遇、多舛的爱情故事及深刻的人生哲理引人入胜。它们充分展示了作者的笔墨天才，使麦卡锡在他的文学世界里步入新天地，取得新成就。

本书是"边境三部曲"的第一部及开创篇，讲述第二次世界大战后的美国得克萨斯州，两个牛仔少年约翰·格雷迪和罗林斯不甘于大工业的侵袭及家乡牧场的丧失，从而纵马南下墨西哥，追求新田园生活的一系列甘苦交杂的经历。它在1992年的首版引起了出版界的轰动，不仅赢得了评论界的一致赞誉，而且创下了小说首版印刷190000册精装本的纪录及首版后两月内连续七次印刷的纪录，一举跃上《纽约时报》当年评出的"最畅销书"榜首并占据榜首长达21个星期。"美国国家图书奖"评委会授予该书的荣誉状上这样写着："无论是从文体风格还是从文学视野上看，《天下骏马》这部饱含着真心英雄传奇和壮美自然风景的杰作，都会成为读者的一段屏气止息的阅读享受。在此之前，兽类世界从未被这样赋予过特属于它们的神圣灵魂，自然风光也从未这样纯然地、令人神往地被呼唤过。这部书的牛仔少年主人公具有我们心中真正的理想人物的面容，书的本身也和骑手一样跨上了令人耳目一新、激动振奋的高度。这确实是一本经典小说。"

对于《天下骏马》，评论界有人说它具有拉里·麦克默特里的《孤独鸽》及马克·吐温的《哈克贝利·费恩历险记》的综合效果;更有人评价麦卡锡在《天下骏马》中的想象力比拉里·麦克默里的更深刻,他的情调比马克·吐温的更深沉。《天下骏马》所带来的英雄传奇和自然神奇将美国的现实主义文学与黑色幽默流派巧妙结合,开启了一个文学创作的新纪元。

"边境三部曲"的第二部、第三部又连续保持着傲人的热销数字。"边境三部曲"的合卷本出版之后,美国各大报纸好评如潮:《旧金山纪事报》评论它为"具有本世纪最高文学成就的美国经典名著",《纽约时报书评》称它具有"散文的神笔加上美国的原味",《华盛顿邮报·图书世界》赞美它"多么庄严而壮丽……麦卡锡所创作的富有想象力的文学佳作,无论在深度和广度上都是独一无二的。天才作家可以向诸神挑战"。

"边境三部曲"的第二部《穿越》既是全曲的中心篇,又是《天下骏马》的姊妹篇,《穿越》着力塑造了另一个坚韧不拔的牛仔少年比利·帕勒姆,惊心动魄地描述了他在四年间三次骑马穿越美墨边境,为了追求信念和探求人生而遭遇的艰难曲折和付出的艰辛血泪。麦卡锡的写作思想在《穿越》中亦比先前有了更大的扩展。先前,他着重写人与社会,而《穿越》却全面包容了他对世界的关切,包括自然,甚至是兽类。如第一章整个就是一部可以命名为《与狼同行》的中篇小说,与福克纳的名著《熊》和梅尔维尔的《白鲸》异曲同工,三者均柔细感人!

而在"边境三部曲"的最后一部《平原上的城市》中,《天下骏马》的主人公约翰·格雷迪与《穿越》的主人公比利·帕勒姆,经过了生活的历练,日趋成熟,共同在这部终结乐章中扮演了主角，继续着他们的人生探索，演绎出了一段又一段感人至深的故事。至此，《平原上的城市》携《天下骏马》与《穿越》，三部合为一体，将这部宏大、深沉的生命交响诗推向一个不同凡响的结局。而《平原上的城市》向我们所展示的文学意象，隽永、深刻，令人难忘："苍穹之下，荒野之上，踽踽独行的孤老牛仔……不禁使我们联想起《老人与海》中苍茫大海中的老渔夫。天、地、人，广袤，深沉，肃穆，神秘。使人产生一种对人生的艰辛短暂，对大自然的浩渺永恒的近乎宗教式的感悟与崇敬。"（摘引自李笃《平原上的城市》译者前言。）

呕心沥血近十年的"边境三部曲"终于落幕了。作为这场巨演的总编、总导，麦卡锡在历经三十多年连续不断的笔耕劳作生涯之后也感到心力交瘁，需要调适恢复、休养生息一番了。其时，麦卡锡与他的第三任妻子詹妮弗又组建了新的家庭，并且有了一个孩子。就像是军人久临沙场也需要一段安逸的民间生活来松弛自己，麦卡锡带着家人搬离了埃尔帕索这座直接给他创作灵感、让他牵肠挂肚的美墨边境城市，北迁到相对超脱一些的新墨西哥州圣菲市。但还是近近地守望着他灵魂中的故乡——大西南。

在几年的沉寂之后，我们的文坛骄子、书苑不老松又接连写出两部获奖力作，给文坛带来新的轰动。

一部是《老无所依》（*No Country for Old Men*，2005）。由美国著名编剧、导演、制片人科恩兄弟据此原著拍摄的同名影片彻底颠覆了美国西部片，一举获得了第八十届奥斯卡最佳导演、最佳影片、最佳改编剧本以及最佳男配角四项大奖。小说描写了20世纪80年代的美国西南部,在与墨西哥交界的许多小镇聚集着贩毒分子,他们通过边境走私毒品进入美国市场。在这些荒凉的小镇里,正义与法律似乎完全沉睡,枪支和拳头成为在这个地方生存的通行证。老实巴交的焊工鲁埃林·摩斯在荒野中发现几具火拼后死去的毒贩尸体,以及装着两百万美元现金和一大包毒品的袋子。鲁埃林一时贪心,将毒品和现金据为己有。心狠手辣的毒贩头目安东发现此事,派出杀手跟踪猎杀鲁埃林。完全不明情况的鲁埃林遭遇了几场袭击之后,终于意识到自己随时可能死去。在万般无奈的情况下,他找到了镇上的治安官,小镇上唯一的执法人员,同时也是镇上正义的代表贝尔。贝尔带着鲁埃林一路逃亡。安东这时亲自出马。这个喜欢用扔硬币决定猎物生死的杀人狂最终被命运安排要与贝尔他们决一死战。贝尔与鲁埃林在逃亡的过程中遇到重重杀机,与此同时,一切关于毒品买卖的神秘真相也渐渐大白于天下。《老无所依》读来似是一部惊悚警匪小说,但它引发了在人欲横流、物欲泛滥的现代社会里的人们对于贪欲和诚实的深思。

另一部是堪称当代经典的《长路》(*The Road*, 2006),这部力作在2007年连续获得了第九十一届普利策最佳小说奖、最佳"鹅毛笔奖"及美国独立书商协会Book Sense年度图书奖。因此,麦卡锡亦被著名文学评论家哈罗德·布鲁姆誉为"美国当代四大一流小说家之一"(其他三位为罗斯、品钦和德里罗)。根据它改编的巨片《末日危途》也紧随着被嵌上大银幕。《长路》

是一本语言简洁、气氛悲凉而又纯净的末日小说，讲述核武器给人类造成毁灭性打击之后的寒冬里，一位男子带着年幼的儿子穿越废墟和沙漠，亡命南方海岸寻找温暖和希望的故事。最近一些年尽管有《黑客帝国》《惊变28天》《人类之子》以及《地球上最后一个人》等末日电影层出不穷，但多半打着恐怖、惊险、科幻抑或漫画改编的旗号，很少能够与麦卡锡作品中仿佛真正亲身经历过末日的视角相媲美。《时代》杂志评价说："《长路》揭开了隐藏在悲伤和恐惧之下的黑色河床，灾难从未如此真实过，科马克·麦卡锡仿佛是这个即将消失的世界的最后幸存者，他把未来发生的那个时刻提早展现给我们看。"《长路》是一部寓意深远的公路小说，也是一部灼热的、充满天启意味的小说。它大胆设想了世界末日的情形。对于文中的父子来说，"对方就是自己的整个世界"，爱是支撑着他们活下去的全部勇气。全书刻画的整幅可怕绝望的景象构成了人类最恶一面和最善一面的强烈对比：最终的毁灭，绝望的坚韧，以及使得父子俩在世界末日来临时活下去的坚强信念。

在这两部新作中，麦卡锡延续着海明威和福克纳的文学风格。他全心关注着人类社会的命运，在表现宏大而严肃的主题的同时也给读者以极大的阅读快感。《芝加哥论坛报》曾呼吁："请在您的书架上空出一席之地……如果您喜爱经典小说、探求和冒险的佳作，这里有一位美国当代文学的大师、巧匠，会给您带来一流艺术享受的喜悦。"

"文学是没有国界的。"真正好的作品必将以其潜在的艺术魅力深入人心，为各国读者带来无穷的精神享受。

祝麦卡锡的作品在中国这片广袤的文学土壤上获得蓬勃的生机。

尚玉明

2008 年 12 月于美国盐湖城

第一章

　　烛焰和映在穿衣镜中的烛焰的光影，随着他走进门厅而晃动了一阵后，又恢复了平稳。在他关上房门时，亦复如此。他摘下帽子，缓慢地向前移着步子。地板在他的靴子下面嘎吱作响。他穿着一身黑西服站在暗暗的衣镜前。镜旁一个细腰的刻花玻璃花瓶中，几束百合苍白无力地垂着头。在他身后的冷寂的回廊上，挂着一排祖先的肖像。对于这些先人，他只是模糊地知道一些。此刻，这些嵌在玻璃框里的肖像被微弱的烛光照着，挂在狭窄的护壁板上。他向淌满烛泪的残烛望去，伸出拇指按在那汇积于橡木饰板的热蜡上。最后他又看着那张埋在寿衣皱褶中的塌陷、扭曲的脸，嘴上已经变黄的胡须，干薄如纸的眼皮。这可不是沉睡，沉睡不是这样的。

　　外面漆黑，寒冷，没有风。远处一头小牛犊在哞哞地叫。

他站在屋里，手里拿着帽子。"你一生从来没有像那样梳理过头发。"他心里对死去的外祖父说。

房子里，除了客厅壁炉架上那只钟发出的滴答声外，没有一点声响。他走出去，关上了门。

漆黑，寒冷，没有风，东方的天际浮出一线浅灰色礁岸状的云层。他走到屋子外面的草原上，手拿着帽子站着，面对着四面八方的黑暗像在乞求着什么；他在那里站了很久。

正当他转身要走，他听到了火车的声音。他停下来等着这火车。他能够从脚下感觉到它来了。这庞然大物从容不迫地从东方开过来，就像初升太阳的一名粗俗的随从在远处号叫着、轰鸣着。火车前灯的长长的光柱穿透了缠结纷乱的合欢树丛，在黑夜中变幻出无穷无尽的栅栏，火车接着又把栅栏吞没，使电线、电线杆一英里一英里地重归黑暗之中。火车驶过之处，锅炉喷出的蒸汽沿着那微明的地平线慢慢地消散；火车的轰隆声也逐渐减弱。在这短暂的大地的震颤中，他一直站在那里，双手拿着帽子，注视着这条铁龙渐渐远去，然后转身走回房子。

听到他进门，她把目光从火炉上方抬起，上下打量着他的一身西服。"早安，英俊的小伙子！"[1] 她说。

他把帽子挂在门旁的一个挂钉上，两旁还挂着油布雨衣、毛毡外衣以及零碎的杂物。他走到火炉旁，取了杯咖啡放到桌上。她打开烤炉，取出她亲手烘烤的一烤盘甜面包卷，拿出一个放

---

[1]　本书中楷体字表示原文为西班牙语。——译注，下同

在盘子里，连同一把抹黄油的刀子，一起递到他面前。她用手抚摸了一下他的后脑勺，然后又走到炉旁。

"谢谢你点着了蜡烛。"他说。

"什么？"

"蜡烛，我说蜡烛。"

"不是我点的。"她说。

"是太太？"

"当然啰。"

"她已经起来了？"

"比我早。"

他喝着咖啡。外面晨光熹微，仆人阿图罗就朝这所房子走来了。

他在葬礼上见到了父亲，父亲伫立在碎石路那边的栅栏旁，其间他到停靠在大路边的汽车里去了一趟，然后又回到墓地。上午十时左右刮起了寒冷的北风，空气中夹着小雪和北风吹起的尘土。坐在那里的妇女们用手抓紧了她们的帽子。人们在墓地上搭起了一个帆布篷。但风雪完全偏向而过，这篷子根本不顶用。篷布迎风扑动着，哔哔作响。牧师的祈祷词全都消失在风中。葬礼结束，送葬的人们起身要走，他们坐过的帆布椅子立即被风掀起，在墓碑石间到处滚动。

傍晚，他套好马鞍，骑上马从这所房子出发向西前进。风势已经大大减弱，天还是很冷。在血红色的云霞映照下，夕阳也是血红色且呈椭圆形。他在过去跑熟了的路上疾驰。这是一条从基奥瓦族的乡间通过伸向北边的路，是旧日印第安人中的科曼奇族开拓出来的。这条路径直穿过牧场的最西端然后分岔向西。在分岔口上还可以看到这条路越过位于孔乔河北、中支流的低地草原，一直向南延伸的模糊痕迹。在这个时分——他总是选择这个时分，夕阳投下他长长的身影，眼前的这条古道沉浸在玫瑰色的霞光中，迷离变幻，隐现出一幅往昔的梦境：这个如今衰落了的种族的骑手和涂着彩的矮种马，从北边开过来。他们的脸上抹着白垩，长发编成辫子，每人都全副武装准备上阵——这就是他们的峥嵘岁月。连妇女和孩子们，还有怀抱着吃奶婴儿的年轻妇女全都滴血盟誓，决心以血雪耻！当北风吹过来的时候，你会听得见他们的声势，你能听得见马的喘息声，钉着生牛皮的马蹄的嘚嘚声，长矛挥舞的嗖嗖声，马拉木橇在沙地上如巨蟒蜿蜒前进般发出的嚓嚓声。男童们赤裸着上身骑在野马上，神气得活像是马戏团里的骑师，他们不断驱赶着前面的野马。还有一群群的猎犬，吐着舌头，在一旁小步疾跑着。跟在后面的是那些半裸身体、赤着双脚悲苦地负重而行的奴隶。而盖过这一切的是骑士们所唱的低沉的行者歌。在清柔的和唱声中，这个民族和民族的精魂穿过废弃的矿地，走进黑夜，湮没在历史的洪流中，消逝在旧日的回忆里。就像最后晚餐的圣杯中贮了血一样，那是他们短暂而暴戾的世俗生命的总结。

他继续骑马前行，夕阳在他的脸上镀上一层古铜色，卷着红尘的风从西面劲吹过来。他又转向南行，沿着古时战道骑马上了一座小丘的顶端，下了马，丢掉缰绳，走开几步，伫立在那里，像一个人来到了某处的尽头。

在灌木丛中，他看到了一个年岁不浅的马的头盖骨，便蹲下拾起来拿在手里翻看。骨头显得十分脆而易碎，惨白得像一张漂过的纸。他蹲在那里顺着光细细端详。牙槽里松松地缀着的几颗大牙就像漫画书上画的那样，头盖骨的接缝处就像几片骨板粗粗拉拉地拼接在一起。在他翻看的时候，头盖骨里的细沙悄然地流淌出来。

他爱马正如同他爱人类一样，爱它们有血有肉，爱它们所具有的满腔热血的秉性。他将今生所有的崇敬、钟爱之情以及爱好都投入到这些生性刚烈的生灵上。这些情感将永远如此，不会改变。

天色已晚，他骑马踏上归途。马儿加快了步伐。一天中最后的日光如同一把巨扇缓缓地罩在他身后的原野上，而后又在充满了阴影、幽暗和寒气的渐凉的蓝色氛围中沉入世界的边缘。几只晚归巢的鸟雀啾啾鸣啭，消失在黑暗中的硬扎扎的灌木丛里。他又一次越过了古战道，这个时分他该策马平原走上归家的路，但昔日的武士们总要凭借着夜幕继续前行，一无所有的他们凭借石器时代的武器风风火火地向前，在血泊中轻声吟唱，向南越过平原，奔向墨西哥！

这所房子是 1872 年建造的，七十七年之后他的外祖父还是头一个死在里面的人。而其他一些死者只是殡殓后才停在门厅里供人凭吊，他们有的是用门板抬进来的，有的是裹在货车苦布里拉进来的，有的是装在由新松木板钉的匣子里被卡车运进来的，手拿运货单的卡车司机就站在门旁。这些人不管怎么说都还是回到故土了，其他的人大多数是只闻死讯而已。一张变黄了的白报纸。一封信。一份电报。最初的牧场是费希尔—米勒赠地法案中根据曾经的梅斯伯土地测量结果拨赠的两千三百英亩地；最初的房子只是一间用树枝条搭成的小茅棚，那是1866年的事。就在那一年，第一群牛被赶着通过现在仍然叫贝尔县的地方，越过牧场的北端到达萨姆纳要塞和丹佛城。五年以后，他的外曾祖父赶着六百头公牛犊走过了同样的路，并用那笔钱盖了这所房子。那时，牧场已经扩展到一万八千英亩了。1883年，他们将牧场整个用带刺的铁丝网围起来。到1886年时，野牛群已无影无踪。同年冬天，家养的牛畜因天灾而大批死亡。1889年，孔乔要塞被拆除了。

他的外祖父是八个男孩当中最年长的一个，也是唯一一个活过了二十五岁的。其他的兄弟有的被水淹死，有的被枪打死，有的被马踢死。他们消失在烈火之中，好像就怕只会死在自家的床上似的。最后的两个于1898年死在波多黎各岛上。就在那一年，他外祖父结了婚，并把新娘带到牧场上的家。那时，他一定来到牧场，站在那里观看自己的这份家业，思索着上帝训导的生活之路，还有关于长子继承权的法律。十二年之后，他的妻子在一场流感中去世而没有给他留下一男半女。一年以后，他娶了亡妻的姐姐。再过一年，他们有了一个女儿，从此再未生育。格雷迪这个姓也就随着老人，在那个北风呼啸、墓地上荒烟衰草凄迷的日子里一同被埋葬了。老人的独女就是现在这个男孩的母亲，这个男孩姓科尔，全名是约翰·格雷迪·科尔。

他在圣安基勒斯旅馆的门廊里见到了他的父亲，两人一起走到查德本街的银鹰咖啡馆，坐在后面的小隔间里。当他们进来的时候，桌上的客人都停止了谈话。有几个人朝他父亲点头，有一个人还叫了他父亲的名字。

女招待把每个顾客都称作"宝贝儿"。她一面帮他们父子俩点餐，一面和他调笑。约翰·格雷迪的父亲掏出香烟点着一支，就把那包烟放在台子上，又把他那个印有"第三步兵之魂"的芝宝打火机放在那包烟上，然后仰在椅背上一边抽着烟，一边看着儿子。儿子告诉他说，艾德·埃里森叔叔在葬礼后曾走到牧师面前和他握手。两人站在那里，手中紧握着帽子，呈三十度倾斜着身子迎风而立，活像杂耍剧的演员。当时他们身边的帆布篷在狂风中抖动着、狂暴地扑打着，参加葬礼的人们追赶着被风掀翻的帆布椅子。艾德把身子一直探到牧师的脸上，喊叫着对他说，他们当天上午举行葬礼实在不错，因为照这样的天气，到了下午就会真的北风劲吹，还不知要坏成什么样子呢。

父亲无言地笑了笑，然后开始咳嗽起来。他喝了一口水，又坐着一边抽烟，一边摇了摇头说："巴迪从俄克拉荷马州那块锅柄状地区回来时告诉我，那个鬼地方有一次风刮得才叫大，风过处小鸡全都扑倒在地上。"

女招待端来了他们的咖啡。

"你们的咖啡,宝贝儿,"她说,"我马上把你们点的菜拿来。"

"她去了圣安东尼奥。"男孩说。

"别称呼她'她'。"父亲说。

"我是说妈妈。"

"我知道。"

他们喝起咖啡来。

"你打算干些什么？"

"你指的是什么事？"

"指任何事。"

"她想去哪儿就去哪儿。"

儿子看着他:"你不应当抽烟。"

父亲噘起嘴,用手指头咚咚地敲着桌子,抬起头来说:"到我来问你我该做什么的那一天,你才会知道你已经长大了,够资格告诉我了。"

"是,先生。"

"你需要钱吗？"

"不。"

父亲看着儿子。"你会行的。"他说。

女招待端来了他们的晚餐,厚实的瓷盘里摆着牛排、肉汁、土豆和菜豆。

"我马上把你们的面包拿来。"

父亲把餐巾塞进衬衣领子里。

"我担心的并不是我自己,"儿子说,"我可以这么说吧？"

父亲拿起刀子切牛排。"是啊，"他说，"你可以这么说。"

女招待送来一篮子小圆面包，放在桌子上就走开了。父子俩吃起来，父亲并没有吃多少。不一会儿，他便用拇指把盘子推到一边，伸手摸出另一支香烟，往打火机上磕了几下，夹在嘴上点着了。

"你想说什么就说吧。活见鬼！如果你说嫌我抽烟也可以。"

儿子没有答话。

"你知道这也不是我想做的，不是吗？"

"嗯，我知道。"

"你在好好驯罗斯科吗？"

"还不能骑呢。"

"那我们干吗不星期六去骑骑它？"

"行啊。"

"如果你有别的事就算了。"

"我没有什么事。"

父亲抽着烟，儿子盯着他看。

"要是你不想去也就算了。"他说。

"我想去。"

"你和阿图罗装好货能来城里接我吗？"

"好的。"

"你们什么时候来呢？"

"你什么时候起床？"

"我会起来的。"

"我们八点钟到那儿。"

"我会起床的。"

儿子点点头，继续吃饭。他父亲环视四周，说："这地方该向谁要咖啡啊！"

夜里，他和罗林斯解下马鞍，把马赶到黑地里，然后两个人躺在鞍褥上，头枕着马鞍。夜色清冷，炽热的火星从篝火堆上飞升起来，在星空中发出红闪闪的光亮。他们能够听见公路上卡车的隆隆声，也能看见镇上的灯光反射到北方十五英里处的沙漠上。

"你打算干些什么？"罗林斯开口道。

"不知道，没事可干。"

"我不知道你在指望什么。那个人比你大两岁，有自己的车，什么都有。"

"对他来说等于一无所有，从来也没有。"

"她说什么了？"

"什么也没说，她能说什么？没什么好说的。"

"喀，不知道你到底在指望什么。"

"什么也不指望。"

"那么星期六你去不去？"

"不去。"

罗林斯从衬衣口袋里掏出烟，坐起身来，从火堆里拿出一块木炭来点着了香烟。他坐着吸了一会儿烟。约翰·格雷迪说道：

"我不会让她占我上风的。"

罗林斯在靴子后跟上磕去香烟头上的白灰。

"她不值得你这样，他们谁也不值得。"罗林斯说。

约翰·格雷迪半晌没有回答，后来他说："这事值得。"约翰·格雷迪回到家，先擦洗干净马，把它牵进棚里，然后走进房子到厨房里去。路易莎已经上床，屋里很安静。他用手在咖啡壶上试试冷热，然后取了杯子倒上咖啡，走进了门厅。

他走进外祖父的工作室，来到桌前，打开台灯，坐进那张老橡木转椅。在桌子上有一个黄铜日历牌，架在旋轴上，用手轻敲一下架子就能变换日期。此时，日历上仍然是 9 月 13 日。桌上还有一个烟灰缸，一个玻璃镇纸，一本记事册，上面写着"帕尔默饲料供应店"。还有他母亲的中学毕业照，嵌在一个小银相框里。

房间里有一股陈腐的雪茄烟味。他倾着身子关了那盏小铜灯，在黑暗中坐着。透过前窗，他可以看到繁星照耀下的平原延伸并消失在北方。陈旧的呈十字交叉形的电线杆从西到东穿越过那些灿烂的星座。他的外祖父告诉他，科曼奇人有时会割断电线，然后用马鬃把断头儿连接回去。他身子向后仰靠着，双脚交叉搁在桌面上。四十公里远处的北方天际有闪电和干雷炸响。客厅里的挂钟敲响了十一下。

她走下楼来，走到外祖父工作室的门口，扭开了墙壁上灯的开关。她穿着睡袍，双臂交叉，手掌握着肘部站在那里。他看了看她，又向窗外看去。

"你在干什么？"她问道。

"坐着呗！"他回答。

她身穿睡袍站在那里好长时间，然后转身穿过门厅走回楼上。听到她关门的声响，他起身把她打开的灯关上了。

还有最后几天暖和的日子。下午时分，他和父亲有时会坐在旅馆房间里的白色柳条椅里，窗子开着，钩针编织的薄窗帘轻拂入室内。他们一起喝咖啡，父亲在自己杯里倒上少许威士忌酒，坐下来呷着，又抽上一阵烟，并看着楼下的街道。那里有油田的巡逻车沿街停放，让人觉得好像身处战区似的。

"要是有钱，你会买一部巡逻车吗？"儿子问。

"我过去有钱也没有买。"父亲答道。

"你是说你退役时那笔钱吗？"

"不，是那以后的。"

"你赢过最大的一笔钱是多少？"

"你没必要知道。净学些坏毛病。"

"哪天下午我带一副国际象棋来好吗？"

"我可没那个耐性下棋。"

"可你有耐性打扑克。"

"那不一样。"

"怎么不一样？"

"打扑克能赢钱，下棋就不能。"

他们又坐了一会儿。

"说到钱，那边地底下还有的是，"父亲说，"去年打出的

IC 克拉克一号油井就是个大钱眼。"

他又呷了一口咖啡，伸手从桌上拿起烟盒，抽出一支香烟点着，看了看儿子，又看了看大街。过了一阵，他说："有一次我连着打了二十二个钟头的牌，赢了两万六千美元。最后一注我赢了四千美元。我们一共三个人玩，那两个小子是从休斯敦来的，我用三张女王赢了这把牌。"

他转过脸来看着儿子，儿子正坐在那里，举着停在嘴边的杯子听他讲。他又转身看着窗外，说："我现在可是一个子儿也没有了。"

儿子问："你看我现在做什么好？"

"我看没有多少事是你能做的。"

"你还要同妈妈谈谈吗？"

"我不能和她谈了。"

"你可以和她谈谈。"

"我们上一次谈话是1942年的事，当时我们还在加州的圣地亚哥。这不能怪她，是我，我不再是从前的我了。我倒希望自己并没有改变，但是我变了。"

"你内心并没变，内心还是一样。"

父亲咳嗽起来，他从杯子里呷了一口酒说："内心。"

父子俩又坐了好长时间。

"她在那里演戏什么的。"

"是，我知道。"

儿子伸手从地板上拿起帽子，放在膝盖上。"我该回牧场去了。"他说。

"你知道，我过去很敬重那老人的。"

"我知道。"儿子看着窗外说。

"可别为我抹眼泪啊。"父亲说。

"我不会。"

"好！不会就好。"

"外祖父从来没有放弃过希望，"男孩说，"正是他叫我也别放弃希望。他说，'除非我们有什么东西可以埋葬，就算那只是他的军人身份识别牌，不然就不举行葬礼'。有些人还决定要把你的衣物送掉呢！"

父亲苦笑了一下说："他们最好那么做，因为那里头只有那双靴子最合脚。"

"他总觉着你和妈妈会一起回来的。"

"是啊！我知道他会那么想。"

儿子站起来，戴上帽子："我该回去了。"

"他总是那么护着你妈，尽管是老人了，可不论谁说了你妈什么坏话，只要他听见了，场面一定很不好看。"

"我该走了。"

"好吧。"

父亲从窗槛上撤回脚，说："我和你一起下楼，我要去取报纸。"

他们在铺着瓷砖的门厅停下来。此时，父亲浏览着报纸的标题。

"秀兰·邓波儿怎么会离婚呢？"父亲说。

他抬起头来，初冬的街道上暮色苍茫。"我想去理个发。"

他看着儿子。

"我知道你是怎么想的，我也一样。"

儿子点点头。父亲又看了一眼报纸，然后把它折了起来。

"《圣经》上说，逆来顺受的人将会继承这个世界，但愿这会是真的。我不是个自由思想者，但我要对你说老实话，我根本就不信这个世界一切会那么美好。"

他又注视着儿子，然后从外衣口袋里掏出一把钥匙递给他。"去楼上的屋子，壁橱里有一样东西是给你的。"

儿子接过钥匙。"什么东西？"他说。

"是我送你的东西，本想在圣诞节时给你的，但是我懒得走一趟。"

"好的，先生。"

"看起来这份礼物能让你高兴高兴。下楼时把钥匙留在桌子上就行。"

"是，先生。"

"我还会来看你的。"

"那好。"

他乘电梯上了楼，走过门厅用钥匙开了房门，进去打开橱门。地上除了两双靴子、一叠脏衣服外，还竖着一副崭新的"哈姆利"牌马鞍。他抓着鞍头拎起马鞍，关上橱门，把马鞍拎到床上站着细看。

"真他妈的漂亮！"他说。

他在桌上放了钥匙，大摇大摆地走出门，来到大街上，肩上搭着那副新马鞍。

他走到了南孔乔大街，把马鞍子甩下来竖立在自己面前。天色黑下来，街灯都亮了，头一辆开过来的是一部"A形"福特牌卡车。看见约翰·格雷迪，呈九十度滑行后刹住车，司机把车窗玻璃摇下少许，探出头，朝着约翰·格雷迪满嘴酒气地大声吼道："把那废壳子扔到后车厢去，牛仔！给我进来！"

"好吧，先生。"约翰·格雷迪答道。

其后的一个星期，大雨整整下了七天，晴了一阵，接着又下起来。瓢泼大雨无情地倾泻在坚硬而平坦的原野上。大水漫过了克里斯托瓦尔的公路桥，交通已经阻断。圣安东尼奥发了洪水。约翰·格雷迪穿着他外祖父的油布雨衣骑马走过艾利西亚牧场，南边的栅栏在水中已被淹没至顶。一些牛像孤岛似的立在水中，凄然地注视着骑马人，约翰·格雷迪的坐骑雷德博也凄然地回望着那些牛。他用靴跟夹夹马肚子，说："走吧，伙计，我心里也不比你好受。"

当母亲不在家的时候，他就和路易莎、阿图罗一起在厨房吃饭。有时在晚饭后，他到路上搭车进镇，逛街或是走过几条街，站在波尔格大街上的那座旅馆外面仰望着四楼上他父亲的那个房间。父亲的身影在薄纱窗帘后移动，不时转过身走来走去，就像是打靶场上能移动的铁皮熊靶，只不过比那靶慢些、瘦些、焦躁些。

母亲回来的时候，他们母子俩在餐室里一起吃饭，她和约翰·格雷迪相对坐在胡桃木长桌的两头，路易莎忙着上菜送饭。她端走所有的盘子，在门口转过身来。

"还要些什么，太太？"

"不要了，路易莎，谢谢。"

"晚安，太太。"

"晚安。"

门关上了，墙上的钟滴答作响，约翰·格雷迪抬起头来问："为什么你不把牧场租给我？"

"把牧场租给你？"

"是的。"

"我记得我说过我不想讨论这事。"

"这是个新话题。"

"不，这不是。"

"我会把所有的钱都交给你，你想干什么就可以干什么。"

"所有的钱，你不知道你在说些什么，这里根本没有钱。这个地方二十年来的一点收入刚够开销的。从战前到现在没有一个白人在这里干过活。不管怎么说，你才十六岁，经营不了一个牧场。"

"不，我能。"

"你真可笑，你应该上学去。"

她把餐巾放在桌子上，朝后推了推椅子，便起身出去了。约翰·格雷迪推开面前的咖啡杯，仰靠在椅子上。对面的餐具橱上方的墙上是一幅群马的油画，上面有六匹马正冲破畜栏向外飞奔，长长的鬃毛在风中飘舞，眼睛露出野性难驯的神色。这些马是从一本书上临摹下来的：它们都长着安达卢西亚马种那样的长鼻，脸部的骨骼表明了其非洲马的血统。从前面的几匹马可以看出第一流良马所具有的特别强健的后腿，强健得足以担任牧场中专门去分开牛群的"宪兵马"，这些马的神情使人觉得它们周身奔流的是铁血。他从来没见过这样健美的宝马良驹和其他能与之媲美的东西。他曾经问过他外祖父这都是什么品种的马，可外祖父只是把眼睛慢慢从菜盘上移到那幅油画上，就好像第一次看到一样，然后他说，这不过是画册上的马，接着又埋头吃饭了。

　　他走上楼梯，来到楼梯面，发现富兰克林的名字列成弧形印在卵石花纹的门玻璃上。他摘下帽子，拧过门把手进了房间。值班的姑娘在桌前抬起眼睛。

　　"我是来见富兰克林先生的。"他说。

　　"请问你预约了吗？"

　　"没有，小姐，但我们认识。"

　　"你叫什么名字？"

　　"约翰·格雷迪·科尔。"

　　"请稍等。"

　　姑娘走进另一个房间，一会儿她走出来朝约翰·格雷迪点点头。

　　他站起来走了过去。

"进来，孩子。"富兰克林说。

他走进屋子。

"坐吧。"

他坐了下来。

他说完他必须要说的话，富兰克林朝后仰身看着窗外。他摇了摇头，转过身子，两手交叉着放在身前的桌上。"首先，"他说，"我没有权利来劝告你，这是所谓个人利益的冲突。但我想我可以告诉你，这是她的财产，她有权随意处置。"

"难道我就没有说话的余地？"

"你还是未成年人。"

"那我父亲呢？"

富兰克林又朝后仰去。"那可是件棘手的事。"他说。

"他们并没有离婚。"

"他们离了。"

小伙子抬眼望着他。

"这已是公开的事，我想也不是什么秘密了，文件上已经写得清清楚楚的了。"

"什么时候？"

"三周以前就做最后判决了。"

他垂下目光。富兰克林注视着他。

"在老人去世前就判定了。"

小伙子点点头："我明白您的话了。"

"这是一件令人遗憾的事，孩子，但我想事情只能是这样子，将来也如此。"

"难道您不能和她谈谈？"

"我的确和她谈过。"

"她说什么了？"

"她说了什么无所谓，反正她不准备改变主意。"

约翰·格雷迪点了点头。他坐在那儿注视着自己的帽子。

"孩子，并不是每个人都认为在西得克萨斯牧场上的生活是仅次于死后进天堂的乐事，她不愿意再过这种生活，事情就是这样。如果这是个能获利的好生意，那就另当别论了。但它不是。"

"它能成为一个赚钱的好生意。"

"好了，我不想和你争论这个。不管怎么说，她还是个年轻女人，我想她喜欢多一点社交生活，而不愿终日和牲口打交道。"

"她都已经三十六了。"

律师又向后靠去，轻轻地转动了一下椅子。他用食指轻叩着下嘴唇，说："这都是你父亲那讨厌的毛病造成的，不管人家把什么文件摆在他面前，他都在上面签字，从不知道留个后手保护自己。妈的，我又不能命令他。我曾告诉他去找个律师。我告诉他？我简直是在乞求他了。"

"是的，我知道。"

"对了，韦恩告诉我，他不再去看医生了。"

他点点头："好的，谢谢您，耽误您时间了。"

"非常抱歉没能告诉你什么更好的消息，你不妨再找别人谈谈。"

"没关系。"

"你今天怎么没去上学？"

"我退学了。"

律师点点头："好啦，这就说明一切了。"

小伙子起身戴上帽子。"谢谢您了。"他说。

律师站起来。

"这个世界上有些事是无可奈何的，我想这事恐怕就是其中之一。"

"是的。"小伙子答道。

圣诞节过后，母亲就离家出走了。约翰·格雷迪和路易莎还有阿图罗在厨房里坐着。路易莎一谈到这事就要哭，所以他们就闭口不谈。关于母亲出走的事甚至没有人去告诉外祖母——这位上个世纪末就开始在牧场生活的老人。最后，阿图罗不得不去告诉她。老太太听了，点点头便转身走了，仅此而已。

拂晓时分，约翰·格雷迪站在公路一侧。他拎着一个小皮包，里面装着一件干净衬衫，一双新袜子，还有牙刷、剃须刀和修面刷等。皮包是外祖父留下来的，而他身上穿的猎野鸭的毡里外套则是父亲的。早晨开过来的第一辆车在他身旁停了下来。他上了车，把皮包放在脚下，然后把两手放在双膝间搓着。司机探过身子紧了紧车门，然后把变速杆拉到头挡，便开车上路了。

"那门没关好，你要上哪儿？"

"圣安东尼奥。"

"哦，我这车是去得州的布雷迪的。"

"谢谢。"

"你是个买牛的？"

"什么，先生？"

司机朝他小皮包上的皮带和铜挂锁努努嘴："我说，你是个买牛的吧？"

"不，先生，那只是我的小提包。"

"我还当你是买牛的呢！你刚才等了多久？"

"没几分钟。"

司机用手指着那发着微弱橘红光的仪表盘上的圆头塑料按钮说："这个东西有个加热器在里头，但放不出多少热量，你能感觉得到吗？"

"是的，先生，我摸着觉得挺舒服的。"

司机对着灰暗而糟糕的冬天的黎明点点头。他缓缓地移动自己把住方向盘的手。"看见那鬼天了吧？"他说。

"是的，先生。"

他摇摇头："我最不喜欢冬天，我根本看不出冬天有什么好！哪怕只有一个冬天我也嫌多。"

他看了看约翰·格雷迪。

"你不大爱说话，是吧？"

"不大爱说。"

"哦，这可是个好品性。"

大约两小时以后，他们到了布雷迪。从镇中穿行而过后，司机让他在路边下车。

"你再搭个车，到了弗雷德里克斯堡时就走上87号公路，可别走290号公路，那条路绕来绕去会把你一直转到奥斯汀去的，听懂了吗？"

"听懂了，先生，谢谢您。"

他关上车门，司机朝他点点头，抬起一只手摆摆，汽车在路上掉转头开回去了。下一辆过路汽车停下拉上了他。

"你要去哪儿？"那个人问。

他们经过圣萨巴时，天开始下雪。雪花飘落在爱德华高原上。在巴尔科尼，雪覆盖在石灰岩上，白茫茫一片。他坐在车里，望着外面的漫天飞雪。灰色的雪花飘洒在挡风玻璃上，被雨刷拨散。半透明的雪泥已经在沥青路面的两侧堆积起来，在佩德纳莱斯河桥上甚至结了冰。绿色的河水缓缓地流过岸边暗黑的树林。路旁的合欢树丛和槲寄生丛浓密地交织在一起，看起来像真正的槲树林子。司机一面拱身伏在方向盘上，一面轻声吹着口哨自娱。下午三时左右，他们在一阵猛烈的暴风雪中驶进了圣安东尼奥市。他爬下车，谢过司机，走上大街，进入他所遇到的第一家咖啡店。他坐在柜台旁，把皮包放在旁边的凳子上，从托架上取下那小小的菜单，打开看了看，又看看后墙上的挂钟。女招待把一杯水放在他面前。

"这里和圣安吉洛的时间一样吗？"他问。

"我就知道你要问我这样的问题，"她说，"一瞧你那神情我就知道。"

"你不知道吗？"

"我这辈子就从来没去过得州的圣安吉洛！"

"给我来份奶酪汉堡，再要一杯巧克力奶。"

"你是来参加牛仔竞技表演的吗？"

"不是。"

"这里和圣安吉洛是同样的时间。"坐在柜台下方的一个男人说。

他谢了那个人。

"同样的时间，"那个男人还在重复，"同样的时间。"

女招待在便条上写完约翰·格雷迪点的东西后，抬起头说："我才不信他说的话呢！"

约翰·格雷迪冒雪在城里漫步。天黑得很早。他走到商业大街桥上，看着雪花消失在河水中。雪花也飘落在路旁停靠的车辆上。晚间大街上的交通滞缓至极，只有几辆出租车和卡车开过来，亮着前灯缓缓穿过飞雪，轮胎压过雪地，发出辘辘的声音……他在马丁大街上的青年旅馆登记入住，付了两美元要了个房间，就上了楼。他脱下靴子，把它们立在暖气片上，脱掉袜子搭在旁边，然后在衣架上挂好外套，四肢伸开平躺在床上，用帽子盖着眼睛养神。

七点五十分，他身着干净的衬衫，手里捏着钱，站在了剧院售票的窗口前，用一美元二十五美分买了楼厅三排的一个座位。

"我以前从没来过这里。"他说。

"这是个好座位。"售票姑娘说。

他谢过这姑娘走进剧场。引座员接过票，带他来到铺着红色地毯的台阶前，又把票还给他。他走上台阶找到自己的座位，把帽子放在膝上等着开场。剧场里一半空着，灯光暗下来时，他身旁的几个楼厅里的人起身移到前面的座位上。大幕升起来了，他看见他的母亲从舞台上的一扇门里走出来，开始同一位坐在椅子上的女人说话

幕间休息时，他起身戴上帽子走到下面的门厅，站在一个镀金的壁凹处，卷了一支烟抽了起来。他一只脚向后抬起，用靴跟抵住身后的墙壁。他并非没有注意到周围的观众投来的异样目光，但他并不在意。他把牛仔裤的一条裤腿向上挽了个小翻边，时不时地俯着身子把细白的烟灰弹进这个自制的容器里。他看到一些和他一样穿靴戴帽的人，就很庄重地向他们点头，那些人也同样庄重地还礼。过了一会儿，门厅里的灯又暗了下来。

他在座位上向前倾着身子，把胳膊肘放在前排的空椅背上，下巴抵在前臂上全神贯注地看戏。他期望着这出戏里有什么故事情节能告诉他这尘世的现在及未来，但是没有，简直一点也没有。灯光大亮的时候，剧场里响起了掌声。他的母亲出来谢了好几次幕。所有的演员也都聚集到舞台上，手牵手向观众鞠躬致谢。此后，大幕便长久地关上了。观众们起身纷纷拥向过道。只有约翰·格雷迪在空荡荡的剧场里坐了好长时间，然后起来戴上帽子，走到外面的寒冷空气中去。

他早起外出吃早饭时，天色还不亮，气温只有零度。在特

拉维斯公园的地面上，积雪有半英尺深。唯一一家开门的小餐馆是墨西哥人开的。他点了墨西哥风味炒蛋和咖啡，然后坐着翻看报纸。他以为报上会有关于他母亲的什么报道，但是没找到。他是小餐馆里唯一的顾客。招待是一位年轻姑娘，她看着他。她放下盘子的时候，他把报纸放在一旁，向前推了推杯子。

"还要咖啡吗？"她说。

"是的，请再来一杯。"

她端来了咖啡。"天气很冷。"她说。

"是挺冷的。"

他沿着百老汇街走去，双手插在外套口袋里，并把领子立起来挡风。他走进门杰旅馆的门厅，坐到一把躺椅上，然后跷起一条腿，翻开了报纸。

大约在九点钟的时候，母亲从门厅走过。一个身着西装和轻便大衣的男子揽着她的腰，他们一起走出了门，钻进了一部出租汽车。

他在那里坐了好一阵子，又过了一会儿，他站起身，折起报纸，向服务台走去。值班员抬起头来看着他。

"你们这里有一位姓科尔的太太登记住房吗？"他问。

"科尔？"

"是的。"

"请等一下。"

值班员转身去查登记簿，摇了摇头说："没有，没有姓科尔的太太。"

"谢谢。"他说。

他们父子最近一次一起骑马出去，是在三月初的一天。天气已经转暖，路旁开满了黄色的墨西哥草帽花。他们在麦卡洛卸下驮货，又骑上马沿着葡萄溪穿过了牧场中部，进入低矮的小山丘。溪水碧绿，清澈见底，河底的苔草枝叶披拂，爬满了河旁的卵石滩。他们骑着马缓缓走在开阔的乡间，穿过合欢树丛和胭脂仙人掌。

他们从汤姆格林县一直进入科克县，继续策马前行，越过古老的斯库诺沃路，又走进起伏不平的小山间。这里到处长着雪松，地面上布满了暗色岩。放眼望去，可以看到北方大约一百英里之遥的浅蓝色山脉上的积雪。他们一整天没说上几句话。他父亲骑在马上，身子微微前倾，一只手在鞍头上方约两英寸处握住缰绳。他是那么消瘦和虚弱，给人弱不胜衣的感觉。他用那双深深陷下去的眼睛巡视着这片原野，好像这世界已经改变，或是因为和他在别处所看到的世界有所不同而心存疑虑。又好像他再不会真切地看到这世界——或者更糟的是，他终于真切地看见它了，看到这个世界一直不变，永远也不变的样子。稍稍骑在他前面的孩子坐在马上驾驭自如，仿佛他不仅生来就会骑马，而且即使邪恶或不幸使他降生在一个奇怪的没有马的地方，他无论如何也一定会找到它们。他会觉得这个世界上如果没有马真是若有所失，不够正常，他会去填补这个空白，一定要满世界地漫游寻找这种可爱的生灵，一直找到方肯罢休。

他会一眼就认出这就是他在寻找的东西。

下午，他们骑马经过了一个废弃的牧场。这牧场位于一座多石的平顶山上，可以看到一些残缺的篱笆杆歪七扭八地插在岩石缝里，杆上还挂着早已锈蚀的铁丝网。这东西在周围一带已经多年不见了。他们还看到一间颓败的看守屋，还有一部古旧的木制风车的残骸躺在岩石间。他们向前骑行，在坑洼不平的地面上走着，傍晚终于走下了低矮起伏的小山丘，穿过裸露着红土的漫滩，进入罗伯特利镇。

他们一直等到道路畅通才牵马过了木板桥。那会儿，桥下的河水被泥土染成了红色。进镇后，他们先沿着商业大街骑行，再转入第七大街，走过一家银行后来到奥斯汀大街，接着他们下马并把马拴在一家餐馆前，然后走了进去。

店主走过来请他们点餐，直呼其名地招呼他们。父亲从菜单上抬起目光。

"你来点吧，人家不会老等着我们。"父亲说。

"你要吃什么？"

"我想来点馅饼和咖啡。"

"您这里有什么馅饼？"儿子问。

店主朝柜台看去。

"随便什么馅饼，吃点东西就行，"父亲说，"我知道你饿了。"

他们点完后，店主先送来咖啡又回到柜台那边。父亲从衬衫口袋里掏出香烟。

"你有没有想过寄养你那匹马？"

"是的，我想过。"儿子答道。

"华莱士可能会让你给他喂马和清扫马厩什么的，就这样谈妥这项交易吧！"

"他不会喜欢这个主意。"

"谁？华莱士？"

"不是，是雷德博。"

父亲抽了口烟，儿子看着他。

"你还与那个姓巴尼特的姑娘见面吗？"

儿子摇了摇头。

"是她蹬了你，还是你蹬了她？"

"我也不知道。"

"看来是她蹬了你。"

"是的。"

父亲点点头，又抽上了烟。两名骑手此时在外面的路上经过，父子俩端详着他们及他们骑的马。而后父亲又久久地搅动着咖啡，其实没什么好搅的，因为他喝的是清咖啡。他把冒着热气的咖啡匙从杯中拿出，放在餐巾纸上，端起杯子看看咖啡，然后喝起来。他边喝边朝窗外看，尽管那里并无可看之物。

"你母亲和我在很多事情上想法不一致。她爱马，我以为这就足够了，可见我有多蠢！她当时很年轻，我想随着年龄的增长，她会摒弃以前的一些胡思乱想。但是情况并非如此，也许只有我会把那些看成胡思乱想。这绝不只是因为战争，我们在战前十年就结婚了。她当时离家出走了，从你生下来六个月一直到大约三岁，她一直没回家。我知道你并非全不知情，以前是我不对，没早点告诉你。当时我们分手了，她去了加利福尼亚，是路易莎，还有阿布艾拉在照顾你。"

他看看儿子，又转眼看着窗外。

"她当时要我也和她一起去加州。"他说。

"那你为什么不去？"

"我去了，但没几天就回来了。"

儿子点点头。

"她后来回来是因为你，而不是我。我猜这就是我想告诉你的。"

"是的，先生。"

店主又端来了男孩的晚餐和父亲的馅饼，儿子伸手去取盐和胡椒，开始低头吃饭。店主拿来咖啡壶，给他们每人杯子里倒满咖啡便离开了。父亲按熄了烟头，拿起叉子去叉馅饼。

"她这次在本地待的时间会比我要长得多，我希望你们能消除分歧，彼此和好。"

儿子没有答话。

"如果不是为了她，我也不会在这里。当我在戈西时，我一小时一小时地和她谈，我想让她成为一个能够操持一切的女人。我跟她说有几个老人，我想他们可能活不多久了，我希望她能照顾他们，为他们祈祷。有几个老人还真就活过来了。我想我当时简直是有点怪，起码有段时间是这样，但若不是为了她，我也不会成那个样子的。决不会的。我从未把这事告诉任何人，连她都不知道。"

儿子还在吃着。外面天色渐黑，父亲喝着咖啡。他们等着阿图罗开着卡车来，父亲最后说这个乡野将再也不会和从前一样了。

"人们再也没有安全感了，"他又说，"我们就像两百年前的科曼奇人一样，不知明天会发生什么，甚至不知道会是什么模样。"

那夜称得上温暖。约翰·格雷迪和罗林斯仰面朝天平躺在公路上，明显地能感受到一股热力透过沥青路面传到后背。他们注视着从黑色天幕上滑下来的流星。听到远处有砰砰的关门声，还有人喊叫的声音。一直在南面的山地里嚎叫的土狼停了一阵，接着又闹起来了。

"是不是有人在叫你？"约翰·格雷迪说。

"很可能吧。"罗林斯说。

他们四肢分开仰躺在沥青路上，就像俘虏等待着黎明的审判似的。

"对你老爹说过了？"罗林斯问。

"没有。"

"打算说吗？"

"说了有什么用呢？"

"你们全家什么时候离开？"

"最晚6月1日走。"

"那还可以等等。"

"等什么！"

罗林斯把一只靴子的后跟架在另一只靴尖上，仿佛要步量天空似的。"我爹十五岁的时候从家里跑了出去，不然的话，我会生在亚拉巴马。"

"那你根本就不会出生。"

"你凭什么这么说？"

"因为你妈是圣安吉洛人，你爹要是待在亚拉巴马永远都不会遇上她。"

"他会遇上别的女人。"

"她也会遇上别的男人。"

"那又怎么样？"

"那你还是不会出生。"

"我还是不明白你的话，我可以在别的什么地方出生嘛！"

"怎么会呢？"

"怎么不会呢？"

"如果你妈和别的丈夫生了一个孩子，而你爹又和别的老婆生了一个孩子，哪个孩子是你呢？"

"哪个都不是我。"

"这不就对了吗！"

罗林斯躺在路上看着星星。过了一阵，约翰·格雷迪说："我还是会出生的，只不过可能是另外一个样子罢了。只要上帝想让我出生，我就会出生。"

"那要是上帝不想让你出生，你就不会出生了。"

"行了！你把我的脑袋都他妈的搞疼了。"

"我知道。我把自己的脑袋也搞疼了。"

他们又躺着默默地仰望星空。

"哎，你想什么呢？"约翰·格雷迪问。

"我也不知道。"罗林斯回答。

"哦，是这样。"

"我想就算你生在亚拉巴马，你也绝对有理由跑到得克萨斯来，可是如果你已经在得克萨斯了……我不知道。其实你比我更有理由要离开这里。"

"那你他妈的为什么留下？你以为有人要死了，会给你留下一笔遗产来继承吗？"

"当然没他妈这么好的事。"

"对呀，他们根本没遗产给你。"

远处的门又砰的响了一声，又有人在喊叫了。

"我得走了。"罗林斯说。

他坐起身来，用一只手拍拍屁股，然后戴上了帽子。

"如果我不走，那你还走吗？"

约翰·格雷迪也坐起来戴上帽子。"我已经走了。"他说。

他最后一次见巴尼特是在城里。当时他去北查德伯恩大街上的卡伦·科尔的店里焊接一个断掉的马嚼子。走到图西格街时，他看到她正从卡克特斯药店出来。他赶紧穿过马路，但她叫住了他，他只好停下脚步等她过来。

"你在躲着我？"她问。

他看了她一眼："我根本就没这个想法。"

她注视着他："人不能掩饰自己的感觉。"

"这样对大家都好，不是吗？"

"我觉得我们可以做朋友。"

他点点头："无所谓，反正我也不会在这里再待多久了。"

"你要去哪儿？"

"我不能说。"

"为什么不能？"

"就是不能。"

他看看她，她正在审视着他的脸。

"要是那位仁兄看见你站在这里和我说话，你想他会说什么？"

"他没这么小肚鸡肠。"

"那很好，那倒是个好脾气，省得他恼怒上火。"

"这是什么意思？"

"没什么意思，我得走了。"

"你恨我是吗？"

"不。"

"那么你不喜欢我。"

他直视着她说："别烦我了，小姐。你现在说这些还有什么意思？如果你心里有愧，那就告诉我你想让我说什么，我就说什么。"

"这话不应该你来说，而且不管怎样，我都问心无愧。我只不过觉得我们可以做朋友。"

他摇了摇头："这不过是说说而已，玛丽·凯瑟琳，我得走了。"

"说说又有什么不好？所有事不都是说出来的吗？"

"不是每件事都这样。"

"你真的要离开圣安吉洛吗？"

"是的。"

"你还会回来的。"

"也许吧。"

"我一点也不讨厌你。"

"你没有理由那么做。"

她顺着他的目光看着街上，但是那里没什么好看的。她转过身来，他直视着她的眼睛——但即便那双眼睛是湿润的，那也只是风吹所致。她向他伸出一只手，起初他不知道她要做什么。

"我只是想给你最好的祝愿。"她说。

他握住她的手，这手在他的手掌里显得那么纤小，但又那么熟悉。在这以前，他还从来没有跟女人握过手。"你要保重。"她说。

"谢谢你，我会的。"

他退后两步，用手摸一下帽檐致意，然后转身走上大街。他没有回头看，但他能够从马路对面联邦大楼玻璃窗中，看到她一直站在那儿——直到他走到拐角处，永远地从玻璃窗里消失为止。

他下了马，打开栏门，牵马进去后，关上了栏门。他牵着马沿栅栏前行，接着俯下身子，看看能否扫视到罗林斯，但罗林斯不在。他在栅栏转角处扔下缰绳，注视着这所房子。马儿喷着鼻息，并伸出鼻子去顶他的肘部。

"是你吗，伙计？"罗林斯从一旁过来，轻声地问道。

"不是我你就死定了。"

罗林斯把马牵过来后站住了，他回头看着房子。

"你准备好了？"约翰·格雷迪问。

"嗯。"

"他们疑心了没有？"

"没有。"

"那我们走吧。"

"等一会儿，我把东西都堆在马背上了，这才牵过来呢。"约翰·格雷迪拾起了缰绳，一纵身坐到了马鞍上。"那边灯亮了。"他说。

"妈的。"罗林斯骂道。

"你连自己的葬礼都会迟到。"

"还不到四点呢，太早了！"

"快走吧，马棚里的灯亮啦。"

罗林斯一边把他的粗毛毯绑在马鞍后面，一边说："厨房里有个开关，他还没去马棚。他根本还没出去，他可能正在给自己准备一杯牛奶或什么的。"

"他可能正在给猎枪装子弹或什么吧！"

罗林斯骑上马。"你好了吗？"他问。

"我早就好了。"

他们沿栅栏骑出去，然后穿过开阔的牧场，马鞍皮子在凌晨的寒气中吱吱嘎嘎地响。他们催马大步跑起来。灯光在他们身后已然杳无踪迹。他们骑上大草原的高地后，让马放慢了步子走着。在这黎明前的黑暗中，群星仿佛聚集在他们四周。他们听到这寂寥黑夜中的某处偶有钟声敲响，尽管附近是没有钟的。他们上了一块高高的圆台地，这里也是一片黑暗，没有一点亮光。高台衬托着他们的身影，好像把他们托向星空。他们感觉自己不是在晨星下骑行，而是在星际间驰骋，既恣意放纵，又谨慎小心。那心情就像刚被释放的囚犯坐在夜间的电动火车里，又像年轻的窃贼踏进了金光灿灿的果园。他们敞开胸怀去迎接黎明前料峭的寒气，去迎接前方的大千世界。

到了中午，他们已经骑出了大约四十英里，但还是在他们所熟悉的地方。夜间，他们穿过了老马克·弗利牧场。在那儿，他们被十字交叉的铁丝网拦住。他们下了马，约翰·格雷迪用随身所带的猫爪钳夹出柱上的 U 形铁钉，踏上铁丝网让罗林斯牵马通过，然后扯回铁丝网，钉上 U 形铁钉，接着把猫爪钳放回鞍袋，上马继续前行。

"他妈的，他们到底想不想让人在这地方骑马？"罗林斯说。

"他们根本不想。"约翰·格雷迪答道。

他们一路骑行，太阳东升时，两人吃了几片约翰·格雷迪从家里带出来的三明治。到了中午，他们在一个旧石头水槽里饮过马，然后牵着马走下一个干河床，沿着牛及野猪的蹄印，到达一片三角叶杨树林地带。树下卧着一些牛，两人临近时，它们纷纷站立起来，瞅着两人，然后慢慢散开。

他们在树下的干草堆上躺了下来，打成卷儿的衣服枕在头下，帽子遮在眼睛上。两匹马儿此时则在干河床边的草地上啃着青草。

"你带枪了吗？"罗林斯问。

"就是外祖父的那支老掉牙的左轮手枪。"

"你能用它打到什么东西吗？"

"不能。"

罗林斯咧嘴露齿一笑："我们到底出来了，不是吗？"

"是的。"

"你认为他们会找我们吗？"

"他们干吗要找？"

"我也不知道，就是觉着出来得有点太他妈的容易了。"

他们能够听到风儿掠过时的吟唱，还能听见马儿吃草的声响。

"我告诉你原因吧！"罗林斯说。

"快说。"

"我一点也不在乎。"

约翰·格雷迪坐起来，从衬衫口袋里掏出烟草，开始卷烟。

"不在乎什么？"他问。

他舔湿了烟纸，卷成烟卷放进嘴里，掏出火柴点着，又一口吹灭火柴，余下一阵烟气。他转身看罗林斯，但罗林斯已经睡着了。

到了傍晚，他们又继续前行。落日时分，他们已经听得到远处公路上的卡车声。在漫漫凉夜中，他们沿着一道小山冈向西骑行。从那里，他们已经看得到公路上的车灯时而无序又时而规律地缓慢交替往来。他们骑上一条牧场小路，沿着它穿过一扇门，走进公路。他们停下马。公路另一侧的篱笆墙上却看不到门。他们借着公路上卡车的灯光，顺着篱笆从东找到西，就是不见有门。

"你打算怎么办？"罗林斯问道。

"不知道。今夜我想通过这挡道的东西。"

"我可不愿牵着马在黑黑的公路上走。"

约翰·格雷迪俯身吐了口唾沫。"我也不情愿。"他说。

天越来越冷，风刮得栏门呼啦啦地响，马儿不安地踏着步子。

"那边闪着灯光的是什么地方？"罗林斯问。

"我想，那就是梦中的黄金国吧！"

"你估计有多远？"

"十……十五英里吧！"

"你打算怎么办？"

他们找了块干沙地，展开铺盖卷，卸下马鞍子，把马拴好，躺下一觉睡到天亮。罗林斯醒来时，约翰·格雷迪已经备好马，把行李卷也捆上了。"公路那边有个小餐馆，去吃点早饭怎么样？"

罗林斯戴上帽子，伸手拿靴子。"你说出我的心里话了，小子。"

他们牵着马穿过了小餐馆后面的垃圾场，那里堆放着旧卡车门、坏变速器和废弃的发动机件。他们在一个用来检查车内胎漏气口的金属槽里饮了马。一个墨西哥人正在给卡车换轮胎，约翰·格雷迪走过去问他男厕所在哪里，他朝这所建筑物的一侧点了点头。

约翰·格雷迪从鞍袋里取出洗漱用具，进了洗手间。他刮了胡子，洗了脸，刷了牙，还梳理了头发。他出来时，看见两匹马被拴在树下的一张室外餐桌上，罗林斯正坐在餐馆里面喝咖啡。

约翰·格雷迪进到小隔间。"你点餐了吗？"他问。

"等着你呢。"

店主又给约翰·格雷迪拿来一杯咖啡。"你们两个小伙子想吃什么？"他问。

"你点吧。"罗林斯说道。

约翰·格雷迪点了三份火腿鸡蛋，菜豆和饼干。罗林斯点了同样的东西，外加烤饼和果汁。

"你撑死算了。"约翰·格雷迪说。

"你看看就知道了。"罗林斯答道。

他们坐在隔间里，胳膊肘支在桌子上，向窗外瞭望。目光向南越过大平原，直抵遥远的群山。群山静卧在朝阳下，层峦叠嶂，深浅相间，暗影朦胧。

"那就是我们要去的地方。"罗林斯说。

约翰·格雷迪点点头。他们喝着咖啡。店主用厚厚的白陶盘端来他们的早餐，回去又端来了咖啡壶。罗林斯往鸡蛋上不停地撒胡椒粉，直到它们完全变黑。他又在烤饼上涂满了黄油。

"有人还专喜欢在鸡蛋上撒胡椒粉。"店主边说边把他们的咖啡杯斟满，便回厨房去了。

"注意看着你老爹，"罗林斯说，"老子要让你看看怎么搞定这顿难对付的早餐。"

"开始吧！"约翰·格雷迪说。

"再叫一份，老子也吃得下。"罗林斯说。

小店里没有饲料出售，他们只好买了一盒干燕麦片。付过账，两人便走了出去。约翰·格雷迪用小刀把纸盒切成两半，把燕麦片倒在两个废汽车轮轴盖上。马儿吃食的时候，他们坐在室外餐桌边抽烟。那个墨西哥人走过来瞧马儿。他比罗林斯大不了几岁。

"你们去哪儿？"他问道。

"墨西哥。"

"去干什么？"

罗林斯看着约翰·格雷迪："你觉得他值得信赖吗？"

"行，他看起来蛮可靠的。"

"我们是逃犯。"罗林斯说。

墨西哥人仔细打量着他们。

"我们抢了一家银行。"

墨西哥人站在那里看着马："你们根本没抢什么银行。"

"你熟悉那边的国家吗？"罗林斯问他。

墨西哥人摇了摇头，吐了口唾沫说："我这辈子从来都没去过墨西哥呢！"

马儿吃完后，他们又备好了鞍，牵着马转到餐馆前面的一条车道上，越过公路。公路边是一道作为路障的水沟，沿着水沟他们找到了这一侧的栅栏门，牵马通过后，他们关上了门。然后他们上马踏上一条牧场的泥路，行一英里许，泥路开始折向东方，他们干脆弃路向南行，直穿起伏的雪松林而过。

大约早上十点的时候，他们抵达了魔鬼河。饮过马后，他们一面在一片黑柳林的树荫下伸展四肢躺下，一面查看着地图。这份石油公司的公路图，是罗林斯早晨从那家小餐馆里无意捡到的。他端详着地图，目光向下看到南边低矮的群山中有一个隘口。再往下，地图上美国这一边直抵最下方作为边界的里约格兰德河区域，都有道路、河流及市镇。而河的那边却是一片空白。

"墨西哥那边什么也没标，是吗？"罗林斯问。

"是。"

"你说是不是从来就没人画过那边的地图？"

"有的标了那边的地图，只是正好这一张没标，我的鞍袋里就有那么一张。"

罗林斯从马身上取了那张地图，坐在地上用手指头划着他们走过的路线，他失望地抬起头来。

"怎么，没有？"约翰·格雷迪问。

"屁也没有。"

他们离开了魔鬼河，沿着一道干峡谷向西行。这里的荒原高低起伏，长满野草。虽是太阳高照，但却颇有凉意。

"你当初还觉得这里会有很多牛群呢。"罗林斯说。

"你不也一个熊样？"

他们沿着山脊前进时，惊起了草丛中的一群鸽子和鹌鹑。草丛中还不时会有野兔蹿出来。罗林斯跳下马，悄悄地从长靴上部的皮鞘中抽出25-20型小卡宾枪，沿山脊走去。不一会儿，约翰·格雷迪听到了枪响，只见罗林斯提了只野兔回来。他把枪装入皮鞘，又抽出一把刀，走开几步后蹲下来，给兔子开了膛，取出内脏。之后他站起身来，在自己裤腿上擦了擦刀刃，把刀折回收起，又跑过来把死兔子的后腿拴在行李带子上，接着骑上马，两人又一起上路。

下午晚些时候，他们横过了一条通向南方的道路。晚上，他们到达了约翰逊坡道，在一个池塘边的干河床沙地宿营。他们先饮了马，又把马腿用绳松松地拴在一起，放它们在一边吃草。接着，他们生起一堆火，把野兔剥去皮，用青树条串起来，架在火旁烤着。约翰·格雷迪打开他那正变得污黑的帆布行军包，取出小锡胎搪瓷咖啡壶，跑到小溪边盛满了水，把它吊到火上烧着。他俩坐在一旁观看着火，仰望着一弯纤细的新月高悬在西边黑色的群山上。

罗林斯卷了一支烟，用火堆里的一块木炭点着了，然后倚在马鞍上抽着。"我要告诉你件事。"

"说吧。"

"我能习惯这种日子。"

他吸了一口烟，然后拿着烟的手伸向一旁，食指十分灵巧地弹了一下烟灰。"这用不了多长时间。"

次日，他们一整天都在逶迤起伏的群山中骑行。一路上可见雪松点缀在那冠岩质的低矮平顶山间，盛开着白花的丝兰布满了西面的山坡。他们于晚间到达潘代尔路，顺此路向南进了镇子。

镇子里只有九座像样的建筑物，包括一家商店和一个加油站。他们把马拴在商店前，走了进去。他们浑身脏兮兮的——罗林斯胡子拉碴的，两人身上还散发出一股混合着马腥、汗臭和柴火烟熏的味儿。他俩走进来时，几个在小店后面的椅子上坐着聊天的人抬头看了一下，接着又继续谈话。

他们俩在肉架旁站住，有个女人从柜台那边走过来，走到肉架后面，取出一条围裙并伸手拉了一下链子，打开头顶上的灯泡。

"你看起来活脱是个亡命之徒！"约翰·格雷迪说道。

"你也不像是唱诗班的指挥啊！"罗林斯答。

那女人在腰后系好围裙，从肉架顶端白色搪瓷台面上方注视着他们。"你们两个小伙子想要点什么？"她问。

他俩买了红肠、干酪、一大块面包、一瓶蛋黄酱，还有一盒饼干、十二听维也纳香肠罐头；又买了一打袋装"酷爱"果汁粉、一小条熏肉、几听菜豆罐头、一袋五磅重的粗玉米粉和一瓶辣酱。女人把干酪和肉类等分别包起，用舌头把笔蘸湿一下，算了算账。

最后，把所有的东西都装进一个四号大的购物袋里。

"小伙子们从哪里来啊？"

"从北方的圣安吉洛那边。"

"你们一路上骑马过来的吗？"

"是的，太太。"

"乖乖，真厉害！"女人惊叹。

第二天早上他们醒来时，清楚地看到眼前有一间矮小的泥砖房。一个女人从房子里出来，把一锅洗碗水泼在院子里。她看了看他俩，又走回屋子。他们前夜把马鞍搭在栏杆上晾着，正当二人要把马鞍收起来时，一个男人从屋子里出来，站着看他们。他们套上鞍子，牵马上路，跃身上马，向南骑行。

"我在想，家里那些人都在干什么？"罗林斯说。

约翰·格雷迪屈身吐一口唾沫。"也许他们过着世界上最愉快的生活，或许采到油，发了横财。我猜，他们这会儿准在镇上选购新汽车和一切好东西呢！"

"狗屁！"罗林斯骂道。

他们又骑了一段路。

"你有没有不安心的时候，伙计？"罗林斯问。

"你指什么？"

"我也不知道，指什么都行，反正就说不安心这事儿。"

"有时候有，比方说你在一个不应该在的地方，我想你就会觉得不安心，怎么着都不安心。"

"那么，假如你觉得不安心，又不知道为什么，是不是说明你可能是在一个你本不该去的地方，可是你自己又不知道？"

"你他妈的有什么毛病了吧！"

"我不知道，没事。我想唱唱歌。"

他真的唱起来。他唱道："你会想我吗？你会想我吗？我不在的时候，你会想我吗？"

"你知道那个德尔里奥无线电台吗？"

"知道。"

"我听这电台说，在夜里，你拿根篱笆上的铁丝用牙咬住，就能收听到它的广播，根本不用收音机。"

"你信吗？"

"不知道。"

"你试过没有？"

"试过一次。"

他们继续前行。罗林斯又唱了起来。"哎，开花的边界树是什么破玩意儿啊？"他说。

"这可难住我了，老兄。"

他们在高耸的石灰岩绝壁下面经过，那里流淌着一条小溪。接着他们穿过了一片宽阔的沙砾地。在上游处，因为最近几场大雨的冲刷，形成了一些水坑。两只苍鹭站在那里，在阳光下投下长长的身影。他们走近后，一只起身飞去，一只仍然伫立。一小时以后，他们渡过了佩科斯河。渡河时，两人将马驱入河滩，水流湍急而清澈，水质发咸，在石灰岩河床上流过。马儿端详着眼前的流水，小心翼翼地用前蹄去试探水中大块的暗色页岩，并注视着水下激流中漂散着的各种形状的水草：有的舒展地张开，有的盘绕纠结，在晨曦中闪耀着碧绿晶莹的光彩。罗林斯从马上弯下身子，用手抓了一把水，放进嘴里尝了尝。"这水有石膏味儿。"他说。

他们在河对岸的柳树丛中歇下马，用午餐肉和干酪自制了三明治，吃完便坐着抽烟，看着河水流淌。"有人在一直跟着我们。"约翰·格雷迪说。

"你看见他们了？"

"还没有。"

"有人骑在马上？"

"是的。"

罗林斯观察着河对岸的路："或许只是个同路的骑士？"

"要是那样的话，他们现在应该出现在河边了。"

"也许他们已经走岔路了。"

"往哪儿岔？"

罗林斯抽起烟来："你觉得他们想干吗？"

"不知道。"

"那你打算怎么办？"

"我们骑我们的，管他们露面不露面！"

他们从河流的断层起步，并肩缓缓骑行在尘土飞扬的路上，骑上一片高地，在这里可以俯视向南伸展的大片山野。连绵起伏的山野，覆盖着野草和野雏菊。西边一英里之处有一道铁丝网篱笆，一杆连一杆地就像是缝在这片青灰色草原上的蹩脚的针线。铁篱笆那边有一小群羚羊，都在警觉地看着他们。约翰·格雷迪把马斜拉到一边，向后面的路上瞭望。罗林斯在一旁等候着。

"那家伙过来了吗？"罗林斯问。

"是的，不远了。"

他们又骑到高地上一片低湿的冲积坡上，右边不远处是一片密密麻麻的雪松。罗林斯朝雪松方向努努嘴，让马放慢步子。

"我们干吗不停在那边等着他呢？"

约翰·格雷迪又朝来的路上看了一眼，说："好，我们再骑上一段路，然后悄悄回头，他看到我们的蹄印离开大路，就知道我们是怎么走的了。"

"就这么办。"

他们又骑了半英里许，然后离开路面，又抄小路快速折回到那片雪松林。他们下了马，把马拴好，就坐在地上等着。

"我们来得及抽根烟吗？"罗林斯问。

"有烟就抽呗！"约翰·格雷迪说道。

他们一面抽烟，一面观察着这条乡间道路。等了很长时间，还没人露面。罗林斯躺下身子，用帽子盖住眼睛。"我不睡着，"他说，"就躺一会儿。"

他还没有睡多久，约翰·格雷迪踢了一下他的靴子。他赶紧坐起来，戴上帽子看着。一个骑马人正沿着那条路过来。虽然尚有一段距离，他俩都注意到了那人骑的是一匹好马。

骑马人越来越近。在约莫一百码处时，他俩看清了这人的模样，他头戴一顶大宽边帽，身穿一条连体工装裤。他放慢了马，从坡上一直朝这边望过来，接着又继续往前骑。

"这是个孩子。"罗林斯说。

"那可真是匹好马。"约翰·格雷迪说。

"可不是吗！"罗林斯道。

"你觉得他看见我们了吗？"

"没有。"

"那你觉得该怎么办？"

"我们先让他过去，然后就从后面跟住他。"

他们等到这孩子几乎跑得看不见了，就解开马，纵身上去，然后爬坡骑出树丛，走上大道。

过了一会儿，这孩子听到声响，便勒住马回头看。他把帽子朝后推了推，坐在马上看着他们。他俩骑着马从两侧包抄过来。

"你在跟踪我们？"罗林斯问他。

他只是个十三岁左右的孩子。

"不，我没有跟踪你们。"孩子答道。

"那为什么跟着我们？"

"我没有跟着你们。"

罗林斯看看约翰·格雷迪，约翰·格雷迪正注视着那孩子。此时他转过脸看着远处的群山，又转过头看着孩子，最后看着罗林斯。罗林斯双手泰然自若地放在鞍头上，问道："你没有跟着我们？"

"我是去兰特里的，"孩子说，"我不知道你们是谁。"

罗林斯看着约翰·格雷迪，约翰·格雷迪正在卷烟，一面打量着这孩子以及他的装备和马。

"你从哪儿弄到这马的？"约翰·格雷迪发问。

"这是我的马。"

约翰·格雷迪把烟放进嘴里，从衬衣口袋里掏出一根火柴，在大拇指甲上猛擦一下，擦着火后点上了烟。

"那是你的帽子吗？"他又问。

孩子抬眼看了看自己额上的宽帽边，又看了看罗林斯，没答话。

"你多大了？"约翰·格雷迪问他。

"十六。"

罗林斯啐了一口唾沫："你他妈的是个说谎的小屁蛋！"

"你也不是什么都知道。"

"我起码知道你他妈的没十六岁。你从哪儿来？"

"潘代尔。"

"你昨晚在潘代尔看见我们了，是不是？"

"是。"

"你在干吗？你在逃跑吗？"

孩子看看罗林斯，又看看约翰·格雷迪："是又怎么样？"

罗林斯看着约翰·格雷迪说："你想咋办？"

"不知道。"

"我们可以在墨西哥卖掉那匹马。"

"对。"

"我可不想像上次那样费事去挖坑埋人了。"

"浑蛋！"约翰·格雷迪说，"那是你自己出的馊主意。我当时不是说把他留给兀鹰吗？"

"我们要不要扔个硬币决定由谁来毙了他？"

"好吧，扔吧。"

"要哪一面？"罗林斯问。

"正面。"

一枚硬币被抛到空中，罗林斯抓住后，把它拍在另一只手腕上，然后把手腕伸到两人面前，移开手掌。两人都看清楚了。

"是正面。"罗林斯说。

"把你的枪给我。"

"这不公平，"罗林斯说，"你已经毙过三个了。"

"那你来吧，你可以欠我一次。"

"你牵好他的马，它可能不习惯这枪声。"

"你们在和我闹着玩吧。"男孩说。

"你怎么这么肯定？"

"你们什么人也没毙过。"

"你怎么知道我们不会拿你开张呢？"

"你们不过是在吓唬我。我一路上都看到了。"

"你的确看到了。"罗林斯说。

"有谁在追你吗？"约翰·格雷迪又问他。

"没有。"

"那么他们是在追这匹马，是吧？"

男孩没有回答。

"你真要去兰特里吗？"

"是的。"

"你别和我们一块儿走，"罗林斯说，"你会把我们搞到监狱里去。"

"马是我的。"那孩子说。

"好了！小子，"罗林斯说，"我才不管这是谁的马——但肯定不是你的，我们走，老弟。"

罗林斯和约翰·格雷迪掉转马头，策马前行，朝南一路疾驰。他们没回头看那孩子一眼。

"我看这小子不会争论一番就算完的。"罗林斯说。

约翰·格雷迪把抽剩的烟头扔到前面的路上，说："这个瘦猴还会再来找我们的。"

晌午，他们离开了这条路，又越过一片开阔的草地向西南方向骑行。途中，他们找到了一个铁皮储水箱饮马。这个水箱立在一架 FW 阿克斯特尔公司产的风车下面。风车在风中吱吱嘎嘎地慢慢转着。南面有一群牛卧在一片艾默里黑栎树的树荫里憩息。他们打算避开兰特里，商议着在夜间渡河。天气暖和，他们便把身上的脏衬衣洗了洗，然后直接穿着湿衣服上马骑行。他们能够看清身后这条路在东北方数英里之外的动静，但没有看到任何骑马人。

当晚，他们越过了得克萨斯州庞普维尔东侧的南太平洋铁路线，就在铁路右侧半英里处扎下帐篷。他们先刷洗了马，把马儿系在桩子上，又生起一堆火，这时天已黑了。约翰·格雷迪把马鞍子立在火堆旁烤着，走到大草原上站定聆听。他看到庞普维尔大水塘映照着紫色的天空，旁边有一弯新月像牛角高高悬起。他能听到百码之外马儿吃草的嚓嚓声，除此之外，大草原笼罩着一片蓝色，静谧而安详。

第二天早上十点左右，他们越过了90号公路，骑上了一大片牧场。绿色的原野上啃青的牛儿星罗棋布。南方远处，墨西哥的群山在变幻的云霞和缥缈的天光下影影绰绰，忽隐忽现，真像山妖鬼怪。两小时后，他们到达河边，坐在一处低矮的绝壁上，摘下帽子，看着河水。这河水完全是泥浆色，混浊不堪，下游水流湍急，哗哗作响。他们身下的沙洲坝上密密地长满了柳树和芦苇。河对面的峭壁经常有成千上万的燕子光顾，已被掏得千疮百孔，肮脏不堪。越过这段岩石峭壁是一片滚滚黄沙。他们转过脸来对视一下，戴上了帽子。

他们溯流而上，走到一条小溪支流。沿着小溪，他们骑马进入一片沙洲，坐在马上观察着流水和周围。罗林斯卷了一支烟，又把一条腿搭在鞍头上，坐着抽烟。

"我们在躲谁？"他问道。

"有谁是我们不用躲的？"

"我看不出来谁能藏在那儿。"

"他们朝我们这里看时，可能也会说同样的话。"

罗林斯抽着烟，没有回答。

"我们可以直接从那边的沙洲穿过去。"约翰·格雷迪说。

"那我们现在就走吧。"

约翰·格雷迪一弯腰，朝河里吐了一口说："你说得对，就照你说的办，我们说好了要把事儿做得稳妥些。"

"我巴不得马上就走，别废话了。"

"我也一样，伙计。"他转身看着罗林斯。

罗林斯点点头。"好吧。"他说。

他们又沿小溪而上，在一片沙坝地解下马鞍，把马儿拴在溪边的草丛中。他们则坐在柳荫下吃维也纳香肠、饼干，喝用溪水调成的"酷爱"果汁。"他们墨西哥人也有维也纳香肠吃吗？"罗林斯问。

下午晚些时候，罗林斯还在草地上酣睡时，约翰·格雷迪一个人沿溪流而上，来到一块平坦的草地上，他手里拿着帽子，眼睛越过被风吹动的草丛朝东北方向瞭望。一英里之外，有个骑马人正在越过平原，朝这边骑来。约翰·格雷迪警觉地注视着他。

回到休息地，他叫醒了罗林斯。

"什么事儿啊？"罗林斯问。

"有人来了，我想，是那个小鬼。"

罗林斯整了整帽子，爬上高岸站着瞭望。

"你能认出他来吗？"约翰·格雷迪大声问。

罗林斯点点头。他弯身吐了口唾沫。

"就算我没能认出他，我他妈的也肯定能认出那匹马。"

"他看见你了吗？"

"不知道。"

"他是朝这边来的。"

"他可能看见我了。"

"我看我们应当把他赶走。"

罗林斯回头看了看约翰·格雷迪："我对那个狗娘养的小兔崽子总觉得有点不放心。"

"我也是。"

"他并不像他看起来那么嫩。"

"他在干吗？"约翰·格雷迪问。

"骑马呗。"

"那你快下来，他可能还没看见我们。"

"他停下了。"罗林斯说。

"他在干吗？"

"又骑开了。"

他们索性等着他来。过了好一阵子，他们的马抬起头来，注视着下面的溪流。他们听见骑马人骑进了小溪，随后传来马蹄踩在石头上嘎啦嘎啦的声响和马身上轻轻的金属叮当声。

罗林斯抄起他的卡宾枪，他俩沿着小溪走到入河口。那少年正坐在大棕红马上，立在沙石滩旁的浅水里，朝着大河对岸瞭望。他转过身来看见他们时，他用大拇指把帽子向后推了推。

"我就知道你们还没有渡河，"他说，"因为河对岸有两只鹿一直稳稳地在那儿吃合欢。"

罗林斯在沙堆上蹲下，把卡宾枪竖在前面用手握着，把下巴倚在胳膊上，歪着头问他："我们到底和你有什么关系？"

这孩子看了看罗林斯，又看了看约翰·格雷迪："在墨西哥不会有人来找我的麻烦了。"

"那就看你到底干过什么了。"罗林斯说。

"我没干什么。"

"你叫什么名字？"约翰·格雷迪问他。

"吉米·布莱文斯。"

"扯淡！"罗林斯骂道，"吉米·布莱文斯是收音机节目里的人名。"

"那是另外一个吉米·布莱文斯。"

"谁在追你？"

"没人追我。"

"你怎么知道？"

"因为没人追我嘛！"

罗林斯看看约翰·格雷迪，又看看这少年。

"你带吃的了吗？"他问。

"没有。"

"身上有钱吗？"

"也没有。"

"你就是个蹭饭的家伙。"

少年耸耸肩，他的马在水中迈了一步，又停住了。

罗林斯摇摇头，吐了一口唾沫，放眼向河对岸看去。"你回答我一个问题。"

"说吧。"

"我们到底为什么要和你在一起？"

少年没有回答，他坐在马上，看着淡茶色的浊水从他们面前淌过，也看着夕阳中柳条细细的影子在沙坝上飘来荡去，然后远望着南方那峰峦起伏的蓝色山岭。他紧了紧工装裤上的背带，用大拇指钩住肚兜，转过头来看着他们。

"因为我是美国人。"他说了这么一句话。

罗林斯转过身去，摇了摇头。

入夜后，他们在月光下渡河。天上一弯银色的弦月轮廓分明，光线暗淡微弱，俯视着这些骑马人。他们各自把马靴倒过来塞进两条牛仔裤腿中，再把衬衫，外套，放洗脸、刷牙、修面等用具的行军包及少许弹药都塞了进去，在裤腰处用皮带扎紧，最后把两条裤脚系在一起，松松地挂在各人的脖子上。他们只戴着帽子，把马儿牵到沙滩嘴儿上，松开肚带，然后上马，光着脚丫策马下水。

到了河中央，马儿实际上已经在游泳了。它们喷着鼻息，把脖颈从水中伸出来，长长的尾巴漂浮在身后的水中。他们顺着水流斜向前进。裸体的骑士们朝前俯下身子，和马儿不停地说着话。罗林斯一只手还高举着他的卡宾枪。他们首尾相接，一直朝着对岸前进，好像是一队劫匪似的。

到了河对岸，他们在浅水里进了一片柳林，单行逆流而上。经过几处浅水滩，又骑上一条狭长的沙石滩。大家在此停马，摘下帽子，回转身看着身后走过的地方，没人说话。突然，他们不约而同拍马疾驰，沿着沙滩向上游跑去，跑了一段路又掉头而返。他们用帽子扇着风，快活地大笑着，然后勒住马，高兴地用手拍了马儿的肩部。

"该死的，"罗林斯说，"你俩知道我们到哪儿了吗？"

月光下，他们坐在冒着汗气的马背上，看着彼此的脸。然后默默地下了马，从脖子上取下衣服穿好，牵着马走出柳林和沙石阶地，来到一块平地上。在这里，他们重又跨上骏马，向南进入墨西哥科阿韦拉州的干旱的灌木林地。

他们在一片长满合欢树的平地边扎营。第二天早晨，他们烧好了熏肉菜豆，用水和玉米粉自制了玉米饼，三人一面吃着，一面望着这片荒野。

"你上一顿饭什么时候吃的？"罗林斯问。

"好几天前。"这个叫布莱文斯的少年回答。

"好几天前？"

"是的。"

罗林斯端详着他。"你不叫布利维特，是吧？"

"我叫布莱文斯。"

"你知道布利维特是什么吗？"

"什么？"

"一个布利维特就是十磅牛屎装在一个五磅的袋子里。"

布莱文斯停止了咀嚼。他向西看着原野，朝阳下，从山口处跑来牛群四处伫立。他又继续咀嚼了。

"你们还没说你们的名字呢。"他开口说。

"你从来没问过我们。"

"我不习惯那么做。"布莱文斯说道。

罗林斯阴沉地瞅了他一眼，转身走开。

"我叫约翰·格雷迪·科尔，这位老兄叫莱西·罗林斯。"约翰·格雷迪说。

少年点了点头，继续咀嚼着。

"我们从圣安吉洛那边来。"约翰·格雷迪又说。

"我从来没去过那儿。"

他们等着他说他是从哪儿来的，但他没说。

罗林斯用一把玉米饼渣擦净了盘子后，送进嘴里吃了。他说："我们得把你这匹宝贝马换成一匹不会让我们挨枪子儿的马，行吗？"

少年看了看约翰·格雷迪，又转过去看着牛群所在的原野。"我不拿马做买卖。"他说。

"你是不想让我们照应你了？"

"我自己能照应自己。"

"你当然能。我猜你带了枪之类的玩意儿？"

他一时没有回答，过了一会儿才说："我有把枪。"

罗林斯从盘子边上抬起头来看看，又继续吃着玉米饼。"什么样的枪？"他问。

"32-20 型科尔特手枪。"

"狗屁！"罗林斯喝道，"那是来复枪的型号。"

布莱文斯坐在地上吃完饭，顺手抓了一绺草把盘子擦干净了。

"给我们看看。"罗林斯说。

布莱文斯把盘子放下。他先看看罗林斯，然后又看看约翰·格雷迪。他把手伸进工装裤的肚兜，果真掏出一把手枪。他把食指伸进扳机孔内，把枪转了一个圈，然后枪把朝前递给罗林斯。

罗林斯看看他，又看看枪。他把盘子放在草地上，接过枪，在手上转着看。这确实是一把老式科尔特·比斯利手枪。用马来树胶制的，把手两侧的格子花纹都已磨得十分光滑，金属部分呈暗灰色。罗林斯转着枪，对着光线看枪管上端的印字。上面印着 32-20。他看了一眼布莱文斯，然后用大拇指打开枪膛盖 [1]，把击铁置于半击发状态，旋转弹膛，用退弹杆退出一粒子弹，放在手心里打量。少顷，他装回子弹，关闭枪膛盖，让击铁回归原位。

"你从哪儿弄到这样一把枪的？"他问布莱文斯。

"在弄枪的地方呗。"

"你打过吗？"

"打过。"

"你能用它打着什么东西吗？"

布莱文斯伸手去要枪。罗林斯拿手掂了掂枪的分量，然后把它还给布莱文斯。

"你朝天上扔个东西，我就能打着。"布莱文斯说。

"吹牛！"

布莱文斯耸了耸肩，将手枪放回他的工装裤肚兜里。

---

[1]　枪膛盖：老式左轮手枪的旋转枪膛后的一块金属部件，装弹时向外旋开。

"你说扔什么东西？"罗林斯问。

"随便你。"

"随便我扔什么，你都能打着？"

"当然。"

"牛吹得可真不小。"

布莱文斯站起来，在工装裤腿上来回蹭着用过的盘子，同时看着罗林斯。

"你把钱夹扔到天上，我能在上面打穿个洞。"他说。

罗林斯伸手到臀后裤袋里掏出了他的皮钱夹。布莱文斯弯腰把盘子放在草地上，重新掏出手枪。约翰·格雷迪把勺子放在盘子里，把盘子搁在草地上。他们三个人走到一块平地上，在早晨斜射的阳光里，活像要决斗的阵势。

布莱文斯背对太阳而立，拿枪的右手垂在裤边。罗林斯转身朝约翰·格雷迪露齿一笑，用拇指和食指捏住那个小钱夹。

"准备好了吗，我们的安妮·欧克丽[1]？"

"等着你扔呢！"

罗林斯狡诈地低手抛出那只钱夹。钱夹旋转着升上了天空，在蓝天的映衬下显得那么渺小。他们注视着这个小点，等待着布莱文斯射击。布莱文斯开枪了。钱夹急抖了一下，斜刺着划过天际；它张开了口，最后歪歪斜斜地掉落在地上，活像一只被打伤的鸟。

---

[1] 安妮·欧克丽（1860—1926），美国历史上的女神枪手。

枪击的声响立即消失在这无边的寂静中。罗林斯走过草地弯腰拾起了钱夹，塞进袋内，返回原地。

"我们最好赶快走。"他说。

"让我们看看钱夹。"约翰·格雷迪说。

"走吧。我们得离开这河边了。"

于是他们牵过马来，套上鞍子，布莱文斯踢灭了火堆，三人上马前行。他们并排骑着，互相留出空间，在开阔的沙石地上跑着，曲折地沿着大河近旁的灌木丛边缘溯流而上。他们一路沉默不语，这片新土地上的风光尽收眼底。一只鹰从合欢树丛的上端俯冲下来，沿着低湿地面飞翔，稍后又展翅升起，一直向东飞入半英里之外的一株大树。他们经过后，鹰又飞了回去。

"在佩科斯河，你把那支枪藏在衬衣里面了，是吗？"罗林斯问。

布莱文斯从他那硕大的帽檐下看了看他，说："是的。"

他们骑在马上。罗林斯探身吐了一口唾沫："你当时是不是想用枪干掉我？"

布莱文斯也吐了一口唾沫："我可不想玩命。"

他们骑马穿过一片长满胭脂仙人掌和蒺藜丛的小山包。上午十点左右，他们走上一条布满马蹄印的小径便折向南行。正午时分，他们骑进了里福玛镇。

他们排成一行沿着一条二轮马车道走着。这车道算是一条街，两侧有六座低矮的泥砖墙房舍已经散了架，眼看就要倒塌似的，还有几处用树枝和泥巴涂抹起来的木顶房屋及木柱搭成的畜栏。在栏内，五匹大脑袋的劣马站立着，一本正经地注视着他们这支马队通过。

他们在一家小泥屋商店前下马，拴好马后走了进去。屋子中央生着铁皮炉子，炉旁有个姑娘正坐在一把靠背笔直的椅子上，借着门口射进来的光看一本连环画册。听到脚步声，她抬起头看看他们，又低头去看画册，然后又抬起头来。她站了起来，向小店后部扫了一眼，那里有绿色的帘子垂下来。她把书放在椅子上，走过夯得很结实的泥地，到柜台后面转身站定。柜台上排列着三个大土瓮。两个是空的，第三个上面覆盖着猪油桶用的锡盖，盖上刻了一个 V 形口子，可以伸进一柄长把的锡胎搪瓷勺。

她身后沿墙立着三四个薄木板架子，上面摆放着罐头、布匹、针线和糖果，另一面墙边有自制的松木板食物箱。箱子上方有本日历，用小木棍钉在泥墙上。加上炉子和椅子，就是商店里的全部东西。

罗林斯脱下帽子，用前臂擦了一下额头，又戴上了帽子。他看着约翰·格雷迪："她这里有什么喝的吗？"

"有什么喝的吗？"约翰·格雷迪问。

"有。"姑娘答道。她来到瓮后，打开上面的锡盖。三个骑手站在柜台旁看着。

"那是什么？"罗林斯问。

"苹果酒。"女孩说。

约翰·格雷迪看着她。"能讲英语吗？"他问。

"噢，不。"

"这是什么？"罗林斯又问。

"苹果酒。"

罗林斯朝瓮里看了看。"我们喝点，"他说，"给我们倒三杯。"

"什么？"

"三杯，"罗林斯说，"三杯。"他竖起三个指头。

罗林斯取出钱夹子。姑娘走到身后的木架旁，取下三个大平底杯放在板上，拿起长柄勺，从瓮里舀出一种浅棕色的液体，盛满三个杯子。罗林斯把一元美钞放在柜台上。这张钞票两头都有一个洞。他们伸手取过杯子。约翰·格雷迪朝着钞票努努嘴："他差不多一枪打着你钱夹的正中心，对吧？"

"是的。"罗林斯说。

他拿起杯子，他们喝着酒。罗林斯若有所思地站着。"不知道这鸟水到底是什么，不过对一个牛仔来说味道真是好极了。我们每人再来一杯。"

他们放下空杯，姑娘又给斟满了。"我们该付多少？"罗林斯问。

姑娘不解地看看约翰·格雷迪。

"多少钱？"约翰·格雷迪问她。

"一共？"

"是的。"

"一比索五十分。"

"多少钱？"罗林斯问。

"大概三美分一杯。"约翰·格雷迪解释道。

罗林斯将那张美钞推过去。"让你老爹来付钱吧！"

姑娘从柜台下面一个雪茄烟盒子里找零钱。她把一些墨西哥硬币摊在柜台上。罗林斯放下空杯子，做了个手势，又付了三杯的钱，然后拿走剩下的零钱，三个人端着重新斟满的杯子走到外头。

他们坐在店前用木柱和灌木枝子搭起来的凉棚底下呷着那饮料，看着中午时分死寂的小路口。泥草房子，布满灰尘的龙舌兰草，还有远处光秃秃的石头山。淡蓝色的阴沟水在小店门前的泥沟里缓缓流过，一只山羊站在轧满车辙的路上，呆呆地看着他们的马。

"这地方肯定没有电。"罗林斯说。

他呷了一口饮料，又看着眼前这条土路。

"真怀疑这里连车都没有。"

"鬼知道车从哪儿开到这里来。"约翰·格雷迪说。

罗林斯点点头。他把杯子举到对光的地方晃了晃，仔细看着苹果酒说："你觉得这东西里面是仙人掌水还是什么？"

"谁知道，不过这酸水倒有点后劲，是吧？"约翰·格雷迪说道。

"我也觉得有点。"罗林斯说。

"最好别让那小子再喝了。"约翰·格雷迪又说。

"我喝过威士忌，"布莱文斯道，"这东西不算什么。"

罗林斯摇了摇头。"在古老的墨西哥喝仙人掌水！"他又说，

"你们想想，家里那些人这会儿正说什么呢？"

"我想他们正说着我们跑了的事。"约翰·格雷迪说。

罗林斯把腿伸到前面，两只靴子交叉着，帽子盖在一个膝盖上。他看着这片异乡的土地，连连点头："我们是跑出来了，不是吗？"

他们饮过马，松松马肚带，让它们透透气，然后沿着这条路——如果这也叫路的话——继续向南走。他们排成一行穿过尘土飞扬的小镇。一路上都可以看到牛、野猪、鹿和土狼的踪迹。下午后半段，他们又经过了几所茅草房子，但没有再停步。他们脚下的路被雨水冲出道道沟渠，有些地段冲成深沟，沟里可以见到过去在干旱中死去的牲畜残骸——只剩下散乱的骨头和干硬发黑的牛皮了。

"这个地方你还中意吧？"约翰·格雷迪问罗林斯。

罗林斯倾了倾身子，吐了一口唾沫，没有回答。

晚上，他们行至一个小牧牛场，在栅栏前停下马。面前有座房子，旁边是个木柱支的畜栏，栏里有两匹马；再向后看，还有几座房舍散于四周。两个身穿白裙的小女孩站在院中，看到这些陌生的骑手们，就转身跑回屋里。一个男人马上出来了。

"晚上好！"他说。

他走出栅栏门，打着手势请他们进院，指点着饮马的地方。

"请进。"他邀请着。

在昏暗的油灯光里，他们坐在油漆过的小松木桌旁吃东西。周围的墙上挂着过时的日历和杂志上的画片。有一面墙上钉着一幅锡框，镶着圣母像。画下面有块木板被两只打进墙里的木楔子架着，板上有个绿颜色的小玻璃杯，杯里放着一段发黑的残蜡烛头。这几个美国人在桌子一头肩靠肩地坐着，那两个小女孩坐在桌子另一头，大气不敢出地盯着他们。女主人低着头吃饭。男主人一面和客人们打趣说笑，一面把盘子递给他们。他们吃着菜豆和玉米饼，还有从泥罐里舀出来的羊肉辣酱。他们用锡胎搪瓷杯喝着咖啡。这时，男主人又把大碗推到他们面前，殷勤地打着手势说："你们应当吃些饭。"

他很想知道美国——这个北去三十英里即可到达的国家。孩提时，他去过一次美国，是在阿库纳过的河。他有兄弟在那里干过活。他还有个叔叔在得克萨斯的尤瓦尔迪住过多年。但他想这位叔叔早已经去世了。

罗林斯吃完了盘子里的饭，谢过了女主人。约翰·格雷迪对她翻译了罗林斯的话。女主人听了后面带微笑，很庄重地点着头。

此时，罗林斯哄着两个小女孩玩，表演拽下手指再安上的小把戏。布莱文斯吃完，把餐具交叉着放在盘子上，在袖子上擦了擦嘴，然后坐在桌旁朝后一靠。但条凳上没有靠背，他失去平衡，接二连三地甩动了几下手臂，终于仰面朝天地摔倒在地板上。他双脚从底下踢着桌子，震得桌上的杯盘哗啦啦直响，还差点把同样坐在条凳上面的罗林斯和约翰·格雷迪一起带倒。两个小女孩立刻站起来，拍起小手尖声欢叫着。罗林斯紧紧地抓住桌子才没有摔倒，他看了看躺在地上的布莱文斯。"真他妈的该死！"他骂道，又紧接着向女主人道歉，"真对不起，太太。"

布莱文斯从地上挣扎起来，只有男主人扶了他一把。

"你没事吧？"他问。

"他没事，"罗林斯说，"笨蛋是伤不着的。"

女主人弯下腰扶正了杯子，又示意孩子们平静下来。她并没有嘲笑别人的闪失，但她眼里闪烁的愉悦神情连布莱文斯的眼睛都没逃过。他跨过条凳又重新坐下。

"你们不准备走吗？"他小声探问着。

"我们还没吃完呢！"罗林斯说。

他很不自在地环顾四周："我不能坐在这里。"

他低头坐在那里，嗓音沙哑地嘀咕着。

"你为什么不能坐在这里？"罗林斯问。

"我不愿意被人家笑话。"

罗林斯看看两个女孩。她们已经坐下，眼睛睁得大大的，面容严肃。"嗨，"他说道，"她们只是孩子。"

"我不愿意被人笑话嘛！"布莱文斯小声说着。

男主人和女主人都面带关切之色望着他们。

"要是你不愿被人笑话，就别出洋相。"罗林斯说他。

"抱歉，我先走了。"布莱文斯说。

他说完便跨过长凳，拾起帽子戴上，走了出去。男主人有些担忧，侧身向约翰·格雷迪低声打听。两个女孩坐在桌旁看着自己的盘子。

"你看他会自己上路吗？"罗林斯问。

约翰·格雷迪耸耸肩："我看够戗。"

两位主人似乎在等罗林斯和约翰·格雷迪中的一个起身去追布莱文斯，但是谁也没去。一直到喝完咖啡，女主人清理了桌子后，约翰·格雷迪才走出去。

他发现布莱文斯坐在地上像是在沉思。

"你在干什么？"他问道。

"没干什么。"

"那为什么你不回屋去？"

"我在这里就挺好。"

"他们让我们在这里过夜。"

"你去吧。"

"你打算干什么？"

"我在这里就挺好。"

约翰·格雷迪站着看了他一会儿。"好吧，"他说，"随你的便吧。"

布莱文斯没有再说话。约翰·格雷迪就留他一个人坐在那里。

他们睡觉的房间在房子后部。房间很小，无窗，里面有一股干草的味道。地上有两个草苫子，苫子上铺着粗麻袋布。他们接过主人递过来的油灯并谢过了他，主人低头退出低矮的房门，向他们道晚安。他没有问及布莱文斯的事。

约翰·格雷迪把油灯放在地上，他俩便坐在干草铺上脱靴子。

"我可累死了。"罗林斯说。

"我知道。"约翰·格雷迪答话。

"那个老头说这一带有活干吗？"

"他说谢拉·德尔·卡门那边有一些大牧场。离这里大概有三百公里。"

"那该有多远？"

"一百六十，不，一百七十英里吧。"

"你看他是不是觉得我们像一伙亡命徒？"

"不知道，如果他认为我们像坏人还对我们这么好，那他太好心了。"

"是啊。"

"他把那地方说成像大罗克糖山[1]那么美，说那儿有湖，有流水，还有长得高及马镫的青草。从我们在这里看到的情况，我可没法把那地方想象得那么好。你呢？"

"他大概只是想鼓动我们往前走。"

"可能吧。"约翰·格雷迪说。他脱下帽子，仰面躺下，拉起毛毯盖在身上。

"那小子到底要干什么？睡在院子里吗？"罗林斯问。

"可能吧。"

"也许到早晨他会自己跑掉。"

"也许吧。"

约翰·格雷迪闭上眼睛。"别让那盏灯烧完了，会把屋子熏黑的。"他说。

---

[1] 大罗克糖山：美国儿童读物中的快乐世界，美丽、富足之地。

"我一会儿把它吹灭。"

约翰·格雷迪躺在那儿听着，什么声音都没有。"你在干什么？"他问。

"没什么。"罗林斯回答。

约翰·格雷迪睁开眼睛。他看见罗林斯正在毯子上打开他的那个破钱夹。

"你在干什么？"

"你来看看我这倒霉的驾驶证。"

"你在这里用不着它。"

"这是我的弹子房出入证，也挨了一枪。"

"睡觉吧。"

"看看这件破烂，那臭小子一枪正打在贝蒂·沃德的眉心。"

"她的照片怎么在这里？我还不知道你喜欢她。"

"她送我的，是她学生时代照的。"

一夜酣睡。到了早晨，他们在那张木桌子边又吃了一顿丰盛的早餐，有鸡蛋、菜豆、玉米饼等。谁也没去找布莱文斯，谁也没问到他。女主人用布给他们包上午饭。他们谢过她，和男主人握了手，便在晨寒中走出屋子。他们注意到布莱文斯的马不在栏里。

"你觉得我们有这么走运吗？"罗林斯问道。

约翰·格雷迪没有把握地摇了摇头。

他俩备好马，执意要付给主人家饭钱。但男主人皱起眉头，挥手叫他们上路。于是他们又握了握手。男主人祝他们一路顺风。

他俩上了马，沿着一条轧满车辙的小路继续向南而行。一只狗尾随着他们跑出一截路，然后站住，望着两人的背影远去。

这天早晨格外清冷，空气中飘着柴火烟。他们骑上第一个高坎，罗林斯厌恶地吐了一口口水。"你看那边。"他说。

布莱文斯正坐在大棕红马上，立在路旁。

他们放马慢行。"你看他到底有什么毛病？"罗林斯说。

"他到底还是个孩子。"

"狗屎！"罗林斯骂道。

他俩骑马过来时，布莱文斯对他们笑笑。他正在嚼着烟叶，侧下身子吐到地上，又用手腕内侧去擦嘴。

"你傻笑什么？"罗林斯问他。

"早上好！"布莱文斯问候着。

"你从哪儿弄到的烟叶？"罗林斯又问。

"那个男的给我的。"

"那个男的给你的？"

"对，你们一直在那儿？"

他们骑马从两边上来超过了他，布莱文斯落在后面。

"你们有什么吃的吗？"小伙子问。

"带着女主人给我们备的午饭。"罗林斯说。

"都有什么？"

"不知道，没看。"

"那么，我们看看好吗？"

"现在是你吃午饭的时间吗？"

"乔,让他给我点东西吃吧。"

"他不叫乔,"罗林斯说,"就算叫伊夫林[1],他也不会在早晨不到七点的时候就给你吃午饭的。"

"狗屁。"布莱文斯骂道。

从早晨到中午,又从中午到下午,他们一路骑行。一路上景色单调,除了荒野还是荒野。耳畔的声响只剩下始终如一的马蹄嘚嘚声和布莱文斯时时将咀嚼烟叶后满嘴的棕黄口水吐出去的声音。罗林斯把一条腿横搁在马背上,身子靠着膝盖,沉思地抽着烟,观望着这乡间。

"我好像看见那边有三角叶杨林子。"他说。

"我好像也看见了。"约翰·格雷迪说。

他们在一小片沼泽地边缘的树荫下吃午饭。三匹马站在湿软的草地上,静静地唝着草间的浅水。女主人是用一块四方的平纹细棉布包着食物的。他们在地上摊开布,任意在烤玉米馅饼、夹馅煎玉米卷、烤甜饼之间挑选着各人所好。他们此时像一伙在野餐的人,支着胳膊肘仰卧在草地上,双脚交叉在身前,一面悠闲地咀嚼着食物,一面观察着马儿。

"很早以前,"布莱文斯说,"这里可能就是科曼奇人埋伏着准备袭击别人的地方。"

"他们最好带着纸牌和棋盘在这儿慢慢等!这个鬼地方整年都不会来个人。"罗林斯说。

---

[1] 伊夫林:有"容易相处之人"的意思。

"从前这里有很多过路的。"布莱文斯说。

罗林斯恶狠狠地瞪着他，那眼神灼热得能熔化岩石。"从前？从前的事你懂个臭狗屎！"

"你们俩还吃不吃了？"约翰·格雷迪插话道。

"我肚子都吃撑了！"罗林斯接上话。

约翰·格雷迪把包饭布扎好，站起来开始脱衣服。他赤条条地从草地上走过，经过马儿身边，蹚水进河，走到齐腰深的地方。他展开双臂，后仰入水便不见了。连马儿都注视着他的一举一动。稍过片刻，他从水里钻了出来，朝后抹抹头发，擦拭一下眼睛，就坐下了。

当晚，他们就在路旁的一个干河床上宿营。他们生起一堆篝火，坐在沙地上，看着火中的余烬。

"布莱文斯，你是牛仔吗？"罗林斯问。

"我喜欢当牛仔。"

"人人都喜欢。"

"我不敢自吹是高手，但我会骑马。"

"真的吗？"罗林斯问。

"当然啰，那边那个人也会骑马！"布莱文斯朝火堆那边的约翰·格雷迪扬扬脸。

"为什么这么说？"

"他就是会骑嘛，就这么回事！"

"要是我告诉你，他刚刚学会骑马呢？要是我告诉你，他只骑过那些女孩都能驾驭的马呢？"

"我看你在开玩笑。"布莱文斯说。

"那我要是告诉你，他是我所见过的最好的骑手呢？"

布莱文斯朝火里吐了一口唾沫。

"你不信？"

"没有，我没说不信，就看你都见过谁骑马了。"

"我见过布格·雷德[1]骑马来着，怎么样？"罗林斯说。

"真的？"布莱文斯问。

"当然。"

"你觉得乔能骑过他？"

"我肯定他能。"

"也许他能，也许他不能。"

"你连稀屎和苹果酱都分不清，"罗林斯说，"布格·雷德早就死了。"

"别管他了。"约翰·格雷迪说话了。

罗林斯又把双脚交叉起来，朝约翰·格雷迪点着头说："这小子不吹吹他自己就不甘心。"

"他懂个狗屁！"约翰·格雷迪说。

"你听见了？"罗林斯问布莱文斯。

布莱文斯朝火堆扬起下巴，啐了一口唾沫，说："真不明白你怎么能说谁是最好的。"

"你明白不了，"约翰·格雷迪说，"他什么都不懂，行了吧？"

---

[1]　布格·雷德：美国南部有名的牛仔。

"天底下有的是好骑手。"布莱文斯又说。

"很对，"罗林斯说，"天底下有的是好骑手，但最好的只有一个，而这个人正好就坐在那里。"

"别烦他了。"约翰·格雷迪又说。

"我没烦他呀，"罗林斯说，"我烦你了吗，小子？"

"没有。"布莱文斯回答。

"告诉乔我没烦你。"

"我说了你没有。"

"好了，别烦他了。"约翰·格雷迪说道。

此后的几天，他们三人一直在群山里骑行。这日黄昏，他们骑过荒芜的旱峡，在乱石巉岩间停下马来，然后向南遥望这片广袤的土地。太阳已经西沉，在天边斜飞的彩云间泛起血红色；清风徐来，朦胧的暮色迅速笼罩了大地。远处的山脉在地平线上绵延伸展，颜色愈远愈淡，从淡青色到浅蓝色，最终融入天际。

"那个伊甸园到底在哪里？"罗林斯问。

约翰·格雷迪脱下帽子让山风吹凉脑袋。"你不在一个地方扎下，就不会知道它到底是个什么样儿。"他说。

"那这国家肯定有不少这样的宝地了？"

约翰·格雷迪点着头："我就是为此而来的。"

"我明白了，老弟。"

在凉意袭人的蓝色山地中，他们顺北坡而下，沿途雨水沟的岩缝里长着青桴、柿子树和山橡胶树等常绿植物。一只老鹰从他们脚下飞起，在愈来愈浓的阴霾中盘旋着又俯冲而下。他们把脚从马镫里抽出，轻轻踢打着马肚子，让它们小心翼翼地踩着页岩曲折而下。天刚擦黑，他们就选了一大块突出的扁平岩石宿营。那夜，他们听到了过去从未听到过的声音。西南方传来三声凄厉的长嚎，过后又是一片沉寂。

"你听见了没有？"罗林斯问。

"听见了。"约翰·格雷迪答道。

"是狼吧？"

"对。"

约翰·格雷迪平躺在毛毯里，遥望着一弯弦月有如镰刀吊在山边。在这幽蓝的夜空里，金牛座七星像灯盏升上夜空，一时使其他的星星都黯然失色了。猎户座和五车二连在一起，仿佛钻石模样，它们与仙后座一起穿过磷光闪闪的夜幕款款登场，织成一张大大的渔网。他躺着，半天睡不着，听着两个伙伴酣睡的鼻息声，思索着四周那不开化的蛮荒之地，也思索着自己体内的那种野性。

这一夜清寒入骨。天才微明，约翰·格雷迪和罗林斯就醒来了。而布莱文斯早已起身，并在地上点了一堆火。他穿着单薄的衣服，蜷成一团缩在火边。约翰·格雷迪爬起身，穿上靴子和夹克走过去细看这个新的天地，曙光冲破黑暗使万物展示出各自的形态和姿容。

他们喝着最后一点咖啡，又把少许辣酱油倒在玉米饼上充作早餐。

"下山得走多久？"罗林斯问。

"干吗操这个心？走就是了。"约翰·格雷迪回答。

"可你那位伙伴看起来有点发愁呢！"

"他是担心熏肉不够吃了。"

"你也一样。"

他们站在悬崖上欣赏着太阳从脚下升起。站在高台上吃料的马儿也抬起头观望着。罗林斯喝光最后一口咖啡，倒掉杯子里的残渣，又伸手到衬衫口袋里去掏烟。

"你觉得会不会有那么一天太阳不再升起？"

"会的，"约翰·格雷迪说，"到了世界末日。"

"什么时候才到世界末日呢？"

"这得由上帝来决定。"

"世界末日，"罗林斯还在念叨，"你相信那一套？"

"不知道。嗯，我想我还是信的，你呢？"

罗林斯把烟叼在嘴角上点着，把火柴甩掉说："我也不知道，也许信吧。"

"我知道你是不信教的。"布莱文斯对着罗林斯说。

"你知道个屁！你还是闭上嘴，别再丢人现眼了。"罗林斯说道。

约翰·格雷迪站起身，抓住鞍角提起马鞍，甩起毛毯往肩上一搭，转身看着他们说："我们走。"

上午十点左右，他们下了山，又骑马踏上了大平原。平原上长着垂穗草和旱叶草，中间还点缀着龙舌兰。在这里，他们遇到了第一批骑马的人。他们勒住马观望。那一行人离他们还有一英里远，可以看出是三个骑马的人带领着一队驮着空袋子的骡子。

"你看他们是干什么的？"罗林斯问。

"我们不应当这样停下来，"布莱文斯说，"如果我们能看见他们，他们也能看见我们。"

"你这是什么意思？"罗林斯问。

"如果看见对方停下来，你会怎么想？"

"他说得对，"约翰·格雷迪说，"我们别停下来。"

来者是几个墨西哥的牛仔，他们要进山去采集中国药草。纵使这些人看到美国人在此处骑马而深感意外，他们看起来也仍是一副若无其事的样子。来者问少年们是否见过他们其中一人的兄弟，他跟妻子和两个成年女儿住在山里。少年们说没看到过。墨西哥人坐在马上，慢慢转动着他们黑色的眼睛看着三位少年的装备。这些人看起来十分粗野。他们衣衫破旧，帽子被油污和汗水染出道道斑纹，靴子上补着生牛皮。他们骑用的还是老式的方边马鞍，皮面磨损得露出了里面的木头。他们用一条条的玉米皮卷烟，再用空弹药箱里的火石、铁块和一团团绒毛打火点烟。其中一人的腰带上别着一把用得挺旧的科尔特左轮手枪。枪膛盖是打开着的，以免滑落。他们的身上发出一股股烟味、汗臭和油脂味混杂的味道，看起来就像他们所在的这块土地一样野蛮和古怪。

"你们都是从得克萨斯来的吗？"他们问。

"是的。"约翰·格雷迪答道。

他们点点头。

约翰·格雷迪一面抽着烟，一面看着他们。尽管衣衫褴褛，但他们都骑着好马。约翰·格雷迪注视着那些黑眼睛，想从中看出他们在想些什么，但什么也没有看出来。他们谈到这个地方和这里的气候，还谈到现在山里仍然很冷。没有人主动下马。墨西哥人始终在看着四周的地域，好像这是他们的一个问题，一个尚未决定的问题。他们身后带着的几匹小骡子在他们刚停下马时就站着睡着了。

那个领头人抽完了烟，把烟蒂扔到路上。"好吧，"他说，"我们走。"

他朝美国人点点头。"祝你们好运。"他说，然后用靴刺上的长齿轮夹了一下马就上路了。那些小骡子跟着主人移动起来，它们瞟着停在路边的美国马，还不停地甩着尾巴，尽管这个地方根本没有什么苍蝇可驱赶的。

下午，约翰·格雷迪他们在一条从西南方流来的清澈小溪里饮了马，自己喝了水并装满了水壶，然后沿溪骑行。在大约两英里之外的平原上，他们看到一些昂头而立的羚羊。

他们又骑进了山谷。平坦的谷底草木茂盛，还有不少牲畜，皮毛五颜六色：从家猫似的雪白色，到玳瑁壳般的黄褐色，还有印花布似的斑驳色彩。牛群或是在臭李子丛中不时移动，或是站在通向东方的高地边，看着这几位不速之客经过。那天晚上，他们就在低矮的小山丘中宿营，还烧烤了布莱文斯用手枪打到的长耳大野兔。布莱文斯当场用小折刀给它放血开膛，连皮埋在沙土下面，然后在上面生起火来。他说印第安人就是这样的吃法。

"你吃过野兔吗？"罗林斯问他。

他摇摇头："还没有。"

"你最好多弄点木头来烧它。"

"一会儿就熟了。"

"你吃过的最奇怪的东西是什么？"

"我吃过的最奇怪的东西，"布莱文斯说，"我想，是牡蛎。"

"是山蛎子还是海蛎子？"罗林斯又问。

"当然是海蛎子。"

"怎么个做法？"

"根本不用做，它们就躺在壳里，你往上面倒辣酱就行了。"

"你吃过？"

"我吃过。"

"味道怎么样？"

"要多好就有多好。"

他们又坐着观火，罗林斯问道："你是哪里人，布莱文斯？"

布莱文斯看看罗林斯，又转脸看着火。"尤瓦尔迪县，"他说，"就在萨比纳尔河上游。"

"你为什么跑出来？"

"你呢？"

"我已经十七了，我想去哪儿就去哪儿。"

"我也一样。"

约翰·格雷迪两腿交叉着倚鞍而坐，他一面抽烟一面说："你以前跑出来过，是吧？"

"是的。"

"他们怎么做，抓你吗？"

"对，我当时在俄克拉荷马州阿德莫尔的一家保龄球场摆放木瓶子，被一只牛头犬咬下腿上的一块肉——有星期天烤肉那么大的一块。伤口感染了，我那个老板就把我送到医生那里，他们都认为我得了狂犬病，全他妈的撒手不管了。我被人用船送回了尤瓦尔迪县。"

"你当时在阿德莫尔做什么？"

"在一家保龄球场里摆放木瓶子。"

"你怎么会跑到那儿受伤呢？"

"当时听说有个演出团要经过尤瓦尔迪镇，我就省下钱等着去看。结果根本就没来，团老板在得克萨斯的泰勒镇被送进了监狱，因为他们搞黄色表演，他们演出合同的一部分就是表演脱衣舞。我跑到尤瓦尔迪镇，结果海报写着他们两周后要到阿德莫尔演出，所以我又跑到阿德莫尔去了。"

"你大老远地跑到俄克拉荷马州去看一场演出？"

"那就是我攒钱的目的，而且我早打算这么做。"

"那你在阿德莫尔看到演出了吗？"

"没有，他们也没去那儿。"

布莱文斯拉起工装裤的裤腿，把腿挪近火光。"就在那个鬼地方，那条该死的恶狗咬了我，"他说，"就像是被鳄鱼咬了似的那么可怕。"

"那你为什么又到墨西哥来呢？"罗林斯问。

"和你一样的原因。"

"到底是什么原因？"

"因为你知道他们会想尽办法找到你。"

"可是没人追我。"

布莱文斯卷下裤腿，拿一根柴火棍去拨火。"我告诉那个狗娘养的，不会再让他的鞭子抽着我，我就是没让他得逞。"

"是你爸爸？"

"我爸爸上了战场就没再回来。"

"是你继父？"

"是的。"

罗林斯弯腰朝火里吐了口唾沫："你没给他一枪？"

"真逼急了我会的，他也知道。"

"那只牛头犬在保龄球场上干什么？"

"我不是在保龄球场里被狗咬，我说的是在那儿干活。就这些。"

"那被狗咬的时候，你在干吗？"

"没干啥，我当时确实没干啥。"

罗林斯又弯腰朝火里吐了一口唾沫："那么那时你在哪儿？"

"你他妈哪来这么多狗屁问题！别朝火里吐，我在做晚饭呢。"

"什么？"罗林斯问。

"我说别朝火里吐，我在做晚饭呢。"

罗林斯看看约翰·格雷迪，他已经开始笑起来了。约翰·格雷迪看着布莱文斯。"晚饭？"他说，"用那点破兔肉塞牙缝，你也把这当晚饭？"

布莱文斯点点头："不想要你们那一份就直接告诉我！"

他们从沙土里挖出来的那个东西冒着白气，看起来就像墓穴里干瘪的雕像。布莱文斯把它放到一块扁平的石头上，剥去了皮，把肉从骨头上刮到各人的盘子里，他们用辣酱浸了一下，卷在最后几张玉米饼里。大家立时大嚼起来，一面吃一面互相看看。

"我说，"罗林斯开口，"这东西还真不错。"

"当然不错，"布莱文斯说，"老实讲，我倒没想到你能吃这么多。"

约翰·格雷迪嘴巴停了一下，看看他们，又继续咀嚼着。

"你们都比我出来得早，"他说，"我还以为我们是一块儿开始闯的呢。"

第二天，在南行的路上，他们又遇到一支衣衫褴褛的小型流动商队。他们是去往北部边境的。这些因日晒雨淋脸色黝黑的人骑着驴，三四个排成一个纵列。驴背上驮着蜡大戟树[1]、皮毛、羊皮、一卷卷用手搓成的龙舌兰草绳子，还有毛百合酒。这酒发酵好了后倒进木桶或铁罐里，这些桶、罐又被捆扎在大树枝绑成的驮架上。他们带的水盛在猪皮袋或帆布袋里。这些袋子都涂着树蜡，以防透水，口上塞着牛角栓。有的人还携家带口，

---

[1] 蜡大戟树：产在美国西部、墨西哥一带的可取蜡的树。

女人、孩子全来了。看到这些美国骑手，他们便用肩膀把牲口推进路旁的灌木丛，给他们让出路来。骑手们也有礼貌地向他们问好。他们总是微笑着，点着头，一直到骑手们通过。

约翰·格雷迪他们想从商队那里买点水，但就是找不出零钱来。罗林斯向其中一位出五十墨西哥分币，想买价值半美分的水，这些水能够装满他们三人的水壶，那人因舍不得出让而拒绝了。到了晚间，他们才从别的商队那里买了一水壶毛百合酒。三个人边骑边前后传递着喝，不一会儿就醉醺醺的了。罗林斯喝足了酒，抓起帽上的皮带，在空中旋转一下帽子把它卷起来，然后又抓起水壶的带子转了一圈，甩给了布莱文斯。少顷，罗林斯再回头看时，布莱文斯的马已经鞍上无人。这马儿迈着沉重的步子缓慢地跟在后面走着。罗林斯昏昏沉沉地瞟了这牲畜一眼，拉住了自己的马，叫住了骑在前面的约翰·格雷迪。

约翰·格雷迪回头看看。

"他人呢？"

"天知道，在后面什么地方躺着吧我想。"

他俩又骑了回去。罗林斯牵着那匹无主的马的缰绳，带着它前行。布莱文斯正坐在路中间，头上还戴着帽子。"呼——"他看见他们就吐着气说，"我他妈醉……醉得不行了。"

他俩坐在马上，往下望着他。

"你还能不能骑了？"罗林斯问他。

"只要狗熊还在林子里拉屎，我……我他妈的就能骑，我就是骑着的时候摔下来的。"

他晃晃悠悠地站起来，两眼直直地瞅着前面，然后趔趔趄趄地绕过他们，去找他的马。他乱摸一气，却摸到了罗林斯的膝盖。"我以为你们都骑着马跑了，把我给扔下了。"他说。

"下一次我们真的会把你这头瘦驴扔下。"

看着布莱文斯东倒西歪，约翰·格雷迪只好帮他拿着缰绳，拉住马："给我缰绳，我是个该死的牛仔，我是个牛仔。"

约翰·格雷迪摇摇头。布莱文斯还没拿稳缰绳就把它掉落在地，他要伸手去够，但一歪身子几乎顺着马肩滑下来。他抓住缰绳在马上坐稳，又猛地一拉，把马转了个圈。"老子是他妈合格的驯马师，我是说……"

他说着便用双脚一夹马肚，这马一个下蹲，接着朝前一跃，便把布莱文斯向后仰翻在路上。罗林斯厌恶地啐了一口唾沫。"让这个狗崽子躺那儿算了。"他说。

"骑上那匹该死的马，"约翰·格雷迪命令道，"别再出洋相了。"

傍晚，北方的天空已经黑下来了。放眼望去，他们走过的这片地区已是一片灰蒙蒙的颜色。他们聚在路上的一个高坡向后看着。风暴的前锋已经逼近；习习凉风吹到他们流汗的脸上。他们两眼惺忪，跌坐在马鞍里面面相觑。天空被雨前的黑色积云覆盖着，远处的闪电无声地迸发着亮光，就像透过铸造车间的浓烟看到的焊接景象。仿佛这铁黑铁黑的天地间有什么地方裂开了缝，上帝正派人修补呢。

"看来要有一场大雨。"罗林斯说。

"我可不能待在这个空旷地方。"布莱文斯说。

罗林斯笑起来并摇着头。"听听这话。"他朝约翰·格雷迪说。

"那你想到哪儿去？"约翰·格雷迪问布莱文斯。

"不知道，反正我得到别处去。"

"为什么你不能待在这空地上？"

"因为这闪电。"

"闪电？"

"是的。"

"你他妈的怎么突然清醒起来了！"罗林斯说。

"你害怕闪电？"约翰·格雷迪问他。

"我肯定会被闪电击中的。"

罗林斯朝着挂在约翰·格雷迪马鞍头上的酒壶摆了一下头。

"可不能再给他喝那尿汤了，他犯了酒狂了。"

"但这事在我们家族是一再出现的。"布莱文斯开始数说起来。

"我爷爷是在西弗吉尼亚一个矿井的吊桶里被击死的。闪电一直顺着矿洞往下击了一百八十英尺，正好击着我爷爷，他都来不及回到地面就被击死了。人们只好往吊桶上泼水，吊桶冷却后才把他们搬出来。死掉的除了我爷爷，还有其他两个工人。他们全身都烧焦了，像熏肉一样。我大伯父在1904年被雷从巴特森油田的井架上炸了下来，虽然井架是木头的，但那雷偏偏就击着了他。他当时还不到十九呢。我舅姥爷——是我妈的舅舅，听我说嘛——他是骑在马上被闪电击死的。那马连根毛都没有烧着，而偏偏把他打得上了西天。最后他们还不得不把他身上的皮带剪下来，因为闪电把他的皮带扣都烧化成一团了。我有个表哥，比我大不到四岁，那天他刚刚从马厩回来，走进自家院子，就被雷电击中。他一半身子被打瘫了，嘴里补牙的金属料被烧化了，连上下颚都被焊死了。"

"我告诉过你，"罗林斯对约翰·格雷迪说，"他犯病了。"只见布莱文斯全身痉挛着，嘴里咕咕噜噜，手指头一直指着自己的嘴巴，他们不知道他犯了什么病。

"我从没听说过这种天大的谎话，准是他胡编的。"罗林斯说。

布莱文斯没听见他俩说些什么，豆大的汗珠挂在他的额头上，他继续喃喃着："我堂哥也遭了雷击。闪电把他的头发烧着了。他口袋里的零钱把裤子烧透后落到地上，把草都引着了。我自己也挨过两次雷击。要不我这只耳朵怎么会聋？我已经在火中两次死里逃生了。你俩必须扔掉所有带金属的物件。不知道什么玩意儿就会给你引上电，裤子上的圆头钉、靴子上的铁钉都会惹祸上身的。"

"那你打算怎么办？"

他发狂般地看着北方。"拼命骑，不让雷电追上，"他说，"这是我唯一的活路。"

罗林斯看着约翰·格雷迪，他弯腰啐了口唾沫。"咳，"他说，"如果说以前我还拿不准，那么现在可都清楚了——他是个地地道道的疯子。"

"你能骑过雷电风暴吗？"约翰·格雷迪说，"你他妈的到底有什么毛病？"

"这是我唯一的活路。"

布莱文斯话音未落，第一个微弱的雷声就响了起来。雷声很小，只有干柴棍被踩断那么响。一听到这个信号，布莱文斯立刻摘下帽子，用衬衫袖子擦了擦前额，挽了一圈手里的缰绳，然后绝望地向后看了最后一眼，抓住帽子朝着马屁股使劲一拍，便飞奔而去。

　　约翰·格雷迪和罗林斯看着他离去。他想戴上帽子，但在慌乱中帽子掉了下来，在路上不停翻滚。他的两肘不断拍打着，身影在原野上愈来愈小，也愈加显得滑稽可笑。

　　"我对他可没有什么义务。"罗林斯说。他伸手到约翰·格雷迪的马鞍头上解开酒壶，然后打马向前。"他会像只死狗似的躺在路上。你说到时候那匹马会在哪儿呢？"

　　他继续向前骑着，一面喝酒，一面自言自语。"我会告诉你马在哪里。"他朝后喊着。

　　约翰·格雷迪紧跟了上来。尘土从马蹄下阵阵扬起，然后又散落在前方的路上。

　　"一直跑出这块地方！"罗林斯大叫。"就在那儿，再跑就到地狱了。那该死的马就在那儿！"

　　他们朝着那里骑去。此时，风里已经夹着雨星了。布莱文斯的帽子躺在路上。罗林斯想骑马跨过去，但马儿却绕着过去了。约翰·格雷迪把一只脚抽出脚镫，一个侧身弯腰，没有下马就把帽子拾了起来。这时他们可以听到身后密集的雨点拍打着路面，就像鬼怪袭来的声音。

　　布莱文斯的马带着空鞍站在路旁，被拴在一丛柳树中。罗林斯转过身来在雨中停下马，看着约翰·格雷迪。约翰·格雷迪骑马穿过柳丛，沿着一条干河道，循着湿泥地上偶然出现的脚印寻找着，最后他在一个坑洼（干河道在此处转了个弯，呈扇形和大平原连接在一起）里发现了布莱文斯。那小子正蜷缩在枯死的三角叶杨的树根底下。他几乎赤着身子，只穿了一条特大尺寸的脏兮兮的内裤。

"你在这里干什么？"约翰·格雷迪问他。

布莱文斯双手抱着苍白瘦弱的肩膀坐在那里。"就是坐在这里。"他回答。

约翰·格雷迪向原野上瞭望。日近黄昏，最后的一抹阳光好似被驱赶着没入了南边的山丘之后。约翰·格雷迪弯下腰，把布莱文斯的帽子扔在他的脚边。

"你的衣服呢？"

"全脱了。"

"我知道，你扔哪儿去了？"

"扔那边了。衬衫上有铜纽扣。"

"要是雨再下大些，就会汇成小河奔流而下，像火车开过来一样。你想过没有？"

"你没被闪电打过，"布莱文斯说，"你不知道它的厉害。"

"你坐在这里会被淹死的。"

"那也没啥，我还从来没被水淹过呢！"

"你就打算坐在这里？"

"我就打算这么做。"

约翰·格雷迪把双手放在膝上,说:"咳,对你没什么好说的了。"

霹雳一声长雷,滚动着爆裂般在天空中炸响,又隆隆地向北蹿去,大地震颤了。布莱文斯双手抱住头。约翰·格雷迪打马转身,沿着干河道骑回。弹丸大的雨点敲打着脚下的湿沙,在地上形成坑坑点点的麻子脸。他又回头看了看布莱文斯。那小子还是一动不动地坐着,仿佛在这广漠荒原上的一个不可理喻的怪物。

"他在哪里?"罗林斯问。

"他就坐在那边。你最好穿上大雨衣。"约翰·格雷迪说。

"第一次看见他,我就知道这狗崽子脑袋有毛病,"罗林斯说道,"他全身都冒着怪气。"

大雨倾盆而下。布莱文斯的马站在滂沱的雨中,就像一匹幽灵马。他俩离开了路,沿着河床走向树丛,借着光秃秃的凸岩避雨。他们坐在石下,双膝伸在外面淋着雨,手里握紧缰绳拉住马。马在暴雨中原地踏着步子,不停地甩着头,雷电噼啪作响,狂风撕扯着金合欢树和绿皮树,暴雨猛烈地抽打着这片荒原。有一瞬间,他们听到雨中有马蹄声在什么地方响起,再听下去就只有哗哗的雨声了。

"你知道那是什么,是吧?"罗林斯问。

"是。"

"还想喝酒吗?"

"不想,我开始觉得有些不大好受了。"

罗林斯点点头，又喝了一口。"我也觉得不大好受。"他说。

天快黑的时候，风暴减弱了，雨也基本停了。他俩把湿漉漉的鞍子从马背上取下，拴住了马腿，各人朝着不同方向走去。走过荆丛，叉开两腿，双手抓紧两膝呕吐起来。正在吃草的马儿急忙抬起头来。这是它们过去从未听过的怪声。在灰暗的暮色中，这些干呕的声音就像暂时被放逐到荒原上的粗野怪兽的吼声的回响。这是人类心灵中盘踞着的某些不完美的畸形之物；它藏在宽容雅量的目光深处骄纵地窃笑，就像在一池明澈的秋水中作恶的蛇蝎。

暴风雨后的早晨，他俩备好马，绑上潮湿的铺盖卷之后，就牵马上路了。

"你打算做什么？"罗林斯问。

"我想我们最好去找那个瘦小子。"

"我们走我们的又怎么样？"

约翰·格雷迪骑上马，朝下看看罗林斯。"他的马跑了，我觉得我不能把他丢在半路上。"他说。

罗林斯点点头："是啊，我也觉得不能。"

约翰·格雷迪沿着那条干河谷骑行，看到了布莱文斯，那小子还是昨日分别时的那副模样。约翰·格雷迪停住马。布莱文斯手里拿着一只靴子，赤脚沿着雨水冲出的沟槽择路而行。他抬头看见了约翰·格雷迪。

"你的衣服呢？"约翰·格雷迪问他。

"冲走了。"

“你的马跑了。”

“知道，我去路上找过一次。”

“你现在打算怎么办？”

“不知道。”

“这鬼酒把你折腾得真够厉害的。”

“我的脑袋就像有个胖女人坐在上面似的。”

约翰·格雷迪抬眼看着在初升的太阳下闪着亮光的沙漠。他又看看这少年。

“你把罗林斯折磨得够呛。我想你是知道的。”

“你根本不知道什么时候会用得着你瞧不起的那些人。”布莱文斯说。

“你在哪个鬼地方学会这么说的？”

“不知道。我就是想这么说。”

约翰·格雷迪摇摇头。他伸手解开鞍袋的扣子，拿出备穿的衬衫，扔给了布莱文斯。

“穿上这个，免得把你烤个半熟。我再去转转，看能不能找到你的衣服。”

“多谢啦。”布莱文斯说。

约翰·格雷迪沿干河床骑开，一会儿又骑了回来。布莱文斯穿着那件衬衫坐在沙地上。

“昨夜这干河床里积了多少水？”约翰·格雷迪问他。

“很多。”

“你在哪里找到这只靴子的？”

"在一棵树下。"

约翰·格雷迪又沿干河床骑去,骑过那片扇形沙滩,坐在马上张望。他没有看到靴子。他回来时,布莱文斯还是像先前那样坐着。

"那只靴子找不到了。"他对布莱文斯说。

"我想也是。"

约翰·格雷迪伸下一只手来,说:"我们走吧。"

他一把拉起了只穿着内裤的布莱文斯,让那小子坐在身后。"罗林斯见到你会嗤之以鼻的。"他说。

果然,罗林斯见到这小子的模样,沮丧得都不愿意和他说话。

"他把衣服丢了。"约翰·格雷迪对罗林斯说。

罗林斯一言不发,掉转马头,缓缓地沿路走了。另一匹马上的两个人在后面跟着。谁也不说话。过了一会儿,约翰·格雷迪听见有个东西掉在路上。他回头一看,布莱文斯的靴子正在后面躺着呢,他转身看看布莱文斯,但见他的眼睛从大帽檐下木然地凝视着前方。他们继续骑行,马儿调皮地踩着树木投在路上的阴影走,羊齿草湿漉漉地冒着水汽。不一会儿,他们经过一丛路边的多刺仙人掌,惊异地看到,有一些小鸟被昨日的风暴吹得挂在了刺上。这些灰色的无名小鸟匍匐在仙人掌刺上,有的仍保持着生前的飞行状,有的挂在那里耷拉着双翼。其中有一些还没死,约翰·格雷迪他们的马经过时,它们在针刺上痛苦地扭动着,还仰起头啾啾哀叫,但骑马人顾不得这些,继续前行。太阳已经升上半空,给大地带来一片鲜艳色彩。金合欢和绿皮树闪着绿光，路边沟里的草一片青翠，带刺的奥科提罗树[1]也闪着金光。好像这雨是带电的，雨线接地，给大地通上了绿色的光网！

　　他们马不停蹄一直骑到中午，骑到了一个制作树蜡的帐篷前。帐篷扎在低矮的平顶山脚下一块凹凸不平的地方。平顶山自东向西横亘在他们面前。帐篷附近有一条清澈的小溪。墨西哥人挖了用岩石做里的露天火箱，把硕大的熬胶器架在上面。这个熬胶器是利用镀锌水箱的下半截做成的。为了把它弄上去，他们在底部穿过一根木车轴，又做了一个木头三脚架撑住车轴外面的一端以便将其抬起。而水箱是用了一组马从八十英里以东的萨拉戈萨越过沙漠运过来的。当时被压平了的荆丛的痕迹如今依稀可见，在沙地上弯弯曲曲地伸向远方。这三个美国青年骑进营地时，有几头驴子刚刚从平顶山上驮来了蜡大戟树。墨西哥人就是用这些植物来制蜡的。此时他们把驴卸下，正在吃午饭。一共有十二个人，大多数穿着类似睡衣的宽松服装，所有的人都穿着破衣烂衫。他们蹲在柳树的阴影里，用锡匙子舀着粗陶盘子里的东西吃。他们见到美国人来，抬起头来看了看，但没有停止吃饭。

　　"早安。"约翰·格雷迪招呼他们。他们立即作答，声调沉闷。约翰·格雷迪下了马，他们朝他看了一眼，又互相看看，然后继续吃饭。

[1]　奥科提罗树：一种美、墨两国常见的多刺的沙漠树。

"你们要吃点东西吗？"

有一两个墨西哥人手拿匙子指着火做着手势。布莱文斯从马上滑下来时，他们又相互看着。

美国来的骑手们从鞍袋里取出了盘子和餐具。约翰·格雷迪又从又脏又黑的炊事袋里掏出小搪瓷罐和旧木柄叉子一起递给布莱文斯。他们走到火边，在盘子里盛上菜豆和辣椒，每人又从架在火上的薄板上拿了两个烤得发黑的玉米饼，然后走到柳树底下，和墨西哥工人隔开一点坐下。布莱文斯先是伸开赤裸的两腿坐着，但那双腿显得全无血色，在地上搁着又太裸露了，他自己都觉得不好意思，于是竭力想把双腿收起藏在身下，并用他借穿的衬衫的下摆盖住双膝。他们三个吃起来。工人们大都吃完了饭，各自找个地方仰靠着抽烟，默默地吞云吐雾。

"你不去向他们问问我的马吗？"布莱文斯对约翰·格雷迪说。

约翰·格雷迪边吃边思索。"嗯，如果那马在这里，他们应该能想到是我们的马。"

"你觉得是他们偷的吗？"布莱文斯问。

"你别想再找回那匹马了，"罗林斯说，"等我们下一步走到哪个镇上，最好看看能不能把你那把破枪卖了，换几件衣服和回老家的汽车票，如果那儿通汽车的话。那位仁兄可能愿意拖着你跑遍墨西哥，我他妈的可受够了！"

"我没手枪了，"布莱文斯说，"手枪也在马身上。"

"该死！"罗林斯说。

布莱文斯又低头吃饭，过了一会儿他抬起头来。"我到底怎么得罪你了？"他问罗林斯。

"你没得罪我，以后也不会，懂吗？"

"别管他，莱西，帮这小子找回马对我们也没什么坏处。"约翰·格雷迪说。

"我只是告诉他实情。"罗林斯说。

"他知道实情。"

"但他不像知道的样子。"

约翰·格雷迪用最后一块玉米饼擦了盘子，然后塞进嘴里吃了，把盘子放在地上，开始卷一支烟。

"我他妈饿坏了，"罗林斯说，"你估计要是我们再去拿一点吃的，他们会介意吗？"

"不会的，"布莱文斯说，"去吧。"

"谁问你啦？"罗林斯说。

约翰·格雷迪伸手去衣兜里掏火柴没掏着，起身走到工人们那里蹲下借火。有两个人掏出了火石，其中一个为他打着了火。他点着了烟，谢过后就开始和他们聊天。他谈到那个熬胶器，那些驴背上驮的蜡大戟。工人们就给他讲了制蜡的事。有一位还起身去拿了一小块灰色的蜡给他看。它看起来像一块洗衣皂。约翰·格雷迪用手指甲刮了一下，放到鼻下闻了闻。他把蜡举在手上反复看。

"这值多少钱？"他问工人。

工人们耸耸肩，没有回答。

"活很重，是吧？"

"很重。"

旁边的一个瘦子穿着前胸绣花的沾满油污的皮背心，眯起双眼，狐疑地看着约翰·格雷迪。约翰·格雷迪把蜡块还给了工人，瘦子朝他嘘了声口哨，又向一边扭了扭头。约翰·格雷迪回转身。

"那个金发小子是你兄弟？"那人问。

他指的是布莱文斯。约翰·格雷迪摇摇头。"不是。"他说。

"他是谁？"那人又问。

约翰·格雷迪的目光越过空地，他看到伙夫给了布莱文斯一些猪油，小伙子坐着用油擦那两条被太阳晒伤的腿。

"他只是一个孩子，仅此而已。"约翰·格雷迪回答那人。

"有亲戚关系？"

"没有。"

"那是一个朋友了？"

约翰·格雷迪吸了一口烟，在靴后跟上磕了磕烟灰。"什么也不是。"他说。

双方不再说话。穿背心的人打量着约翰·格雷迪，又越过空地看着布莱文斯。然后他问约翰·格雷迪卖不卖那个孩子。

约翰·格雷迪半天没有回答。那人可能认为他是在掂量这件事。他们都沉默地等待着。过了一会儿，约翰·格雷迪抬起眼。"不。"他说道。

"要多少钱？"那人问。

约翰·格雷迪在靴底捻灭了烟，站起身来。

"谢谢你的热情招待。"他对那人说。

那人又提出愿用蜡来换那孩子。其他墨西哥人都转过身来听他说，现在他们又转过身来看着约翰·格雷迪。

约翰·格雷迪打量着他们，这些人看起来并不坏，但使他感觉不舒服。他转身走过空地，向他们的马走去。布莱文斯和罗林斯都站了起来。

"他们说些什么？"布莱文斯问。

"没什么。"

"你问他们我的马了吗？"

"没有。"

"为什么没问？"

"他们没有你的马。"

"那家伙和你谈了些什么？"

"没什么，拿上盘子，我们走。"

罗林斯看了看空地那边坐着的人。他拾起拖曳在地的缰绳，纵身跨上了马鞍。

"出什么事了，老弟？"他问约翰·格雷迪。

约翰·格雷迪上了马，转过马头。他看着身后的那些人，又看着布莱文斯。布莱文斯拿着盘子站在那儿。

"他为什么老看着我？"布莱文斯问。

"把盘子放进袋子里，赶快上马！"

"盘子还没洗呢。"

"照我说的办。"

有一些工人已经站了起来，布莱文斯把盘子塞进袋子，约翰·格雷迪伸手拉起布莱文斯，拽到了身后。

约翰·格雷迪把马转了半圈，骑出营地，上了向南去的路。罗林斯早已在马上，他回头看了一眼，然后把马打得一溜小跑。约翰·格雷迪跟了上来。他们并肩骑上这条满是车辙的窄路。谁也不作声。他们骑出营地约一英里时，布莱文斯又问那个穿皮背心的人想要干什么。但约翰·格雷迪没有回答。布莱文斯再问的时候，罗林斯回头看着他。

"他想买你，"他说，"这就是他想干的。"

约翰·格雷迪没有看布莱文斯。

他们又默默地骑马前行。

"你干吗要告诉他？"约翰·格雷迪埋怨罗林斯，"没有必要告诉他。"

那夜，他们在属于恩坎塔达山脉的小山群中宿营。三人点着一堆火，静静地围坐着。布莱文斯的瘦骨嶙峋的腿在火光里显得十分苍白。因为抹了猪油，上面还沾满了路上的尘土和碎草渣。他穿的内裤松松垮垮，脏得要命，他看起来简直就像个备受虐待的悲惨的奴隶，或者比奴隶还糟糕。约翰·格雷迪从铺盖卷上扯下一块垫底用的毛毯，布莱文斯马上把自己包在里面，在火边躺下，很快便睡着了。罗林斯摇着头，啐了一口唾沫。

"真他妈的可怜，"他说，"我说的事你有没有再想过？"

"是的，"约翰·格雷迪回答，"我想过了。"

罗林斯久久地凝视着通红的火苗中心。"告诉你一件事。"他说。

"说吧。"

"有件不祥的事要发生了。"

约翰·格雷迪慢慢地抽烟,双臂抱腿坐着。

"只是赌博而已,"罗林斯说,"就是这样。"

次日中午,他们骑入了恩坎塔达的一个印第安人村庄。这村子处在他们骑马绕过的连绵的平顶山的脚下。在这里,他们看到的第一样东西就是布莱文斯的那把科尔特手枪——它插在一个男人的后裤袋里,这个男人正弯着腰,把头伸进一部"道吉"车的引擎箱里鼓捣着。约翰·格雷迪第一个发现了枪,凡是看过的东西他都能认出来。

"那是我那把该死的枪!"布莱文斯大叫。

约翰·格雷迪向后伸手,一把抓住了布莱文斯的衬衣,不然他准会从马上掉下去。

"抓紧了,白痴。"约翰·格雷迪叫道。

"抓紧个屁!"布莱文斯说。

"你想找死吗?"约翰·格雷迪训他。

罗林斯策马骑到他们身旁。"别停下。"他嘘声示意。"全能的上帝啊!"

一些孩子从门廊里往外张望。布莱文斯还是不由得扭头向后看。

"就算那匹马在这里,"罗林斯说,"他们也不会送到迪克·特雷西[1]那里去认主人的。"

"你想怎么办？"约翰·格雷迪问他。

"不知道。先离开这该死的街道。也许已经太晚了，我说，我们先把他藏到安全的地方，再四处找找那匹马。"

"你这样行吗，布莱文斯？"约翰·格雷迪问。

"管他行不行呢！"罗林斯说，"没他说话的份儿。如果想让我帮忙，那就别废话。"

罗林斯骑到他们前面，三人沿着充当街道的泥沟骑着。

"别朝后看，妈的！"约翰·格雷迪骂道。

他们把布莱文斯安置在几株三角叶杨的阴凉地，给他留了一壶水，叮嘱他别让人看见。然后他们慢步骑回小镇。这镇子的街道其实全是些轧满车辙的泥沟。他俩正挑路走着，发现要找的那匹马就关在一所废弃的泥房子里——它正伸着头从没有框格的窗洞里向外看呢。

"别停步。"罗林斯说。

约翰·格雷迪点点头。

他们回到三角叶杨林时，布莱文斯已经不见了。罗林斯坐在马上，张望着这土灰色的荒凉山野，不禁又伸手去口袋里掏烟。

"我要和你商量件事，老弟。"

约翰·格雷迪侧身吐了口唾沫："你说。"

"我这辈子做过的最蠢的事就是蠢事发生以前的蠢决定，所

---

[1]　迪克·特雷西：自 20 世纪 30 年代开始连载的美国漫画书中的名侦探。

102

以糟糕的不是蠢事本身，而是事先做出的蠢决定。你明白我的意思吗？"

"是的，我明白。但你的意思是——"

"我的意思是，这件事就是这样。这是我们最后的机会，就是现在。到时候了，再也不会有别的机会了，我保证。"

"你的意思是——我们丢下他？"

"是的，先生。"

"这要是你怎么办？"

"可这不是我。"

"要是你怎么办？"

罗林斯把一支烟扭进嘴角，从口袋里掏出一根火柴，在大拇指甲上擦着了。他看着约翰·格雷迪。

"反正我不会丢下你，你也不会丢下我，这是没问题的。"

"但你知道他现在的处境吗？"

"当然知道，可这是他自找的。"

他们坐在马上。罗林斯抽着烟。约翰·格雷迪双手交叉放在鞍头上，两眼看着双手。过了一会儿，他抬起头来。

"我不能这么做。"他说道。

"那好吧。"

"那是什么意思？"

"就是行的意思。如果你不能做，那就不做呗。我就知道你会说这话的。"

"我可不知道我会说什么。"

他们下了鞍，把马系在木桩上，然后懒洋洋地躺在三角叶杨下的干树叶上，不一会儿便睡着了。他们醒来时，天几乎黑了。布莱文斯正蹲在一旁望着他们。

"幸亏我不是个歹徒，"他说，"不然我可以偷偷地把你们的东西全拿走。"

罗林斯翻身从帽檐底下看看他，又翻回身去。约翰·格雷迪坐了起来。

"你们发现什么了吗？"布莱文斯问。

"你的马就在这里。"

"你们看见了？"

"嗯。"

"那马鞍呢？"

"没看见。"

"哼！不找到全部的东西，我是不会走的！"布莱文斯说。

"听听，"罗林斯说，"他又来了。"

"他说什么？"布莱文斯问约翰·格雷迪。

"别管了。"约翰·格雷迪说。

"要是他的东西，那就不一样了——我敢说——他一定会拼命找回来，不是吗？"

"别抬杠了。"约翰·格雷迪说他。

"听听，简直满脑子是屎！"罗林斯光火了。"要不是为了这个人，我根本就不会在这里。我该把你扔在那条干河道里。不，我收回这句话，我早该把你扔在佩科斯河。"

"我们会想办法给你把马弄回来的，"约翰·格雷迪说，"如果那样你还不满意，现在就明说。"

布莱文斯两眼直瞅着地上。

"他连个屁也不会放，"罗林斯说，"我该把这记下来。因为偷马而被打死对他来说不算什么。他巴不得这样呢！"

"这不是偷，"布莱文斯说，"这是我的马。"

"这样说根本没用。告诉这位仁兄你打算做什么吧，我保证过了，我他妈才不在乎呢。"

"好啊！"布莱文斯说。

约翰·格雷迪打量着他："我们给你弄回马，你就准备好骑上走人。"

"好的。"

"你说话算话？"

"他的话算个屁！"罗林斯说。

"我算数。"布莱文斯说。

约翰·格雷迪看了看罗林斯。罗林斯仍在帽子下躺着。他转身背对着布莱文斯说了句："就这样吧。"

约翰·格雷迪站起身去拿铺盖，回来时递给布莱文斯一片毯子。

"要睡觉吗？"布莱文斯问他。

"反正我要睡了。"

"你们都吃过饭了？"

"是啊，"罗林斯说，"我们当然吃过。你没吃吗？我们每人吃了一个大牛排，又分吃了第三个。"

"妈的。"布莱文斯骂道。

他们睡下，一觉睡到月亮西沉。三个人便坐起来，在黑暗中抽烟。约翰·格雷迪注视着星空。

"现在是什么时间了，老弟？"罗林斯问。

"在我们那里，上弦月落了是半夜嘛。"

罗林斯又抽了一口烟："妈的，我还得再睡一会儿。"

"睡去吧，我来叫你。"

"好吧。"

布莱文斯也去睡了。约翰·格雷迪独坐着仰望夜空。这辽阔的苍穹像一幅巨大的卷轴从西面群山的悬崖峭壁后展开，一直铺到东方。村镇那边一片漆黑，连声狗叫都没有。他看着罗林斯蜷着身子睡在粗毛毯里，他知道罗林斯所说的话都是对的。留下布莱文斯会使他们一筹莫展。高悬在北方的北斗星在缓缓地转移着，这夜啊，真是漫长无边。

约翰·格雷迪把他们二人叫起来时，离天亮只有一个多小时了。

"准备好了吗？"罗林斯问。

"早就准备好了。"约翰·格雷迪回答。

他们备好马，约翰·格雷迪把拴马绳递给布莱文斯。"你可以用它做一个马笼头。"他说。

"好的。"

"把绳藏在衬衣下面。"罗林斯说，"别让人看见。"

"没有人会看见。"布莱文斯说。

"别打包票了,那边已经有盏灯亮了。"

"我们走。"约翰·格雷迪下令。

他们发现马的那条街上还没有亮灯。他们慢慢沿街骑着。一条在泥土中睡觉的狗被惊起来,开始吠叫。罗林斯对它做了一个投掷动作,那狗立即鬼鬼祟祟地溜走了。他们走到拴马的那座房子时,约翰·格雷迪下了马,悄悄走过去,朝窗洞里张望,又走回来。

"马不在了。"他说。

这条小泥街上一片死寂,罗林斯屈身吐了一口唾沫说:"真他妈的!"

"你们确定是这地方吗?"布莱文斯问。

"就是这地方。"约翰·格雷迪说。

少年从马上溜下来,小心翼翼地踮着赤脚横过街道,走到那座房子跟前朝里看。然后他爬进了窗洞。

"他到底要干什么呀?"罗林斯说。

"我问谁去?"约翰·格雷迪答。

他们等着,但布莱文斯没有回来。

远处有人过来了。

几条狗惊跳起来。约翰·格雷迪连忙上马,掉过马头朝来路走,罗林斯紧跟其后。顷刻之后,全镇的狗都狂吠起来。又有一盏灯亮了。

"真是天公不作美,不是吗?"罗林斯说。

约翰·格雷迪朝他看看。他坐在马上，大腿上立着卡宾枪。在狗的叫声中，从房屋密集的地方传来一声喊叫。

"你觉得这些狗娘养的会把我们怎么样？"罗林斯问，"你想过没有？"

约翰·格雷迪朝前俯下身子，把手放在马肩上对马儿说着什么。这不是一匹神经质的马，但此刻它却忐忑不安地踏着步子。约翰·格雷迪朝着最初亮灯的房子那边看，马匹嘶鸣的声音从黑暗中传来。

"那个狗娘养的疯小子，"罗林斯骂道，"狗娘养的疯小子！"

喧哗和混乱霎时淹没了一切。罗林斯把马拖来拖去，这马还是踏着步子小跑着。于是他用枪托朝马屁股猛击一记，这马又蹲下用后蹄子蹬地。此时，布莱文斯穿着内裤骑在大棕红马上出现了，后面紧追着一群狂吠的恶狗。他纵马越过枯朽的奥科提罗树枝栅栏，飞溅出一堆散落的烂木头。

大棕红马飞掠过罗林斯身边，布莱文斯在马上一手抓着这畜生的鬃毛，一手抓着自己的帽子。狗群狂乱地聚集在路上。罗林斯的马扭转着身子，甩着头，四蹄不安地站着，大棕红马在原地旋了一个大圈子，黑暗中传来"砰""砰""砰"三声均匀的手枪声。约翰·格雷迪用靴跟猛夹了一下马肚子，身子低低地俯在马背上。他和罗林斯用力打马疾行。布莱文斯跨马向前越过他俩，苍白的膝盖紧紧夹住马腹，衬衫下摆在身后飘扬着。

他俩骑到山顶的拐弯路口前，又有三声枪响从身后传来。

他们折向南边的大路，费力地穿过这小镇。不少小窗口已经亮起了灯光。他们全速飞奔而过，一直骑上小山包。东方第一道曙光映照出大地的轮廓。在镇子南面约一英里的地方，他俩追上了布莱文斯。他掉转马头立在路上，注视着他俩，并望着身后的来路。

"勒住马，"布莱文斯说，"听听！"

他俩随即让两匹气喘吁吁的马安静下来。"你这狗娘养的！"罗林斯骂道。

布莱文斯没答理他。他滑下马，趴在路面上听着。接着他又爬起来翻身上马。

"伙计们，"他说，"他们来了。"

"是骑马的吗？"

"是的。现在听我说，你俩根本跟不上我。让我自己跑这条路，他们追的是我。他们只会跟着我屁股后面的尘土瞎跑。你们可以溜到野地里去，最后我们在路上见。"

也不等他俩同意，他便一拉缰绳收转马头，腾腾地上路走了。

"他说得对，"约翰·格雷迪说，"我们应该离开这条该死的路。"

"好吧。"

他们在黑暗中骑进灌木丛，尽量找低洼的地方走。他们都俯着身子，把头贴在马脖子上，以免被人发现。

"我们早晚会让马给蛇咬着的。"罗林斯抱怨道。

"马上就要天亮了。"

"那就该挨枪子儿了。"

不一会儿，他们听到大路上有马奔跑的声音，而且越来越多。

再过一会儿，又都消失了。

"我们还是离远点吧，"罗林斯说，"很快天就亮了。"

"是啊，我知道。"

"这帮人回来时会不会发现我们离开大路的地方？"

"不会的，他们人多马杂，蹄印就乱了。"

"他们要是抓住他怎么办？"

约翰·格雷迪没有答话。

"他会不会丧了良心供出我们往哪儿去了？"

"大概不会吧！"

"你知道他不会的，他们只能站在十字路口上望着他的背影。"

"那我们还是往前骑吧。"

"嘿，我不知道你累不累，反正我的马快跑死了。"

"那你想怎么办？"

"妈的，"罗林斯答道，"我们也没别的办法。看看天亮能见到什么吧，也许哪天在这个国家某个地方还能找到点粮食。"

"也许吧。"

他们放慢速度骑上一道山脊，整个灰土色的大地上没有一点生气。他们下了马，沿着山脊走着。丛林里的小鸟们开始了一天的歌唱。

"知道我们多久没吃东西了吗？"

"我还没来得及想肚子呢！"

"我也是到现在才想起来。那阵被枪子儿追着，哪儿还顾得上肚子饿不饿呢？"

"等等。"

"啥事？"

"你听。"

他们站下细听。

"我啥也没听见。"

"那边有人骑马。"

"在路上吗？"

"不清楚。"

"能看见什么吗？"

"看不见。"

"那我们先走着吧。"

约翰·格雷迪啐了一口唾沫，又站住倾听。然后他们继续前行。天明时分，他们在一片沙地上停马休息。两人爬上一个高坡，坐在奥科提罗树丛间向后看着东北边的山野。有几头鹿在对面的山脊边吃草。除此之外，什么也看不到了。

"能看到路吗？"罗林斯问。

"看不到。"

他们坐下来。罗林斯把卡宾枪支在膝盖上，从衣袋里掏出了烟叶。

"想抽一支烟了。"他说。

一幅巨大的光扇从东方升起，朝阳呈血红的一团从地平线上升起。

"你看那边。"约翰·格雷迪说。

"什么？"

"那边。"

两英里之外，有些骑马人到达了坡顶。一个、两个、三个，接着又看不见了。

"他们往哪儿去了？"

"搞不清，老兄，不过我算是明白了。"

罗林斯手里捏着烟，说道："我们就要死在这可恶的鬼地方了。"

"不会的。"

"你觉得那帮家伙会追到这儿来吗？"

"不知道，谁知道他们会不会。"

"我来告诉你吧，老弟。他们想拖垮我们的马，弄得我们走投无路，得搞定老子手里这把枪。"罗林斯说道。

约翰·格雷迪看看他，又回头看看刚才出现骑手的地方。"我可不愿意一路枪战打回得克萨斯。"

"你的枪呢？"

"在鞍袋里。"

罗林斯点着了烟："我要是再看见那个狗崽子，非宰了他不可；要不宰了他，我他妈的就不是人。"

"我们走吧，"约翰·格雷迪说，"趁他们离我们还有一大段路，跑开总比傻站在这里强。"

他们背朝太阳向西骑行，旭日把骑手和马的影子投在路上，像是高大的树。他们发现自己所在的地方是个古老的熔岩地区。他们一直贴着这起伏不平的黑石滩的边缘走，时时留心着身后。

他们不久又望见了那些骑马人，但其位置比他们料想的要偏南，那帮追兵后来又出现过一次。

"要不是他们的马累得屁股朝天的话，我想他们会追得更紧的。"罗林斯说。

"我也这样想。"

早晨过了一半，他们骑上一个低矮的火山岩顶，掉转马头回望。

"你怎么想？"罗林斯问。

"嗯，那些人知道不是我们夺了马。肯定是这样。他们就不会像你和我这样玩命地朝这条道跑。"

"说得对。"

他们坐了很长时间，一个人影也没出现。

"我想他们放了我们。"

"我想也是。"

"我们接着走吧。"

骑到接近黄昏时，两匹马已经累得跌跌绊绊的了。于是他们停下饮马。他们把一壶水倒在帽子里让马喝，自己喝干了另一壶水。接着他们又骑马登程，再也没看到骑马的人。行至晚间，他们遇到了一群牧羊人。这些人在一个深深的干河谷里扎营，河谷底铺满了圆圆的白石头。牧羊人选择了这地方似乎是着眼于此处可以自卫，这是那个地方古老的传统。他们极其严肃地看着这两个骑手缓缓沿着河谷的另一侧通过。

"有什么想法吗？"约翰·格雷迪问罗林斯。

"我可不想停下，我现在觉得这个地方的人很别扭。"

"我想你说得对。"

他们又骑了一英里许，骑下干河谷去找水，但没找到。他们便下来牵着马走。暮色渐浓，他们人马四个在昏暗中跌跌撞撞地走着。罗林斯仍然提着那支卡宾枪，循着沙地里鸟雀和野猪杂乱的踪迹向前走。

夜幕中，他们坐在铺地的毯子上，将马拴在几步之外。他们没有生火，只是在黑暗中默然地坐着。过了一会儿，罗林斯开口说："我们应当从牧羊人那里弄点水的。"

"到早上我们会找到水的。"

"但愿现在就是早晨。"

约翰·格雷迪没再作声。

"我那匹该死的朱尼阿一定会吓得屁滚尿流，拼命嘶叫，整夜不得安生。我知道它会这样。"罗林斯说道。

"那些追我们的人可能认为我们被逼疯了。"

"难道不是吗？"

"你觉得他们会抓到他吗？"

"天知道。"

"好了，我得睡了。"

他们就地钻进毯子里。两匹马在黑暗中不自在地移动着身子。

"我要说一说他的事。"罗林斯道。

"谁？"

"布莱文斯。"

"什么事？"

"这小兔崽子不会老老实实让别人再把马抢走的。"

清晨，他们把马拴在干河谷里，便爬上高坡去看日出，也看看这山野里出产些什么东西。在沟里熬过了寒冷的一夜，现在太阳出来了，他们便转过身去背对太阳坐着取暖。北面，一缕青烟在无风的空气中盘旋而上。

"你看那是不是牧羊人的帐篷？"罗林斯问。

"最好是的。"

"你想不想骑马回去，看看他们能不能给我们一些水和吃的？"

"不想。"

"我也不想。"

他们观察着四周。

罗林斯起身提着卡宾枪走开了。不一会儿，他用帽子盛着几个胭脂仙人掌果回来了。他把果子倒在一块扁平石头上，坐下来用小刀剥着皮。

"不想吃几个吗？"他对约翰·格雷迪说。

约翰·格雷迪走过来蹲下，取出了自己的小刀。这果子经过寒夜还有些凉，血红的浆汁染红了他们的手。他俩坐着，边剥皮边吃果肉，不时吐出小硬籽，挑去扎进手指的针刺。罗林斯指着周围说："这里什么也没发生，是吧？"

约翰·格雷迪点点头。"我们现在最大的问题是自己经常糊里糊涂地骑到哪些人当中都不知道。甚至连他们的马都没有仔细看过。"

罗林斯啐了一口唾沫："他们也有同样的问题，他们也不清楚我们。"

"他们会了解我们的。"

"是啊。"罗林斯说，"你讲到点子上了。"

"不过我们的问题比起布莱文斯的要小得多了。他太显眼了，简直就等于是把马漆成红色，吹着喇叭满街走一样。"

"可不是嘛。"罗林斯说。

罗林斯在裤子上擦了擦刀片，然后折起刀身。"我让这些倒霉事弄得不知如何是好了。"

"问题是，布莱文斯说的是真的，那是他的马。"

"是别人的。"

"反正不是那些墨西哥人的。"

"是啊。但他没有办法证明这点。"

罗林斯把小折刀塞进衣袋里，又坐下来挑帽子里的仙人掌刺。"骏马就像美女，"他说道，"带来的麻烦比自己的身价要多得多。而男人要的只是匹能干活出力的马。"

"你是从哪里听到这些话的？"

"我也不知道。"

约翰·格雷迪也折起了他的刀。"喂，"他说，"那边还有很大一片原野。"

"是呀，很大。"

"天知道他现在跑到哪儿了！"

罗林斯点点头："我要对你说你对我说过的话了。"

"什么话？"

"那个瘦猴还会再来找我们的。"

他们在广阔的原野上向南骑行了一整天。午后他们找到了水。这是在土坯垒成的水箱里找到的，箱底还残留着一些泥沙。晚上，他们穿过马鞍形的山脊时，惊得一只长着尖角的公鹿从刺柏丛中跳出来。罗林斯立即从靴筒上的枪套里抽出卡宾枪，举起来扣响了扳机。他松掉了缰绳，那马惊跳在一侧，站着发抖。他一步跨下马，跑向刚才发现小鹿的地方，那鹿已经死在血泊中。约翰·格雷迪骑上去牵住他的马。子弹穿过了那只鹿头骨的下方，它的眼睛已经呆滞不动了。罗林斯退出那枚用过的弹壳，压进新子弹，用拇指扳下击铁，抬头看着。

"真是神枪！"约翰·格雷迪赞道。

"瞎猫碰到死老鼠了。我只不过举枪就打罢了。"

"还是神枪嘛。"

"把你的腰刀拿来用用。如果我们能吃上一只整鹿都没事，我就成了神人了。"

他们把鹿放血开膛，挂在刺柏树上冷却，然后便在这山坡上收集柴草，生起一堆火，把绿皮树枝砍成杆子和叉状的支柱架在一起。罗林斯迅捷地给小鹿剥了皮，把鹿肉切成薄条，一条条搭在架子上用烟熏。等火势转弱，他又把这些肉条串在两根新树枝上，用石头架在炭上面烧烤。这时他俩便坐下看着肉片变成褐色，用鼻子吸着香气。鹿油滴落在火红的木炭上，发出滋滋的声响。

约翰·格雷迪走过去，给马儿卸下鞍子，把马腿松松缚起，把它们赶到一边去找草吃，然后抱着毯子和马鞍回来。

"看这个！"他说。

"什么？"

"盐呗。"

"再要有几块面包就更棒了。"

"再加上几个鲜玉米、土豆和苹果饼？"

"别傻帽了！"

"鹿肉还没好吗？"

"没呢，坐下吧。你那样站着，它们永远也不会好。"

他们每人吃了一条鹿腰部的软肉，把架子上的肉片都翻了个儿，然后躺下来卷着烟。

"我见过为布莱尔干活的牧人们宰杀才一岁的小母牛。小牛瘦极了，你好像都能看透它那瘦小的身子，他们把骨头剔出来，把肉切成长片，然后把肉片满满地绕着火堆挂在木棒上，就像晾衣服似的。如果在晚上去看，你根本看不出是什么。就像是看透了什么东西，一直看到心脏一样。他们不断翻着肉片，添着火。在夜里，你好像看到他们在火堆里面来回走动。你如果半夜醒来，会看到这种事在草原上迎着风进行着。火堆发着亮光，就像个血红血红的大火炉。"

"我们的鹿肉可要变成松枝味儿的了。"约翰·格雷迪提醒道。

"知道了。"

草原上的土狼沿着南边的矮小山脊嗥叫着。罗林斯朝前倾

118

倾身子把烟灰弹进火堆里，又向后仰靠着。

"你想到过死吗？"

"想过，有时候。你呢？"

"我也是。你觉得有天堂吗？"

"有，你不觉得有吗？"

"不知道。嗯，也许有吧。如果不相信有地狱，怎么能相信有天堂呢！"

"我认为可以信你想信的东西。"

罗林斯点点头："你想想发生在自己身上的所有麻烦事，简直没完没了。"

"你要给我们讲宗教吗？"

"不是，不过有时候我想，就算我信了教，也不见得会过得更好。"

"你不是要离开我吧？"

"我说过我不会的。"

约翰·格雷迪点点头。

"你看这些鹿肠子会不会引来狮子？"罗林斯问。

"可能会。"

"你见过狮子吗？"

"没有，你呢？"

"我就见过一头死狮子，就是朱利叶斯·拉姆齐和他那群狗在葡萄溪打死的那头。他当时爬到树上，用大棍先把狮子打倒，再让那群狗上去把它弄死了。"

"你相信他真的打死了狮子吗？"

"是的，我想可能是的。"

约翰·格雷迪点点头："很可能是这样。"

土狼群哀号了一阵，停下来，不久又叫了起来。

"你相信上帝会关照凡人吗？"罗林斯又问。

"我想是的，你呢？"

"我也相信，上帝已经为世界设定了轨迹！有个人在阿肯色州或是什么鬼地方醒来打着喷嚏，这喷嚏还没打完呢，别处就出现了战争、毁灭和所有的罪恶。你根本不知道下一分钟会发生什么事。所以我说，上帝会照应我们的，不然我们连一天也活不过去。"

约翰·格雷迪又点点头。

"你不觉得那些狗娘养的会抓住他吗？"

"布莱文斯？"

"嗯。"

"不知道，但我想你很高兴甩掉了他吧！"

"我可不愿意有什么坏事落在他身上。"

"我也不愿意。"

"你相信他的名字真是叫吉米·布莱文斯吗？"

"谁知道呢！"

夜间，那些土狼把他们吵醒了。他们躺在黑暗中倾听，原来鹿尸招来了土狼，它们聚在一起就像一群猫那样嚎叫、厮打着。

"你听听这该死的吵闹声。"罗林斯说。

他起身从火堆里抄起一根燃烧的树枝，朝着土狼群大喊一声，扔了过去。土狼都逃开了，罗林斯又添了火，把火上烤的鹿肉翻了个儿。可是等他一钻回毯子里，这些土狼又回到鹿尸旁了。

第二天，他们马不停蹄地骑行在西边的山野里。在马背上，他们不时地切下自己熏制的、半干的鹿肉，放到嘴里咀嚼着。他们的手满是油污，又脏又黑。他们便在马肩隆上擦着。一壶水也在他们之间来回传递。他们边骑边欣赏着大自然的风光。南边已经起了暴风雨。大堆的黑云沿着地平线缓缓移动，拖着长长的卷须般的尾巴，逐渐垂落在雨中。那夜，他们在平原上凸起的一块大岩石边宿营，遥望着南天的闪电，冲破了这无边无际的黑暗，不时映照出重叠绵亘着的远山那朦胧的身影。翌日早晨穿越平原时，他们在冲积坡上找到了死水，用来饮了马；他们自己又喝了一些积存在岩石穴洼里的雨水，便又重振精神，步伐坚定地冒着群山里浓重的寒气继续前行。终于在黄昏时分，他们在一片山连山的巅峰上看到了下面那片——那位墨西哥土屋的男主人告诉他们的——牧场。肥美的草地静静地躺在浓重的紫色迷雾之中；向西看去，在彤云的映照下，深红色的狭长地带上，纤柔的水鸟正赶在日落前飞向北方，就像群鱼在燃烧的大海中游弋一样；在平原的前沿，他们看到牧童正赶着牛群，穿过金色的尘雾从他们脚下悠然地走过。

他们决定在这山的南坡上再宿一夜，便在一块突出来的岩石板底下找了一片干土铺上了毯子。罗林斯把马拴好，又把一棵死树拖到营地前,生起了一大堆篝火来御寒。在前方的平原上,在无边无际的夜色中,他们可以看到大约五英里之外牧人们点起的火,就好像他们自己的篝火在黑暗的湖面上的倒影。夜里还下起了阵雨,雨点嘶嘶地打在火堆上,两匹马从黑暗中走来站在那里,发红的眼睛不停地转动和眨巴着。挨到早晨,天还是冷清清、灰蒙蒙的。太阳好长时间才露面。

到中午时,他们已经从山上下到平原。他们在一片草丛里骑行,这个品种的草他们从未见过。牛群踩出的小径穿草而过,有点像流水的河道。下午三四点的时候,他们就看见前方有畜群正往西移动,他们不到一小时便赶上了畜群。

牧人们看到他们骑马的英姿便称他俩为"骑师"。友好地交换了香烟后,牧人们便向他们讲述了这个地方的情况。一行人一起赶着牛群向西涉过浅溪和小河。他们穿过一大片三角叶杨树林时,惊起了一群群的羚羊和白尾鹿。他们继续西行,快到黄昏时,走到了一道篱笆前,便又折道向南。在篱笆的那一边有条路。路面上由于刚下过雨而轧满了车轮和马蹄印。一位年轻姑娘骑马沿路而来,从他们这行人旁边经过,众人立即停止了谈话,她脚蹬英国式的骑马长靴,身穿后面开衩的斜纹骑马夹克和紧脚管的马裤,手拿一头带握圈的短马鞭,骑着一匹黑色阿拉伯带鞍马。她一定是骑着这马在河里或沼泽地里走过,因为马腹是湿的,马鞍护皮的下缘和她的长靴因沾湿而发黑。她头戴着一顶大宽边的黑毡平顶帽,浓黑的头发在帽檐下披散着,一直垂向腰际。她骑过的时候,回眸一笑,用短马鞭碰了一下帽檐致意，牧人们见此情景也都一个接一个地碰碰帽檐，最后几个本来佯装没有看见她的牧人也这样做了。后来，她策马急驰，顷刻间便消失在路上。

罗林斯看着牧人的领头儿想和他搭话，但这头儿打马向前，骑到行列的前面。罗林斯落到了后面的骑马人当中，在约翰·格雷迪身旁骑着。

"看见那个漂亮妞儿了吗？"

约翰·格雷迪没有回答，还在目不转睛地顺着她远去的路看着。尽管已经什么都看不见了，他还在看着。

一小时后，在下午即将消失的微光中，约翰·格雷迪和罗林斯帮着牧人们把牛群赶进了围栏。这时，大总管骑马从房子那边过来了。

他坐在马上剔着牙，不作声地看着他们干活。干完活后，那领头儿的和另一个牧人把他俩带过去不通姓名地简单介绍了一下，然后他们五人骑着马一起到总管的房子里。在厨房里无罩灯泡下的金属台子旁，总管仔细询问了他俩对于牧场活计的了解。那领头儿在一旁不断附和着这两个美国人，那个牧人也连连点头称是。那位头儿还主动为这两个白人小伙子的能力提供了证明——而他们自己都没有意识到。为了打消总管的疑虑，那头儿将手一挥，表示这些都是尽人皆知的事。总管则仰在椅子靠背上，打量着他俩。最后，约翰·格雷迪和罗林斯报了姓名并拼写出来，总管记在了本子上。然后，大家都站起来握了手。他们走到外面的暮色中去。月亮已经升起，牛在哞哞叫着。方形窗口透出的黄色灯光映照出附近的情形，给这个异乡带来阵阵暖意。

他们卸下马鞍，把马关进栏里，跟着那头儿去了牧人们的简易工棚。这是一幢狭长的土坯房子，共两大间，铁皮瓦顶，水泥地面。在一间屋里，有十几张木制或铁制的简易床，还有取暖用的小铁皮炉子。在另一间屋里有长桌和分置两边的条凳，有燃木头的烧饭炉子，盛放着玻璃杯子和马口铁器皿的旧木箱子，还有石质的水池，旁边是包锌皮的餐具柜。他们进屋时，牧人们已经坐在长桌旁吃饭了。他们俩径直走到餐具柜前取了杯盘，又走到炉前盛上菜豆、玉米饼和油水很足的炖小羊肉，然后端到桌旁。牧人们向他俩点头，一手吃饭一手伸出来请他们入座。

饭后，他们坐在桌旁抽烟，喝咖啡。其间牧人们问了他们很多有关美国的问题，但所有的问题都是关于马和牛的，一点也没有涉及他们本人。有的牧人的亲友曾去过美国。但对于大多数牧人来说，北边那个国家只不过是个传说，是一件无关紧要的事。

这时，有人拿来一盏煤油灯放在桌上并点着了。很快，发电机便停转了，从天棚上垂下来的几只灯泡开始变暗，成了几簇橙黄色的细丝，逐渐熄灭了。约翰·格雷迪回答问题时，他们都十分注意地听，还庄重地点着头。他们对自己的举动极其慎重，让人认为他们不会对所听到的事情发表任何见解。因为像大多数技术娴熟的人一样，他们讨厌对并非自己亲眼所见或亲身经历的事情做轻率的表态。

约翰·格雷迪和罗林斯把盘子放进盛满水和肥皂沫的镀锌盆里，把油灯端到给他们安排的床位上去。他俩的床是在工棚较远的尽头。他们把铺在长了锈的弹簧床上的褥子展开，铺上自己的毛毯，脱衣上床，吹灭了灯。尽管疲惫不堪，他俩在黑暗中躺了很长时间也睡不着。而牧人们早已酣然入梦。他俩可以听到众人沉沉的呼吸声。房间里弥漫着马匹、皮革和人的气味。他们还听到在外面不远的地方，新来的牲畜仍然在栏里躁动不安。

"我看这些老兄都是好人。"罗林斯低声说。

"是啊，我看也是。"

"看到他们那些旧的钻井没？"

"嗯。"

"你估计他们会认为我们是逃过来的吗？"

"难道不是吗？"

罗林斯没答话，过了一会儿，他说："我喜欢听这里牛的叫声。"

"我也喜欢。"

"那位总管没怎么提罗查先生的事，对不对？"

"不多。"

"你估计那小妞儿是罗查先生的女儿吗？"

"我想是的。"

"这里就是我们想来的地方，对不对？"

"对，这里就是。睡吧。"

"伙计。"

"什么？"

"这就是跟老牛仔在一块儿的生活，是吧？"

"是的。"

"你想在这里待上多久呢？"

"一百年吧。睡吧。"

第二章

　　普利西玛圣母玛利亚牧场位于墨西哥科阿韦拉州的库阿特罗·西埃那卡斯沼泽地区的边缘，是个一万一千公顷的大牧场。牧场西部逐渐上升到眼镜山高达九千英尺处；而在南部和东部，牧场占据着沼泽区广阔的洼地。这里天然的泉水和清澈的溪流为饮用灌溉提供了丰富的水源，沼泽、浅湖点缀其间。在湖泊和溪流中生长着独有的鱼类；有鸟类、蜥蜴以及其他各种生物的遗迹，因为沙漠在四周绵延不绝。

　　普利西玛是墨西哥这一带很少有的几个牧场之一，至今还保留着由1824年移民法分配的全部六平方里格的土地[1]。主人埃克托尔·罗查·伊·维拉里尔先生也是少有的真正住在自己认

---

[1]　里格：旧时长度单位，约合 3 英里或 4.8 公里。

领的土地上的牧场主之一。这片土地在他的家族手中已经传了一百七十年了。他四十七岁，但却是这个新世界家族里唯一活到这个年龄的男性继承人。

他在这片土地上养着一千头牛。在首都墨西哥城他有一处房子供他太太居住。他驾驶自己的飞机飞行。他热爱马。那天早晨，他骑马去总管的房子时，有四个朋友陪同，还跟着一群随从。两匹马背驮着硬木箱子。一个箱子是空的，另一个装着他们午餐的食品、饮料。随同前来的还有一群灵缇。这些猎犬精瘦精瘦，皮色银灰。它们在马腿之间悄然而灵活地跑来跑去，就像是流动的水银，而那些马对于它们也毫不在意。牧场主对着房子喊了一声，总管穿着衬衫就出来了。他们简单地说了几句话，总管点着头。主人又对他的朋友们说了几句，然后他们继续骑行。他们经过牧人的工棚，骑过栅栏门，向内地的路前进时，几个牧人正从栏里向外牵马、备鞍，准备开始一天的劳作。约翰·格雷迪和罗林斯站在门口喝着咖啡。

"场主在那儿呢！"罗林斯说。

约翰·格雷迪点点头，把杯子里的咖啡残渣倒在院子里。

"你估计他们要去什么鬼地方？"罗林斯问。

"我看他们是要去打土狼。"

"他们没带枪。"

"他们带着绳套呢！"

罗林斯看着约翰·格雷迪："你在跟我打趣吧！"

"没有。"

"那我他妈的真想跟着去看看。"

"我也想啊。你准备好了吗？"

他俩在畜栏里忙了两天，给牛马打烙印、做耳标、阉割、去角、防疫注射。在第三天，牧人们从平顶山上带下来一小群三岁的野生雄马，关进围栏里。到晚上，约翰·格雷迪和罗林斯跑去查看它们。这些小马聚成一堆靠在围栏那一头的栅栏边上，竟然是好几个品种混杂在一起：有花毛的、暗褐色的、栗色的，还有少数杂色的，而且体型、大小不尽相同。约翰·格雷迪打开栅门，和罗林斯两个人走了进去，他又随手关上了身后的门。这些受到惊吓的小畜生你爬我，我蹬你，搅成一团，接着又分散开来，沿着栅栏朝两头跑去。

"我还从没见过这样胆小的马驹呢！"罗林斯说道。

"它们不知道我们是什么嘛！"

"不知道我们是什么？"罗林斯问。

"是啊，它们没见过步行的人。"

罗林斯歪头啐了一口唾沫。

"看到你想要的马了吗？"

"那儿有几匹。"

"哪儿？"

"你看那匹深栗色马，就在那儿。"

"我看看。"

"再看看。"

"那匹马体重到不了八百磅吧！"

"能到。你看它的屁股和后腿，准能驯成一匹好样的牧牛马，再看那边那匹花毛马。"

"那匹熊腿熊脚的破玩意儿？"

"嗯，这匹还小。好吧。你看另外那匹花毛马，右边第三匹。"

"身上带白毛的？"

"就是。"

"嘿，那匹马的样子多滑稽呀！"

"不，它就是颜色古怪点。"

"难道你不介意吗？那蹄子是白的。"

"那可是匹好马，你看它的头，再看看它的嘴巴，它的牙口。你别忘了它们的尾巴都已经长好了。"

"噢，可能吧。"罗林斯半信半疑地晃着脑袋。"你过去对马可是非常挑挑拣拣的，可能是因为你好长时间都没看到好马了吧？"

约翰·格雷迪点点头："是好长时间了，但我总不会忘记好马应该是什么样子的。"

这些小马驹又重新聚拢在围栏的一头，站在那里，大眼睛骨碌骨碌直转，互相用脑袋在对方脖子上蹭来擦去。

"他们现在需要做一件事。"罗林斯说。

"什么事？"

"他们没有能驯马的墨西哥人。"

约翰·格雷迪点点头。

他们又细看这些马。

"有多少匹？"约翰·格雷迪问道。

罗林斯查点着马匹。"十五、十六——"

"我看是十六匹。"

"那就十六匹吧。"

"你看，就我们两个人能在四天之内把它们都驯好吗？"

"那就看你说的驯好是什么了。"

"就是差不多拿得出手的马。比方说六匹马。能快步跑，说停就停，还能站定了让你上鞍子。"

罗林斯从口袋里掏出烟叶，把帽子往后推了推。

"你脑子里在想什么？"他问道。

"还不是驯这些小马驹。"

"干吗只用四天？"

"你觉得我们能办到吗？"

"他们想用粗绳子来驯吗？我觉得用四天驯起来的马，可能再过四天就又野了性子。"

"就是因为没有马，这些马驹才会被抓来的。"

罗林斯把烟叶轻拍进杯状的纸筒里。"你的意思是说，我们要在这里用自己的方法驯出马来？"

"我想是这样吧。"

"那我们一定要用那该死的墨西哥马嚼子来驯服几匹狗娘养的烈性马崽子。"

"对。"

罗林斯点点头。"你准备怎么做？把它们分隔开吗？"

"是的。"

"你看有那么多绳子给我们用吗？"

"不知道。"

"你小子会累塌了架子的，我可告诉你。"

"那才睡得香呢！"

罗林斯把烟叼进嘴里，又摸索着找火柴。"还有什么事你知道却没告诉我？"

"阿曼多说，漫山遍野都是那老头儿的马。"

"有多少呢？"

"大概四百匹！"

罗林斯看着约翰·格雷迪，擦着火柴，点上烟，然后扔掉了火柴。"老天爷，怎么这么多？"

"他在战前就开始了培育优良马种的计划。"

"什么马种？"

"混血种的。"

"那是什么鬼东西？"

"就是我们叫的夸脱马[1]。"

"真的？"

"看那匹花毛马，"约翰·格雷迪说，"要是它腿脚好的话，保准会是一匹地地道道的好雄马。"

"你估计它是什么种？"

_____

[1] 夸脱马：美国驯养的一种短距离竞赛马，通常可全速疾驰四分之一英里。

"这些马都是何塞·奇奎多的种。"

"你是说小乔？"

"是的。"

"同种的马？"

"同种的马！"

罗林斯若有所思地抽着烟。

"大小乔两匹马都在墨西哥卖了。"约翰·格雷迪说。"先是大乔，后是小乔。在那边，老头儿还有一匹由希兰[1]驯养的，具有'旅行家——龙达'血统的配种雌马。"

"还有什么？"罗林斯说。

"就这些了。"

"我们找老头儿谈谈去。"

他们俩手里拿着帽子站在厨房里，总管坐在桌边打量着他们。

"想当驯马人？"他问道。

"是的。"

"两个人都是吗？"他又问道。

"是的，我们两个都是。"

总管朝后仰靠着身子，他的手指在金属台面上敲得咚咚响。

"马厩里有十六匹马，"约翰·格雷迪说，"我们四天就能全部驯好。"

---

[1] 希兰：当时美国南部有名的驯马人。

他俩走过院子回到工棚里，洗脸洗手准备吃晚饭。

"他说些什么？"罗林斯问。

"他说我们满脑子全都是屎，不过说得没那么直接。"

"你看他是不是彻底拒绝了？"

"我觉得不是，我看他不会就这么罢手。"

星期日黎明时分，他俩就开始驯教这些小马驹。他们在半明半暗中穿上头天晚上洗了还没干的衣服来到了马场。这时候，天上的星星还没有落。他们吃着卷了一勺冷菜豆的凉玉米饼，也没有喝咖啡。他们肩上盘绕着四十英尺长的龙舌兰草搓成的套马绳，腋下夹着鞍褥，手里拿着带金属鼻羁的驯马笼头。约翰·格雷迪的肩上还搭着两片睡觉用的干净麻袋和已经收短了马镫的哈姆利牌马鞍。

他俩站着看这些小马驹。它们站着四蹄乱动，在灰白色的清晨里现出灰白色的身影。在栅栏门外的地方堆放着各种成卷的绳子，有棉的、马尼拉麻的、生牛皮的、龙舌兰草的，还有几根老旧的马鬃绳和拼凑起来的绑扎绳。在栅栏旁还堆着十六个绳制的驯马笼头，那是他俩头天晚上在工棚里绑扎好的。

"这群小马都是从平顶山上挑选出来的，是吗？"

"我想是的。"

"他们要雌马干什么用？"

"他们得骑雌马下山来。"

"我看出来墨西哥人为什么难为马了，他们受雌马的气啊。"罗林斯说。

他摇摇头，把最后一块玉米饼塞进嘴里，在裤子上擦擦手，然后解开铁丝，打开栅栏门。

约翰·格雷迪跟着他进去，把马鞍立在地上，又走出去拿进来一把绳子和驯马笼头，蹲在地上整理着。罗林斯站在那儿做绳套。

"我想你决不在乎它们谁先来后到吧？"

"说得对，老兄。"

"这回你真的要和这些讨厌的家伙亲热一番了！"罗林斯说。

"是啊。"

"我老爹常说，驯马就是为了能骑。要驯马的话，只要安上鞍子，爬上去骑两回就成了。"

约翰·格雷迪咧嘴笑着："你老爹倒是个剥马皮的好手，对吧？"

"我从没听他宣称自己是，可我确实看见他挂起马皮翻转着来回敲打，有那么一两次吧！"

"好吧，我会让你多看几次的。"

"我们要驯上两遍吗？"

"干吗两遍？"

"因为我从没见过有谁驯了一遍就自认为行了，可也没见过有谁驯了两遍还觉得不行。"

约翰·格雷迪笑了笑。"我要让他们相信驯一遍就行，"他说，"你看好吧。"

"我要告诉你，老弟，这可是一群野马啊！"

"还记得布莱尔说的吗——没有驯不了的马驹。"

"没有驯不了的马驹——"罗林斯重复着他的话。

马群已开始骚动起来了。约翰·格雷迪选中了一匹突然闯过来的马驹，用绳套把它的前脚缚起来。这驹子四蹄咚咚地踹着地面。其他的马驹也被激怒了，聚在一起，惶惶然地回头看着。小马驹还没来得及反抗，约翰·格雷迪已经一个箭步跳上它的脖子，把马头拉过一边，又一手把住马驹的嘴套。这马驹瘦长的头便贴到了约翰·格雷迪的胸前，一股甜热的气息从马鼻的两道黑孔里喷射出来，直喷到他的脸和脖子上。这气息很异样，不像是马的气息，而像另一个世界里的野生动物发出的气息。他把马脸拉到自己胸前，自己大腿内侧感到马驹的动脉血管在急速地搏动。他能够察觉到小马驹的惶恐，于是用一只手做成杯形遮住马的两眼，轻轻抚弄。他不停地对马驹说着话，用沉稳的低声细语告诉它他想做的事情。他一再地抚摸马驹的眼睛，拂掉它的恐惧。

罗林斯从脖子上绕着的附绳中取下一段，打了个活结绳套，套住了小马驹的一条后腿的足部，扯紧后又松松地套在两条前腿上。他松开了套马绳扔在一边，然后抓起驯马笼头，两人合力将它套在马头上——从口鼻一直到耳根。约翰·格雷迪又用拇指掰开马嘴让罗林斯把缚嘴绳系上。接着罗林斯用另一根附绳打了活结绳套，套住了马驹的另一条后腿。最后他把两根附绳都系在驯马笼头上。

"你都弄好了？"约翰·格雷迪问。

"都弄好了。"

约翰·格雷迪放开了马头，起身走到一旁。这马驹开始挣扎，它一转身，想抽出一条被缚的后腿，但只把身子转了半圈，就跌倒在地。它努力站起来，一阵乱踢，又倒了下去。它第三次站起时，又踢又咬，拧着头乱转，好像跳舞一样。它停不多久，试着走了两步，接着又停下。过了一会儿，马驹还想抽出一条后腿，结果又一次跌倒在地。

小马驹侧卧在地上，想了片刻就挣了起来。但只站了一小会儿，它又开始上蹿下跳。如是者三次。然后就站定用大眼睛瞅着两个驯马人。罗林斯拿起了套马绳，又在做绳圈。其他马驹都兴致盎然地从栅栏的那一头朝这边看着。

"这些臭崽子简直像茅坑里的耗子一样难缠！"罗林斯骂道。

"找出最难缠的一匹，"约翰·格雷迪说，"下周日我就让它变得乖乖的。"

"怎么个乖法？"

"乖得让你满意。"

"吹牛。"罗林斯说。

待到他们将三匹马驹隔离开放进畜栏中——马驹喷着鼻息，怒目四望，已有好几个牧人站在栏门口，悠闲地喝着咖啡，观看着他们驯马的过程。到近十点时，八匹马已经就范，被绳索拴住站在那里。另外的八匹马却比野鹿还要野性难驯。它们一时沿着栅栏向两头乱跑，一时又聚在一起，合伙狂奔，在天气渐暖时分，十几对蹄子掀起一股股飞扬的尘浪。但慢慢地，它们似乎盘算着这种表现无济于事，于是集体的反抗渐渐变为一种分散的无助的停顿状态。这种情绪就像瘟疫一样在它们中间蔓延。此时，工棚里所有的牧人都跑出来看。到中午时，全部十六匹混血马驹都被绳索控制住了。它们前后腿被缚起，连着嘴上的笼头，站在栏里四处张望。马驹之间再也不能心灵相通了。它们看起来像是孩子们搞恶作剧而捆绑起来的小动物，在那儿可怜巴巴地等待着。驯马人的声音还在脑际回响。这声音像是前来主宰它们的天神的声音。它们不知道什么命运会降临到它们身上。

他俩回到工棚吃午饭时，牧人们好像已经带着某种敬意来对待他们了。但这敬意到底是由于他俩上午的业绩引起，还是由于牧人的自惭形秽，他们并不清楚。谁也没有问起他俩对那些马的看法，也没有询问驯马的方法。下午他俩又回到畜栏时，已经有二十来个人站在那里看马了——人群中有妇女、孩子、年轻姑娘、男人——大家都在等待这两位驯马师回来。

"这些人都是从哪里冒出来的？"罗林斯问。

"谁知道！"

"大概有人说马戏团到镇上来了，是吧？"

他俩穿过人群，边走边对大家点头致意，进了围栏之后，把门关紧。

"你挑好一匹了吗？"约翰·格雷迪问罗林斯。

"好了。先来匹性子烈点的。我选站在那边的那匹脑袋像水桶的兔崽子。"

"那匹格鲁洛？"

"就是那个长得像格鲁洛的。"

"格鲁洛那家伙可是个相马好手。"

"他是个专相烈马的。"

罗林斯看着约翰·格雷迪走到这匹烈马前，把十二英尺长的绳子系在驯马笼头上。然后他牵着它出了马场大门又进了畜栏。在这里，他将正式骑上这些小马。罗林斯料想这匹怪模样的小马会对约翰·格雷迪认生或用后脚站起来，然而它却没有。他拿着粗布袋和缚马绳走上前。此时，约翰·格雷迪已经在和马驹说着话了。罗林斯用绳把马驹的两条前腿松松地缚在一起，然后拿起了龙舌兰草编的绳子，把布袋递给约翰·格雷迪。以后的十五分钟里，由他把住马；而约翰·格雷迪则不停地用布袋在马驹的周身上下擦拭着：先是马背、马腹，再是马头、马脸，再后是大腿，一面擦，一面倚在马身上和它说着话。最后，他拿起了马鞍。

"那样擦它的全身到底有什么好处？"罗林斯问。

"不知道，"约翰·格雷迪说，"我又不是马。"

他拎起鞍褥放在马背上，用手捋平，又站在马身边抚摸它，并和它谈话。然后，他弯下腰拾起马鞍——上面已系好肚带，鞍角上挂着马镫。他把马鞍放上马背，并摆弄一下使之就位。这马居然一动不动。他又弯腰伸手拉起肚带的两头系好。马驹把耳朵朝后竖起。约翰·格雷迪立即跟它说了一连串话，并趁势把肚带再次拉紧到位。他索性贴靠在马身上不停地和它谈着话，好像这马驹不会撒野，更不会危及人命。罗林斯朝栏门口看去，此时已有五十多个人在那里观看。不少人索性坐在地上吃着自带的食品。有的男人手里还举着小娃娃。约翰·格雷迪把搭在鞍角上的脚镫拿起来垂下。最后又把马肚带的两头余段拉起来扣死。"好了。"他说道。

"牵住马。"罗林斯说。

约翰·格雷迪抓牢了龙舌兰绳子。罗林斯松开了驯马笼头上的附绳，跪下来把它们拴在马儿前腿的缚绳上。然后他俩把驯马笼头解下来，约翰·格雷迪轻轻地把鼻羁套上马儿的鼻子，系好缚嘴绳。他又收起缰绳，把它扎紧在马头上，朝着罗林斯点了点头。罗林斯跪下，松开马的缚腿绳，拉住活结套索，直到附绳套索滑落在马的后蹄旁。随后，罗林斯便走到一旁。

约翰·格雷迪一只脚踩上马镫，把身子平贴在马肩上跟它说了一阵子话，然后一纵身跳上马背。

这马先是站着纹丝不动，然后伸出一条后腿仿佛是要试试新环境。接着，它向旁边一甩头，拧转身子，用蹄子踢着地，粗粗地喷着鼻息。约翰·格雷迪提起靴跟一夹它的肋部，小马驹开始迈步了。他又一拉缰绳，小马驹转了过来。罗林斯厌烦地啐了一口唾沫。约翰·格雷迪一拉马头，转身从罗林斯身边走过。

"这他妈到底是什么小野种！"罗林斯说，"你觉得这些人花了不少钱就是来看这小杂种折腾的吗？"

天黑时，约翰·格雷迪已经驯骑了十一匹马，其中有的十分难驯。有人已在外面的地上生起一堆火。差不多有百多个人聚在这里，有的是从六英里以南的拉维加的印第安人村落来的，有的则更远。约翰·格雷迪就借火光接着驯骑最后五匹马。这些马儿在火光中狂跳着，翻腾着，赤红的眼睛炯炯放光。全部被调教一遍后，这些马或站立在原地，或举蹄踢踏着想去追逐拖拉在地上的驯马笼头上的绳子。但它们落蹄十分谨慎小心，生怕踩着了绳子会把擦破皮的鼻子拉疼了，因此抬脚落蹄的动作是那样灵巧适度。早晨这群狂野放纵的野马还像石弹子在玻璃瓶里旋转那样闹腾，但现在完全变了样。它们在黑暗中嘶鸣，此起彼伏互相呼应，仿佛它们这个群体中有谁迷失，或出了事什么的。

他俩结束这一天的驯马工作走回工棚时，天已经墨黑。篝火还在燃烧着，有人抱来了吉他，还有人吹起了口琴。他们走出人群之前，三位陌生人分别敬上了麦斯卡尔酒。

厨房里早已空无一人，他俩从炉子上取了饭便坐到桌旁，罗林斯看着约翰·格雷迪。他在条凳上几乎坐不稳了，嘴巴木然地咀嚼着。

"你不累，老弟？"罗林斯问他。

"不，"约翰·格雷迪说，"我五个钟头前就累过了。"

罗林斯咧开嘴笑着。"别多喝咖啡，会让你睡不着觉的。"

第二天天蒙蒙亮，他俩就起身出来，那堆篝火还在缓缓地燃烧着。周围有四五个人躺在地上睡觉。有的盖着毯子，有的什么都没盖。牧场里的小马驹都盯着他们俩走进门来。

"你没忘了它们是怎么过来的吧？"罗林斯向约翰·格雷
迪说。

"当然没有。我知道你惦记着那边的伙计。"

"当然，我记着那匹大头崽子。"

约翰·格雷迪拿着布袋径直朝那匹大头驹走去。这马驹转
过身小跑起来，约翰·格雷迪陪着它沿栅栏走着，拾起拖在地
上的绳子，把马拉转过来。马驹站住，身子在微微颤抖着。约翰·格
雷迪走到它身边，又开始和它谈起话来，然后用粗布口袋去擦
拭和抚慰它。罗林斯则取来了马鞍、鞍褥和笼头。

这日，他俩用了一整天工夫驯骑这支由十六匹小马驹组成
的加鞍备用马群。约翰·格雷迪先骑第一遍，罗林斯骑第二遍，
直到夜里十点方才停手。星期二他们又驯了一天马。在星期三
清晨，太阳还未露面，约翰·格雷迪便将第一匹马套上了鞍，
向栏门骑去。

"打开门。"他说。

"我来挑一匹马上鞍，好跟着你。"

"没那么多时间。"

"要是那匹大头崽子把你的屁股摔成两半，你就有时间了。"

"那我最好待在鞍子上。"

"我得找匹好马上鞍。"

"那好吧。"

约翰·格雷迪牵着罗林斯挑好的马骑出栏门，等罗林斯关
好门过来上马，两人便并肩上路了。两匹野性尚未脱尽的小马

驹不安地踱步侧行。

"这简直成了瞎子领着瞎子走，对吧？"

罗林斯点着头："这就好像老丁骨瓦茨，他给我老爹干活的时候，大家都对他那个粗重的喘气声抱怨不休。他跟他们说，这样喘气总比压根儿喘不了气要强。"

约翰·格雷迪咧嘴一笑，用靴子踢了一下马腹，让它跑起来。他俩便上了路。

下午三点左右，约翰·格雷迪把这十六匹马驹又都驯骑了一遍。罗林斯在栏里忙着的时候，约翰·格雷迪便把罗林斯选中的那匹小格鲁洛骑出去遛了遛。牧场北边两英里处有一个浅水湖，湖畔的小路边长满了蒲草、柳树和野梅。就在这块景致优美的地方，那姑娘骑在黑马上从他身旁越过。

他听到身后有马蹄声，本来要转头回身看看的，但听到马儿变了步法。他一直等到那匹阿拉伯骏马和自己的马并行时才去看那女孩。她的马踏着步子，长脖子仰成优美的拱形，一只眼睛瞟着旁边的大头马驹，目光里透出的不是警惕，而是马类之间的些微反感。她骑到约翰·格雷迪身旁五英尺远的地方，转过那张轮廓优美的面庞，从正面看着他。她有一双蔚蓝色的眼睛。女孩点了点头，或者不如说她只是把头稍稍低了一下，以便看清楚他骑的是什么马。约翰·格雷迪只见她头上的阔边黑帽微微倾斜了一下，长长的黑色秀发随之轻轻飘起。然后她便从他身边骑了过去，她的马又变了步法。她的娇躯笔挺，纤细的腰肢衬着那宽宽的双肩，打马小跑着上了路，在马上显得风姿绰约。这匹大头马驹在路中心停下来，两条前腿叉开而立。它的主人坐在鞍上，痴痴地望着女孩远去的背影。他本想和她说话的，但那双眼睛在短如心跳的一瞬便永远地改变了一切。她消失在湖边的柳丛中，一群小鸟被惊了起来，带着微细的叫声从他头顶飞过。

这天晚上，安东尼奥和总管来到畜栏视察这批小马驹时，约翰·格雷迪正在训练格鲁洛小马驮着罗林斯倒步走。他们很有兴趣地看着，总管还边看边剔着牙。安东尼奥试骑了两匹备好鞍子的马，让它们在畜栏中来回地跑，还令它们骤然停步。他下了马，满意地点点头，然后和总管一起去检查畜栏另一端的马匹了。罗林斯和约翰·格雷迪互相望了一眼，便把两匹马卸了鞍，把马群赶进了栏，提着鞍子和其他马具回了大房子，擦洗过后准备吃晚饭。牧人们已经在长桌旁坐定，他俩取了自己的盘子，在炉旁倒了咖啡，走到桌旁，跨过一条腿坐下。桌子中央有一陶盘玉米饼，上面还盖着毛巾。约翰·格雷迪伸手一指，想让他们递过饼子来，众人登时从桌子两边伸出了手，端起盘子传到他俩面前。这场景就像在举行什么仪式。

三天以后，他们进了山区，工头派了一个男佣为他们做饭并照料马匹，还派出三名比他俩大不了几岁的年轻牧人同行。这男佣是位单腿残废的老人，名叫刘易斯，曾先后在托雷翁、圣佩德罗和萨卡特卡斯打过仗；几个年轻的牧人都是当地的孩子，其中两个都出生在牧场，只有一个到过蒙特雷城这么远的地方。

他们每人领着三匹马，外带专驮食物和炊事篷的马，排成一队进了山。他们在山地的松林、浆果鹃丛和干河床等野马躲藏地捕获了一群野马，把它们赶上了高高的平顶山，圈在一道深谷里。这里有早在十年前就设置好的栅栏和栏门。野马在里面兜着圈子，乱转乱挤，尖声嘶鸣，并在陡峭的岩坡上不断攀爬，然后转过来互相缠斗，又咬又踢。约翰·格雷迪提着绳子在喧闹的马堆里行走着，满身是汗和尘土，仿佛是在做有关马儿的噩梦。当夜，他们在一处高地上宿营。山风骤起，篝火被刮得像锯齿一样在黑暗中闪动。刘易斯老人坐在火旁向几个年轻人讲述了这个地方和住在这里的人们的故事，其中提到了一些故去的人物的经历。老人终生爱马，他和父亲以及两个兄弟都曾在骑兵里作过战。父兄虽都战死疆场，但是他们无不极其蔑视维多利亚诺·维尔塔[1]及其罪恶行径——比鄙视其他任何恶人恶行更甚。老人说，和维尔塔相比，犹大倒成了另一个基督了。这时，一个牧人移开了目光，而另一个则开始祷告，祈神赐福。老人又说，战争毁了这个国家，但只有用战争才能制伏战争，正像术士用蛇肉医疗蛇伤的道理一样。他谈到了自己在墨西哥的沙漠上打的诸多战役，那年他胯下好几匹马先后死去。老人认为马的灵魂反映出人的灵魂，比人们想象的更为准确。他说马也是喜欢战争的。小伙子们说他们对此略有耳闻，但他说只

---

[1] 维多利亚诺·维尔塔（1854—1916），1913年2月推翻弗朗西斯科·马德罗政府，担任墨西哥总统，实施独裁统治，引发军事叛乱与美国干涉。1914年7月辞职流亡。1915年在美国被捕，次年因酒精中毒死去。

有亲身经历过的人才会体会到。老人的父亲说过，没有骑马打过仗的人是不会真正懂得马的。他说，虽然他希望事情不像父亲说得那样绝对，但事实却正是如此。

最后老人说，他曾经看见过马的灵魂。那可是十分可怕的东西。他说，这灵魂只有在马死的特定时刻才能看到。因为马类共有一个灵魂，而它们各自的生命乃是由全体马使之成形，最终难免一死。他说，如果一个人能认识马类的灵魂，那么他就能理解所有的马了。

他们都坐在地上抽着烟，望着余火最深处通红的木炭噼啪作响，四处迸溅。

"那么人是不是也这样呢？"约翰·格雷迪问道。

老人努了努嘴，一时不知怎么回答。后来他说，人与人之间没有马类之间那样共通的灵魂，那种认为人类可以相互理解的想法可能只是个错觉。罗林斯用蹩脚的西班牙语问老人，马儿是否也有天国，老人摇着头说，马儿不需要天国。最后，约翰·格雷迪问老人，如果所有的马都从世上消失了，马类的灵魂是不是也会消亡呢，因为这灵魂已经没有了容身之地。但老人只回答说，要谈论世上没有马的事是毫无意义的，因为上帝不会容忍这种事情发生。

每次捕捉到一批野马，他们便押送着涉过溪流，穿越山谷，行经肥美的草地，最后把它们圈进栏里。他们连续三周都干着这个活，到了4月底，他们已经将八十匹野马投入栏中，其中大部分都已经被驯服，有的都被选定上鞍备骑了。此时驱赶野马的工作仍在持续，每天都有一群群的野马从荒野被送到牧场的草地上来。可是不少牧人每次只能牵两三匹马上路，因此大批的新马都还被关在山上的畜栏里。在5月的第二个早晨，主人专用的红色"赛斯那"飞机由南方开来，在牧场上空盘旋一圈后，开始斜身转弯，降低高度，最后滑翔着驶离众人视线，掠过一丛树林，降落下来。

一小时后，约翰·格雷迪手里拿着帽子，站在牧场的厨房里。屋里，一个女人正在水池旁洗涤碗盘，一个男人正坐在桌旁看报纸。这女人见到约翰·格雷迪，立即把手在围裙上擦干，走到另一间屋子里。不一会儿，她回来了，说："请等一会儿。"

约翰·格雷迪点点头。"谢谢。"他回答道。

此时那个男人站了起来，他折起报纸，穿过厨房，拿回来了木制挂肉架、剔骨刀、油石，并全部摊在一张大纸上。与此同时，牧场主埃克托尔先生来到了门口，他站在那里，直视着约翰·格雷迪。

他是个瘦削的人，但肩膀宽阔。他的头发已经变得灰白，身材高挑，皮肤白皙，像个北方人。他走进厨房，做了自我介绍。约翰·格雷迪立即把帽子从右手移到左手，和埃克托尔先生握了手。

"玛丽亚，"牧场主说，"请来点咖啡。"

他伸出手掌朝着门廊示意，约翰·格雷迪便穿过厨房，走进大厅。厅里清凉、安静，可以嗅到蜡和花的气味。落地大钟立在过道左侧，铜制的钟摆在玻璃罩后来回摆动。他转过身来回头看时，牧场主对他一笑，并把手朝餐厅一指。"这边请。"
他说。

他们在一张英国胡桃木的长桌旁坐下，餐厅的四面墙上都
覆盖着蓝色的织花布，悬挂着人物和骏马的画像。餐厅的一头
是胡桃木餐具柜，上面摆放着暖锅和细颈玻璃饮料瓶。外面的
窗台边有四只猫卧在那里晒太阳。埃克托尔先生伸手到身后的
餐具柜上拿了瓷烟灰缸放在他们面前，又从衬衫口袋里掏出一
小锡盒英国香烟，打开口递到约翰·格雷迪面前。约翰·格雷
迪抽出一支。"谢谢。"他说。

牧场主把香烟盒搁在桌子的中间，从衣袋里掏出银制打火
机，先给小伙子点着了烟，然后自己也点上。

"谢谢。"

埃克托尔先生慢慢地往桌下吐出一道细细的烟气，笑了笑。

"喂，"他说，"我们可以说英语。"

"悉听尊便。"约翰·格雷迪说。

"阿曼多对我说你了解马。"

"我养过一些马。"

牧场主若有所思地抽着烟，似乎等着小伙子多说几句。这时，
方才坐在厨房里看报的那个男人托着大银盘进来了。盘中盛着
一套喝咖啡的用具——咖啡杯、奶精杯、糖罐，还有一碟点心。
他把盘子放在桌上，在一边站了片刻，主人谢过他后，他便退
了出去。

埃克托尔先生亲自将杯子摆好，倒上咖啡，然后朝盘中点

点头，说：“请自便。”

“谢谢，我不加糖。”

“你们俩是从得克萨斯来的？”

“是的，先生。”

牧场主点点头，呷了一口咖啡。他双腿交叉地斜对着桌子而坐，脚上套着一双巧克力色的小牛犊皮靴。他转脸看了看约翰·格雷迪，笑着问：“你们为什么会到这里来呢？”

约翰·格雷迪看看牧场主，又低头看着晒太阳的猫咪投在桌上的一排剪纸般的略微倾斜的影子，然后又抬起头看着牧场主。

“我只是想出来见见世面，我们就这样来了。”

“我能知道你多大了吗？”

“十六。“

牧场主扬了扬眉毛。“十六。”他重复道。

“是的，先生。”

牧场主又笑了。“我十六岁的时候，我就告诉别人我十八了。”

约翰·格雷迪呷了一口咖啡。

“你的朋友也是十六？”

“他十七。”

“但你是个头儿。”

“我们没有头儿，我们就是哥们儿。”

“那当然。”

埃克托尔先生把盛点心的碟子朝前推了推。“请吧，”他说，

"随便吃点。"

"谢谢您。我刚刚吃过早饭。"

牧场主欠身把烟灰磕进瓷烟灰缸里，又坐回去。

"你看雌马的情况怎么样？"他问。

"这一批里有几匹好雌马。"

"是的。你知道有匹名叫三条纹的雄马吗？"

"那是匹良种马。"

"你知道这匹马？"

"我知道这马参加过巴西大奖赛，我认为它产自肯塔基州，但它的主人却是亚利桑那州道格拉斯市一个名叫维尔的人。"

"对，这马生在肯塔基州帕里斯的蒙特雷牧场。它和我买的那匹雄种马还是同母异父兄弟呢！"

"是，先生。它现在在哪里？"

"它出门了。"

"上哪儿去了？"

"从墨西哥出门了，"牧场主笑道，"它一直都在忙着配种。"

"您是想养赛马吗？"

"不，我想养夸脱马。"

"就在这牧场上用？"

"是的。"

"您想让这匹雄马和刚逮回的雌马交配？"

"是的，你的意见如何？"

"我没什么意见。我认识一些配种的人，其中几个很有经验，但是我注意到，他们都很少发表什么意见。反正我知道有不少好的牧牛马是由良种雄马生出来的。"

"是的，你觉得雌马有多重要呢？"

"我看和雄马一样重要。"

"大多数养马人对雄马更有信心。"

"是的，先生。"

牧场主笑了："我正好和你的观点一致。"

约翰·格雷迪朝前倾身，把烟灰弹掉。"您不一定非要和我一致。"

"当然不，你也一样。"

"是，先生。"

"再给我讲讲平顶山上那些野马的情况。"

"山上也许还有些好的雌马，但是不多了。剩下的我看都是矮小的劣种马了，有的只能凑合做牧牛马，就是到处都能看到的那种马。西班牙矮种马，就是我们过去常叫的——奇瓦瓦[1]马，都是老非洲种。这些马都个头小，体重轻，它们也没有像拦牛马[2]那样粗壮的臀部和后腿。但可以用它们去套牛……"

他说着说着停住了，看着自己膝上的帽子，用指头去划帽边的折缝，然后抬起头来说："我说的您都知道。"

牧场主端起咖啡罐，斟满他们的杯子。

---

[1] 奇瓦瓦：墨西哥北部边境州。

[2] 拦牛马：经训练后可用来从牛群中分出牛只的轻便乘骑马。

"你知道克里奥洛马吗？"场主问。

"是的，先生。那是一种阿根廷马。"

"你知道萨姆·琼斯吗？"场主又问。

"如果您说的是一匹马，那我知道。"

"那么克劳福德·赛克斯呢？"

"那是比利·安森大叔的另一匹马。我从小就听到过这马的名字。"

"我父亲当年就从安森先生那里买马。"

"比利大叔和我的外公是朋友。他俩的生日只差一两天。他是利奇菲尔德伯爵的第七个儿子。他的太太是个戏剧演员。"

"你是从克里斯托瓦尔来的？"

"是圣安吉洛，圣安吉洛的郊区。"

牧场主又审视着他。

"你知不知道《美国之马》这本书？是华莱士写的。"

"是的，先生。我从头到尾看过。"

牧场主仰靠在椅子上。窗台上有一只猫站起来伸着懒腰。

"你是从得克萨斯一路骑马来的？"

"是的，先生。"

"和你的朋友一起？"

"是的，先生。"

"就你们两个？"

约翰·格雷迪低头看着桌子。那只站起来的猫在其他几只猫中间映出单薄、斜斜的影子。他抬起头说："是的，先生。就我和他两个。"

牧场主点点头，捻灭了香烟，然后起身把椅子朝后一推，说：
"跟我来，我带你看一些马。"

他们俩在睡铺上盘腿对坐着，胳膊肘架在膝上，身子前倾着，眼睛俯视着交叉的双手。过了一会儿，罗林斯说了话，但没有抬起眼睛。

"这是你的机会，我看你没有理由拒绝。"

"要是你不想让我去，我就不去，我就留在这里。"

"又不是叫你去哪里。"

"我们还能在一起干活，一起出去捉马，一起干别的。"

罗林斯点点头，约翰·格雷迪盯住他。

"你只要一句话，我就去告诉他'不'。"

"那样做没道理，"罗林斯说，"这可是你的机会。"

第二天一起吃过早饭后，罗林斯到畜栏里去忙活。等到他中午回来时，约翰·格雷迪的褥套已经卷在铺头，他的马具也不在了。罗林斯便走到后面去洗手吃饭。

马棚是按英国式样建造的，一英寸厚、四英寸宽的机制松木板覆盖着，漆成白色。棚顶是圆的，上面还装着一个风标。约翰·格雷迪的房间在马棚的尽头，紧靠着鞍房。经过两根梁柱是另一间小屋，住着一个老马夫，他为罗查先生的父亲养过马。约翰·格雷迪牵着马进棚时，老头出了房间，站着看马。他看看马脚，又看看约翰·格雷迪，然后他转身回房，关上了门。

下午，约翰·格雷迪在马棚外边的畜栏里拾掇一匹新捕获来的雌马时，老头又出来观看。约翰·格雷迪向他道下午好，老头点点头，也道了声下午好。他仔细端详这马。约翰·格雷迪对他说这马很壮实。老头说"rechoncha"。但约翰·格雷迪听不懂这话，他问这老头什么意思，老头就用双臂做了个大桶的形状。约翰·格雷迪猜想他指的是马怀了孕，就说它没有。老头听了，耸耸肩，又回了自己房间。

约翰·格雷迪牵着那匹雌马回到马棚时，老头正在拉扯那匹黑色阿拉伯马的肚带。那位姑娘正背对着约翰·格雷迪而立。雌马的影子遮暗了隔间的门口时，她转过了身子看了看。

"午安。"约翰·格雷迪说。

"午安。"姑娘回答。她伸出手弯腰去拉肚带，检查了一下。约翰·格雷迪站在隔间门口。她立直了身体，把缰绳绕过马头，脚踩进脚镫，纵身坐上马鞍，拉过马头，骑出了马棚。

夜里，他独自一人躺在他的小屋里，听得到大房子那边传来的音乐声。他辗转反侧，不能入眠，想着马，想着旷野，最后想来想去都是马。那些平顶山里的野马，那些从未和人交往的野马，那些与他素不相识的野马。然而，他就要走进它们的灵魂，与之永不分离。

一周以后，他们俩一起进了山。这次带两个牧人和一个男佣。晚上，其他人都钻进毯子入睡，他俩还坐在平顶山边的火堆旁喝咖啡。罗林斯掏出烟叶，而约翰·格雷迪却拿出了烟卷朝罗林斯晃着。罗林斯收起了烟叶。

"从哪儿弄到的烟卷？"

"拉维加。"

罗林斯点点头。他从火堆里抽出一根燃着的木头，点着烟卷。约翰·格雷迪探过身子也点着了他自己的。

"你说她在墨西哥城读书？"

"是的。"

"她有多大？"

"十七。"

罗林斯又点点头："她上的是个什么学校？"

"不知道，好像是个什么预备学校。"

"那种贵族学校。"

"是啊，贵族学校。"

罗林斯吸了一口烟。"唉，"他说，"她也是个高不可攀的姑娘。"

"不，她可不是。"

罗林斯倚在马鞍上，两腿交叉地斜对着火堆。他的右靴的后跟已经松脱，他用了个猪鼻环把它和鞋底上的贴边钉在一起。他两眼瞅着手上的烟卷。

"老弟，"他说，"我以前就和你说过，不过我今天也不指望你能多听进一些。"

"哦，我知道你的意思。"

"我猜想你挺愿意在夜里流着泪睡觉吧？"

约翰·格雷迪没有回答。

"这个姑娘肯定和那些有飞机的家伙们约会，那些有汽车的小子还巴结不上呢。"

"你说的大概是对的。"

"很高兴你承认这个。"

"但这也妨碍不了什么，对吧？"

罗林斯深深地吸着烟，他俩坐了好长时间。最后，他把烟蒂丢进火里，说："我要睡觉了。"

"是啊，"约翰·格雷迪说，"我看睡觉是个好主意。"

他俩把毛毯展开。约翰·格雷迪脱掉靴子，把它们立在身边，自己躺在毯子里伸展开四肢。篝火已经烧得只剩下木炭了。他仰面朝天看着群星，一颗流星滑过，像是拨动了头顶黑暗苍穹的琴弦。他把双手放在身体两侧，在地上支着。在这个清冷冷地燃烧着的黑色天幕下，他慢慢变成死寂的世界中心，只有在他的手下，还活着一个巨大的迅速转动而震颤的世界。

"她叫什么名字？"罗林斯在黑暗中问。

"阿莱詹德拉。她叫阿莱詹德拉。"

星期天下午，他俩骑着刚刚驯出来的新马进了拉维加城。在牧场里，一个剪羊毛工人用羊毛剪子给他俩剪了头。现在，他们颈子后面衣领上的那部分肉皮白生生的，像伤疤一样。他们快步地走着，牛仔帽在头上朝上翘起，一边走一边向两旁不断地观望，似乎向这片原野挑战或者寻找着可以挑战的对象。他俩在大路上赛开了马——一次赌注为五十分币。头一次约翰·格雷迪赢了。他们换马再赛，他骑着罗林斯的马再次获胜。他们时而策马飞奔，时而小步疾行。两匹马跑得很热，身上冒着汗。它们在路上或蹲踞着或跺着蹄子。路上有不少农夫走来，有的挎着蔬菜水果篮子，有的拎着上面盖有干酪包布的桶。他们有几个人聚在路边，有几个人索性爬到路侧的灌木丛中或仙人掌后，在那里睁大了眼睛看着这两个年轻的骑手跃马呼啸而过。两匹快马咯咯地嚼着马嚼子，口吐白沫。两名骑手用他们的异国语言互相呼应着。他们策马奔驰，心头一种无言的狂热，在他们所到之处，简直难以遏制。然而，他们过后一切还是原样未变，同样的尘土、阳光和鸟儿鸣唧。

在镇上的商店里，他俩挑选着衣物。叠放在货架上的衬衫被抖开后可见到一块颜色比较浅的方形污渍，这或许是尘土所致，或许是太阳晒的，或许两者都有。他们从一沓沓的衣服里挑选着适合罗林斯尺寸的衬衣。女店员在给罗林斯的胳膊比袖长时，嘴里夹着大头针，活像个缝纫女工。她疑惑地摇着头，随时准备着把未选中的衬衫重新叠好再别上大头针。他们又挑了一条硬挺的帆布裤子，拿到商店后面的一间卧房里试穿。房间里有三张床，下面是冷冰冰的水泥地，过去曾被漆成绿色。他们坐在其中一张床上，计算着他们的钱。

"这条马裤十五比索，到底是多少钱？"罗林斯问。

"记住，两比索就是二十五美分。"

"你还真知道。那么这条裤子到底多少钱？"

"一美元八十七美分。"

"奶奶的，"罗林斯叹道，"我们可讲究起来了，我们五天后就能领到工钱。"

他们又买了袜子和内裤，把所有的衣物都堆在柜台上让女店员算账。完后女店员把新衣物包成两份，用绳扎好。

"你还剩下多少钱？"约翰·格雷迪问他。

"四美元左右。"

"你该买一双马靴。"

"我这些钱不够了。"

"我来给你凑上。"

"当真？"

"当然。"

"我们今晚上还得留点钱花。"

"我们还会剩下几元钱的，去买吧。"

"给你那小甜妞买瓶汽水还够不？"

"这也不过花上四美分，先买靴子吧。"

罗林斯犹豫地拿起一双靴子，他抬起一只脚，对着靴子的底部比了比大小。

"这双靴子太小了。"

"再试试这双。"

"这双黑的？"

"是啊，干吗愣着？"

罗林斯把新靴穿上，在地上来回走几步。女店员在一旁称许地点着头。

"觉得怎么样？"约翰·格雷迪问他。

"还行，不过这高跟靴子得过些时候才能习惯。"

"跳个舞我们看看。"

"干什么？"

"跳舞啊。"

罗林斯看了看女店员，又看着约翰·格雷迪。

"扯淡，"他说，"你想看傻瓜蹦跶吧？"

"你就蹦几步看看嘛！"

罗林斯果真在陈旧的地板上跳起了几步顿足爵士舞，然后站在他震起的尘土中咧嘴笑着。

"跳得真漂亮！"女店员说。

约翰·格雷迪开心地笑着，伸手到口袋里去掏钱。

"我们还得买手套。"罗林斯说。

"手套？"约翰·格雷迪问。

"对，手套。我们玩完了还得回去干活。"

"你说得对。"

"那些勒手的旧绳子把我们的手都咬坏了。"

约翰·格雷迪看了看自己的手。他问女店员有没有手套卖。然后每人买了一副。

他们站在柜台旁等着女店员包起手套。罗林斯一直看着脚上的新靴子。

"那老头在马棚里存着些上好的马尼拉丝麻绳，"约翰·格雷迪说，"我瞅机会解下一条给你。"

"黑色的靴子，"罗林斯说，"这不是太逗了吗？我一心想当个持枪的歹徒呢！"

　　尽管夜晚已透着凉意，但庄园礼堂的两扇大门依然敞着。一个大木台摆在门内，卖票的人坐在木台上的一把椅子上，这样他可以弯下身子，以一种类似施舍的姿势向来人卖票收钱，并查看那些有事出去又返回的人的票根。这座陈旧的砖坏礼堂沿外墙一周用柱子支撑着。有些柱子是后来加上的，与礼堂的整体设计并不一致。礼堂四周的墙都有些倾斜和开裂了，也没有窗。礼堂的两侧拉满了一串串电灯泡，灯泡上都罩着涂色的纸袋，纸袋上一道道的颜色在灯光映照下异彩纷呈，红色、绿色、蓝色无不色彩柔和，融合无间。地板清扫过了，但脚下仍发现有小撮的种子或片片干草。礼堂的前方设有谷物货板搭成的台子，台上有小管弦乐队正在忙碌地演奏着。舞台上方是由护板草草装成的贝壳形增音板。台脚下的灯安装在水果罐里，这些罐子用五彩的绉纸包着，像焖烧的文火，彻夜不熄。罐子的口上都罩着彩色玻璃纸。灯光映照着在烟雾缭绕中扮演妖魔的滑稽演员，晃动的影子折射在屋顶的护板上，好像在演皮影戏一样。外面一对小鹰鸣叫着飞掠过头顶半暗的天空。

　　约翰·格雷迪、罗林斯以及从牧场来的男孩罗伯托站在礼堂门外灯光照不到的地方。他们站在大小汽车中间，传递着用一品脱药瓶盛着的麦斯卡尔酒。罗伯托把瓶子对着灯光举起。

　　"为姑娘们干杯！"他说道。

他喝了一口，把瓶子递给约翰·格雷迪和罗林斯。大家都喝了酒。他们又将纸包里的盐末撒到手腕上，用嘴舔了。罗伯托用玉米芯瓶塞堵住瓶口，把酒瓶藏到一部停放在那里的卡车轮胎后面。而后他们三人又传吃着一包口香糖。

"好了吗？"罗伯托问。

"好了。"

阿莱詹德拉正在同来自圣巴勃罗农场的高个小伙子跳舞。她穿着蓝色的连衣裙，嘴唇红红的。约翰·格雷迪、罗林斯及罗伯托和其他年轻人靠墙站着看人跳舞，又越过这些舞者遥望着礼堂那一头的年轻姑娘。约翰·格雷迪穿过人群走去。空气中散发着干草味、汗味及浓重的科隆香水味。在拱形屋顶下，手风琴师奋力地拉着琴并用靴子跺着台板合着拍子。拉了一会儿，他退后几步，让小号手走向前。那姑娘在转身之时目光越过舞伴的肩膀瞥到了约翰·格雷迪，她的黑头发用蓝色缎带扎起，脖颈白皙，如同细瓷一般。她转过身来的时候，对他嫣然一笑。

他们在一起跳舞了。他过去从未碰过她的身体。此时他发现她的手是那么小巧，她的腰身那么纤细。她望着他，带着十分坦诚的笑，并把脸贴上他的肩膀。他们在灯光下旋转着，小号那长长的旋律引导着跳舞的人们迈着舞步分分合合。飞蛾在高处纸灯罩下盘旋不停。那对小鹰俯冲到礼堂外的电线上，然后张开翅膀，划出一道曲线飞上星空。

她用那种多半从学校课本上学来的英语说着话。他用心地判断着她的每一句措辞去体会他所渴望听到的意思，同时在心里默默地重复这些用语，然后再重新加以探究。她说，她很高兴他能来。

"我对你说过我会来的。"

"是的。"

他们随音乐旋转着，小号发出急促尖锐的声音。

"你是不是没想到我会来？"

她把头向后扬起，看着他微笑，她的眼睛闪闪发亮。"正相反，"她说，"我知道你会来的。"

乐队中间休息时，他们俩挤出人群，走到饮食摊上，他买了两筒锥形纸包装的柠檬汁。他们走到外面，在夜间的凉爽空气中沿路漫步。路上还有其他的情侣。他俩走过别人身旁，向那些情侣道着晚上好。夜风送爽，空气中散发着泥土、香水还有马匹的味道。她挽着约翰·格雷迪的手臂，咯咯地笑着，称他为"开倒车的越境者"[1]，这样的人少有，值得珍惜。他则对她讲述了他的生活、他外祖父的死及牧场被变卖。他们坐在低矮的水泥槽上。她把鞋子搁在膝上，赤裸的双脚交叉地放在泥地上，手指在槽里的水中划来划去。她离家住校上学已有三年了。她母亲住在墨西哥城，星期天她一般都去母亲那儿吃午饭。有时候，她们母女一起到城里下饭馆，然后去剧院或去看芭蕾舞。她母亲认为牧场上的生活太寂寞，但住在城市里，她又显得缺少朋友。

---

[1] 开倒车的越境者：美墨边境上的越境者（尤其非法越境者）大都是偷越到美国去的墨西哥农牧工人，绝少有从美国偷越来墨西哥的，因此这里阿莱詹德拉称约翰·格雷迪"开倒车"。

"母亲对我挺生气，因为我老是想往这里跑。她说我对父亲比对她亲。"

"你是这样吗？"

阿莱詹德拉点点头。"是的。但这不是我爱来牧场的缘由，"她说，"我会改变想法的。"

"改变来这里的想法？"

"不，是对一切事情的想法。"

她看着约翰·格雷迪，又笑着。"我们进去吧？"

他朝着灯光看去，音乐又开始了。

她一只手扶在他肩上，弯身穿上了鞋子。

"我要介绍你和我的朋友认识，我要介绍你认识露西亚。她非常漂亮，你会看到的。"

"我敢说她没你漂亮。"

"噢，你说话可要当心，再说，你也没讲对。她比我漂亮。"

约翰·格雷迪带着阿莱詹德拉留在他衬衣上的香气独自骑马返回。他到礼堂外的马棚去牵马时，三匹马还都拴在那里，立在马棚的一端。但他找不到罗林斯和罗伯托。他解开自己的马时，另外两匹也抬起头，轻声嘶鸣着要走。院子里的车都发动起来，成群的人沿着道路向外移动。他把这匹新驯好的马驹牵到礼堂的灯光外面，上了路，才骑上它。离镇一英里远处，一部满载着小伙子的汽车擦身而过。车开得很快，他赶紧把马拉到路边。这马轻快地跑着，在汽车前灯的强光闪耀下仿佛跳着舞步。汽车超过他的时候，小伙子们朝他大声喊叫，有人还扔出了空啤酒罐。这马惊得后腿直立，突然朝前跳起，前蹄在空中踢腾。约翰·格雷迪紧紧地拉住马，安抚它，跟它说话，好像什么事也没发生一样。过了一会儿，马儿镇定下来，他们又上了路。汽车掀起的漫天尘土在他们面前不断落下，目光所及之处，还能看到前方尘土形成的条条细线在星光下沸沸扬扬地飘着，就像是由地皮下涌出的某种庞然大物突然散开一样。约翰·格雷迪认为这马已经听使唤了，他一面骑行一面夸奖着它。

牧场主是通过一位没有露面的代理商在列克星敦的春季销售会上买下这匹马的。他派了阿曼多的兄弟安东尼奥前去提马并运回。安东尼奥开着一辆1941年生产的"国际"牌装货平台卡车离开了牧场，卡车后还拖曳着牧场自制的备用铁皮拖车。安东尼奥一去就是两个月。他走时随身带着署有埃克托尔先生签名的两封业务介绍信——一封用西班牙文写的，另一封用英文。他还带着用细绳扎好的棕色银行信封，里面装有大笔美元和比索。还有向休斯敦和孟菲斯银行开具的即付支票。安东尼奥不会说英语，更不会读和写。他回来的时候，银行信封和西班牙文的信都没有了，但那封英文信还在。信纸已被沿着折缝分为三片，片片都卷着边。上面有咖啡渍，还有其他东西的污痕，有的地方像是血迹。在这两个月里，安东尼奥多次被关进监狱。一次在肯塔基州，一次在田纳西州，还有三次是在得克萨斯州。他吃力地把车开进院子后，从车里出来，僵直地走到大房子前，敲开了厨房的门。玛丽亚放他进屋后，立即去找主人，而他就提着帽子站在那里。不一会儿，牧场主来了，他们极其郑重地握了手。牧场主问他身体怎样，他说很好。接着他便把那几片信纸和一小捆账单、收据递给主人。这些单据有餐馆的、加油站的、饲料店的，还有监狱的。他又把剩下的钱交给牧场主，连衣兜里的零钱都掏了出来，还把卡车的钥匙交给牧场主。最后，他交出了墨西哥彼德拉斯·内格拉斯海关出具的验货清单和用蓝色丝带系着的长条马尼拉纸信封，内装有关这匹马的证书和表示所有权转移的票据。

埃克托尔先生把钞票、收据及证书等都摞在餐具柜上，然后把钥匙放进衣袋里。他问安东尼奥卡车是否好开。

"是的，"安东尼奥回答，"但真是一笔棘手的买卖。"

"好吧，"主人说，"那匹马怎么样了？"

"它在路上有些疲乏，但真是一匹好马。"

它确实是一匹好马，一匹深栗色的骏马，站着足有十六手高[1]。体重约有一千四百磅。它强健的肌肉和发达的骨骼表明了其优良血统。人们在 5 月里的第三个星期用那辆拖车将它从区联邦转运回来时，约翰·格雷迪和埃克托尔先生一起到马棚去看它。约翰·格雷迪径直推开小隔间的门，走进去来到马身旁，把自己身子贴到马身上去，开始抚摸它，用西班牙语轻柔地和它说话。牧场主只是看着，却不发表意见。约翰·格雷迪转着圈子和这马说话。他用手抬起这马的一只前蹄细细查看。

---

[1] 手：量马高度用语。一手约 4 英寸，十六手约为 1.63 米。

"您骑过它了吗？"约翰·格雷迪问牧场主。

"那当然。"

"如果您允许，我想骑骑这马。"

牧场主点点头。"好的，"他说，"那当然。"

约翰·格雷迪走出了小隔间，关上门。他们站在门外看了一会儿这匹刚劲的雄马。

"你很喜欢它？"牧场主问。

约翰·格雷迪点点头。"这可真是匹好马。"他答道。

在其后的几天里，牧场主几乎天天都要到他们驯养配种马群的畜栏去。约翰·格雷迪一边陪牧场主在雌马群中走，一边发表着自己的观点。牧场主经常做沉思状，他不时地停下或退后几步审视着马匹，点点头，然后再度沉思。他会走开几步，眼睛盯着地上，寻思着新的优点，然后再抬起头打量马匹，希望从新的角度重新对马有新的发现。在有的马身上，主人实在找不出任何天赋或优点使年轻的驯马人抱有信心，这时约翰·格雷迪便可能听从主人的判断。但任何一匹马只要具备一点，在此基础上便可以培育成才。这被称为"唯一的一点"——有了这一点，马身上再有多么大的瑕疵也可以姑置勿论了——那就是马儿对牛的兴趣。为此，约翰·格雷迪挑选了一批秉性良好的雌马来驯骑。他常常骑着它们去旷野、牧场，或水草肥美的沼泽地边，让它们熟悉并亲近那里众多的牛群。马群中有些雌马对所见到的现象很感兴趣，它们被骑着通过牧场时，还回过头来张望着牛群。他声称，马对牛的这种意识是能够培养出来的。但牧场主不怎么肯定这一点。不过有两件事他们的看法不谋而合，虽然在这之前没有人说起过。那就是，上帝让马降生到世界上来就是为了管理牛；而牛又是人类最好不过的一笔财富。

他们把这匹雄马与雌马分开，单独饲养在总管住宅那边的一间马棚里。雌马发情的季节已到，约翰·格雷迪和安东尼奥抓紧让它与雌马交配。他们连续三周几乎天天为马配种。有时一天两次。安东尼奥对这匹雄马怀有极大的崇敬与热爱。像约翰·格雷迪一样，他也喜欢与马说话，经常向它许诺，而从不对它说谎。这马一听到他来了，便用后腿站立搅动着草料。安东尼奥则和它说上一阵悄悄话，甚至会低声细语把雌马的情况传达给它。他们从不让这匹雄马连续两天在同一个时辰与雌马交配。约翰·格雷迪和他商议好了告诉主人，这马需要接受乘骑的训练使之易于驾驭。其实是约翰·格雷迪想骑这马。说实话，约翰·格雷迪是想让别人看到他骑这骏马——实际上想让她看到自己骑着这匹矫健骏马的英姿。

约翰·格雷迪总喜欢在天还不亮时就起身到厨房去喝咖啡，然后在破晓时分给这匹雄马上鞍。此时，大地一片寂静，只有场院里的几只鸽子被惊醒。空气无比清新凉爽，他和雄马从马厩旁的小道出来。这畜生忽而腾空跳跃，忽而又沉重地双蹄捣地，时不时还把长脖子弯成弓形。他们沿着沼泽路和湖沼边一路奔驰。太阳升起的时候，浅滩上惊起了一片飞翔的水鸟。有水鸭、鹅，还有沙秋鸭。它们纷纷从水面上鼓翼飞上高空，冲散了薄雾，披着一身的光华，飞进朝阳，变成了金色的鸟儿，此时沼泽地面上朦胧一片，阳光还没有照过来呢！

有的时候，他会骑着这匹雄马一直跑到浅湖的远端，一直跑得马儿大汗淋漓，停下来后还战栗不止。这时，他就用西班牙语向他的坐骑一遍又一遍像念《圣经》似的不停念叨着一段苛刻的不成文的法则：

我是马群的首领，我——就我一个。如果没有我这双能干的手，你们什么都没有。没有食物，没有水，也没有后代。是我从山里带来了马群，带来了这些幼小、野蛮和烈性的马。你们都要听我的话。

此刻，在他双腿之间夹着的马肋骨呈拱形，里面那颗暗黑色的心脏根据他的意志而跳动；马周身的热血和肚肠则是按照他的意志而沸腾盘绕缠结蠕动的。那强健的大腿股骨、膝关节和小腿胫骨，还有那在关节处一张一弛的浅黄色铁索般的筋络不也是受他意志的驱使吗？除了他，还有谁能把这匹马全身披挂配鞍，勒紧口鼻使之四蹄运转如风，在黎明的道路上奔腾，激起阵阵尘雾？还有那转动的马头、流着涎水的马牙及燃烧着热火球般的大眼……也都注入了他的意志。

约翰·格雷迪回到厨房吃早饭时，玛丽亚已经在周围忙得团团转，一会儿给那个巨大镍皮炉子加木头，一会儿又在大理石台面上擀面团。就在这个时候，好多次他都听到阿莱詹德拉的歌声从这幢大房子的某一处传来，有时还闻到淡淡的风信子花香，好像她正从外面的厅堂走过。上午是卡洛斯宰牛的时候，约翰·格雷迪也总要抽身到廊道上来。这里经常聚着一大群猫。它们井然有序地蹲坐在凉棚下地砖上。约翰·格雷迪总要抱起一只，站在内院的门口抚弄一会儿。因为他曾经看到她通过这扇门来取柑橘，所以他总要抱着猫在这里站上一会儿。没什么结果，便把猫放开，走进厨房，摘下帽子。这猫也会立即回到地砖上它原先被抱起的那个地方。有的时候，她会在上午骑马。约翰·格雷迪知道她要先来吃早餐。她独自一个人坐在餐厅里，由卡洛斯给她送去咖啡和水果。有一次在小山里骑马朝北走，他看见她在下面两英里远的沼泽路上，还看过她在沼泽这边的草原上骑行。还有一次，他看见她牵着马穿过湖畔的浅水在湖藤草中走过，裙子提到膝盖上面，这时，红翼的小黑鸟围着她翻飞，鸣叫。她停下来，弯腰采摘白色的睡莲。那匹黑马站在她身后的湖水中，温顺得就像条狗一样。

自从在拉维加的那场舞会后，他再也没有和她说上话，她和她父亲去了墨西哥城，后来她父亲一个人回了牧场。他找不到任何人打听她的情况。现在他已经习惯于不用鞍子直接骑在那匹雄马上。他跨上马背，踢掉靴子，甩着两腿，悠然自得。这时安东尼奥仍然站在那里用绳子拉住那匹颤抖不已的雌马。它的两条前腿叉立，脑袋低垂，口中呼呼地喘着大气。约翰·格雷迪赤足骑上雄马，双脚一夹马肚，冲出了马棚。雄马身上只戴着绳编的笼头就跑向了沼泽路，直跑得马身上出汗起沫，汗珠子迎风飘落，血管在湿漉漉的皮肤下急速搏动，身上似乎还混杂着雌马身上的气味。约翰·格雷迪把身体紧贴在马颈上，在奔驰中轻柔而又粗俗地和它说话。正是在这种情况下，有一天晚上，他意外地在沼泽路上遇见她骑着黑色的阿拉伯马回来。

他用缰绳勒住马。雄马停下来，站着一个劲地抖着身子，在路上举蹄踏步，把头朝两边甩来甩去。她骑着马过来了。他摘下帽子，用衣袖擦一下额上的汗水，向她挥帽致意后又把帽子戴上。他把马打到一旁，退到路边的蓑衣草中，转过来，为的是能看着她从面前通过。姑娘看到约翰·格雷迪退后，立刻打马向前骑过来了。她和他并排平肩前行的时候，他用食指按着自己的帽边，向她点头致意。他想，她准会一骑而过。但是，她并没有这样。她停住了马，将那张丰润的脸转向他。道道光束从水面折射过来，照得黝黑的马身遍体生辉。他坐在大汗淋漓的雄马背上，在她的目光直视下，活像个拦路抢劫的强盗。她等着他开口说话，约翰·格雷迪说了，但说完后就忘记自己当时说了些什么。他只能记起他的话曾使她发笑，而这并非他的本意。她转开头，目光掠过湖面。落日余晖在水面上粼粼闪烁着，她回过头来看着他和雄马。

"我想骑骑它。"她突然说。

"什么？"

"我想骑骑它。"她重复了一遍。

她的眼睛从阔阔的黑帽檐下平视着他。

他的眼光越过在风中摇曳的蓑衣草一直看到湖那边，仿佛那片水域能给他帮助似的。他回望着她。

"什么时候？"他问。

"什么时候？"

"你什么时候想骑这马？"

"现在，我现在就想骑。"

他看着自己身下的马，好像很惊奇它会在这里。

"这马没配鞍子。"

"是的，"她说，"我知道。"

他用脚跟夹了夹马肚，并用手拉了一下马笼头的绳子，想让这马显得难于驾驭，但奇怪的是，这马居然稳立不动。

"我不知道你的保护人会不会让你骑它。就是你的父亲。"

听了这话，她向他投以表示遗憾的笑，可是笑容里却没有遗憾。她从马上下来，把缰绳搭在黑马头上，然后转过身来看着他。

"下来。"她命令道。

"你真的想这样做？"他问。

"是的，快点。"

他从马上滑下来，感到裤腿里面又热又湿。

"那你的马怎么办？"

"我想让你给我骑回马棚去。"

"大房子那边会有人看见我的。"

"把它骑到阿曼多的房子。"

"你存心要给我添麻烦。"

"你已经有麻烦了。"

她转过身去，把黑马的缰绳在鞍头上打个结，然后走过来，从他手中接过雄马的缰绳搭在马背上。她把一只手放在他肩上，他立即感到自己激烈的心跳。他弯下腰，双手十指交叉做成马镫形状，姑娘把左脚放进他的双手当中。他朝上一举，她一纵身跃上雄马背，朝下看了看他，然后靴跟一夹，策马向前。这匹雄马大步奔上路面，沿着湖边瞬间跑得无影无踪。

他骑着那匹阿拉伯黑马，慢慢地回去。这天的太阳迟迟不落山，他期望阿莱詹德拉能赶上他，这样他们就可以把马换过来。但这个想法没有实现。在绯红的晚霞中，他牵着黑马经过阿曼多的房子，把马送进屋后的马厩，卸下马笼头，松开肚带，用绳子把带着鞍子的马拴在了柱子上。房子里没有灯光，他想大概是无人在家。但他沿车道走回，经过房子时，厨房里突然亮灯了。他加快了步子，听到身后有开门的声音，但他没有回头看看是谁，那人也没有和他打招呼。

女孩返回墨西哥城之前，他最后一次见到她时，她正神态庄严地从山上骑马归来。那时，北方的天空已经集聚了雨飔，黑云就紧压在她的头顶。她把宽帽檐拉下挡住脸，用系带在下巴上系好。她在风暴中骑行，披散的黑发交缠着，在肩头上飘扬。闪电已经穿透黑云，在她身后悄然地滑落下来。她在小山间奔跑着，对这一切全然无所畏惧。此时，雨点已经随风飘来，落在牧场的土地上。她还在神态庄严地骑着，骑过那在风雨中显得苍白无力的芦苇湖，一直到大雨赶上她，将她的身影淹没在夏日的狂风暴雨中：真正的马，真正的骑手，真正的大地和天空，但仍有如一场梦。

阿莱詹德拉的陪媪 [1] 阿方莎是她的姑婆，也是她的教母。长期在大庄园生活使这位老妇人深受旧世界的束缚，满脑子充斥着旧的习俗和传统。图书室里除了那几本皮面装订的旧书外，剩余所有的书都是她的，钢琴也是她的。客厅里的老式立体幻灯机和埃克托尔先生房间里那个意大利式柜橱中的一对"格林纳"步枪则是她哥哥的。客厅里还挂着她与哥哥、嫂嫂的合影。那都是在欧洲一些大都市的大教堂前拍的。她和嫂嫂身着白色的夏装，她哥哥穿着西服背心，系着领带，戴着巴拿马帽。他有黑黑的小胡子，黑黑的西班牙式的眼睛，以及西班牙贵族特有的站立姿势。油画肖像中最古老的一幅铜框已经开裂、铜锈斑斑，画的是她的曾祖父，画上写着"1797年，西班牙托莱多市"。时间最近的一幅油画是阿方莎本人的一张全身像。她身着礼服，于1892年她十五岁生日的庆典上在阿根廷的港市罗萨里奥绘制的。

约翰·格雷迪以前从未见过她，也许只不过是某个时候她路过门厅时瞥见她的身影罢了；约翰·格雷迪不知道这位老小姐是否意识到他的存在。直到阿莱詹德拉返回墨西哥城一周后的某日，她差人来请约翰·格雷迪晚间到大房子里来下国际象棋。

---

[1]　陪媪：西班牙传统家庭中照管少女生活的年长妇女，也称女傅。

他穿着新衬衣和帆布裤子出现在厨房里的时候，玛丽亚正在冲洗晚餐用的碗碟。她转过身来打量着他，他手拿着帽子站在那里。"你好，"她说，"她正在等你。"

他谢过玛丽亚，穿过厨房，沿着门厅走到餐厅门口。老太太从坐着的桌旁站起身来，向他微微点头说："晚上好，请进来，我就是阿方莎小姐。"

她穿着深灰色的裙子，白色打褶的罩衫，业已灰白的头发被梳起来束到脑后，使她看起来像女教师，而事实上她也确实当过。她说话有英国腔。她伸出一只手，约翰·格雷迪几乎要上前去握，后来才意识到她不过是用手指着右边的椅子让他坐。

"晚上好，夫人，"他说，"我是约翰·格雷迪·科尔。"

"请，"她说，"请坐。很高兴你到这里来。"

"谢谢您，夫人。"

他把椅子朝后拖开坐下，把帽子放在旁边的一张椅子上，看着棋盘。老小姐用拇指将棋盘轻轻地朝他面前推了推。棋盘是用胡桃木方块和带乌眼斑点的枫木方块拼合而成的，棋盘的四边镶嵌着珍珠，两方黑白的棋子则是用象牙和黑兽角雕刻而成。

"我的侄儿不会下棋，"她说，"我击败了他，这叫'击败'吧？"

"是的，夫人，我想是的。"

像约翰·格雷迪一样，她也是左撇子，不然就是她下棋时总用左手。左手上的最后两指已经没有了，但约翰·格雷迪在开棋后走了多时才看出来。这局最终，约翰·格雷迪吃掉了她的王后，她不但认输，而且笑着对他的棋术表示赞许。但她又立即急切地用手指着棋盘，意思是要下第二局。这局下得很好，约翰·格雷迪吃掉了她的双马一象，她又接连走了两步棋，使得约翰·格雷迪踌躇起来。他研究着棋局，突然一个想法在脑中出现：她是不是非常希望自己能让让棋呢？他意识到自己事实上已经开始这么考虑了，而且在他考虑之前，她就有了这个想法。他靠在椅子上，注视着棋盘。她正在盯着他看。他又向前倾身，开始飞象，一连四步把对方将死。

"我真蠢，"她说道，"把王后的马也丢了。这是一个失误，你下得非常好。"

"谢谢您，夫人。您的棋也下得很好。"

她把罩衫的长袖子拉起来看了看手腕上的小银表。约翰·格雷迪坐在那里，这时已比他平日就寝的时间晚了两小时了。

"再下一盘？"阿方莎小姐提议。

"好的，夫人。"

这次，她用了一种他从未见过的开局法。最后，他丢了自己的王后，失了一局。阿方莎小姐微笑着，抬起头来看着他。此时，卡洛斯端着茶点进来，把它放在了桌子上。阿方莎小姐把棋盘推到一边，把茶点挪过来，摆好杯子和茶碟。卡洛斯端来的有几片蛋糕和饼干，还有好几种奶酪及一小碗棕色的酱，里面放着一把小银勺。

"你要牛奶吗？"阿方莎小姐问。

"不，夫人。"

她点点头，随即倒满了茶。

"这样的开局只能用一次，再用就不灵了。"她说。

"我过去可真没见过这种开局。"

"噢,这是爱尔兰的象棋冠军波洛克发明的。他把这叫作'国王御用开局法',我还担心你知道呢。"

"什么时候我想再见识一次。"

"噢,那当然。"

她把盘子推到两人之间。"请吧,"她说,"别客气。"

"我最好不吃,这么晚吃这些东西我会做噩梦的。"

她笑了,顺手从盘子上取下一条亚麻餐巾,把它打开。

"我常常做一些奇怪的梦,但我想这和我的饮食习惯没什么关系。"

"是的,夫人。"

"我做这些梦时间很长了。从我是个小姑娘的时候起一直到现在,常常做着同样的梦。很奇怪,梦见的不是什么真事,但却持续这么多年。"

"您觉得那些梦有些什么含义吗?"

阿方莎小姐看来有些吃惊。"噢,是的,"她说,"你不认为是这样吗?"

"我不知道。这些梦在您的脑子里。"

她又笑了。"我觉得这些梦不像你认为的那样有什么不好。对了,你在哪里学会下象棋的?"

"我父亲教的。"

"那他一定是个非常好的棋手。"

176

"他大概是我所见过的最好的棋手。"

"你没有赢过他吗？"

"有几次赢过。他去打了几年仗，等他从战场上回来，我打败了他。但是我想，他是没有心思下棋。他现在一点也不下了。"

"真可惜。"

"是的，夫人。确实可惜。"

她又斟满他们的茶杯。

"我在一次射击事故中失去了两个手指。我们用枪打活的飞鸽。枪管突然爆炸了，我那时只有十七岁，正像阿莱詹德拉现在的年龄。这没什么可难堪的。人们觉得好奇，其实很正常。我猜想你脸上的那块疤是被马伤的吧？"

"是的，夫人。是我自己的过失。"

阿方莎小姐注视着他，神情似无恶意。她笑着。"伤疤有一种奇怪的力量提醒我们过去是真实的存在。那些造成伤疤的事件是不会被遗忘的，对吗？"

"是的，夫人。"

"阿莱詹德拉要在墨西哥城和她母亲待上两周，然后就回到这里来过夏天。"

约翰·格雷迪咽了一下口水。

"不管我的外表给人什么印象，我还不是个特别守旧的女人。但我们在这里，生活在一个小小的世界中，一个封闭的世界。阿莱詹德拉和我的观点不一致，很不一致。她倒很像我年轻的时候。看起来我经常在和过去的自己斗争。我的童年由于种种原因是不幸福的,但这已经不再重要了。有一件事我们观点一致,我是说我和我的侄孙女……"

她突然中断了谈话,把杯子和杯托推到一边。磨光的木桌面上在刚才放置杯子的地方留下了烫印,这个圈从周边往里迅速缩小,接着便消失了。阿方莎小姐抬起头来。

"没人给过我建议,即使有也许我也根本不会听。我是在一个男人的世界里长大的,我认为这经历应该能帮我在男人的世界中生存,但是并没有。我很有叛逆性,这一点我可以从别人那里觉察出来。但说实话,我并不想去破坏什么,而是周围的东西想要毁坏我。生存中对我们有约束力的各种名堂已经随着时代的变迁而有所改变。习俗和权威已经被意志薄弱所代替,但是我对这些东西的态度却没有变,一点也没变。

"你知道我无法不同情阿莱詹德拉,即使她有时行为不检点。我不愿使她不快活,我不能听任别人说她的坏话,或在流传有关她的闲言碎语。我知道这意味着什么,她认为她可以扬起头不理睬这一切。在一个理想的社会里,有些无稽之谈或许不会造成什么后患;但是在这个现实的社会,我看到了这些后果,可能十分严重……其危险性在于,说不定会流血,也说不定会死人的。我在我自己的家族里已经看到过这种事情,可惜阿莱詹德拉偏偏只把这些东西看成是表面现象和过时的习俗。"

她讲完这一大段话,用残废的手挥了一下,像是拂去什么,又像是总结。她交叉双手,看着约翰·格雷迪。

"即使你比她小,被人看见随便和她一起在草原上骑马也是不合适的。自从这些流言传到我耳朵里后，我考虑过是否要和阿莱詹德拉谈谈这事，但我还是决定不和她谈。"

阿方莎小姐向后仰靠着身子。约翰·格雷迪此时听得到门厅里大钟的滴答声，厨房那边已经寂无人声。阿方莎小姐注视着他。

"那您想让我怎么做？"他问道。

"我想让你考虑一位年轻姑娘的名声。"

"我并没有不考虑啊。"

老小姐微微一笑。"我相信你，"她说，"但你必须明白，这是另外一个国家，在这里，一个女人的名声就是她的一切。"

"是的，夫人。"

"而且从来不被宽恕，你知道。"

"什么，夫人？"

"对于女人，是从不宽恕的，一个男人失掉荣誉，可以重新补回。但是一个女人就不能，她也同样不能。"

他们静静地对坐着。阿方莎小姐仍然注视着他。他用四个指头轻轻拍打着他放在邻座的帽顶，然后抬起头来。

"我必须说，这事看起来不公平。"

"不公平？"阿方莎小姐说，"噢，是的。"

她把一只手在空中转了一下，仿佛把某个东西错放在了什么地方，被人提醒了一样。"不，"她说，"这不是公平不公平的问题。你必须明白，这是谁应该说话的问题。在这件事上，我要说话，我是应该说话的人。"

门厅里的钟滴答地走着。阿方莎小姐坐在那里注视着他。他拿起了帽子。

"我想对您说，您用不着只为了告诉我这件事而请我过来。"

"你说得很对，"阿方莎小姐说，"正因为这个我几乎不想请你过来。"

在平顶山上，约翰·格雷迪和罗林斯注视着北方天空中已经涌起的风暴。已是日落时分，天空的色彩光怪陆离。在他们下方黑玉般的小浅湖躺在这片沙漠平原上像镜片一样映出另一片天空。西天上的云霞厚厚实实，好像被锤打过似的，云的下面流泻出薄薄的彩色云层。一瞬间，大地披上了紫色的面纱。

他俩弯腰叉腿坐在地上。大地在雷声中微微颤抖着，他们不断向面前的火堆里添加着旧篱笆杆子。鸟雀从已经变得昏黑的原野深处飞来，在平顶山的边缘掠过。北方的天际，道道闪电光亮耀眼地在地平线上闪现，就像燃烧的曼德拉草。

"那老小姐还说了些什么？"罗林斯问。

"就是这件事呗。"

"你觉得是罗查托她来跟你说话的吗？"

"我觉得是她自己想说那些话，跟别人没关系。"

"老小姐认为你看上了她的侄孙女？"

"我确实看上了阿莱詹德拉。"

"你看上了这片广阔的牧场？"

约翰·格雷迪盯着火堆。"不知道，"他说，"我还没想过这事呢！"

"你当然没有。"罗林斯说。

他看看罗林斯，又看着火堆。

"她什么时候回来？"罗林斯又问。

"大概一周后吧。"

"我看不出你有什么根据认为她对你那么有意。"

约翰·格雷迪点点头。"我可看出来了，我要和她谈谈。"

第一阵雨点嘶嘶地落到火上。约翰·格雷迪望着罗林斯。

"你到这里来没觉得后悔吗？"

"还没有。"

约翰·格雷迪点点头，罗林斯站起身来。

"你是要等着抓鱼呢，还是要干坐在这里淋雨？"

"我去取雨衣。"

"我取来了。"

他两用油布雨衣罩着头坐下,说着话,声音从雨衣里发出来,好像对这黑夜致辞似的。

"我知道那老头喜欢你，"罗林斯说，"但那不等于说，他会眼睁睁地干坐着看你去追求他女儿。"

"是的，我知道。"

"再说，你手里也没有什么王牌。"

"是啊。"

"我看你是非要把我们搞得丢了饭碗滚出这个地方不可。"

他们一动不动地望着火。从篱笆杆上烧掉的铁丝扭曲着跌落在地上。有些铁丝卷在火中直立着，有的进了火心中，被烧得通红，不断地跳动。他们的马被雨驱赶着，从黑暗中走近火光，大大的眼珠子映着火光变成红色，仿佛也在燃烧。在雨中，马的躯体显得黝黑，皮毛光滑发亮。

"你还没告诉我，你是怎么回答那位老小姐的呢。"罗林斯说道。

"我告诉她，她要我做什么，我就做什么。"

"她要你做什么了吗？"

"我也不清楚。"

他俩呆望着火堆。

"你向她做保证了吗？"罗林斯问。

"我不知道，我简直不记得向她做保证了没有。"

"算了，管你保证没保证的。"

"我也这么想的。但我不知道。"

五天之后的夜里，约翰·格雷迪正在马棚里的床铺上睡觉。听见轻轻拍门的声音，他坐了起来。有人正站在门外。透过板缝，他看到一线灯光。

"愿神保佑。"他心里说着。

他下了床，在黑暗中穿上裤子，打开了门。是她，站在门口，手里拿着一个手电筒，手电筒的光柱照在地面上。

"是谁？"约翰·格雷迪低声问道。

"是我。"

她举起手电筒，好像证实这一切都是真的。他一时不知该说什么。

"什么时间了？"他问。

"不知道，大概十一点吧。"她答。

他顺着窄窄的走廊看那老马夫的门。

"我们会吵醒埃斯特万的。"他说。

"那就快请我进去呀！"

他后退了几步。她紧接着进来，从他身边擦身而过，衣裙沙沙作响。他能感觉到她浓密的头发和袭人的香气。他把门推上，用手把木门闩关紧，转过身来看着她。

"我最好不打开灯。"他说。

"就这样子，反正发电机也停了。阿方莎小姐都对你说什么了？"

"她一定都跟你说了吧。"

"她当然对我说了，她对你说了什么？"

"你不坐下来吗？"

她转身侧坐在床边，蜷起一条腿压在身下。她把亮着的手电筒放在床上，掀起毯子盖住它，这样手电光通过毯子透出来，在屋子里洒下一片柔和的光。

"她不愿意有人看见我和你在一起，在草原上骑马。"

"阿曼多对她说，你骑着我的马回来的。"

"我知道。"

"我可不愿受这种管束。"她说。

在这片柔光里，她显得很陌生，像舞台剧里的人物。她用一只手在毯子上划过，好像要拂去什么东西，然后抬起头看着他，脸色苍白而严峻。在毛毯下透出的弱光里，她的眼睛消失在眼窝的暗影中，但晶亮的瞳仁依然闪烁着。他能够看见她喉头的蠕动。他在她的脸上和身上看到了一种过去所没看到过的东西——它的名字便是忧伤。

"我一直觉得你是我的朋友。"她说。

"告诉我该做什么，"约翰·格雷迪说，"你怎么说，我就怎么做。"

夜里的湿气使得沼泽路上不起尘土。他俩并肩地骑马出去散步。没有备马鞍，只是按辔徐行。静夜里时或有阵阵狗吠的声音和灵缇在围栏里呼应的叫声。约翰·格雷迪把阿拉伯黑马牵出，关上栏门，转过身来把双手做成杯形让姑娘伸进脚，把她送到黑马无鞍的背上。然后他解开那匹雄马，踩着木栏翻身跨上马背，随后掉转马头，两人并肩走上了沼泽路。此时，一弯月牙已经升到西天，泊在云河里，同时有几只狗在狂吠不止。

有的时候，他们会在外面一直走到天亮，然后他收了马，回到房子里去吃早饭。一小时以后，他会在马厩里跟安东尼奥会合，两人一起路过总管的房子到畜栏里去，那儿，雌马们正在等着呢。

有时他们在夜里从牧场骑马出去大约两个小时，到平顶山上，点上一堆火，坐下来看着远处牧场大门口摇曳的煤气灯光。那灯光好似浮在一潭黑水之上，有的时候又似乎在挪动，好像那儿的世界在转向另一个中心。他们看到成百的流星陨落。在这段时间里，她给他讲述她父亲那个家族以及墨西哥的故事。回去的路上，他们牵马走入湖中，马儿便趁机在齐胸深的水里痛饮一番。这时，湖面上映出的星星也随之来回跳动不已。如果山里下起了雨，空气不流通，夜里便比较温暖。有一夜，约翰·格雷迪离开她，独自骑马沿湖穿过了芦苇和柳丛。他从马背上滑下来，脱去靴子和衣服，走进湖水。湖面上的那轮明月立即被他搅得粉碎，水中的宿鸭在黑暗中嘎嘎地飞走。这水显得又黑又暖。他向湖中心走去，在湖水中伸开双臂。湖水黑黑的，如丝般的爽滑。待他目光越过静止的水面向岩上看去时，她正傍着马立在那里。他远远地注视着她脱掉衣裙，从脚边的一堆衣服中冉冉而出，那么苍白，那么苍白，有如刚刚脱茧的幼蛹。他看着她迈步走入水中。

她走到一半，停下来回头望，浑身颤抖。不是因为冷，因为这水、这夜都不冷。别跟她说话，也别叫她。约翰·格雷迪心里对自己说。她走到他身边时，他向她伸出手，她立即握住了。她立在夜半的黑水中，显得格外的白皙、明亮，好似黑森林中的磷火。但它只是燃烧着，像月亮那样冷冷地燃烧着。她的长长的黑发在水面上漂浮。她把另一只手搭在他的肩上，望着西边天上的月亮。别跟她说话，也别叫她。她又慢慢地把脸转向他。一切都因为偷来的时间和肉体而变得更甜美，一切都因为背叛而变得更甜美。南岸的甘蔗丛里，筑巢的苍鹭单脚站着，此时也把它们的长喙从翅窝里抽出，看着他们。"你爱我吗？"她问。

"是的。"他答着，叫着她的名字。"是的，我爱你。"

　　约翰·格雷迪洗了脸，梳过头，穿上干净的衬衫从马棚里出来。他和罗林斯坐在工棚外凉棚底下的板条箱上，抽着烟，等着开晚饭。工棚里一阵说笑的声音，不久就停止了。有两个牧人走出房门站在那里。罗林斯随着他们的眼光朝北面的路上看。有五名墨西哥巡逻队员呈单行骑马而来。他们身着咔叽布制服，骑着好马，腰间皮套里别着手枪，鞍袋里还插着卡宾枪。罗林斯站了起来，其他的牧人也都走出房门，驻足观看。马队从路上经过，为首的那个人对凉棚下以及站在门口的人们扫视了一遍。然后他们经过庄园总管的房子，穿过落日的余晖，朝着下面牧场主的瓦顶大房子骑去。

　　约翰·格雷迪晚饭后在黑暗中走回马棚时，看见那些巡逻队员骑的五匹好马拴在房子尽头的胡桃树下。这些马都未卸鞍，到第二天早晨，马就不见了。接下来的那天夜里，阿莱詹德拉来到了他的床边。接连九天，她夜夜都来，在人们熟睡的时分，她溜进他的小屋，关门上闩，走进板条壁缝射进的月光里，轻轻脱下衣服，冷静而赤裸地爬上他那窄窄的小床。小屋里充满了沁人的体香和无限的柔情。她那浓密的黑长发散落在他的身上。此刻，她已经毫无顾忌，口里说着"我不在乎，我就要这样"。约翰·格雷迪用手掌捂住她的嘴，以免她发出声音，而她则忘情地在他手上面咬得出了血。过后她酣睡在他的胸膛上，而他却丝毫不能入睡。在东方破晓天色发白的时候，她就悄悄起来，走到厨房里去吃早饭，让别人看来，她只不过是起床较早而已。

这之后，阿莱詹德拉又回了墨西哥城。次日晚上，约翰·格雷迪回马棚时，经过埃斯特万的小屋，他向老头打着招呼，老头答着话，但没有抬头看他。他洗脸洗手后去厨房吃晚饭。饭后，他被召到牧场主人的餐厅里。他们两人坐在桌旁，在种马系谱册上记着日志。主人一边询问，一边记录着雌马交配的情况。过后，主人仰坐着抽起雪茄烟，用铅笔敲着桌边。约翰·格雷迪抬起头来。

"很好，"他说，"《特权兵》那本书你读了多少了？"

"嗯，我还没读第二卷呢。"

主人微笑着。"《特权兵》是一本好书。你不认识法语吧？"

"不认识，先生。"

"残忍的法国佬在研究马的方面是非常出色的。你会打台球吗？"

"什么，先生？"

"你会打台球吗？"

"是的，先生，会打一点，会打落袋台球。"

"落袋台球？好，愿意打吗？"

"好的，先生。"

"来吧。"

主人合上册子，把椅子朝后一推，站起身来。约翰·格雷迪跟着主人走出门厅，穿过客厅，又走过图书室，来到带格子的双扇门前。主人打开这两扇门，他们进到了一个黑暗的房间，里面发出一股霉臭的木头味。

主人拉动了饰有流苏的铁链，打开了悬吊在天花板下的华丽枝形吊灯。吊灯下面是某种深色木材制成的古典式台桌，桌腿上雕刻着狮子。桌子上面覆盖着黄色油布。枝形大吊灯是用普通挽绳从二十英尺高的天花板上垂吊下来专门给台球桌照明的。房间的一头是年代久远的、涂了彩的木雕圣坛，圣坛上面悬吊着真人一般大小的彩色基督木雕。牧场主转过身来。

"我很少打台球，"他说，"希望你不是个高手。"

"不是的，先生。"约翰·格雷迪回答。

"我和卡洛斯说过，让他把台子弄正些。上次我打球的时候这台子歪得厉害。看看今天怎么样，你拿住油布的那个角，我告诉你怎么掀法。"

他俩各站台子一边，每人拎起油布的一角朝中间折起，又折了一下，然后提起油布离开台子，两人对脸一走，最后由主人把这块布拎起放到两把椅子上。

"就像你看到的，这里曾是小礼拜堂。你不迷信吧？"

"不，先生。我不迷信。"

"这里是故意弄得不太像个礼拜堂的。牧师会过来说一些话。这些事阿方莎知道。但是当然这张桌子在这里已经多年了。而小礼拜堂还是个小礼拜堂。让牧师到这里来，把它变得不再是个小礼拜堂。就我个人来说，我怀疑这样做好不好。神圣的东西就是神圣的。牧师的力量比人们所知的来得有限。当然啰，这地方已有好多年没有做过弥撒了。"

"有多少年了？"约翰·格雷迪问。

此时，牧场主正在屋角桃花心木的球杆架上挑选着散落在架外或架上的球杆。他转过身来。

"我就是在这个小礼拜堂里领受我的首次圣体的。我想那大概就是这里做的最后一次弥撒。当时大约是在1911年。"

他又回身对着球杆架子。"我不愿意让牧师再来这里主持什么仪式，那会破坏这小礼拜堂的圣洁。我干吗要那样做呢？我希望能感觉到上帝在这里，在我的家里。"

他把子球用三角框定好位，把母球递给约翰·格雷迪。这母球是用象牙制的，由于年久而发黄，但象牙的纹理仍清晰可见。约翰·格雷迪用力击开了球的三角阵。比赛开始了。牧场主显然球技不凡，对付约翰·格雷迪绰绰有余。他在台子周围走来走去，不时地以娴熟的旋转动作用白垩粉去擦杆头，并用西班牙语报着进球。他打得很慢，用心地审视着台面上的阵势和击球的角度。他一面玩球一面对约翰·格雷迪讲着墨西哥的革命和历史，还谈到阿方莎与弗朗西斯科·马德罗[1]。

"他出生在帕拉斯，就在这个州。我们两家一度十分亲密。阿方莎当时可能已订婚，要嫁给弗朗西斯科的兄弟，我不太清楚。总之，我爷爷决不同意这门婚事，因为马德罗家的政治观

---

[1]　弗朗西斯科·马德罗（1873—1913），墨西哥革命家，提倡民主主义，反对军事独裁，组织起义，于1911年5月推翻P.迪亚兹政权，同年11月当选为墨西哥总统。后遭各方势力攻击，最终在1913年2月22日死于军事政变。

点十分激进。阿方莎那时也不是个小孩子了，应该让她自己做选择，但是却没有。无论当时的情况怎样，她好像是一直不能原谅她的父亲——也就是我爷爷，这对那个老人来说是很伤心的事，一直到死都没有释怀。——四号球！"

牧场主弯下腰瞄准，把四号球打得在桌面上反弹过来。他又站直身子，用白垩粉擦拭球杆。

"当然，到最后这一切都无关紧要了。那个家毁了，兄弟俩都被人暗杀了。"

他又研究着台面。

"像马德罗一样，阿方莎也是在欧洲受的教育；像他一样，她也学到了这些思想，这些……"

他用手一挥，做了个动作。约翰·格雷迪看到他的姑妈也做过这样的动作。

"她后来一直都带着这种思想。——十四号球！"

他弯下腰，击了十四号球，然后又站着擦杆头。他摇摇头说："一个国家不是另一个国家，墨西哥不是欧洲。但这是件复杂的事情。马德罗的祖父是我的保护人，也就是教父——埃瓦里斯托先生。由于这一点以及其他的原因，我的祖父一直对他非常尊崇。这样做也是很自然的，因为我的教父是一位极好的人，非常善良，对迪亚兹[1]政权也十分忠诚。即使这样，弗朗西斯科

---

[1] 迪亚兹（1830—1915），墨西哥历史上的两任总统（1876—1880，1884—1911）、将军、独裁者。1911 年 5 月，其独裁统治被推翻，迪亚兹逃亡到法国，于 1915 年 7 月死于巴黎。

发表了他的书时，埃瓦里斯托先生却不肯相信那是他写的。其实那本书里并没有什么极端的东西。它之所以会让人诧异，或许只是因为作者是年轻富有的牧场主而已。——七号球！"

主人又弯下腰把七号球击入边袋。然后他绕着台子走动。"他们一行人去法国留学，弗朗西斯科和古斯塔沃，还有其他人，都是些年轻人。他们都装了满脑子的新思想回来。满脑子的新思想但观点又各异。你怎么解释这事呢？他们的父母是送他们去学这些新思想的吗？不，他们去了外国接受了这些思想回来。他们回国打开各自的皮箱时，可以说，没有哪两个人的东西是一样的。"

他严肃地摇了摇头，好像球台上的形势十分严峻。

"他们能一致同意的，只有人的名字，有名的建筑物，还有某些事件发生的日期。但是观点嘛……我这一代的人行事更加谨慎些，我们不认为人的品格仅凭理性便能改善，那只是一种十分法国式的思想。"

他又擦擦杆头，移动着位置，弯腰击球，然后站直身子审视着台面上的新局面。

"留心！我的骑士，世上没有比理性更为可怕的洪水猛兽了。"

他看着约翰·格雷迪笑笑，又看着台子。

"这当然是西班牙式的思想，是堂吉诃德的思想。但是即使塞万提斯也不能设想出墨西哥这个国家的模样。阿方莎说我很自私，不想送阿莱詹德拉出去。兴许她是对的，兴许她是对的。十号球！"

"送她去哪儿？"

牧场主刚刚击完一球，他直起身来看着他的客人。"去法国，送她去法国。"

他又去抹白垩粉，并研究着球局。

"我干吗要自寻烦恼呢？呃？她会去的！我是谁？一个父亲，父亲算什么呢！"

他这次弯腰击球没有命中，于是从桌旁后退了几步。

"喏，你看，"牧场主说，"连打台球都要受影响了，这种思想，这种法兰西式的思想都闯到我家里来破坏我打台球了。它真是可恶至极。"

夜里，他没有开灯，坐在屋里的小床上，双手抱着枕头，把脸贴在上面，闻着阿莱詹德拉留下的香气，在心中竭力重温她那娇美的身姿和甜蜜的声音。他轻声说着她所说的话："告诉我做什么，你怎么说，我就怎么做。"这也是以前他对她说过的话。她俯在他赤裸的胸膛上垂着泪，他紧紧地拥抱着她，什么也不说，什么也不做。就这样相拥着一直到天亮，她才悄然离去。

接下来的那个星期天，安东尼奥请约翰·格雷迪到他兄弟家去吃晚饭。饭后，他们坐在厨房外凉棚下的阴凉里卷着烟抽，并谈论着有关马的事。过后，他们又谈起其他事情。约翰·格雷迪对他讲了自己同牧场主一起打台球的事。安东尼奥坐在一把老旧的用帆布替换了藤条的椅子上，一只膝上放着帽子，双手交叉着，以十分严肃认真的神情听完他的讲述，俯首看着燃烧的烟卷，点着头。约翰·格雷迪透过树林望着牧场主家的房子，望着那白墙红瓦的建筑物。

"告诉我，"他问，"对我来说，贫穷糟糕呢，还是作为一个美国人更糟糕？"

牧人摇摇头。"只要是一把金钥匙，就能打开任何一扇门。"他说。

安东尼奥说完，看着约翰·格雷迪。他用手指磕去烟头上的灰，对他兄弟家的人说，这孩子想知道他对此事的想法，想征求他的意见，但是，没有人能提出什么建议。

"你刚才说得对。"约翰·格雷迪说了话。他看了看安东尼奥说，等阿莱詹德拉回来，他要极为正式地和她谈一谈，他要知道她的心意。

安东尼奥看看约翰·格雷迪，又朝主人的那所大房子看了看。他显得有点困惑，他说阿莱詹德拉已经回来了。

"什么？"

"是的，她昨天就回来了。"

约翰·格雷迪彻夜未眠，睁着眼挨到天亮，聆听着马棚里马儿的动静和它们的鼻息。此外四周一片寂静。早晨，他去工棚吃早饭。罗林斯站在厨房门口，上下打量着他。

"你看上去好像被玩命骑过的马，还被雨浇得湿漉漉的。"罗林斯说。

他们坐在桌旁吃了早饭。罗林斯仰起身子，伸手去衬衣口袋掏烟叶。

"我一直等着你来卸你的车。"罗林斯说。"我一会儿就得去干活了。"

"我来看看你。"

"为啥事儿？"

"用不着为了啥事儿，对不？"

"噢，用不着。"罗林斯在桌面下划着一根火柴，点着了烟，甩灭了火苗，把火柴丢进他的盘子里。

"我希望你知道你正在干什么。"罗林斯说。

约翰·格雷迪喝光他的咖啡，把杯子和餐具都放在盘子上。他从长凳上拿起帽子戴上，然后起来把碗盘拿到水池里去。

"你说过你并不反对我去马棚那边。"约翰·格雷迪突然说。

"对，我不反对那事。"

约翰·格雷迪点点头。"好吧。"他说。

罗林斯望着他从水池边走向门口，以为他会回头说几句话，但他头也不回地走了。

约翰·格雷迪又摆弄了一天雌马。傍晚时分，他听到了飞机发动的声音。他走出马棚观看。飞机从一丛树林里冒出来，升入落日的余晖，倾斜着拐了个弯，正了正机身，向西南飞去。他看不清是谁在里面，但他还是一直看到它消失为止。

两天后，约翰·格雷迪和罗林斯又进了山里。他们奋力地驱赶着一批野雌马，从高山峡谷骑下来。当夜，他们在眼镜山南坡的老地方宿营。这是他们和刘易斯一起待过的地方。他们吃着菜豆和用玉米饼包着的烤山羊肉，喝着黑咖啡。

"我们最近到这里来的次数不算多，是吧？"罗林斯说。

约翰·格雷迪摇摇头："是的，不多。"

罗林斯呷了一口咖啡，看着篝火。突然间，有三只灵缇蹿进了火光照射的范围，一只跟着一只围着火堆转。这些狗骨瘦如柴，一张皮紧紧地绷在肋骨条上，眼睛被火光映成了血红色。罗林斯半蹲起，咖啡从杯子里洒了出来。

"怎么回事？"他叫着。

约翰·格雷迪站起来朝黑地里看去。灵缇又不见了，像出现时一样突然。

他俩又戒备地站了一会儿，但再没有发生什么。

"到底他妈的怎么一回事儿？"罗林斯骂道。

他从火堆旁走开几步，站下侧耳倾听，然后回头看着约翰·格雷迪。

"想喊吗？"他问。

"不。"

"灵缇不会自己跑到这里来的。"罗林斯说道。

"我知道。"

"你觉得他是不是要来抓我们？"

"如果想抓我们，他完全能找到我们。"

罗林斯回到火堆旁，他重新倒了一杯咖啡，又站着倾听。

"他可能会带着他那帮伙计上这里来。"

约翰·格雷迪没有回答。

"你不这样想吗？"罗林斯又问。

第二日早晨，他俩骑马回到牧场畜栏那边去，希望能碰见牧场主和他的那些朋友。但没能见到。一连数日，他俩也没见到牧场主的影子。三天后，他俩又离场进山去放牧十一匹小雌马。天黑时，他们返回牧场，关好雌马便去工棚吃饭。当时，一些牧人正在桌旁喝咖啡、抽烟，但一见到他俩来，便一个接一个地溜走了。

翌日，天灰蒙蒙地刚刚破晓。蓦然，有两个男人闯进约翰·格雷迪的小屋。他们握着手枪，枪套盖敞开着，一道手电光打在约翰·格雷迪的眼睛上，命令他马上起床。

他坐了起来，两腿在床边晃着。拿着手电筒的人在光源的后面只显出人形，但他能清楚地看到那人另一只手中的枪。这是一把科尔特军用自动手枪。约翰·格雷迪用手遮住眼睛。屋外还有几个人手持来复枪站着。

"是谁啊？"约翰·格雷迪问。

那人并不回答，只是把手电光转向他的脚，命令他穿上靴子和衣服。他站起来，取过裤子穿上，坐在床沿拉上靴子，伸手又抓到自己的衬衣。

"我们走！"那人说道。

约翰·格雷迪站着扣衣扣。

"你的武器呢？"

"我没有武器。"

那人对身后的人说了句话，立即有两个人上前检查他的东西。他们把木制的咖啡盒子打翻在地上，乱踢着他的衣服及剃须用具等，他们甚至把床垫子也拉到地上来。他们穿着油污发黑的咔叽制服，浑身发出汗臭和柴火烟味。

　　"你的马在哪儿？"

　　"在马厩的第二个槽。"

　　"走吧！"

　　他们押着他走到鞍房。约翰·格雷迪取了他的马鞍和毛毯。此时，他的马雷德博正站在马槽前，不安地踏着步子。他们回来经过埃斯特万的小屋时，里面连一点动静都没有，好像老头还没醒似的。他们用手电照着亮让他给马上鞍，然后一起走出去，走入黎明的微光中。外面，其他的马匹已站立等候。一个看守拿着罗林斯的卡宾枪。罗林斯双手在胸前铐着，颓丧地跌坐在他的马上，马缰绳拖在地上。

　　他们用枪托捅着约翰·格雷迪往前走。

　　"这是怎么回事，伙计？"他问罗林斯。

　　罗林斯没有回答。他只是朝前一倾身，吐了一口唾沫，把头转开了。

　　"不准说话！"那个头头说，"走吧！"

　　约翰·格雷迪登上马。他们也把他的手铐上，递给他缰绳。然后，所有的人都上马。他们掉转马头，两人一排地骑出了大门。他们经过工棚的时候，里面的灯亮着。牧人们或站在门口，或蹲在凉棚下面。他们沉默地看着这些骑马人通过。两个美国人骑在领头的和他助手后面。其他六个人分三对骑在后面。他们都戴着帽子，穿着制服，把卡宾枪横在鞍头上。他们一行十数人，骑出牧场门，沿着沼泽路，向着北方的内地驰去。

第三章

　　他们整日策马前行，穿越低矮的山丘坡地，爬过连绵起伏的群山，又沿着马儿难以涉足的地势迤逦北去的高台地艰苦跋涉，到了大约四个月之前第一次越过的那片茫茫的荒野。时值中午时分，他们便在一股山泉旁边停下马来休息。他们蹲坐在一堆熄灭了的篝火堆边，燃过的柴枝已经漆黑冰凉。他们吃着报纸包裹的凉菜豆及玉米饼。约翰·格雷迪猜想玉米饼或许是由牧场大房子里的厨房烘制的。因为用来包装的报纸是蒙克洛瓦市出版的。此刻，他慢腾腾地用戴着手铐的手进餐，喝着锡杯里的水。这水还不能灌满，因为过满的水会顺着锡杯把手的铆钉缝隙处漏出。他戴的手铐内侧已经磨损，镀镍处内层的黄铜依稀可见。他的两只手腕已变得苍白发青，颜色十分难看。他一边吃着，一边看着罗林斯。这时罗林斯正蹲坐在篝火堆的另一侧，回避着约翰·格雷迪的目光。他们在三角叶杨下小睡了一会儿。醒来后又喝了些水，将所带的水壶和水瓶灌满，又继续向前赶路了。

途经的乡野换季比较早。洋槐树开了满树的繁花。深山里刚下过几场雨，吊桥边青草丛生，一片葱绿，在暮霭中泛着红光。押送羁押犯的看守士兵之间除了就眼前的田野风光略谈几句外，很少说话。而对那两个美国人更是不理不睬。他们在日落西山红霞满天时跋涉前行，在夜幕四垂后的黑暗中仍继续向前赶路。看守士兵已将枪支收了起来，骑在马上轻松自如，只是在鞍上显得有些无精打采。大约十点钟光景，他们便停下马来宿营，点起一堆篝火。羁押犯们坐在沙土地上，手上戴着镣铐，四周全是锈迹斑斑的破旧罐头盒和成堆的木炭。押送犯人的士兵拿出老旧的有花岗石花纹的珐琅咖啡壶和同样材料制成的煮锅，一边呷着咖啡，一边吃着食物——有灰白色的满是筋丝的地薯，还有肉和一些禽肉食品。食物全都多筋难嚼，而且有点酸腐的味道。

他们这一夜是双手被铐在马镫上熬过来的。他们蜷缩在薄薄的一层毯子下借以暖身。天亮前一小时，他们便又上路了，其实这对他们来说倒真是巴不得的事！

他们就这样日夜兼程。第三日午后，他们骑马来到一座最近才为人知晓的新兴小镇恩坎塔达。

约翰·格雷迪和罗林斯在林荫道的铁板长椅上并肩而坐。两名看守士兵持枪伫立在一旁。十几个年龄大小不等的孩子们站在尘土飞扬的大路上注视着他们，其中有两位十二岁左右的小姑娘，犯人约翰·格雷迪和罗林斯的目光瞥向她们时，她们羞答答地背转身，一面还用手揉搓着裙子。约翰·格雷迪大声叫她们，询问能否帮忙给他们弄几支烟抽。

　　站在一边的看守士兵瞪眼看着他。约翰·格雷迪向她们做出吸烟的姿势，小姑娘们会意，便转身顺着马路跑开了，其余的孩子仍然伫立在一边不动。

　　"真是大众情人啊！"罗林斯说。

　　"难道你不想抽支烟吗？"

　　罗林斯慢吞吞地在两只长筒皮靴间吐了一口唾沫，又抬头看了看说："别指望她们会给你弄来什么鬼香烟。"

　　"我敢打赌她们会弄来的。"

　　"你到底要赌什么？"

　　"跟你赌一支香烟吧。"

　　"怎么个赌法？"

　　"如果小姑娘真的弄来了香烟，那么你那份就归我了！"

　　"若是她们弄不来，又该怎么办？"

　　"弄不来，你就抽我的烟。"

　　罗林斯抬起头来凝视着林荫道。

　　"我早就该抽你的屁股了。"

　　"你难道不觉得，如果想要摆脱目前的困境，我们最好认真考虑一下如何同舟共济吗？"

　　"就像我们一起陷入险境那样？"

"你别那样，一出现麻烦事，就思前想后地挑毛病，然后把责任全都推给你的朋友！"

罗林斯听罢，没有答话。

"你别跟我绷着脸，有话就说！"

"好吧！我来问你，他们拘捕你时，你跟他们说了些什么？"

"我什么也没说，说又有什么用处呢？"

"对，说也没有用！"

"你这是什么意思？"

"我的意思是说，你压根儿没有叫他们去唤醒场主吗？"

"没有。"

"我倒是问了。"

"他们怎么说？"

罗林斯俯身吐了一口唾沫，又擦了擦嘴巴。

"他们说场主本来就没睡，已经醒了好长一段时间了。然后，他们就哄笑起来。"

"你觉得他出卖了我们？"

"难道你不这样想吗？"

"我不知道，如果真那样，那也是因为他相信了某些谣言。"

"或许是真相使他如此，也未可知。"

约翰·格雷迪坐在那里，低头看着自己的双手。

"要是我承认我不过是个在外表镀了一层14K金的、徒有其表的狗崽子，你心里就痛快了吗？"

"我可没那么说过。"

他们坐在那里，过了一会儿，约翰·格雷迪抬起头来。

"我不想把说过的话重复一遍，老啰唆个没完究竟有什么意义呢？再说，一味地指责别人难道就会让自己心里好受了吗？"

"我也没感到好受些，只不过是试着跟你讲道理而已，我已经试过多少次了。"

"我知道你试过。但世间有些事情就是没道理的。不管怎么说，我还是当时跟你共渡大河的那个人。我过去什么样，今天还是什么样。我只知道，应该坚持下去。我从来没向你许诺过什么，从没说过你不会挂在这里。我也从来没要你做过保证，我也从不相信签字画押那套把戏，你觉得什么时候离开合适，那就请自便好了。我不在乎你怎么做，反正我不会离你而去的。这就是我要说的话。"

"我决不离开你！"罗林斯说。

"那就好。"

过了一会儿，那两位小姑娘终于返回。其中个子较高的小姑娘举起手来，拿着两支香烟。

约翰·格雷迪瞅了一眼看守士兵。士兵示意小姑娘走过去，看了看香烟点点头。小姑娘走近长椅，将香烟连同几根火柴一并递给这两个犯人。

"姑娘们，你们真可爱，多谢。"约翰·格雷迪说。

他们用火柴点燃了香烟。约翰·格雷迪将剩下的几根火柴放进衣袋后，便望着两个姑娘。她们羞涩地笑着。

"你们是美国人吗？"她们问道。

"是的。"

"你们是盗贼吗？"

"是的，而且是鼎鼎大名的强盗！"

她们吸了一口气，说："他们真帅。"

看守士兵向她们喊话，挥手赶她们走开。

他们仍坐在那里，俯身抱着胳膊肘，吸着香烟。约翰·格雷迪瞧了瞧罗林斯脚上穿的皮靴，便问道：

"你那双新皮靴呢？"

"还在工棚里。"

约翰·格雷迪点点头，继续吸着烟。又过了一会儿，其他人也纷纷返回，这时，看守士兵向犯人们打了个手势，他们便应声而起，向孩子们点点头，径直走上大路。

他们穿过小镇北隅，便在土坯砌成的建筑物前停步。这座建筑物的顶部覆盖着波纹形的锡皮，上面立着泥土做的钟楼，里面空空如也。一些已经剥落的陈旧的墙灰片还紧紧地附在土坯墙壁上。他们下了马，走进一间宽敞的房间。这间屋子过去可能曾是教室。沿前墙横着两根栏杆和一个框架，或许是用来架黑板用的。地上铺着细窄的松木板条。由于多年来的践踏和泥土沙粒的侵蚀，板条的纹理已经模糊不清。沿墙两边的几扇窗户的玻璃早已无影无踪，由几片同样大小的锡皮代替，挡住窗外的光亮，形成几团破碎的阴影。在房间的一角，一个身着同样咔叽布军服的矮胖男子坐在灰色金属板制作的写字台前，脖子上还系了条米黄色绸巾。他坐在那里，面无表情地扫视着羁押犯，脑袋朝建筑的后院方向轻轻一点，看守立刻会意，便从墙上拿下一串钥匙。羁押犯们跟在后面，穿过积满灰尘、杂草丛生的院落来到石砌的小石楼，小石楼的大门由厚重的木板制成，外面包裹着铁皮。

大门的齐眼处凿有小洞，上面固定着方形监视孔，还有加固混凝土用的钢筋网焊接在铁框上。看守士兵打开那把老式黄铜挂锁，推开了那扇门。他又从腰间拿出一串钥匙。

"举起手铐来！"士兵说道。

罗林斯抬起手铐，看守士兵为他打开。他迈进监禁室的房门，约翰·格雷迪紧随其后。只听房门发出嘎吱嘎吱的声响，紧接着"砰"的一声，身后的门就关上了。

室内没有灯，只从房门栅栏处透进来几许亮光。他们站在那里，手中提着毯子，等待着眼睛逐步适应周围的黑暗。牢房的地面是水泥板，一股粪便的臭味扑鼻而来。过了一会儿，只听得牢房后面传来用西班牙语讲话的声音。

"走路请多加小心！"

"别叫水桶绊倒！"约翰·格雷迪提醒罗林斯道。

"水桶在哪儿？"

"我也不知道，反正你别叫桶绊着！"

"我他妈的啥都看不见。"

"难道是你们两位吗？"另一个声音从黑暗中传来。

约翰·格雷迪看见罗林斯的脸被射进栅栏的光分隔成一个个方块。他慢慢地转过身来，眼睛隐隐作痛。"啊，上帝！"他说。

"是布莱文斯吗？"约翰·格雷迪问道。

"没错，正是我。"

约翰·格雷迪小心翼翼地向牢房后面走去。一条伸出来的腿像蛇一样拖在地板上慢慢地退了回去。他蹲下来，眼睛盯着布莱文斯。布莱文斯移动一下身子，在微光中，他的牙齿隐约可见，好像他正在那里微微笑着。

"一个人要是没有枪，看见朋友有难也无可奈何啊！"布莱文斯说。

"你在这里有多久了？"

"我自己也不知道，反正很久了。"

罗林斯向后墙走去，站在那里俯身看着布莱文斯。

"是你告诉他们来追捕我们的，是吗？"罗林斯问道。

"我可没干过那种事！"布莱文斯道。

约翰·格雷迪抬头望着罗林斯。

"他们知道我们一共有三个人。"

"是这样。"布莱文斯答道。

"胡说八道！"罗林斯说道，"他们已经将马夺回，照理说是不会再追捕我们的。他一定是干了什么别的勾当！"

"都是我那匹该死的马惹的祸！"布莱文斯道。

他俩现在可以看清布莱文斯的面孔了。他瘦骨嶙峋，衣衫褴褛，龌龊不堪。

"都是因为我的马、马鞍和手枪，才弄到这个地步。"

他们蹲坐在那里，谁也不吭一声。

"你到底搞了些什么名堂？"约翰·格雷迪问道。

"别人不会干的事，我也不会去干。"

"告诉我！你到底闯了什么祸？"

"你难道对他的所作所为还不清楚？"罗林斯说。

"你回来过吗？"

"是的，我回来过。"

"你这个混账东西，你都干了些什么？快给我一五一十地讲出来！"

"我真没有什么可说的。"

"真是活见鬼！"罗林斯说，"难道你真他妈的没什么事可讲吗？"

约翰·格雷迪转过身去，目光掠过罗林斯而向前望去。一个老头静悄悄地倚墙而坐，正在那里望着他们。

"这个小伙子被控犯了什么罪？"约翰·格雷迪问道。

老头眨了眨眼说："谋杀罪。"

"难道他杀了人？"

老头又眨起眼来，并伸出三个手指头。

"他在说什么？"罗林斯问。

约翰·格雷迪默不作声。

"他究竟在说些什么？我想知道那个婊子养的说了些什么。"

"他说那小子杀了三个人。"

"全是他妈的瞎说！"布莱文斯说。

罗林斯慢慢地坐在水泥地上。

"这回我们可要完蛋了，我们活不成了。打从第一次见到这个冒失鬼，我就知道早晚要出岔子。"

"现在说这些话也无济于事。"约翰·格雷迪说道。

"不，那三个人当中只有一个挂掉了。"布莱文斯说。

罗林斯抬起头来，看着他，随即站起身来，走到房间的另一侧坐了下来。

"走路脚下当心！"老头说道。

约翰·格雷迪转向布莱文斯。

"我并没把他怎么着！"布莱文斯说。

"告诉我，究竟都发生了什么事情？"约翰·格雷迪逼问道。

布莱文斯一直在八十英里以东的帕劳镇为一家德国人打工。两个月之后，他带着挣来的钱骑马越过帕劳沙漠，将马儿系于帕劳泉边的木头桩上。他身着当地乡村老百姓的服装去了镇上，在一家食品店前坐了两天，直到看见刚才提到的那位死鬼从旁边走过。那个人的腰带上插着布莱文斯那把磨损的比斯利马来树胶柄手枪。

"那么你干了些什么？"

"喂，你没带香烟吗？"

"没带，你干了些什么？"

"我想你也没带。"

"你都干了些什么？"

"主啊！要是能让我抽上几口烟，让我死我都他妈的情愿。"

"告诉我，你到底都干了些什么？"

"我走到那个人的身后，从他腰带上抢走了我的枪。这就是我所干的事情。"

"然后你就向他开枪。"

"他向我扑过来了。"

"向你扑过来？"

"是这样。"

"因此你就向他开枪。"

"难道我还有别的选择吗？"

"什么选择！"约翰·格雷迪说。

"说实在的，我并没想杀死那个狗崽子，那绝不是我的本意。"

"那么，你后来又干什么来着？"

"我刚要返回泉边准备上马，骑警就向我扑上来了。那个被我打下马来的臭小子用猎枪将我打翻在地。"

"后来呢？"

"我没子弹了，原来的子弹又全部打光了。我真是他妈的笨蛋，光带了枪里那几发子弹。"

"你打中了一个骑警？"

"是的。"

"当场击毙？"

"没错！"

他们在黑暗中坐着，沉默不语。

"我来此之前，本来可以在穆诺兹镇买下猎枪子弹，当时手里还有钱。"布莱文斯说。

约翰·格雷迪瞧了瞧他说："你知不知道你闯下了多大的祸？"

布莱文斯没有吭声。

"他们说要把你怎么着？"

"我揣摩着，他们会把我送到监狱去。"

"我看不会吧。"

"此话怎讲？"

"他们绝不会那么便宜了你！"罗林斯说。

"我还不够判绞刑的年纪呢。"

"他们可以谎报你的年龄！"

"别听他胡说，这个国家没有死刑。"约翰·格雷迪说。

"你知道他们一直在追捕我们，是不是？"罗林斯问道。

"我知道，可是你说我该怎么办？难道要我给你们发电报吗？"

约翰·格雷迪等着罗林斯回应，然而，罗林斯却没有吭声。牢房监视孔上方铁格栅的阴影横七竖八地映在对面的墙壁上，宛如孩子们用粉笔画就的棋盘，使得这个阴暗又发着恶臭的小牢间都没有真实感了。他叠好了毯子，垫在身下倚墙而坐。

"他们允许你出去放放风吗？"

"我不知道。"

"不知道？你这是什么意思？"

"我走不了路了。"

"你走不了路了？"

"就是这样！"

"你怎么会变成这样？"罗林斯问道。

"因为他们打断了我的腿。"

他们坐在那里，没有人再吭声。不一会儿，天黑了下来。坐在房间另一侧的老头开始鼾声大作。他们听见远处村庄传来阵阵的喧闹声、狗吠声、妈妈呼唤孩子的声音，还有不知从什么地方的劣质收音机里传来的牧场音乐，其中伴着歌手声嘶力竭的假声喊叫，在这莫可名状的夜里听来，像是声声痛苦的呻吟。

那天夜里，他梦见高原上群马奔腾。春雨过后，绿草如茵，山花似锦。放眼望去，花儿蓝黄相间，色彩十分绚丽。月桂和栗树枝繁叶茂，在阳光下闪烁着光亮。他梦见自己在马群中，脚下神速，能与马儿一起飞驰。他与雄马快活地追逐着年轻的雌马，而小马驹跟随着母亲个个扬蹄奔驰，马蹄踏着吐艳的山花，扬起团团的花粉尘雾，在阳光照射下，宛如金粉闪亮。他们沿着群山奔驰，马蹄声碎，宛如急流奔泻而下。马儿的鬃毛与尾巴在疾风中摆动，宛如漂浮在滚滚激流中的泡沫。马蹄的嗒嗒声在山谷中形成的共鸣宛如悠扬悦耳的音乐组曲。雄马、雌马，还有小马驹毫无畏惧地在高原上这组乐曲声中奔驰着。这个自由空间与大自然回声的结合就是世界本身，那是语言难以表述而只能用音乐来赞美的。

翌日清晨，两个看守士兵打开牢房门，给罗林斯戴上手铐便把他带走了。约翰·格雷迪站在一旁，询问士兵要把罗林斯带到何处，士兵们不予回答。罗林斯就头也不回地跟着走了。

上尉坐在写字台旁，一边啜饮着咖啡，一边阅读三天前由蒙特雷市出版的报纸，他抬起头来，说道："把你的护照拿来。"

"我没有护照。"罗林斯说。

"你没有护照？"上尉带着几分嘲笑而又惊讶的神气扬起了眉毛，"有身份证明吗？"

罗林斯用戴着手铐的手在左边裤后袋里摸着，他能摸着口袋，但手却伸不进去。上尉向士兵点头示意。士兵立即走上前，从罗林斯口袋中掏出钱夹，递给上尉。上尉仰靠在椅背上说："给他打开手铐！"

士兵摇着钥匙向前，握住罗林斯的手腕，打开手铐，又退后几步将钥匙挂回腰带上。罗林斯站在那里揉搓着手腕。上尉用手掂了掂被汗水渍透而变黑了的钱夹，看了看钱夹两面，然后仔细端详着罗林斯。他打开钱夹，掏出几张卡片和贝蒂·沃德的照片。还从钱夹中翻出一些美钞及墨西哥比索。钞票完好无损。上尉将翻出的这些东西平摊在桌面上，自己靠着椅背坐着，合拢两手，用食指轻轻弹着下巴颏，望着罗林斯。这时，罗林斯可以听见外面山羊的咩咩声和孩子的喧闹声。上尉用手指轻轻转了一圈说："转过身去！"

罗林斯转过身去。

"脱下裤子！"

"你说什么？"

"脱下裤子。"

"你究竟要干什么？"

上尉肯定又做了手势，因为士兵立即走上前去，从身后口袋里掏出皮棍，照着罗林斯的后脑勺就是一击。罗林斯顿时眼冒金花，看到房间变成白茫茫一片，接着双膝一软，整个身子好像腾云驾雾一般倒了下去。

罗林斯趴在粗糙的木地板上，全然不记得是什么时候被击倒的。地面散发着一股粮食和尘埃的气味。他勉强地撑起身来。上尉和士兵只是在一旁等着，若无其事的样子。

罗林斯终于站稳了脚跟，面对着上尉，感到一阵恶心。

"你必须跟我们合——作，"上尉说，"才不会吃苦头。转过身去，脱下裤子！"

罗林斯转过身去，解开腰带，把外裤一直脱至膝盖，接着，又把在拉维加的杂货店购买的廉价棉布裤衩脱掉了。

"把衬衫撩起来！"上尉命令道。

罗林斯撩起了衬衫。

"转过身来！"上尉命令道。

罗林斯又转过身来。

"穿上衣服！"

罗林斯放下衬衣，一把拉过裤子穿上，然后系好扣子，扎上腰带。

上尉坐在那里，手中拿着从罗林斯的钱夹里掏出的驾驶证。

"你的出生日期？"他问道。

"1932年9月26日。"

"出生地点？"

"美利坚合众国，得克萨斯州，尼克勃克镇第四街。"

"身高多少？"

"五英尺十一英寸。"

"体重多少？"

"一百六十磅。"

上尉用手指弹了弹桌上的驾驶证，又瞧了瞧罗林斯。

"你的记性不坏啊！这个人，去哪儿了？"

"哪个人？"

上尉拿起那张驾驶证，说："这个人，罗林斯。"

罗林斯咽了一下口水。他瞧了瞧士兵和上尉，说道："我就是罗林斯。"

上尉阴郁地笑了笑，摇了摇头。

罗林斯站在那里，两只胳膊耷拉着。

"为什么我不是？"他说。

"你为什么跑到这个地方来？"上尉问道。

"你说跑到哪儿来？"

"这里，这个国家。"

"我们是来这里打工。当牧人。"他说道。

"请你说英语，你是来这里买牲口的吗？"

"不是，长官。"

"不是？你没有进出境许可证，对吗？"

"我们只是来这里打工。"

"在普利西玛牧场？"

"随便什么地方都行。我们正好在普利西玛找到了一份工作。"

"他们给你多少工钱？"

"每月二百比索。"

"在得克萨斯，同样的工作，那里会给多少工钱？"

"不知道，或许一个月一百。"

"一百美元？"

"是的，长官。"

"八百比索？"

"是的，长官。我想是这个数。"

上尉又笑了。

"那么，你们干吗还非要离开得克萨斯不可呢？"

"我们不过离开出外转转，并不是非走不可。"

"你的真实姓名叫什么？"

"莱西·罗林斯。"

他用衣袖擦了擦额头，随即又后悔做了这样的动作。

"布莱文斯是你弟弟？"

"不是，我们什么关系都没有。"

"你们偷了几匹马？"

"我们从来没偷过马！"

"这些马匹怎么没有标记？"

"因为是我们从美国带来的。"

"你们有没有证明这些马所有权的证件？"

"没有，这些马是我们自家的，什么文件也没有。我们从得克萨斯州的圣安吉洛一路骑来的。"

"你们在哪里越过边境的？"

"从得克萨斯州兰特里出来的。"

"你一共杀了几个人？"

"我从来没杀过人，我长这么大，也没有偷过人家的东西。我说的全是真话。"

"你带枪做什么？"

"打猎用。"

"你说什么？"

"打猎。我们是猎手。"

"现在你们又变成猎手了。罗林斯在哪儿？"

罗林斯几乎要哭出来了。他说："你眼前的这个人就是。真是活见鬼了！"

"那么，凶手布莱文斯的真名实姓叫什么？"

"不知道。"

"你认识他有多久了？"

"我不认识他，我对他一无所知。"

上尉将椅子推到后面，站起身来，他拉一下上衣的镶边，扯平皱褶，然后瞧了瞧罗林斯说："你这个人真蠢，干吗要自找这么多麻烦呢？"

刚到牢房门口，看守士兵就把罗林斯推了进去。他摔倒在地板上，爬起来坐了一会儿后，小心地向前弯下身子，再小心地侧向一边，然后两手抱紧身体躺到了地上。

约翰·格雷迪原来坐在黑暗的牢房里，牢门打开时突然透进的亮光使他眯着眼望着来者。看守士兵向约翰·格雷迪勾一下手指。他站起身来，低头看了看罗林斯。

"你们这帮浑蛋！"

"喂，哥们儿，尽管拣他们愿意听的话说好了！"罗林斯压低嗓门说道，"没什么关系！"

"快走！"士兵喊道。

"你跟他们都说了些什么？"

"告诉他们，我们是盗马贼、杀人犯。到时你也会这么说的。"

就在这时，看守士兵走了过来，一把抓住约翰·格雷迪的胳膊，将他推出门外。另一个看守士兵随即将门关上，推上铁闩，上了挂锁。

他们走进办公室，上尉仍如先前一样坐在那里，头发刚刚梳理过，显得油光水滑。约翰·格雷迪站在上尉面前。办公室内除了写字台和上尉坐的椅子外，靠着对面墙还竖着三把金属折叠椅，此外就别无他物了。办公室显得空空荡荡，好像人去楼空，又好像期待中的客人因故不能前来。墙上挂有蒙特雷市一家老字号种子公司的挂历。在一个角落里，金属空鸟笼悬挂在落地支架上，就像一盏巴洛克风格的落地灯。

上尉的写字台上放着玻璃油灯，灯罩已经熏黑；此外，还放有烟灰缸和削好的铅笔。"给他打开手铐！"上尉说道。

看守士兵走上前去，打开他的手铐。此刻，上尉正向窗外观望。他拿起铅笔轻叩着下排的牙齿，又转过身来在写字台上敲击两下后，便放下铅笔。这个动作如同会议主持人宣布会议马上就要开始了。

"你那位朋友已向我们全部交代了。"上尉说。

约翰·格雷迪抬起头来。

"你会发现只有彻底交代才是上策。这样才不会有麻烦。"

"你们没有理由拷打那小子！"约翰·格雷迪说，"我和罗林斯根本就不认识布莱文斯这个人。他只是在路上碰见我们，要求与我们同行，仅此而已。至于那匹马，我们一无所知。我们只知道在一个暴风雨的夜晚，那匹马走失了，后来又在此地露面。一切麻烦就这么开始了。我们俩跟这事毫无牵连。我们一直给一位罗查先生打工，在普利西玛牧场干了三个月。你们去那里向他胡诌了一大堆谎话。莱西·罗林斯跟刚离开汤姆·格林县时一样，一直是个好小伙子。"

"他就是罪犯史密斯。"

"他不叫史密斯，叫罗林斯。他也不是个罪犯。我从小就认识他。我们一起长大，上的也是同一所学校。"

上尉靠坐在椅子上，解开衬衣口袋纽扣，把装在袋子底部的烟盒往上推推，从中拿出一支香烟，又系好了纽扣。他的衬衣剪裁得体，是军服式样，紧紧地裹住他的腰身，口袋里的香烟盒将口袋绷得紧紧的。他仰靠在椅背上，从上衣中拿出打火机，点着了香烟，将打火机放到写字台上铅笔的一侧。他用一根手指拖过来烟灰缸，身子向后仰靠着，竖起胳膊抽起烟来，燃着的香烟距他耳朵只有几英寸之遥。这种吸烟姿态似乎与他本人很不相称，或许是他欣赏这种姿势而从别人那里学来的。

"你多大了？"上尉问道。

"十六。再过一个半月就十七了。"

"杀人犯布莱文斯多大？"

"不知道，他的事我什么也不知道。他说自己十六，可我觉得他顶多十四，或者只有十三。"

"他还没长毛吧？"

"你说他什么？"

"他还没长毛吧？"

"不知道，我对这个不感兴趣。"

上尉的脸色立即阴沉下来。他一口一口地喷着香烟，将手放在写字台上，手心向上"啪"的一声弹了一下手指，命令道：

"把你的钱夹给我！"

约翰·格雷迪从臀部口袋中拿出钱夹，走上前去，将钱夹放到桌上后，又退回原处。上尉朝他瞥了一眼，俯身拿起钱夹打开，从中掏出钱、几张照片和卡片。他将掏出来的东西一溜儿摊开，然后便抬起头来说：

"你的驾照在哪儿？"

"我没有驾照。"

"你把它销毁了？"

"我没驾照，从来就没有过。"

"杀人犯布莱文斯也没有证件？"

"可能没有。"

"他怎么会没有证件呢？"

"他丢了衣服。"

"他丢了衣服？"

"是的！"

"他怎么会跑到这里偷马？"

"不，那匹马是他自个儿的马。"

上尉靠着椅背吸着烟。

"那不是他的马！"

"好了，你自己不知道，还坚持己见，我也没办法。"

"你说什么？"

"据我所知，那确实是他的马。在得克萨斯州那会儿，那匹马就在他的身边。我曾亲眼看见他骑那匹马越过大河，后来又将马带到了墨西哥。"

上尉坐在那里，用手指轻弹着座椅扶手说："我才不相信你的这些鬼话呢！"

约翰·格雷迪不吱声了。

"你讲的这些话不是事实。"

上尉将转椅转了半圈，目光投向窗外。

"事实不是这样！"他边说边转脸看着这个羁押犯。

"在这里你要讲真话，现在还来得及。三天后你就会被押送到萨尔蒂略镇，就没有这样的机会了。正是机不可失，时不再来啊。到那时，真理就掌握在别人手中了，明白吗？在这里，我们可以搞清真相，否则，我们就会错失机会。一切都悔之晚矣。到时你会落在另一伙人手里，鬼知道那会儿真相又是什么样子？到那时候，一旦离开此地你只能自作自受了。"

"可是，真相只有一个，"约翰·格雷迪说，"真相是实际发生的事情，不是某些人的胡说八道。"

"你喜欢这座小镇吗？"上尉问道：

"还不错。"

"这里非常安静。"

"是的。"

"这个小镇的人都很安分守己，每个人一直都是那么安分守己。"

他俯身将烟蒂捻熄在烟灰缸里。

"后来杀人犯布莱文斯来到这里，盗马，杀人……这究竟为什么？他是个安分守己的小伙子，从不伤害别人，可是来到这里后，他怎么竟干起这样的勾当来了？"

上尉又在座位上向后靠着，摇着头，还是刚才那种怏怏不乐的神情。

"不！"约翰·格雷迪摇了摇手指，说，"不。"

他注视着约翰·格雷迪。

"实际情况是这样，布莱文斯根本就不是老实孩子，他一直就是另一种类型的家伙，一直如此！"

看守士兵将约翰·格雷迪送回去后，就带走了布莱文斯。布莱文斯步履蹒跚，走起路来相当吃力。挂锁"咔嗒"一声将门锁上，震得房门咯咯作响，晃动了一会儿才逐渐停下来。约翰·格雷迪面对罗林斯蹲着。

"你怎么样？"他问道。

"还可以，你呢？"

"我还不错。"

"发生了什么？"

"没什么。"

"你跟上尉都说了些什么？"

"我告诉他，你的话全是扯淡。"

"你没有去洗淋浴吧？"

"没有！"

"我看你去了好久。"

"是啊。"

罗林斯有件白上衣挂在墙上。他取下来披到身上，又用细绳系在腰间。

约翰·格雷迪点了点头，瞧了瞧旁边的老头。老头一直在观察着他们，尽管他听不懂英语。

"布莱文斯病了。"

"是的。我知道。我觉得我们就要去萨尔蒂略镇了。"

"去萨尔蒂略镇干吗？"

"鬼知道！"

罗林斯倚着墙挪动一下身子，接着闭上了眼睛。

"你还好吧？"约翰·格雷迪问道。

"嗯，还可以。"

"我觉得他要跟我们做笔交易。"

"上尉吗？"

"正是。管他是上尉还是别的什么。"

"什么交易？"

"闭上嘴巴。就是那种交易。"

"说得跟我们还有什么选择似的。要我们对什么事情闭上嘴巴呢？"

"布莱文斯的事。"

"对他的什么事情闭上嘴巴？"

约翰·格雷迪望了望门上的方格亮光，又望了望亮光斜映在老头倚坐的墙壁上方的光影，接着，他盯住罗林斯说道："我想，他们打算干掉他，他们打算干掉布莱文斯。"

罗林斯呆呆地坐了许久。他将脸转过去，头倚靠在墙壁上。他再次看着约翰·格雷迪时，眼睛湿润了。

"或许他们不会那么做！"他喃喃地说。

"我想他们会的。"

"他妈的！"罗林斯骂道，"真他妈的活见鬼！"

士兵把布莱文斯带回牢房，他在角落里坐下，一声不吭。约翰·格雷迪跟老头聊上了天。老头叫奥兰多。他不知道被指控犯了什么罪。人家告诉他只要在文件上签字画押，即可获释。然而他目不识丁，又无人愿意把文件内容读给他听。他也不知道被关在这里多久了。他记得是在冬天进来的。他们正谈得热闹，看守士兵的脚步声响起，老头立即闭上了嘴巴。

士兵们打开房门，将两个提桶连同一堆锡胎搪瓷盘子一起放在地上。其中一个士兵向水桶里瞧了瞧，另一个士兵拎起墙角的便桶，他们便一道离开牢房。他们那种敷衍塞责的神态，活像是习惯于照料牲口的饲养员。他们刚一离开，犯人们便围到了提桶周围。约翰·格雷迪开始分发盘子，一共有五个盘子，仿佛牢房内还期待着另外一位不为人知的囚犯。他们没有其他餐具，只得用玉米饼当勺，从提桶中舀取菜豆。

"布莱文斯，"约翰·格雷迪喊道，"你也来吃点吧！"

"我一点都不饿！"

"还是给你盛点吧！"

"你们吃你们的，不要管我！"

约翰·格雷迪将菜豆舀进一个空盘子里，盘边放一个玉米饼。他起身将盘子递给布莱文斯后，又坐回原处。布莱文斯坐在那里，将菜盘置于大腿上。

过了一会儿，布莱文斯问道："关于我，你们跟他们是怎么说的？"

罗林斯停止咀嚼，看了一眼约翰·格雷迪。约翰·格雷迪注视着布莱文斯："跟他们说实话。"

"对！"布莱文斯答道。

"你觉得我们的话能对上尉他们产生什么影响吗？"罗林斯问道。

"至少你们还能尽力拉我一把。"

罗林斯望着约翰·格雷迪。

"起码为我说几句好话。"布莱文斯说。

"说几句好话？"罗林斯问。

"说两句好话又不花你俩一个子儿。"

"闭上你妈的嘴！"罗林斯嚷道，"住口！你再说一个字，我就一脚把你这只瘦猴踩扁。你听见没有？看你敢再说他妈的一个字。"

"算了吧！别理他！"约翰·格雷迪说道。

"你这个狗娘养的小蠢货，你还以为那个上尉不知道你是什么德行？他在没见到你之前，甚至在你老娘把你生出来之前，就已经知道你是个什么货色了！你他妈的去死吧！赶紧他妈去死！"

罗林斯几乎要流泪了。约翰·格雷迪用手扶着他的肩膀，说道："莱西，少说两句，算了吧！"

下午，看守士兵又走进牢房，放好便桶，拿走了用过的盘子和水桶。

"那些马怎样了？"罗林斯问道。

约翰·格雷迪摇了摇头。

"那些马，"老头插话道，"马。"

"对，马。"

在一片燥热和寂静中，他们坐在那里，留神地谛听着村子里的喧闹声。大路上还传来嘚嘚的马蹄声。约翰·格雷迪询问老头在这里受没受到折磨，但老头挥了一下手，表示没有什么。

他说他们没怎么找他的麻烦。他说这里的伙食毫无营养，老年人只有忍气吞声的份儿！他还说，痛苦对老年人来说也已不足为怪了。

三天过后，太阳刚刚露脸，他们就被带出牢房。阳光照得他们眨着眼睛穿过院子和校舍来到大街上。街上停着一辆载重一吨半的福特牌平板大卡车。犯人们胳膊夹着毯子，站在大街上，个个蓬头垢面，胡子拉碴，醒醒不堪。过了一会儿，一位看守士兵打着手势，让他们爬上卡车。另外一个士兵走出建筑来，犯人们被铐上了同一型号的旧电镀镣铐，还被卡车车厢前部备用胎上盘着的拖车链拴在了一起。上尉走出来站在阳光下，一边呷着咖啡，一边摆动着脚跟。他腰上系着用白黏土涂过的皮带，左腰处套有手枪皮套，内有枪托朝前、并处于全击发状态的45型自动手枪。上尉跟看守士兵讲了几句话，士兵便扬起胳膊示意。站在卡车前保险杠处的男人从发动机机罩下直起身子，打着手势，又说了几句话，便又弯腰到发动机机罩下继续修车。

"他都说了些什么？"布莱文斯问道。

没人回答他的问题。卡车车厢前方混合堆放着捆扎好的物品、木板箱，还有容量大约五加仑的军用汽油箱。镇上的人们带着大小包裹相继而来，把小纸条递给卡车司机，而司机则一声不吭地将纸条塞进自己的衬衣口袋里。

"瞧！你的小妞站在那儿呢。"罗林斯说。

"我看见她们了。"约翰·格雷迪说道。

两位姑娘站在那里，互相依偎着，一个紧抱着另一个的胳膊。

两人都哭哭啼啼的。

"她们干吗哭呀？"罗林斯问道。

约翰·格雷迪摇了摇头。

那两位姑娘打从卡车开始装货，看守士兵肩扛步枪坐在旁边吸烟的时候起，便一直站在那里观望。过了一个小时，卡车开始启动，机罩闭合时，她们仍旧站在那里，直到卡车开始颠簸前行，车上身披镣铐的犯人轻轻挤来撞去。卡车沿着狭窄的泥土路驶向远方，伴着扬起的尘土和团团烟气，渐渐从视野中消失。

卡车车厢上有三个看守士兵。这些从乡下入伍的小伙子，身上穿着不合身的满是皱褶的军服。他们事先一定接到了上级不准与犯人攀谈的指示，因此，他们倍加小心，避免与犯人的目光接触。卡车顺着尘土飞扬的马路向前行驶。士兵们不时地向站在车门过道上他们所熟悉的人庄重地点头或挥手致意。上尉跟司机坐在驾驶室里。几条狗跳出来追赶卡车。司机猛地拐弯，企图将这些狗碾死。卡车上的士兵在狂颠的车厢上胡乱地用手抓着能抓住的东西，以保持身体的平衡。司机转回头来，透过驾驶室的后窗瞧见车上士兵们的狼狈模样，不由得笑了起来。士兵们也忍不住纵声大笑，并且互相推搡着。过了一会儿，他们又手持步枪，一本正经地端坐在车上。

卡车顺着狭窄的大路急转直下，来到一幢湛蓝色房舍前便停下了。上尉俯身按了一下喇叭，过了一会儿工夫，门开了，一个男人走了出来，他身着精美考究的传统骑手装。这个人围着卡车转了一圈。上尉走下车让他上了驾驶室，自己随后也爬了上去，关上车门。卡车便又开始起程了。

卡车驶过最后一幢房舍及几处畜栏和泥土栏圈，沿着大路向前驶去。它穿过开车可过的浅滩，滞缓的流水在阳光下如同油珠一样闪烁着五光十色的光彩。卡车驰过后，车胎上裹带起的水流还没有流回原处，流水就恢复了原样。卡车艰难地爬出了浅滩，碾过路径上伤痕累累的碎石。随着地面逐渐平坦起来，卡车便在上午十点左右，在单调的晨光中穿过荒原向远方驶去。

犯人们看见卡车轮下扬起的一团团尘雾，在路面上沸腾翻滚，又慢慢地散落在荒野上。他们在车厢中粗糙不平的栎木板上剧烈地晃动，同时努力保持垫着的毯子还叠放在一起。大路前方有个分岔口，卡车转而驶往通向库阿特罗·西埃那卡斯的公路。再向南拐驶出四百公里就是萨尔蒂略镇了。

布莱文斯把毯子平摊在车厢里，伸开四肢躺下来。他将脑袋枕着双臂，仰望着荒野上方蔚蓝色的苍穹。天空中万里无云，飞鸟匿迹。他开口讲话时，由于后背受到车厢的颠簸，声音颤抖起来。

"哥们儿！这可是长途旅行啊！"

约翰·格雷迪和罗林斯看了他一眼，又彼此瞧了瞧，对他的话未置可否。

"老头说，到那里要走一整天，"布莱文斯说，"我问过他，他说要一整天。"

不到中午，卡车驶上了通向边塞城镇博圭勒斯的主要公路，他们沿平坦地区的公路向前行驶，中途经过圣圭勒默、圣米格尔、坦奎埃尔利渥斯等印第安人的部落村庄。路面炽热，多有沟渠，偶尔迎面驶过的车辆扬起一团泥土沙石的暴雨，车厢里的人们立即转过身去，将脸藏到肘内侧的衣袖下。卡车在奥卡波镇停下，卸下几箱农产品和一些邮件之后，继续向埃尔欧索镇驶去。上午早些时候，卡车在路边一家小餐馆门前停住。看守士兵爬下车，扛着枪走进餐馆。犯人们仍然戴着手铐铁链坐在卡车上。在灰暗色的土院子里，有些正在玩耍的儿童停下来看着他们。一条骨瘦如柴的白狗似乎早就期待着这辆卡车的到来，这时便跑过来，对着卡车后轮胎撒了一泡长尿，之后，便跑回原地。

看守士兵走出餐馆，一路有说有笑，还卷着香烟。一个士兵手拿三瓶橘子汽水，递给犯人们喝，然后站在一边等着收空瓶子。等到上尉在门廊上露面时，犯人们便都返回车上。这时，回咖啡馆退瓶子的士兵、身着骑手装的人以及司机都相继走出餐馆，大家各就各位。上尉从门廊的背光处走出，穿过沙砾回车场，钻进驾驶室，卡车又继续上路了。

在库阿特罗·西埃那卡斯镇，卡车开始行驶在铺着沥青的路面上，向南直驱托雷翁市。一个士兵站起身来，扶着同伴的肩膀，回头瞧瞧路标后又坐了下来。士兵们向犯人们瞥了一下，就向外望着路边的荒野。这时，卡车开始加足马力高速行驶。又过了一个小时，卡车完全离开了公路，穿越绵延起伏的旷野，沿着泥泞小路颠簸前行。这一片当地常见的荒芜山野是野牛出没的地方。夜晚，烛蜡色的野牛跳出干涸的沟壑，仿佛外来的主人一样啮食地上肥嫩的青草。这时，夏日的雷暴云砧已堆聚在北方天际，布莱文斯注视着远方的地平线，观察着一道道金属丝般的闪电，并且研究着尘埃的走向以判断风向。卡车穿过宽阔而干燥、在阳光下泛着白光的沙石河床，驶进一片草地。青草与轮胎一般高，在卡车下窸窣作响。卡车驶进一片乌木树丛，惊起了正在营窝筑巢的一对山鹰。卡车继续行驶，来到一座被遗弃的牧场的院子便停下来了。这是一座四方形的院落，周围全是泥土盖的房屋，还有几处羊圈的断垣残壁。

车上的人纹丝不动。上尉打开车门，跳下车便说："我们走吧！"

看守士兵持枪跳下卡车。布莱文斯举目四望周围这些坍塌的房屋。

"这是什么地方？"他问道。

一位士兵将步枪斜靠在卡车上，伸手去摸钥匙环，找到钥匙后便打开锁链，并将松开的锁链一端扔到车厢里，又拿过步枪，向犯人们打着手势，让他们下车。上尉打发一个士兵到周围侦察动静。大家都站在那里等待那个士兵归来。那骑手则倚在卡车挡泥板前，一个大拇指塞进带有雕花图案的皮带内侧，嘴上叼着一支香烟。

"我们到这里来干什么？"布莱文斯道。

"不知道。"约翰·格雷迪答道。

卡车司机没有下车，只见他一头倒在车座上，拉下帽檐遮住眼睛，似乎已沉入梦乡。

"我得撒泡尿！"罗林斯说。

罗林斯和约翰·格雷迪走进草丛，布莱文斯也一瘸一拐地在后边紧跟着。没有人看他们。那个观察动静的士兵返回向上尉报告，上尉随即从士兵手中拿过步枪递给骑手。骑手将步枪举了举，仿佛握着一支猎枪。犯人们零散地相继返回卡车上。布莱文斯一个人坐在一边。骑手瞥了他一眼，随手将口中的香烟扔在草地上，用脚踩灭。布莱文斯站起来向站在卡车后部的约翰·格雷迪和罗林斯那里走去。

"他们这是要干什么？"他问道。

手中没有持枪的士兵向车后走了过来。

"我们走吧！"士兵喊道。

罗林斯听见便从座位上站起来。

"我说的是那个小伙子，"士兵说，"我们走吧！"

罗林斯瞧了瞧约翰·格雷迪。

"他们到底要干什么？"布莱文斯问道。

"我看没什么大事！"罗林斯回答。

布莱文斯又瞧了瞧约翰·格雷迪。约翰·格雷迪一言不发。那个士兵走了过来，一把抓住布莱文斯的胳膊，说道："我们走吧。"

"请等一下！"布莱文斯叫道。

"他们在等着你呢！"那个士兵喊道。

布莱文斯扭转身，从士兵手中挣脱开，坐在地上。这时，士兵的脸色变得阴沉起来，向上尉所站立的卡车前部望了望。布莱文斯用力从脚上脱掉一只靴子，伸手在靴子里摸了又摸。

他拔掉汗水渍黑了的鞋底内衬，顺手扔掉，又伸手进去摸索翻找。士兵弯腰抓住他瘦削的胳膊，硬将布莱文斯拉起来。布莱文斯挥舞着手臂，努力要将什么东西递给约翰·格雷迪。

"给。"他低声说道。

约翰·格雷迪瞧瞧布莱文斯，说："你给我这个东西做什么？"

"你就拿着吧！"布莱文斯说。

布莱文斯将一叠污秽而皱缩的比索纸币塞到约翰·格雷迪的手里。士兵抓住布莱文斯的胳膊，将他猛然一推，便推着他在前边走。那只脱掉的靴子掉在地上。

"等一等！"布莱文斯嚷道，"我得穿上靴子呀！"

但是士兵连推带拽赶着布莱文斯从卡车旁经过。布莱文斯一颠一跛地走去时，噤若寒蝉而又惊恐万分地回头看了一下，然后就跟上尉与骑手穿过那片空地走向了树林。上尉用一只胳膊揽着他，准确地说是用手贴着他的后腰，宛如一个和蔼可亲的生活顾问。骑手手持步枪，跟在他们的身后。随后，布莱文斯就在乌木丛中消失了。他那单足穿靴、蹒跚而行的样子令约翰·格雷迪和罗林斯想起许久之前发生在那片陌生的原野上的情景。那场雷雨过后的早晨，布莱文斯也像今天这般模样，一瘸一拐地从干河沟场中走出来。

罗林斯看着约翰·格雷迪，他的嘴巴闭得很紧。约翰·格雷迪眼望着那身材矮小、衣衫褴褛的身形，一瘸一拐地连同他的押送人消失在树林中。"要想成为这些人泄愤的对象，这小子似乎差远了。要想满足任何人的野心，他似乎根本就不够档次。"

"闭嘴！"罗林斯说道。

"好吧。"

"快他妈闭嘴！"

约翰·格雷迪转过身来瞅了瞅罗林斯，又瞧了瞧那些看守士兵，然后四处望了望他们所在之处：一块陌生的土地，一片陌生的天空。

"好吧！我闭嘴！"

不知什么时候，司机已经下车去查看周围那几幢建筑，两位羁押犯和身着皱皱巴巴军服的三位看守士兵站在那里。那没有持枪的士兵蹲坐在卡车轮胎旁边。他们等了许久。罗林斯往后倚了倚，将拳头放到车厢上，向下俯着前额，紧紧地闭上了双眼。过了一会儿，他抬起头来，眼睛盯着约翰·格雷迪。

"他们不能就这么把他带到那儿干掉！"他说，"真他妈该死！就这么把他带到那儿干掉！"

约翰·格雷迪瞥了他一眼。就在这个时候，乌木丛中传来手枪射击的声响，声音倒不大，只是闷声闷气的"砰"的一声，接着又是一声枪响。

上尉他们从乌木林走回来时，手里拎着那副手铐。"我们走吧！"他叫道。

看守士兵开始移动，其中一个士兵站到卡车轮毂处，伸手去拿放在车厢木板上的锁链。卡车司机从那座乡间别墅的废墟中走出来。

"我们平安无事了！"罗林斯向约翰·格雷迪小声说道，"我们平安无事了！"

约翰·格雷迪默不作声，他几乎伸出手去做拉下前帽檐的动作，但蓦地回过神来，帽子早已没有了。他转过身来，爬到卡车车厢上，坐在那里等着被戴上锁链。布莱文斯的那只靴子仍然躺在草地上，一位士兵俯身将其拾起，抛到杂草丛中去了。

他们从那块林中空地迂回转过来时，正是夕阳西下的时光。残阳的余晖仍然照在草地和浅沼泽上，浅沼泽的低洼地面已经笼罩在一片黑暗中。小鸟在薄暮时分的凉气中，掠过一望无际的旷野觅食捉虫。它们一会儿在草丛间跳来跳去，一会儿又鼓翼而飞。栖息在枯树高枝上的老鹰，在夕阳的映照下轮廓清晰分明，它们静候着小鸟飞过以便捕捉。

他们乘车来到萨尔蒂略镇时，已是晚上十点钟了。街上人群熙熙攘攘，小餐馆里宾客满座。卡车在大教堂对过的广场停下，上尉下了车便穿过街道而去。黄色灯光照耀下的一排排长椅上坐着一些老人，他们正在让人擦鞋。周围插着几个小标牌，告诫游人不要踏进那有人精心照管的花园。小贩吆喝叫卖着各种冰冻水果汁。涂脂抹粉的少女们双双挽手而行，不时地眯缝着黑眼睛犹豫地回头顾盼。约翰·格雷迪和罗林斯仍坐在车上，身上裹着毯子，根本没人留意他们。过了一会儿，上尉回到车上，接着卡车又启动了。

卡车驶过街道，不时地在昏暗灯光下的小门廊、低矮的房舍和店铺前停下，直到卡车车厢上几乎所有的大小包裹散发完毕，一些新的包裹装了上来。卡车最后停在位于卡斯特拉的古老监狱的大门前时，已经过了午夜时分了。

他们被带进一间石头地板的牢房，室内散发着一股消毒剂的味道。士兵给他们解开手铐就走开了。他们将毯子披在肩膀上，蹲下身来，靠着牢房的墙壁，活像乞丐一样。他们在那儿蹲坐了许久。等到牢门再次被推开，上尉走进牢房，站在那里，瞪着眼睛看着他们。头顶天花板上只有一盏电灯，灯光暗淡没有生气。上尉没有佩戴手枪。他向看守士兵抬了抬下巴，开门的士兵便退了出去并将门关上。

上尉用拇指顶着下巴，两手交叉抱着自己的双臂，站在那里望着约翰·格雷迪他们。他俩也抬起头来瞧着上尉，又打量一下他的脚，然后把眼光移向别处。上尉仔细端详他们好一阵子。他们都好像在等待着什么，好像旅客坐在火车上突然遇到中途停车的事故。上尉处于另外一个空间，这是他自己选择的空间，远离普通人类世界的空间。这也是专属于那些十恶不赦的人们的空间。虽然这个空间内部还包括更小的小世界，但他人无法进入。现在上尉既然已经选定了这条仕途道路，他就再也无法脱身了。

上尉在房中踱来踱去，然后站住了。他开腔道，约翰·格雷迪和罗林斯称为骑手的那人在牧场废墟边的乌木丛中突然精神失常。这人的兄弟就死在凶手布莱文斯的手中。这人已付出一笔钱让上尉做了某种安排，做这种安排上尉本人都感到痛苦不堪。

"这人来找的我，不是我找的他。他来找我，向我谈到正义，谈到他的家族荣誉。你们认为人们真的需要这些吗？我倒觉得许多人才不稀罕这些呢！

"尽管如此，我还是觉得很吃惊，非常吃惊。我们这里没有对犯人处死刑的法律规定。因此，必须做出另外的安排，我告诉你们这番话，就是因为你们自己将来也得做出某种安排。"

约翰·格雷迪仰起头来看着上尉。

"你们不是最先来此地的美国人，"上尉又说，"来这个地方。我在这个地方有许多朋友，你们一定要和这些人做出某种安排。我可不愿你们搞出什么岔子。"

"可是我们身上分文没有，"约翰·格雷迪说道，"我们不准备做出什么安排！"

"对不起，但你们必须做出某种安排。你们简直什么都不懂。"

"你把我们的马弄到哪里去了？"

"现在可不是谈论什么马的时候，那些马先等等再说。一定要找到马的合法主人才行。"

罗林斯冷冷地注视着约翰·格雷迪说："闭上你的臭嘴！"

"他可以发表自己的看法！每个人都明白了不是更好嘛！"上尉说道，"不过，你们不能在这里——在这个地方——久留。你们要是在这里待下去会送命的。然后还会出现别的问题。证件丢失了。人找不到。有些人来这里找人，人却不在。没有人可以找到这些证件。诸如此类的事。你明白吗？谁愿意自找这些麻烦？谁能说某某人曾在这里？我们这里没有这个人！只有疯子才会说上帝在这里，但人们都清楚上帝并不在这里！"

上尉伸出手，用指节重重地敲击着牢门。

"你没必要杀了布莱文斯！"约翰·格雷迪叫道。

"什么？"

"你本来可以把他带回来。你本来可以把他带回卡车上。你没必要杀了他。"

门外传来钥匙圈丁零当啷的响声。牢门随即打开了。上尉向走廊昏暗处的一个人影扬起一只手来。

"请等一会儿。"他叫道。

上尉转过身来，站在那里打量着他们两人。

"给你们讲一个故事！"他说道，"因为我喜欢你们。我年轻的时候也像你们一样。明白吗？当时，我就是喜欢跟年龄比我大的小伙子在一起，因为我要向他们学习一切事情。那还是在新莱昂的利纳雷斯镇，当地正在庆祝圣佩德罗镇的节日，记得在那个狂欢之夜，我当时正与这些小伙子待在一起。他们都在喝着麦斯卡尔酒，并品尝着各种美味佳肴——你们知道麦斯卡尔酒是什么吧——当时，那里还有一个女人。而这些小伙子都奔向这个女人在的地方，去占有她。我是最后一个。轮到我去她那里的时候，她说我年龄还太小和诸如此类的话，一口回绝了我。

"在这种情况下，作为男子汉，我能做些什么呢？你们也清楚，我又不能回到朋友当中去，因为那样大家都会知道我没和这个女人勾搭上。因为事情是明摆着的。你们知道，男子汉不应当在决定一件事之后，忽然又退缩了。为什么要退缩呢？因为他变卦了？而真正的男子汉是不应该出尔反尔的！"

上尉将一只手攥成拳头，举起来接着说："或许那些家伙事先告诉她来拒绝我，那样他们就能看我的笑话了。他们会给她钞票什么的。但我可不能让这婊子给我添麻烦。我回去之后，没听见一声笑，谁也没笑。你们看，在这个世上我一直坚持这样的处世之道。我就是这样一个人，我走到哪里，哪里就不会有人笑。我到哪里，哪里就鸦雀无声。"

约翰·格雷迪和罗林斯被士兵带着攀上石阶，爬上了四层楼梯，穿过一扇铁门，来到用铁片铺设的狭窄过道上。铁门上亮着灯，灯光下可以看到看守士兵回头向他们一笑。远处是荒漠中的山岭映衬的夜空，身下便是监狱的大院。

"这是佩里卡拉监狱。"看守说。

他们跟着士兵走下狭窄的过道。途经一间间昏暗的牢房时，两人觉得阴郁恶毒的生命气息就潜伏于牢房之中。沿着监狱大院对面的一排排狭窄过道，到处可见昏暗的灯光映照出牢房的铁栅栏。牢房内整夜点燃着还愿蜡烛。距此三个街区之遥的教堂钟楼传来了一声钟响，荡漾着东方文化特有的庄严肃穆。

他们被关在位于监狱顶楼拐角处的一间牢房中。装着铁条的牢门关上时铿然作响，接着就是门锁转动到位时"咔嗒"的一声响。他们静听看守士兵顺着狭窄过道返回去的脚步声，又听到那扇大铁门被关上的响声，然后就万籁俱寂了。

他们躺卧在由锁链锁于墙壁上的上下层铁床的薄垫子上，垫子肮脏得很，油腻腻的，臭不可闻，布满了虱子。清晨醒来，他们又顺着四层楼的铁梯，拾级而下来到大院，与其他犯人站在一道等候早点名。尽管是按楼层顺序点名，但仍然花了一个多小时。最终他们的名字没有被点到。

"我想我们的名字不在这里吧！"罗林斯说道。

牢房内早饭供应的仅仅是肉汤玉米稀粥，此外便别无他物了。接着他们被赶到院子里去放风。他们来到这座监狱的第一天，把力气全都消耗在斗拳上了。等到夜晚被关进牢房时，个个都浑身是血，筋疲力尽。罗林斯的鼻梁被打断了，肿得老高。这座监狱不过是由狱墙围绕的小村落，充满了物物交换的小市场，各种东西都有，从收音机、毛毯到火柴、纽扣、鞋钉。交换者之间经常争地盘，抢位子。这一切其实跟商业社会的财物标准一样建立在堕落和暴力的基础之上。衡量每个人的绝对平等的标准只有一条，那就是他是否乐意去杀人。

他们终于躺下入睡了。到了早晨，一切又周而复始。他们俩背靠背地同别人搏斗，被击倒了，彼此将对方扶起来，再继续打下去。到吃中午饭时，罗林斯嘴痛得不能咀嚼食物。"他们这是要害死我们啊！"他嚷道。

约翰·格雷迪在锡罐中将菜豆加水捣成糊糊后，推给罗林斯吃。

"听我说，"他说，"别让他们觉得没必要把我们搞死。听见了吗？我倒宁愿让他们把我弄死，我别无所求！他们要么把我们弄死，要么让我们活下去，别无其他选择！"

"我浑身上下没有一块儿不疼！"

"我知道那是什么滋味！我才不在乎呢！"

罗林斯啜着糊糊，从锡罐口上方瞟了一眼约翰·格雷迪，说："你看起来就像他妈的浣熊！"

约翰·格雷迪调皮地咧嘴笑着说："你以为自己像什么鬼东西？"

"我他妈的怎么知道？"

"你应该希望自己看起来跟浣熊一样好。"

"我不能笑了，下巴都给人揍断了！"

"你什么事没有。"

"放屁！"罗林斯说。

约翰·格雷迪又咧嘴笑了，他说："看见站在那边一直望着我们的那位高个子老兄了吧？"

"我看见那个臭王八羔子了。"

"看见他在向我们这边看吗？"

"看见了。"

"你看我应该怎么办？"

"我怎么知道？"

"我应该从这里站起来，走过去把他的嘴巴揍烂。"

"你他妈的真有种！"

"你看我的！"

"你图什么呢？"

"省得他走这段路呗！"

等到第三天傍晚，一切似乎都完了。两个人都半裸着身子。

有人拿着一只盛满碎石沙砾的短袜，敲掉了约翰·格雷迪下颚上的两颗牙，打得他左眼完全睁不开了。第四天，恰逢星期日，他们用布莱文斯留下的钱买了几件衣物，一条肥皂，并冲了个澡。他们还买了一听番茄汤罐头，将罐头盒放在蜡烛残根的火焰上加热，又用罗林斯的旧衬衣袖口裹着罐头盒当盒柄，传来传去喝汤。这时太阳已经落到监狱高高耸起的西墙头上了。

"你听我说，我们或许可以熬过去。"罗林斯说。

"别图舒心，让我们过一天算一天吧！"

"要离开这里得花多少钱？"

"不知道，我想得一大笔！"

"我想也是。"

"怎么上尉的哥们儿一点消息都没有？我猜想他们正等着瞧是不是还有保释的余地。"

他将罐头盒递给罗林斯。

"你喝了吧！"罗林斯说。

"拿着！就一点汤了。"

罗林斯接过罐头盒一饮而尽，又往里头倒了点水，摇晃了几下，灌进肚里，然后坐在那儿，眼望着空罐子。

"如果他们认为我们有钱，为什么不对我们好点呢？"

"不知道，不过我知道这个地方不归他们管。他们只管什么人进来和什么人出去。"

"可能是这样。"罗林斯说道。

高墙顶上的强力照明灯亮起来了。正在监狱大院里走动的几个人影忽然停下不动了。过了一会儿，人影又开始走动了。

"快响熄灯号了！"

"还差几分钟呢！"

"真没有想到竟然有这样的鬼地方！"

"说不定在你脑海中闪现过各式各样的地方吧！"

罗林斯点了点头说："可是我没想到这个鬼地方。"

荒漠某处正在下雨，风中不时飘来湿木材防腐油的味道。监狱大墙的一角有间临时搭建的煤渣砖房，里面的电灯突然亮起来了。一个阔绰的囚犯，配有厨师与保镖，像流放的大官一样住在里面。房子安着纱门，门后隐约可见一个人影在走动。屋顶上，囚犯们在晒衣绳上晾晒的衣服像万国国旗一样轻缓地在晚风中招展。罗林斯向灯光处点了点头。

"你见过他吗？"

"对，见过一次。一天晚上，他站在门口抽雪茄。"

"你学会这里的话了吧？"

"会几句。"

"pucha 是什么意思？"

"烟头。"

"那 tecolata 是什么意思？"

"也是烟头的意思。"

"一个烟头，有几种该死的说法？"

"不知道。你知道 papazote 是什么吗？"

"不知道。是什么？"

"就是大亨。"

"他们就这样称呼住在那边的家伙。"

"对！"

"咱俩是一对粗人啰！"

"一对傻瓜！"

"一对大笨蛋！"

"谁都可能成为大笨蛋！"约翰·格雷迪说道，"那意思就是蠢货。"

"是吗？那么说，我们在这里是头号大笨蛋了？"

"没得说。"

他们坐着没动。

"你在想些什么？"罗林斯问道。

"想着从这里站起来有多么疼。"

罗林斯点点头。然后，他们观察着那些在耀眼的灯光下走动着的犯人们。

"都是因为那匹该死的马！"罗林斯说。

约翰·格雷迪俯身在两只靴子中间吐了一口唾沫，然后向后靠了靠说：“这跟马没有什么关系。"

那天夜里，他们如同教士助手一样躺在牢房的铁架上，感受着夜晚的静谧，聆听着某间牢房里传来的呼呼鼾声，聆听着远处的隐约犬吠声打破了这夜色的宁静，聆听着两人在静夜中的呼吸声。他们仍然没有入睡。

"我们觉得自己是一对强悍的牛仔。"罗林斯说。

"是的。可能是吧。"

"他们随时都可以把我们干掉！"

"对。这个我明白。"

两天过后，那位大亨打发人来叫他们。傍晚，一位瘦高个男人穿过大院来到他们坐着的地方，弓下身请他们跟他走一趟。说罢，便直起腰来，转过身大步流星地走了出去。他甚至都没有回头看他们是否站起来跟着自己。

"你看怎么办呀？"罗林斯问道。

约翰·格雷迪吃力地站起来，用一只手拍拍屁股上的尘土，说：："赶紧抬起屁股，起来走一趟吧。"

大亨名叫佩雷斯。他住在单间里，屋中摆着一张锡铁折叠桌和四把座椅，靠墙放着小铁床，墙角处立着餐具橱和放着盘碟的搁板，旁边还有配着三个环形喷火头的煤气灶。佩雷斯站在那里，透过小窗户向院子里望着。他转过身来时，用两个手指轻快地打了个手势。请他们俩来的男人便迈步退出，并关上了房门。

"我叫埃米略·佩雷斯，"他说，"两位请坐。"

他们拉过桌旁的两把椅子坐下了。房内的地板是用木板条镶嵌的，但未用钉子钉上。四周墙壁也没有涂上灰泥。屋顶架杆的油漆还没有剥落，只是松散地搭在墙壁最顶层的砖石上。屋顶的薄锡板全是沿着边一块块铺起来的。这种简陋的结构，只消几个人就能在半个小时之内全部拆卸并再度组装起来。此外，房间里还有电灯和煤气取暖器，地板上铺着地毯，墙上钉着一张张从挂历上剪下的图片。

"两位年轻人,"他说,"你们挺喜欢斗拳,是不是?"

罗林斯刚要开口,便被约翰·格雷迪打断了。

"是的,我们特别喜欢斗拳。"

佩雷斯的脸上露出了笑容。他大约四十岁,柔顺的头发、髭须已经花白,修理得干干净净。他拉出第三把椅子,装出随便的样子跨到椅子后面坐了下来。他前倾着身子,把胳膊肘支在桌上。桌子刚刚刷过绿漆,透过油漆,啤酒厂的商标依稀可见。他把双手一合,说道:"嗨!整天光斗拳了,你们关在这里有多久了?"

"大约一周了。"

"你们计划在这里待多久?"

"首先,我们压根儿就没打算到这里来!"罗林斯嚷道,"我认为这跟我们的打算根本不沾边儿!"

佩雷斯微笑着说:"美国人一般不会在这里久留,有时候,他们来这里住两三个月就离开了。对美国人来说,这里的生活可不怎么好。他们不怎么喜欢。"

"你能把我们从这里弄出去吗?"

佩雷斯摊开两手,耸耸肩膀说道:"能,这个我当然办得到。"

"你为什么没把自己弄出去呢?"罗林斯问道。

他往椅背上靠了靠,嘴角又露出笑容。他突然把两臂摊开一扬,像放飞怀中的鸟儿一样,与其一本正经的外表大不协调。好像佩雷斯认为这或许是他们俩能理解的美国式手势。

"还不是因为我有政敌的缘故？让我给你们说个明白吧。我在这里住得不怎么好。我必须有一大笔钱才能妥善安排自己的事。这可是一笔花销大的买卖！一笔花销大的买卖！"

"你要打我们的主意可是找错人了！"约翰·格雷迪说，"我们一个子儿也没有！"

佩雷斯表情严肃地打量着他们。

"你们要是没钱，怎么能获释呢！"

"还得请你指教呀！"

"那就没什么可说的了。没钱，你就会一事无成。"

"那我们哪儿也去不成了！"

佩雷斯打量着他们，他俯身向前又将两手合拢，似乎在揣摩事情该怎么办。

"这种事情非同小可，"他接着说，"你们不了解这里人的生活，你们以为这里的打斗就是为了争夺像鞋带、香烟这样鸡毛蒜皮的事情吗？这种看法未免过于天真！你们知道什么叫天真吗？事实的真相恰恰相反。你们不能在这里单打独斗。你们不了解这里的情况，再说你们又不会说本地话。"

"他会说！"罗林斯说。

佩雷斯摇了摇头，向约翰·格雷迪说："不！你不会说，或许你在这里住上一年才会听懂这些话。可你们不会有一年的时间的！你们没有时间了。如果你们不相信我，我就不能助你们一臂之力了。明白我的话吗？那样我就爱莫能助了。"

约翰·格雷迪看着罗林斯，说："哥们儿，准备好走了没有？"

"好了，我们走！"

他们将椅子推到身后，站起身来。

佩雷斯抬头望了望他们，说："请坐下！"

"坐下也没什么可谈的了！"

佩雷斯用手指咚咚地敲击着桌子，说道："你们两个都是大傻瓜，真正的大傻瓜。"

约翰·格雷迪手扶着房门站着，他转身瞧了瞧佩雷斯。约翰·格雷迪的脸被揍歪了，下巴往外翘着，眼睛仍然肿得睁不开，青得如同李子一般。

"你怎么不照直说是怎么回事，"约翰·格雷迪说，"你说要我们相信你，可是我们还蒙在鼓里，你为什么不告诉我们？"

佩雷斯并没有从桌旁站起来。他向后仰靠着身子，眼睛望着他们两人。

"我没法告诉你们。这是真话。对于那些来找我庇护的人，我倒可以说几句，但对其他人嘛……"

他随即用手背轻轻一挥，打了个对其他人不予考虑的手势。

"其他人只是局外人罢了，他们生活在那个什么事都可能发生的世界里。只有上帝说得出他们会有什么下场，可我却不能。"

翌日清晨，罗林斯正从大院穿过，忽然一个持刀的家伙猛地向他袭来。他从未见过这个人。这人手持的刀也不是那种自制的小刀，而是那种意大利制的弹簧刀，下端有着黑色角质刀柄和镍垫。只见这人把刀放在齐腰处，向罗林斯的衬衣部位猛刺了三刀，罗林斯向后跳着躲闪了三次。罗林斯弓着肩膀，猛挥着两只胳膊，就像一个人在审视自己身体的流血情况。待那人第三次挥刀刺过来时，罗林斯转身撒腿就跑。他一只手捂着肚子，衬衫上全是血，又黏又湿。

约翰·格雷迪来到他身边时，罗林斯背靠着墙坐在那里，两只手捂着肚子，浑身抖个不停，像在打冷战。约翰·格雷迪跪在他的面前，试着把他的手臂拉开。

"让我瞧瞧，他妈的！"

"那个臭婊子养的，臭王八蛋！"

"让我看看！"

罗林斯向后靠了靠，继续骂道："那个坏蛋！"

约翰·格雷迪撩起罗林斯血迹斑斑的衬衫。

"还不算太严重，"他说，"不算太严重。"

约翰·格雷迪用一只手做成杯形推压着罗林斯的腹部，找寻出血口。他发现下端刀口最深，已经切断了外围的筋膜，但所幸尚未触及胃壁。罗林斯低头看了看那几处伤口，说道："真糟糕！那个臭婊子养的。"

"你能走动吗？"

"能。"

"走走看！"

"哎呀！该死！"罗林斯又叫道，"那个臭婊子养的。"

"往前走啊！伙计，你不能待在这里！"

他扶着罗林斯站起来。

"走啊！让我扶你走！"

他们穿过四方院，来到大门口警卫室。看守士兵从碉堡出口往外望。他看看约翰·格雷迪，又瞅瞅罗林斯，然后便打开大门。约翰·格雷迪把罗林斯交到那些曾经拘捕他的士兵手中。

　　士兵们将罗林斯放在椅子上坐下，便打发人去找这座监狱的长官。鲜血慢慢滴落到他身下的石地板上。他双手捂着肚子坐在那里。过了一会儿，有人递给他一条毛巾。

　　随后的几天里，约翰·格雷迪尽量不在院子里走动。他环顾四周，希望那些回望的不知名姓的眼睛中能暴露出持刀行凶者的信息，但没能如愿。在这些同牢房的囚犯中，他也结识了几个狱友。如来自尤卡坦州的一位老头，他不属于这里的任何帮派，但大家对他都很尊重。还有来自谢拉莱昂、皮肤黝黑的印第安人。还有姓鲍蒂斯塔的两兄弟，他们在蒙特雷市杀死一个警察后，又放火焚尸。两兄弟最后被捕时，哥哥的脚上还穿着警察的鞋。狱友们一致认为，佩雷斯此人权势到底有多大，谁也捉摸不透。还有人说，他根本没有被囚禁在监狱内，晚上他便溜到外面活动。据说他在城里有妻子和家人，还有一个情妇，等等。

　　约翰·格雷迪试图从士兵处打听罗林斯的消息，但是他们都声称一无所知。在罗林斯被刺后的第三天早晨，他又穿过大院，敲响了佩雷斯的房门。这时，他身后院子里嗡嗡的讲话声几乎同时中止了。他感到人们的眼光都在盯着他。佩雷斯的高个子管家打开门，只瞥了他一眼，便将目光移向远处，把院落周遭扫视了一番。

"我想找佩雷斯先生谈谈。"约翰·格雷迪说。

"你找他谈什么？"

"谈谈我的朋友。"

管家关上房门，约翰·格雷迪在门口耐心静候着。过了一会儿，门再次打开。"请吧！"管家叫了一声。

约翰·格雷迪迈步走入室内，佩雷斯的管家关上房门后倚门而立，佩雷斯正坐在桌边。

"你那位朋友怎么样了？"他问道。

"我就是来向你打听这个的！"

佩雷斯的脸上露出了笑容。

"请坐吧！"

"他还活着吗？"

"来来，我让你坐下嘛！"

他走到桌旁，拉了把椅子坐下。

"来点咖啡吧？"

"我不喝，谢谢。"

佩雷斯身子向后仰靠着。

"有什么事情我能为你效劳吗？"他说。

"请告诉我我那位朋友现在怎么样了。"

"恐怕你一听完我的回答，就会转身走掉。"

"那你让我留在这里做什么？"

佩雷斯笑了笑。"天啊！"他接着说，"当然是给我讲讲你们犯罪生涯的故事了！"

约翰·格雷迪打量着他。

"像所有阔佬一样，我唯一的乐趣就是找乐子。"佩雷斯说。

"想取笑我？"

"是的，我想在英语里，你们会说开玩笑。"

"是的。你是个阔佬吗？"

"不是，开个玩笑罢了。我乐意练习英语，这可以排遣时光。你在哪里学的西班牙语？"

"家里。"

"得克萨斯？"

"是的。"

"你是跟用人学的吗？"

"我们家里没有用人，只有雇工。"

"你过去进过监狱吧？"

"没有！"

"你是家里的坏种，不是吗？也就是家里的逆子，对吗？"

"你一点也不了解我。"

"或许不了解。告诉我，你们为什么相信自己能通过某种特殊途径获释呢？"

"我跟你说过你搞错对象了。你不知道我相信什么。"

"我去过美国很多次，还是熟悉那儿的。你们就像犹太人一样，通常会有个阔亲戚。你曾经进过哪个监狱？"

"我已经告诉过你，我从没进过监狱。罗林斯在哪里？"

"你以为你的朋友碰到的事故该由我负责吗？根本不是那么

回事！"

"你以为我来这里是做交易的吗？我只想知道我的朋友怎么样了？"

佩雷斯若有所思地点了点头说："即使在这个人们只关心基本生活需要的地方，美国人还是如此罕见的死脑筋。我一度以为这不过是他们那种特权阶层的生活使然。其实不是这样，而是他们的脑筋在作怪罢了。"

佩雷斯放松地向后坐了坐，用手轻叩一下太阳穴，接着说："我绝不是说美国人愚蠢，而是说他们对世界的看法如此罕见的片面。他们只观察自己愿意看到的东西。你明白我的意思吗？"

"我明白。"

"明白就好！"佩雷斯接着说，"一般说来，我能够从别人认为我有多蠢这一点上来判断这个人有多聪明！"

"我并不认为你这个人愚蠢！我只不过不喜欢你罢了。"

"啊！很好！很好！"佩雷斯说。

佩雷斯的管家仍然倚门而立。约翰·格雷迪看了他一眼，这人的眼睛像被罩住了一样，现出茫然的神色。

"他听不懂我们的谈话，"佩雷斯说，"你想说什么，尽管说好了！"

"我已经把想说的话全都说完了。"

"那就好！"

"我得告辞了。"

"如果我不让你走，你觉得自己能走掉吗？"

"能。"

佩雷斯笑了一笑问：“你很能打架吗？”

约翰·格雷迪往后坐了坐。

"监狱就像——你们怎么称呼来着？做美容的地方。"

"美容院。"

"美容院。那是个传播流言蜚语的大好场所。每个人的故事都会变得尽人皆知。因为犯罪行为很有趣。大家都知道。"

"我们从没干过任何犯法的勾当。"

"目前也许还没有！"

"你这话是什么意思？"

佩雷斯耸了耸肩膀说：“他们仍在调查。你们的案子还没做出定论。你认为已经结案了吗？”

"他们什么也查不出来。"

"天啊！”佩雷斯叫道，“天啊！你真相信什么冤有头、债有主吗？这不是什么查证的问题，只不过是选择案犯的问题，就像在商店选购一套适合的服装。"

"他们不像要仓促结案的样子。"

"即使在墨西哥，他们也不能无限期拘留你们。因此，你必须采取行动。一旦你被指控，那就来不及了！届时他们会签发预先判决，再想行动，就困难重重了。"

佩雷斯从衬衣口袋里掏出香烟，隔着桌子递过去，约翰·格雷迪却一动不动。

"没事！”佩雷斯说，“没关系的！抽支烟又不是分活命粮，不会欠人情的。"

格雷迪俯身拿了支烟，叼在嘴上。佩雷斯从口袋里掏出打火机，"啪"的一声打开盖子点着火，又隔着桌子递了过来。

"你在哪儿学的干架？"佩雷斯问道。

约翰·格雷迪使劲地吸了一口烟，往椅后一仰。

"你想知道什么？"他说。

"只是一般人想要知道的东西。"

"一般人都想知道些什么？"

"一般人想知道你有没有胆量，是不是个勇敢的男子汉。"

佩雷斯自己点上烟，将打火机放在桌上的烟盒之上，接着喷出了一缕细长的烟雾。

"这样就可以决定你的身价。"佩雷斯说道。

"可是有些人并没有身价。"

"说得对。"

"那些人该怎么办呢？"

"他们会死掉。"

"我不怕死。"

"很好呀！这只会帮你早上西天，却不会帮你活命。"

"罗林斯死了吗？"

"没有，他还活着。"

约翰·格雷迪把椅子往后推了推。

佩雷斯轻松地笑起来："看见了吧？你的反应跟我说的一样。"

"我认为不是这样。"

"你必须赶紧拿定主意，时间已经不多了。我们的时间永远不像想象中的那样充分。"

"自从来这里，我的时间多得都不知道怎么打发好了。"

"我希望你还是考虑一下目前的处境为好。你们美国人有时的想法很不切合实际。你们认为事情有善有恶，这种想法实际上是一种迷信。"

"难道你不认为凡事都有善恶之分吗？"

"没那回事。我认为这纯粹是一种迷信。这是不信上帝的民族的迷信。"

"你认为美国人不信上帝吗？"

"是的。你难道不这样认为吗？"

"我不这样认为。"

"我看到他们毁坏自己的财产。有一次，我见到一个美国人在毁坏自己的汽车，手里拿着榔头，你们管它叫什么？"

"锤子。"

"仅仅因为汽车发动不起来，他就用锤子猛砸汽车。我们墨西哥人会干这种蠢事吗？"

"我不知道。"

"墨西哥人决不会干这号事情。墨西哥人认为，汽车本身并没有善与恶之分。即使汽车内部坏了，他知道毁了汽车也无济于事。因为他知道好与坏的真正所在。而美国人却按着自己的特殊想法认为墨西哥人迷信！究竟谁迷信呢？我们都知道事物都有其不同的属性。譬如，这辆车是绿色的，或者说其内部装有某种发动机，但你知道汽车本身不应该受到影响。同样，对一个人也应如此，或更应如此。一个人身上可能有某些邪恶的东西，然而我们并不认为那邪恶是这个人生来就有的。那么他从哪儿得来的呢？他从哪儿沾染上的呢？不！在墨西哥，邪恶确实存在着，它不胫而走。也许某一天，邪恶会找到你的门上，或者说不定已经找上门了。"

"也许吧！"

佩雷斯笑了笑，说道："你要走尽可以走了，我看得出来，你并不相信我跟你讲的这番话。这与对金钱的看法是一样的。我认为美国人一直就有这样的问题。美国人说钱是铜臭，但金钱本身并没有这种特别的属性。而墨西哥人决不走极端，也不会把金钱放在特殊的位置上来说明金钱无用。为什么这样做呢？如果钱是好的，那钱就是好的。墨西哥人没有坏的钱！墨西哥人没有这类问题，也没有美国人那种怪想法。"

约翰·格雷迪俯身在桌上的锡烟灰缸内将香烟捻熄。在监狱里，香烟本身就是金钱。而他弄断的那支烟几乎没怎么抽，仍然在它的主人面前冒着缕缕烟气。约翰·格雷迪说道："你听我说。"

"请讲吧！"

"我们回头再说吧！"

约翰·格雷迪站起身来，然后又望了望倚门而立的男管家，那人则看着佩雷斯。

"我觉得你要了解外面究竟会发生什么事情?"佩雷斯问道。

约翰·格雷迪转过身来说:"那会有什么改变吗?"

佩雷斯微笑着说:"你太给我面子了。这里有三百人,谁也不知道可能会发生什么。"

"有人在操纵一切!"

佩雷斯耸耸肩说:"可能吧。但这片天地,我说的是这里的监禁,常常给人一种假象,好像一切都在控制中。如果这些人果真控制得住,他们就不必待在这里了!你明白问题的症结所在了吗?"

"明白了。"

"你可以走了。我将怀着极大的兴趣关注你未来的情况。"

佩雷斯向男管家打了个小小的手势,那人从门后让到一旁,并打开了门。

佩雷斯叫了一声:"年轻人!"

约翰·格雷迪转过身来应道:"嗯?"

"小心那些和你一道进餐的人。"

"好的!我会注意的。"

然后约翰·格雷迪转身迈进院里。

布莱文斯给约翰·格雷迪的钞票仅剩下四十五比索了。他想买把小刀,可是谁也不愿卖给他。他不能肯定是没有货,还是偏偏没有货卖给他。他故意在大院里溜达闲荡。他看见鲍蒂斯塔兄弟正在南墙阴凉处纳凉。他一直站在院子里,直到那两兄弟抬起头来,打着手势让他过去。

约翰·格雷迪来到他们跟前，蹲了下来。

"我要买一把刀。"他说道。

他们都点点头，兄弟中那个叫福斯蒂诺的人搭腔了。

"你有多少钱？"

"四十五比索。"

他们坐在那里有好长一会儿。那位印第安人黝黑的脸上流露出思前想后、沉思默想的神情，好像这是件复杂的交易，会引起各种各样的后果似的。福斯蒂诺抿了一下嘴唇，开始说话："好吧！把钱给我！"

约翰·格雷迪瞧着他们，他们那黑色的眸子闪闪发光。即使眼睛里面蕴藏着狡诈，也绝不是他能对付得了的。他顺势坐在泥土地上，拔下左脚上的皮靴，伸手在靴子里面摸索着，掏出了一小叠湿乎乎的钞票。兄弟俩目不转睛地望着他。他穿上靴子坐了一会儿。突然，他用食指和中指夹着钞票，接着巧妙地一抛，钞票便飘到福斯蒂诺的膝盖下。福斯蒂诺坐在原地没有动弹。

"好吧！"他说道，"今晚就可以买到。"

他点了点头，便站起身来，穿过院子往回走。

一股柴油机排放出来的烟味从院子上空飘过。他听到门外大街上过往的公共汽车的嘈杂声，想起原来今天是礼拜日。他靠着墙独自坐下，耳中回荡着远处孩子的啼哭声。后来，他看见那位来自谢拉莱昂的印第安人正从院中走过，便向那人打招呼。

印第安人走了过来。

"请坐下吧！"他说。

印第安人坐下来，从衬衣内袋里掏出由于汗渍而变软的小纸袋，递给了约翰·格雷迪。纸袋里面装有少许香烟头和一叠玉米壳纸。

"谢谢你！"约翰·格雷迪说道。

他接着拿出一张玉米壳纸，对折一下，将粗糙多筋的烟丝轻拍进去卷上，用舌头舔好，再把烟丝交给印第安人。印第安人卷好一支烟后，将纸袋放回衬衣内袋中，接着又拿出用半英寸长的水管联轴节制作的打火机，打着火后用双手拢着，把火吹得大了之后，递给约翰·格雷迪点烟，那人接着点上了自己的烟。

约翰·格雷迪谢过了印第安人，问："你有客人来访吗？"

印第安人摇了摇头。他没问约翰·格雷迪是否有客人来访，而约翰·格雷迪还以为印第安人有什么新闻向他透露。有些在狱中广为流传的新闻，并没有传到他耳中，然而那位印第安人似乎根本就没有什么消息奉告。他们倚墙坐着吸烟，一直抽到烟燃尽。印第安人将烟灰抖落在两脚间的地上，然后站起身来，穿过院子向前走去。

中午他没去吃饭。他坐在那里，两眼望着院子，试图解读周围的气氛。他觉得过往的人都在注视他，一会儿又觉得这些人可能在尽力不去看他。他半大声地自言自语说这种想法会要了人命。过了一会儿，他又说这样自言自语同样也会要了人命。

又过了一会儿，他猛地从睡意蒙眬中惊醒过来，抬起了一只手。想不到自己会在这个地方坠入梦乡，真是可怕。

他目测了一下前面大墙阴影的宽度，估计半个大院被阴影笼罩时是四点钟左右。不久之后，他站起身来朝鲍蒂斯塔兄弟坐着的地方走去。

福斯蒂诺抬头看了他一眼，打着手势让他走过去。他告诉约翰·格雷迪稍微靠左迈上一步，接着又告诉约翰·格雷迪他就站在那东西上面。

他刚要低下头去看，但立刻止住了。福斯蒂诺向他点了点头说："请坐下吧！"

约翰·格雷迪坐了下来。

"那儿有条细绳。"他低头去看，发现脚底下有一根细绳，接着用手一拉，沙石下面露出一把小刀。他将小刀藏在手中，又连忙塞在裤腰带内侧，然后站起来便离开了。

这可比他想象得要好，是一把墨西哥制的弹簧刀，柄已失落，透过外镀层可依稀看见衬垫的黄铜。他解开缠在小刀上的麻线，用衬衣擦了又擦，吹一吹刀槽，并在靴后跟上敲了敲，接着又吹了一遍。他按下按钮，只听"咔嗒"一声，这折刀就打开了。他把手腕上的一绺汗毛弄湿，试试刀刃是否锋利。他单腿站着，另外一条腿搭在站立腿的膝盖上，在靴底板磨刀。正在这时，忽然听到有人走过来的声音，他立刻将小刀折起，放回口袋，转身走开。从他身旁走过的两个人正要去脏兮兮的破厕所，他们一边走一边向约翰·格雷迪挤眉弄眼地笑。

半个小时之后,晚饭号响了。他等到最后一人进入食堂大厅,才走进去,端起了托盘去排队领饭。由于这天是星期日,许多犯人已经吃过了妻子或家属送来的美餐,大厅里空了一半。他转过身来站定,手里端着托盘,上面放着菜豆、玉米饼及说不出名字来的杂碎炖菜。他选了一张在角落里的餐桌,那里有一个年龄比他稍大的小伙子正独自坐着,一边吸烟一边喝杯子里的水。

　　约翰·格雷迪站在餐桌远端,放下托盘,说了一声:"请原谅!"

　　那个小伙子瞥了他一眼,从鼻孔里喷出两缕青烟,他点了一下头就去端杯子,这时只见他的右前臂内侧刺有文身,一只被大蟒盘绕着的青色美洲虎正在奋力挣扎。他的左手大拇指肚上刻有美籍墨西哥少年犯的十字形标记以及其他五个印记,除此之外,再没有什么异乎寻常的特征了。但是约翰·格雷迪刚一坐下,立刻就意识到为什么这个人独自进餐了。然而,这时再起身为时已晚。他便用左手拿起餐勺开始吃饭。这时,他听见食堂的大门"咔嗒"一声关上了,声音甚至大得压过了餐勺与金属托盘碰撞的响声。他向大厅前面望去,发现那儿已经不再有人给饭了。两名士兵也走掉了。他继续吃饭,只觉得心脏怦怦地剧烈跳动,口中干燥,食物味同嚼蜡。这时他从衣袋中拿出刀子别在腰间。

　　小伙子捻熄了烟,将杯子放在托盘上。这时,监狱大墙外的大街上传来一阵阵狗吠声和女商贩叫卖商品的声音。约翰·格雷迪意识到，要不是这大厅死一般的静寂，他是不会听到大街上的喧嚣声的。他悄悄地紧贴着腿，将弹簧刀打开拉长了，别在腰带扣下。小伙子站在那里，跨过长椅，端起托盘转身沿着餐桌向另一侧走去。约翰·格雷迪左手握着餐勺，右手紧握托盘。小伙子走到他的对面没有停步便过去了。约翰·格雷迪低头偷盯着他，小伙子转到餐桌的远端蓦地转身，举起托盘猛地照约翰·格雷迪头上斜劈下来。这一切举动都没有逃过约翰·格雷迪的眼睛。袭来的托盘边缘径直向约翰·格雷迪的眼睛劈来。托盘里的锡杯稍稍有点倾斜，杯里的汤匙微微翘了起来，在空中几乎纹丝不动。小伙子油腻的黑发披散在他那张楔形的脸上。这时约翰·格雷迪也顺手将自己的托盘扔过去，那袭来的托盘一角将约翰·格雷迪的托盘的底部砸了一个凹痕。约翰·格雷迪跟跟跄跄地向后退，跨过长椅又挣扎着站起来，他还以为落下的托盘会与餐桌碰击而砰砰作响，但小伙子并未扔出托盘，反而沿着长椅的侧边走来，再一次将托盘举起向约翰·格雷迪的头上狠劈过来。约翰·格雷迪继续后退，举起托盘挡住对方的袭击，这时两个托盘相撞发出一阵阵叮当的声音。他这时第一次发现小伙子在托盘遮掩下，手握匕首直刺过来，那匕首好像阴冷而坚硬的蝾螈，正想方设法钻到他体内寻求温暖。水泥地板上撒满的饭渣残汤使约翰·格雷迪滑了一下，他立即跳到一边，一手从腰带中抽出刀子，一面挥动着托盘，反手劈去，正好击中对方的前额。小伙子吃了一惊，企图以托盘挡住约翰·格雷迪的视线。约翰·格雷迪退后了几步，直到背靠着墙，又闪避到一侧，抓起托盘向小伙子的托盘砍去，想要击中他的手指。小伙子在约翰·格雷迪与餐桌之间跳来闪去，他一脚踢倒身后的长椅，托盘噼里啪啦的撞击声打破了大厅的沉寂。小伙子额头被打破，鲜血顺着左眼角流下来。他再次扬起托盘，距离如此之近，约翰·格雷迪都嗅到了对方身上的气味。小伙子用托盘佯攻时，忽然抽出刀直向约翰·格雷迪的胸口处刺来。约翰·格雷迪立即用托盘挡住，弓着腰沿墙来回移动，同时紧紧地盯着对方那对黑眼珠。小伙子一言不发，动作准确灵活，身手不凡。约翰·格雷迪意识到对方是别人雇来的杀手。他挥起托盘，连续向小伙子头上砸去。对方迅速俯身闪避，抽身便又向约翰·格雷迪扑上来。约翰·格雷迪抓住托盘，沿墙来回跳跃挪动。他用舌头舔了一下嘴角，尝到一股血腥味，他知道自己脸部已经受伤，但尚不知伤势如何。他知道小伙子准是个颇有名气的杀手，因而才被雇佣。他脑子里忽然闪过一个念头：说不定自己会在此地丧命。他望着小伙子的一双黑眼珠，它们那样深不可测，里面闪烁着一股冷冰冰的、茫然无神的凶光，反映出那青年罪恶的经历。约翰·格雷迪沿墙躲闪跳跃，用托盘向小伙子斜劈反攻。他的上臂外侧及前胸下部均遭刀伤。他转过身来，举起刀，向小伙子连刺两次。小伙子脚步轻盈，行动柔若无骨，只见他轻轻一闪，避过了刀锋。那些坐在桌边的人看见这场恶斗逼到眼前，个个如惊弓之鸟一般，悄悄地离开长椅退开。约翰·格雷迪又转过身来，举起托盘向小伙子乱砍。小伙子身体做下蹲状，双臂伸开，两条细罗圈腿支撑着瘦弱的身子，如同黝黑体弱的侏儒弯腰蹲踞在那里。只见尖刀从他胸前划过几个来回，那小伙子身手敏捷，变化神速，一会儿悄然地弓腰，一会儿有气无力地迂回着逼近。他们两人彼此都紧盯住对方的眼睛，以判断死神是否来临。他们过去看到过死神，他们知道死神降临时眼睛如何失色，而人会变成一副什么模样！

突然，托盘"当啷"一声落在瓷砖地板上，约翰·格雷迪意识到是自己失手掉落的。他用手摸摸衬衣，黏糊糊地沾满了鲜血，便又在裤腿处擦了擦手。小伙子举着托盘，遮住约翰·格雷迪的视线，使他看不见自己的动作。他那种架势仿佛在恳求对方浏览一下公文，可是这个托盘由于成千上万次的使用，已然坑坑洼洼、斑痕累累，除此之外并没有什么可看的。约翰·格雷迪渐渐朝后退却，最后便慢慢地坐在地上。他两腿蜷曲着歪在身下，颓然地倒在墙边，两只胳膊软软地垂在身体两旁。小伙子把托盘放低，轻轻地放在桌子上。忽然，他哈下腰猛地拽住约翰·格雷迪的头发，逼他头向后仰，要割他的喉咙，这时约翰·格雷迪迅速地从地上拾起刀子，猛地朝对方胸口刺去。刀尖扎进小伙子的心脏，他又将刀把向侧面一扭，刀刃顿时在小伙子的体内折成两半。

那小伙子的匕首也"当啷"一声落在地上。从他蓝色工作衫左面口袋用以别红花的扣眼里，喷涌出一团亮晶晶的鲜血。他两膝一软，一头栽倒在对手的臂弯中。大厅里有几个人在观望着这场恶斗，他们转身准备离开，就好像剧院观众急切地想避开拥挤的人群一样。约翰·格雷迪扔下刀把，推了推耷拉在胸前的那个油腻腻的脑袋。他滚到一边，摸索着找到小伙子那把匕首。他推开尸体，抓住桌角，挣扎着站起身来。他身上的衣服因浸满血而下垂着。他顺着餐桌慢慢向后退，转过身来跌跌撞撞地走向大门，拉开门闩，就摇摇晃晃地消失在深蓝色浓重的暮霭中了。

食堂大厅里的灯光射向院子里，照射出一道狭长的光带。随着那几个来看他的人来到门口，那光影不停地晃动，在暮色中光线逐渐变暗。没有人随他走出大厅。约翰·格雷迪手捂着肚子，小心翼翼地向前拖着脚步。沿着监狱高墙设置的探照灯随时都可能亮起来，鲜血在靴子里随着他迈步向前而噗唧噗唧作响。他瞧瞧手中的匕首，便随手扔掉了。第一声号角就要吹响，沿墙的灯即刻就要亮起来。他感到头晕眼花，但奇怪的是并没有疼痛感。手上因沾着血污而发黏，鲜血还不断地从捂着伤口的手指间徐徐流出。灯光马上就要亮起来了，号角马上就要吹响了。

他向第一个铁梯子走去，半路上，一个高个子忽然从后面赶上来与他搭讪。他蜷缩着身子转过身来。在昏暗的灯光下，人们或许看不清他衣衫破碎、血迹斑斑的样子，看不见他手中没有匕首。

"来，我们一道走吧！"高个子说道，"好不好？"

"甭操心，我一个人走。"

一排排灰色的监狱大墙向青蓝色天际延伸，远处传来一阵狗吠声。

"我们老板愿意帮助你！"

"你说什么？"

高个子走到他的面前说："我们一起走吧！"

这是佩雷斯手下的人。他伸出手来，但约翰·格雷迪却后退了几步。他的靴子在院中干燥的地面上留下了血污的痕迹。灯就要亮起来，号就要吹响了。他转身要走，可是双膝不停地打战。他跌倒在地，费力地从地上爬起来，那个人赶紧上前扶他一把，他扭转身从那人手中挣脱开，又跌倒在地。他顿时感到天旋地转，跪在地上，撑着要站起来。血从伸开的手指间渗出。监狱黑暗的高墙向后滑开，青蓝色的天空颜色变深。他侧卧在地上。那个人俯下身子，吃力地将他扶起来，穿过院子，一直送到佩雷斯的房中，并用脚在身后把房门关上。这时，灯亮起来了，号也吹响了。

他在一个石头房间里苏醒过来。房间里一团漆黑，有一股消毒剂的药味。他伸出手去探摸，看能触到什么东西，一下子感到浑身疼痛难忍，仿佛有什么东西蜷缩在那里，暗中等着他去拨弄。他将手放下，转过头来，看到一条细细的亮光。他屏气倾听，但没有听到任何声音。他感到每吸一口气都如同刀割一般疼痛，又过了一会儿，他伸出手摸到了牢房阴冷的墙。

"喂！"他喊了一声，声音尖细又虚弱无力。他的脸扭曲而僵硬。他又喊了一声："喂！"那里一定有人，他能感觉到他们的存在。

"谁在那里？"他叫道，但无人回答。

那里一定有人，而且是一直在那里的。可现在怎么竟没人了呢？那里应该有人，他们一直在那里，并没有离开呀！现在怎么连个影儿都不见了呢？

他又瞧了瞧那条亮光，原来是从门缝底下透进来的光。他侧耳倾听，屏住呼吸。因为房间狭小，如果有人在黑暗中呼吸，他是能够听见的。然而房间里鸦雀无声。他怀疑自己是否还没有死去。在绝望中，他感到心中油然升起一股悲伤的情绪，宛如要放声啼哭的孩子。然而他刚要哭泣，就感到疼痛难忍，于是索性作罢，调匀呼吸，慢慢地又开始了新生。

他知道，自己应当爬起来，试将房门打开。可是之前的准备工作就费了好长时间。他先是匍匐着向前移动，猛的一下子从床上爬起来，随之而来的疼痛使他惊异。他躺在床上喘息着，又伸开手臂去够地板，手臂在床前悬荡着。他将腿缓缓挪动出床边，撑起身子来，一只脚够着了地，然后便支着胳膊肘歇了一会儿。

他到了门口时发现门已上锁。他站在那里，感到脚下的地面格外冰凉。他觉得浑身好像被什么东西捆绑得紧紧的，伤口又开始流血。他能感觉到血在流出来。他站着将脸紧贴在凉凉的铁门上，感到脸上扎的绷带触到了门，用手摸了摸，同时他觉得嗓子干渴得要命。歇息了大半天，他才转身回去。

门打开时，灯光耀眼。在灯光下站着的不是身穿白大褂的护理人员，而是个送饭的。他穿着皱巴巴、满是污垢的咔叽布衣服，手里端着一个金属托盘，上面放着两匙容量的猪肉碎玉米汤，汤洒了出来。盘中另有一杯橘子汽水。看样子这个人的年龄比约翰·格雷迪大不了多少。他端着托盘背着身子走进房间，接着又转过身来，眼睛环顾四周，只是没有往床上看。房间里空空如也，除了床之外，地板上只放着一个铁桶，托盘无别处可放，只能放在铁桶上了。

这个人走到约翰·格雷迪跟前站定，他立刻显得神色不安，咄咄逼人，他用托盘示意约翰·格雷迪走过去。约翰·格雷迪转过身子，面向那人，试着撑起身子来。他的前额渗出了汗珠。污血早已渗进他身上的粗棉布袍，血迹变得都干硬了。

"请给我杯饮料，"他说道，"别的就不要了。"

"别的不要了？"

"不要了。"

那人递给他一杯橘子水，他接过来，坐在那儿捧着杯子。他环顾这间石头砌成的房子，头顶上有一盏电灯套在金属丝做的笼子里。

"请打开灯！劳驾！"他说道。

那人点一下头便向房门走去，转身将门关上，在黑暗中只听门闩发出"咔嗒"一声，灯接着就亮起来了。

他屏息静听着那人沿着走廊离去的脚步声，接着周围又恢复了宁静。他端起玻璃杯，慢慢地啜饮着橘子汽水。这是一种微温、稍微带点泡沫的饮料，倒还香甜可口。

他一连在床上躺了三天。睡了又醒过来，醒过来又睡去。

有人熄灭了灯，他再次醒来时，周围是一片黑暗。他大声呼叫但无人搭腔。他想起了住在戈西的父亲，他明白了父亲所经受过的那可怕的磨难。过去他一直认为自己并不想知道这一切，其实他心里是想知道的。黑夜里，他躺在床上，思索着那些他所不知道的有关父亲的事，他明白了他过去认识的父亲是他所能够认识的父亲。他不愿再苦苦想念阿莱詹德拉，因为他知道未来吉凶难卜，因此最好暂时把她放在一边。此刻他日夜牵挂的不是别的东西，而是那几匹马。过了一会儿，有人将灯打开，此后灯就一直未关。也不知什么时候，他又昏昏睡去。醒来时，他仿佛记得，梦里看见了死人的骷髅站在周围，那深陷的黑眼窝，空虚到底，在里面却蕴藏着人所共知但无人敢说的可怕智慧。他醒来后，才知道曾有人在这间屋子里断送了性命。

房门再次打开的时候，被让进房间的是一个身着蓝色套装的男人。男人手里拎着皮包，对他笑了笑，便询问他的健康状况。

"身体比过去好多了。"约翰·格雷迪答道。

那人又笑了笑，将皮包放在床上。他打开皮包，掏出一把外科手术用的剪刀，再将皮包推到床脚，然后将血污的被单扯下。

"请问，你是谁？"约翰·格雷迪问道。

那人看上去大为诧异，答道："我是医生。"

医生推着剪刀将血污的纱布剪开，剪刀尖端触及皮肤给人一种凉飕飕的感觉。医生从他身底下扯出包扎的敷料，仔细地察看伤口的缝线。

"伤口还好！"医生说道，同时用两个手指按了按伤口的缝合处说，"还好！还好！"

医生用消毒剂清洗伤口缝合处，垫上一块纱布敷料，并帮助约翰·格雷迪坐起身来。他又从皮包里拿出一大卷纱布，在约翰·格雷迪的腰部缠绕包扎起来。

"把你两手放在我的肩膀上。"医生说。

"你说什么？"

"把手放在我的肩膀上，没事！"

约翰·格雷迪将两手放在医生的肩膀上，医生给他包扎好伤口。

接着，医生站起身来，扣上皮包，瞧着伤员说："过一会儿，我打发人给你送肥皂和毛巾来，这样你可以冲洗一下身子了

"好吧！"

"你的身体康复得很快。"

"你说什么？"

"我说你身体恢复得很快。"医生点点头微笑着，说完话就转身走出了房门。约翰·格雷迪没有听见他关门的声音，不过房间里再也没有第二个地方可供出入了。

下一个来访的是个他未曾谋面的人。他身穿一套好像军服一样的制服。引他进屋的士兵关上房门后就站在门口守候。这位客人没做自我介绍便径直走进房间，站在约翰·格雷迪的床边，摘下帽子，好像对一位负伤的英雄表示敬意似的。他接着从束身紧上衣的胸部口袋中掏出一把木梳，将油亮的头发两边梳理一下，然后又将帽子戴上。

"你还要多久可以下床走动？"

"这要看让我走多远了。"

"走到你的住房。"

"我现在就可以走给你看。"

这位客人撇着嘴，注视着他。

"你走两步，让我瞧瞧。"

约翰·格雷迪将被单掀在一旁翻一个身，迈腿下床。他在地上踱来踱去，两脚在发亮的地板上留下的湿乎乎的足迹不到一会儿就消失不见了，就像人世间的琐事发生与消失只在一瞬间一样。他前额上渗出的汗珠儿还亮晶晶地挂在那儿。

"你们是幸运的小伙子！"

"我不觉得自己有多幸运。"

"你够幸运的了！"那人说完话，点点头就离开了。

约翰·格雷迪入睡后又醒过来。他只能通过用餐来判断白天与黑夜。他吃得很少，后来他们给他送来半只烤鸡、一点米饭、两盒罐头梨。他咬一口食品，慢慢地咀嚼着，细细地加以品味，一面设想着一面又排除着外部世界发生的种种情况。这种种情况或许已经发生，或许正在发生。他仍然在想，说不定什么时候会被带到小广场上处决了呢。

他不停地在房间内踱来踱去，练习走路。他用衬衣袖子去擦拭盛食品的托盘的底面。他又站在房间中央的电灯下面，仔细端详着从翘起的钢板上朦胧映出的自己的面孔。这面孔因受伤而显得狰狞可怕，如同伊斯兰教传说中怒气冲天的神怪一般。

他将脸上的绷带一层层剥下，仔细察看了伤口缝合处，并用手指抚摸着伤口。

他再次醒来时，那个专为囚犯传递信件的人已经打开房门站在那儿，怀里捧着一堆衣服和他的靴子，他将东西放在地板上，说了句"请吧！这些是你的衣服"后，便又关上了房门。

他脱下衬衫，用肥皂和一块破布擦洗着身子，再用毛巾把身体擦干，然后穿上衬衣和靴子。靴子上的血迹已被人擦拭干净，但仍然有些湿，他试着再将皮靴脱下来，但没能成功，便索性穿着皮靴和衣而卧，听天由命了。

两个士兵走来，他们站在敞开的门口等着他，约翰·格雷迪起身走了出来。

他们沿着走廊，穿过小院，便进入这座建筑的另一部分，又继续沿着另一条走廊来到一个房门口。士兵们先轻轻地敲了一下，便推开了门，其中一个士兵向约翰·格雷迪示意让他进去。

房间里，一位长官正坐在写字台旁。此人正是曾去过约翰·格雷迪的牢房，看他能否下地走路的那位军人。

"你请坐吧！"长官说道。

约翰·格雷迪便坐了下来。

长官打开抽屉，拿出一个信封口袋，隔着桌子递给他。

"这是给你的。"

约翰·格雷迪接过信封。

"罗林斯在哪儿？"

"你说什么？"

"我的那位伙伴在哪儿？"

"你的朋友？"

"是的。"

"他正在外边等候。"

"我们要去哪儿？"

"你们就要离开了，离开这里回家。"

"什么时候？"

"你说什么？"

"什么时候？"

"你们现在就可以走了，我不想再看到你们。"

长官向他挥了挥手，约翰·格雷迪一只手扶在椅背上站起身来，转身便走出门外。他和士兵顺着门廊过道，穿过办公室来到大门口。罗林斯穿着同他一模一样的服装，正在那里等候他。五分钟之后，他们已经走出了这座高墙围着的监狱的大铁门，来到外面的大街上了。

街上停着一辆公共汽车，他们俩吃力地爬了上去。他们穿过车上的过道时，带着空篮坐在那里的几位妇女柔声地向他们打招呼。

"我还以为你死了呢！"罗林斯说道。

"我当你也一命呜呼了呢！"

"到底发生了什么事？"

"我会告诉你的。不过还是让我们先在这里坐上一会儿，先别说话，就坐在这里真正地安静一会儿。"

"怎么样？你一切都好吧？"

"还好，还算不错。"

罗林斯转身向车窗外望去，天空灰蒙蒙、阴沉沉，一片安谧宁静。大街上，开始有雨点落下来，雨点拍打着车顶，宛如教堂响起的钟声，令人倍感孤寂。大街另一端教堂圆顶的拱壁和钟楼的尖塔都遥遥在望。

"我这一辈子，一直感觉到，麻烦总是近在咫尺。不是我自寻烦恼，但烦恼总是不寻自来。"

"我们还是在这里安静地坐一会儿吧！"约翰·格雷迪说。

他俩坐在车上，望着窗外的蒙蒙细雨。那几位妇女坐在那里一声不响。车窗外，天空阴云密布，没有太阳，就连太阳躲在云层后面发出微光的地方也消失不见了。中途又有两名女乘客上车。汽车司机待她们坐定，便关好车门，透过车镜观察一下车尾的情况，便挂挡将车徐徐启动。车上有几位女乘客用手擦拭着车窗玻璃，眯缝着眼睛，向后观看那座矗立在灰蒙蒙的雨天中的墨西哥监狱。高墙内囚着犯人，但从外表看起来，监狱如同远古时候古老国家所建造的围城一样，那时的围城目的在于抵御外来敌人的侵犯。

汽车只差几个街区就要驶进市中心了。车一抵站，他们就走下汽车，舒展一下自己，发现广场那边早已是一片灯海。他们俩慢慢地踱到广场北侧入口处，伫立在路边，眺望着雨景。不远处，有四个穿着栗色条饰图案服装的男子，手里拿着乐器，紧挨墙根儿站着。约翰·格雷迪瞧瞧罗林斯，只见他穿着皱巴巴的衣裳，没戴帽子，显出茫然若失的神情。

"我们弄点吃的吧。"

"可是我俩没有钱啊！"

"我有钱。"

"你在哪儿弄的钱？"

"我有满满一信封的钱。"

他们走进一家餐馆，在一个单间坐了下来。侍者走来将菜单送到跟前让他们点菜，就又走开了。罗林斯的目光仍然望着窗外。

"来点牛排吧。"约翰·格雷迪说。

"好吧！"

"我们先吃饭，再租个房间，冲个澡，然后美美地睡一觉。你看好不好？"

"好。"

他要了两份牛排、炸土豆片和咖啡。侍者点点头，并将菜单拿走。约翰·格雷迪站起身来，慢慢地向柜台走去。他买了两盒香烟和两盒一美分一包的火柴。坐在别的餐桌的人们望着他从餐厅中间穿过。

罗林斯点燃了一支烟，瞧了瞧约翰·格雷迪。

"我真纳闷，我们怎么会死里逃生呢？"

"她花了一大笔钱把我们给赎出来了！"

"你指那位老夫人？"

"对，那位姑婆。"

"这是怎么回事？"

"我也不知道。"

"你说是从她那儿得到的钱？"

"是的！"

"我看一定与你那位姑娘有关，对吗？"

"但愿如此。"

罗林斯还在不停地吸着烟，他向窗外望着。这时，外面已然一片漆黑，街道因下过雨变得湿漉漉的，路面上黑暗的小水坑映照出广场和餐馆中的灯火。

"没有其他解释，对吗？"

"没有。"

罗林斯点点头，说："我本来可以从他们拘留我的地方偷偷溜掉的，那个地方不过是个病房而已。"

"那你为什么没有溜掉呢？"

"我自己也不知道，你可能觉得我真是笨得可以，对吗？"

"我说不上来，或许你说得对。"

"如果你处在我的境地，你会怎么办？"

"我决不会丢下你一个人走掉。"

"我知道你不会的！"

"但这不能说明我不蠢啊。"

罗林斯听了几乎要笑出来，他随即转过脸去，望向别处。

这时，侍者送来了咖啡。

"我待的那个地方有位老兄，"罗林斯说，"被打得遍体鳞伤。

他并不见得是个坏人，星期六晚上想用口袋里的几块钱——比索出去。真他妈的可悲。"

"后来怎样了？"

"他死了。人们把他抬出去时，我想，要是他本人能看到这个场面，一定会觉得很离奇吧。它发生在我身上，但那并不是我。哪个人也不愿意死，对吗？"

"当然。"

他点一下头继续说："他们将墨西哥人的血输到我身上了。"

约翰·格雷迪抬起头，点燃了烟，把火柴抖灭，扔进烟灰缸里，望着罗林斯。

"怎么说？"

"什么怎么说？"罗林斯说。

"是什么意思？"

"意思是说我成了墨西哥混血儿吗？"

约翰·格雷迪用力吸了一口烟，身体向后仰靠着，口中喷出一缕白烟。

"你说是墨西哥混血？"

"是的。"

"他们给你输了多少血？"

"据说有一升多。"

"一升多多少？"

"我也说不上来。"

"我看一升血足可以使你成为墨西哥混血儿了。"

罗林斯望了望他，问道："不会的，真会这样吗？"

"见鬼！这当然没关系啦。血液就是血液，它也不知道自己从哪儿来的。"

他们吃着侍者送上来的牛排。约翰·格雷迪一边吃一边望着罗林斯，而罗林斯也抬眼望着他。

"什么？"

"没什么。"

"离开了那个鬼地方，你应该感到高兴才是。"

"我何尝不是这么想。"

罗林斯点头说："对！"

"你下一步打算怎么办？"

"回家。"

"那好吧！"

他们继续吃着。

"你还打算回到那个地方去，对吗？"罗林斯说。

"我想是的。"

"是因为你那位姑娘吗？"

"是的。"

"那么那些马呢？"

"姑娘和马都叫我牵肠挂肚。"

罗林斯点点头，又说："你认为那姑娘也在盼着你归来吗？"

"这个我倒说不好！"

"我认为那位老夫人见到你一定会大吃一惊的。"

"不会的，她是一位精明强干的女人。"

"罗查先生怎么样？"

"他该做什么就做什么吧！这个我可管不着。"

罗林斯在椭圆形大浅盘子里那些剩骨头旁边放下一枚银币，然后又掏出香烟来。

"我劝你不要再去那儿了！"

"不！我已打定主意。"

罗林斯点着烟，抖灭了火柴，抬起目光。

"我认为，你那位姑娘与老夫人之间已达成了唯一一种交易。"

"我明白。不过，她应该亲自跟我讲才是。"

"如果她跟你讲了，你还愿意再回来吗？"

"我会回来的。"

"那好吧。"

"再说我还想要那几匹马呢。"

罗林斯摇了摇头，目光又移向别处。

"我并没有让你同我一道去。"约翰·格雷迪说。

"这个我明白。"

"你会一切顺利的。"

"是的，这个我知道。"他说。

他又弹了弹烟灰，用手掌根揉了揉眼睛并望着窗外。外面还在下雨，路上已看不到行人和车辆。

"远处那个孩子在吆喝着卖报纸，可街上连个人影都没有。

他只能在衬衣下面夹着报纸站在那儿。扯着嗓门喊也无济于事。"

他用手背擦了擦眼睛。

"嗨！真他妈的！"

"你说什么？"

"没说什么，一切全是他妈的扯淡！"

"你怎么了？"

"我心里总想着布莱文斯。"

约翰·格雷迪默不作声，罗林斯转过身来瞧了瞧他。他神色忧郁，眼睛湿润，似乎显得比过去苍老了许多。

"我真想不到,那伙人把布莱文斯带出去,就那样把他干掉了。"

"是啊。"

"我一直想，布莱文斯当时一定吓得要命吧。"

"你回到家里，就会感到好受些了。"

罗林斯摇了摇头，又将目光转向窗外，说："不见得吧？"

约翰·格雷迪一边吸烟，一边望着罗林斯，又过了一会儿，他说："我可不是布莱文斯！"

"我知道你不是布莱文斯，但我想不出你现在的处境究竟比布莱文斯好多少！"

约翰·格雷迪捻熄了烟，说道："我们还是走吧！"

他们在一家杂货店买了牙刷、肥皂和刮脸刀片，又在距此两个街区之遥的阿尔达玛大街找到一家旅馆租了个房间。房门钥匙拴着一个小木块，上面刻有用金属丝烙成的房间号码。他们从砖砌的旅馆院落里穿过，这时，天还下着蒙蒙细雨。他们找到了房间，推门进去，打开了电灯，这才发现房间里有一名男子从床上坐起来，瞧着他们。他们随即关上电灯，退出房门，将门关上，回到旅馆服务台又另换了一个房间。

新换的这个房间的墙壁是浅绿色的。屋角有间淋浴室，铁环上挂着油布帘子。约翰·格雷迪拧开淋浴器，过了一会儿，水管中就流出了热水，他赶紧又关上。

"你先去冲洗一下吧！"

"不，还是你先去洗吧！"

"我还得将包扎伤口的纱布解下来。"

罗林斯开始冲澡，约翰·格雷迪坐在床上，一层层地剥下包扎伤口的绷带。罗林斯洗完关上水，将帘子拉开，用绒毛已磨光的破毛巾揩干了身子。

"你我两人都不是坏人，对吧？"

"没错。"

"你怎么才能拆掉这些伤口的缝线呢？"

"我想得请一位医生帮忙。"

"拆线比缝合伤口还疼。"

"对。"

"你知道？"

"是的。我知道。"

罗林斯将毛巾裹在身上，坐在对面床上。桌上放着一个塞满钞票的信封。

"信封里面装着多少钱？"

约翰·格雷迪抬起头说："不知道，不过肯定比老太太送过来时要少，我敢肯定。你来数数看。"

罗林斯拿过信封，坐在床边点钞票。

"一共九百七十比索。"

约翰·格雷迪点点头。

"换成美元是多少？"

"大约相当于一百二十美元。"

罗林斯拿起一捆钱，轻轻在玻璃板上码了码，便又将钱放回信封里。

"把这钱分成两半，咱俩分吧！"约翰·格雷迪说。

"我不需要钱。"

"你需要，拿着吧。"

"我直接回家，不用钱。"

"用不用钱都没关系，这钱一半归你了。"

罗林斯站在那里，将毛巾搭在铁床架上，又拉拉床罩，说："我认为，你在路上倒是随时随地都需要用钱。"

约翰·格雷迪走出淋浴间时，还以为罗林斯早已入睡，实际上罗林斯根本不曾合眼。他走过去关上电灯，然后便爬上床舒舒服服地躺下休息了。夜深人静，他在黑暗中倾听着街上传来的各种嘈杂声，以及雨点敲打着院中地面的声音。

"你还坚持做祷告吗？"

"唉，有时候。我想我已经不知不觉忘掉这个习惯了。"

罗林斯沉默了良久，然后说："你所干过的最糟糕的事是什么？"

"说不上来，不过我想，如果我真的干了什么坏事，我倒宁愿不去讲它。你干吗问起这个来了？"

"我也不知道为什么。我在医院里接受治疗时，心里总在想，我若是命中注定不该到这里来，我就不会来这里的。你也曾这样想过吗？"

"偶尔也想过。"

他们在黑暗中躺在床上，侧耳倾听。有人从院中走过，并听到一扇门开了又关上的声音。

"你干过什么坏事没有？"约翰·格雷迪问罗林斯。

"有一次，我和拉蒙特开着一辆小吨位载货汽车去斯特林镇，将车上装载的饲料卖给了墨西哥人。我俩将货款独吞了。"

"这还算不上我听说过的最坏的事情呢。"

"我还干过别的坏事。"

"你要是愿意继续聊，那我就再点一支烟。"

"我不想再说话了。"

在黑暗中，他们静静地躺着。

"你知道我所遇到的那些事吧？"约翰·格雷迪问。

"你指在食堂里那一次？"

"是。"

"我知道了。"

约翰·格雷迪伸手从桌上取下烟盒，点上了烟，并将火柴吹灭。

"我从来也没想过会这样干。"

"你当时别无选择！"

"我还是没想到会这样。"

"是他先对你下手的。"

他又深深地吸了一口烟，在黑暗中喷吐着看不见的烟雾。"你大可不必尽力说这事干得在理。事情该怎样就怎样好了。"

罗林斯没有吱声。又过了一会儿，他问约翰·格雷迪："你从哪儿弄到那把刀的？"

"从鲍蒂斯塔兄弟那儿买来的。我是用仅剩的四十五比索买下来的。"

"那是布莱文斯给的钱，对吗？"

"对！正是他的钱。"

罗林斯侧着身子躺在床上，他透过黑暗瞧着约翰·格雷迪。格雷迪每吸一口烟，那烟头就亮起一个深红点，在这一刹那的闪亮中，他那带着手术缝线的面颊在黑暗中浮现出来，活像那种表情木然、经人修补过的舞台面具，然后又消失不见了。

"我当时买这把刀的时候，就知道它会派上什么用场。"

"我真不知道你错在哪里。"

烟头又是一亮一暗。"我知道，"他说，"但是事情不是你做的。"

翌日清晨，雨又下起来。这时，他们站在那家餐馆外面，手拿牙签在剔牙，同时观看着雨点敲打着广场的路面。罗林斯仔细地在镜中端详自己的鼻子。

"你知道我最讨厌的是什么？"

"讨厌什么？"

"我就讨厌这副模样在大房子里露面。"

约翰·格雷迪瞧了瞧他，转过脸去，说："我不怨你。"

"你看起来也好不到哪儿去。"

约翰·格雷迪咧开嘴笑了，说："我们走吧！"

他们在维多利亚大街的男子服装商店购买了新衣服和帽子，换上新装后走上大街。他俩冒着蒙蒙细雨来到公共汽车站，为罗林斯买好了开往努艾渥拉雷多镇的车票。他们两人身穿笔挺的新衣服坐在汽车站咖啡馆里，将新买的帽子反着放在旁边的两把椅子上，喝着咖啡。这时听见扬声器正播放汽车的开车时刻。

"现在广播的正是你要搭的那班车。"约翰·格雷迪向罗林斯说道。

他们站起身来，戴上帽子向检票口走去。

罗林斯说："我想过些日子我会去看你的。"

"你多保重！"

"你也要多保重。"

罗林斯转身将车票递给汽车司机，司机用剪票夹在车票上打孔后，又将车票还给他。他吃力地爬上了汽车，沿着车厢过道向里走。站在车下的约翰·格雷迪，两眼一直盯着罗林斯，满以为罗林斯会选一个紧靠车窗的座位坐下，却不料罗林斯坐在了汽车的另一侧的座位上。约翰·格雷迪在那儿站了一会儿，便转过身往回走，穿过车站来到大街上，又顶着蒙蒙细雨，慢慢地向旅馆走去。

在此后的几天，他按着名册上外科医生的居住地址，走遍了这座荒凉的高原小城，也没找到一位外科医生能按他的要求给他拆线。结果，他跑得疲惫不堪，心力交瘁。这个城镇的大街小巷都留下了他的足迹。他跑了一个礼拜，直到周末，才终于找到了一位医生，把他面部的伤口缝线彻底拆除了。当时，他坐在诊室里常见的金属椅子上。外科医生用剪刀和夹钳为他拆线时，嘴里还哼着小调。医生告诉他不要总观察伤痕，随着时光的流逝，伤痕自然会平复的，外观也逐渐会改善的。接着医生又用绷带将伤口包扎起来，向他索要了五十比索。此外，还告诉他五天后再来复诊，届时再为他拆除肚皮伤口的缝线。

一周过后，他搭乘一辆驶往北方的平板载货卡车离开了萨尔蒂略镇。这一天，天气寒冷，阴霾笼罩。车板上面用锁链捆着一台大型柴油机。卡车穿过大街，颠簸起伏地向前疾驶着。约翰·格雷迪坐在车上用两手紧紧地抓住车板，以便保持身体平衡。过了一会儿，他将帽檐拉下遮住眼睛，站起来，两只手臂伸开放在司机棚顶盖上。他那种乘车的气派，宛如一个给乡民带来重要信息的大人物；又像是一个新近才被发现的、热衷于布道的福音派教徒，此刻正从山区乘车而来，穿过荒凉而又平坦的乡野，向着位于北部的蒙克洛瓦镇前进。

第四章

卡车沿途疾驶。车驶到巴里顿镇附近的一个十字路口时，搭载了五名农场工人。这些人爬上车厢，向约翰·格雷迪点点头，并谨慎小心地同他搭话，态度谦恭有礼。这时，暮色笼罩，天色渐暗，又下起小雨来。在车站黄色灯光映照下，可以看见这些农场工人浑身被雨淋得精湿，连脸上都是湿漉漉的。他们挤在柴油机架的前部，缩成一团。约翰·格雷迪给他们递上香烟，他们一一向他致谢，每人接过一支烟，用双手拢着那燃着的小火苗，以防被雨滴浇灭。点上烟后，他们再一次向他致谢。

"你是从哪儿来的？"他们好奇地问道。

"从美国得克萨斯州来。"

"得克萨斯？"他们问道，"你这是去哪儿？"

约翰·格雷迪猛吸一口烟，逐个儿地端详着这些人的脸。

他们当中年龄较大的一位瞧着他身上廉价的新衣衫，点着头说：
"他准是去探望他的女友！"

大家都热切地瞧着他。约翰·格雷迪点头说这位先生猜对了。

"啊！原来如此！"他们喊道，"那可太好了！"在此后的很长一段时间里，乃至许久许久以后，约翰·格雷迪的眼前仍经常浮现出这些人亲切的笑脸。他经常缅怀那种来自这些善良心灵的友好情意。他想到正是这种友好情意有力量保护人们的安全和利益，赋予人们荣誉并增强人们的意志。人们历尽艰辛而感到智穷力竭之时，这种友好情意便具有治愈创伤、给人们带来安全感的强大力量。

卡车终于启动了。他们见他仍然站在那儿，便让出他们的包裹请他坐下。他点头致谢后坐下，在卡车轮胎不断滚动的嗡嗡声中，迷迷糊糊地进入梦乡。过了一会儿，风止雨停，夜色清明。一轮皓月早已升空，卡车在公路两边层层高压电线网中疾行，宛如一颗孤零零的银色音符在这永恒不变、黑暗的夜空中闪现着光芒。在卡车疾驰而过的田野上，庄稼经雨水的滋润，长势青翠茂密，空气中不时飘来泥土谷物和胡椒的芳香，间或也可以嗅到马群的气味。卡车抵达蒙克洛瓦镇时，已是午夜时分。约翰·格雷迪同每位农场工人握手道别后，又来到卡车前向司机表示谢意，并向驾驶室内坐着的另外两名男子点头道别。他站在路边，目送着这辆卡车顺着公路驶去，直至车尾的小红灯在远方逐渐消失，只抛下他孤零零一个人在这夜幕笼罩下的城镇里。

这是一个温暖的夜晚，他躺在林荫道旁的长椅上露宿。第二天一早醒来时，一轮红日早已当空悬挂。大街上，一天的生意又开始了。身着蓝色校服的孩子们，正沿着小路去上学。约翰·格雷迪起身穿过大街向市区走去。女人们在忙着冲洗店铺前面的人行道。街头小贩正搭起货摊，摆好商品，准备出售，他们还不时地观望着天气。

　　约翰·格雷迪在位于广场附近背街的一家小餐馆内用了早餐，喝了一杯咖啡，品尝了一下当地的面包甜食小吃，接着在杂货店买了肥皂、刀片和牙刷，将东西放进上衣口袋后，便又沿着马路，起身踏上西行的征途了。

　　他有幸搭了一辆去弗罗泰拉市的汽车，又从那里转车去圣布埃纳文图拉市。中午时分，他在一条灌溉渠内洗了个澡，刮了脸，并洗了衣服。趁衣服未干之际，他铺开上衣躺在上面，在阳光下睡了一觉。灌溉渠的下游有一道矮小的木制的围堰。他醒来时，看见一群一丝不挂的孩子正在围堰内的小水潭内游水嬉戏。他站起身来，将上衣围着腰一裹，顺着堤岸走去，找个地方坐下观看孩子们在水中玩耍。这时，两个姑娘沿着堤岸小径走过。两人抬着罩上布的提桶，另一只手提着水桶，去给在田里劳作的农场工人送饭。约翰·格雷迪坐在那里，半裸着上身，肤色苍白，腹部还残留着鲜红色的伤疤。她们从他身旁走过时怯生生地向他微笑着。约翰·格雷迪悠闲地坐在堤岸上一边吸烟，一边望着孩子们在混浊的水潭内洗澡玩耍。

　　约翰·格雷迪脚踏着干热的路面向库阿特罗·西埃那卡斯

市前行。他走了整整一下午。路上邂逅的人没有不向他打招呼的。他路经田畴，看到男人和女人们在田间松土和锄草。正在路边劳作的人见他走来，都停下手头的工作向他点头致意，并说天气真好之类的话，彼此寒暄几句。傍晚，他与农场工人在宿营地共进晚餐。五六个家庭围坐在一起，餐桌是由几根被锯开的树干用大麻绳捆在一起系牢而成的。餐桌就搭在帆布大棚下边，这时晚霞正在消退，天边映着夕阳橘红色的余晖，一条条一道道的光影投射在人们的脸上、衣服上，随着他们的移动而变化着。女孩们将菜肴放在扁平托板上，托板由板条拼制而成，这样东西放在桌面上就不会倾斜歪倒。坐在餐桌尽头的那位老人正在为大家祈祷：他请求上帝记住那些已故的亡灵。同时，他要求聚集在此的活着的人应该记住人们食用的玉米谷物是承蒙上帝的旨意才得以生长结穗的。否则，不仅没有谷物，没有生物，也不会有阳光、空气和雨水，天地万物均将不复存在，整个宇宙将陷入黑暗的空间。祈祷完毕，大家才开始进餐。

主人们愿为他搭个床，但被他谢绝了。他告辞后，在黑暗中继续向前赶路，他走到一片灌木丛跟前，便躺下睡着了。早晨醒来，见到一群绵羊在路上走着。羊群后面，正驶来两辆卡车搭载着去田间干活的农场工。他走到路边，请求司机让他搭个便车。司机点头同意他上车，他沿着车身后退了一步，想纵身跳上正在行驶着的汽车，但试了几次，均未成功。车上农场工见此情景立即站起来，伸手拉他上车。就这样，搭顺风车或在更多的时候干脆步行，他越过纳达多雷斯一带低矮的山峦，走下低洼地，来到拉马德里镇；又穿过泥泞的草地，终于在当天傍晚，又一次进入了拉维加镇。

约翰·格雷迪在商店买了一瓶可口可乐，靠在柜台边一口气便喝光了，又要了第二瓶。女店员在一旁瞧着他，露出疑惑的神色。他看一下墙上的挂历，弄不清今天究竟是星期几了，便问女店员，女店员也说不知道。他将两个空瓶子靠拢放在柜台上，便大步流星地踏上泥土路，向着普利西玛牧场进发。

约翰·格雷迪离开这里已有七个星期，乡间的面貌变化很大，夏季已经过去了。马路上连个人影也看不到。他抵达牧场时，太阳已从西边的天际沉下去了。

约翰·格雷迪敲响了管家的房门，从过道上可以看见他们一家人正在吃晚饭。有个女人来应门，一瞥见是他，便又走回去叫阿曼多出来。阿曼多来到门口，站在那里，剔着牙。没有人请他进屋。

后来，安东尼奥走出来，他们两人便一道坐在用树枝搭成的凉棚下面吸烟。

约翰·格雷迪问道："谁在家里？"

"老夫人在家。"

"罗查先生在吗？"

"他在墨西哥城。"

约翰·格雷迪点点头。

"他和姑娘乘飞机去墨西哥城了！"安东尼奥用一只手做了个飞机飞行的姿势。

"他们什么时候回来？"

"我怎么知道！"

他们继续吸着烟。

"你的私人物品都在这里。"

"是吗？"

"是的。这里还有你的枪和其他东西，此外，你那位朋友的东西也在这里。"

"多谢了。"

"不用谢。"

他们坐着没动，安东尼奥瞧着他。

"小伙子，别的事情我就不清楚了。"

"这个我能理解。"

"你真能理解吗？"

"当然，请问，我可以住在马棚里吗？"

"可以，不过你一定坚持要住在那儿吗？"

"喂！那些马怎么样了？"

安东尼奥笑了笑说："还是老样子！"

安东尼奥拿来了装有约翰·格雷迪个人物品的手提箱，里面有已经退了膛的手枪、子弹、刮脸用具，以及他父亲留下的那把古色古香的大理石猎刀。约翰·格雷迪向安东尼奥道谢后在黑暗中向马棚走去。进屋后发现他的铺盖已经卷起，既无枕头又无铺垫，他打开被套坐了下来，用脚踢掉了靴子，摊开四肢，就在床上躺下了。马厩里的几匹马在他刚走进马棚时就跑过来，他能听见马的鼻息声和它们兴奋躁动的声响。他非常爱听这些牲口的声音，也特别爱闻马儿的气味。就这样，他在不知不觉中进入了梦乡。

翌日清晨，太阳刚一露脸，老马夫便推开房门，探进头来向里面窥探。接着又退出去将房门关上。他走后，约翰·格雷迪立即下床，拿着肥皂、刀片，到马棚尽头的自来水龙头处去洗漱。

约翰·格雷迪来到大房子前面，看到几只猫从马厩及果园走出来。另有几只猫沿着高墙蹿来，似乎正等着从破旧的木制大门底下钻过去。朝霞的光辉射在绣球花上，洒在大门入口处那有斑点花纹的地板上，有更多的猫蹲坐在这里晒太阳。卡洛斯刚刚宰了一只羊，他身上裹着围裙，正从过道处往外看。约翰·格雷迪向他道了一声早安，他神色庄重地点一下头便退开了。

玛丽亚见到约翰·格雷迪到来，似乎并不怎么惊讶。她为他准备了早餐。他一边吃着，一边听她喋喋不休地说，老夫人再过一小时也不会起床。十点钟左右有辆小汽车来接她。她要出门去玛格丽塔镇一整天，黄昏之前会赶回来。她不喜欢在夜间乘车。或许她能够在他离开这里之前，与他见上一面。

约翰·格雷迪坐在那儿喝着咖啡。他向玛丽亚要烟抽，她便将放在水槽上方窗台处的她自己那盒爱乐·托罗斯牌香烟递给他。她既没有向他打听这些日子他都去过哪些地方，也没有问他日子混得怎么样。可是，他站起身来想要离开时，玛丽亚按着他的肩膀，示意让他坐下，又往他的杯子里斟了不少咖啡。

"你先坐在这里等一会儿，"她说道，"她马上就起来了。"

约翰·格雷迪等了一会儿。卡洛斯进屋将刀放进水槽里就又出去了。七点钟，她将盛早餐的托盘拿走，又进屋告诉他，请他当天晚上十点钟来一趟，届时，那位老夫人要接见他。他听完后便起身要走。

"我想要匹马。"他请求道。

"要匹马？"

"是的，只是供我白天骑用。"

"请稍等一会儿。"她答道。

她回来时对他点点头说："你先坐在这里，稍候一会儿吧。"

约翰·格雷迪坐在一边等候，而她则忙着为他准备午饭，用纸包好食品，又用绳扎好，便递给他。

"谢谢你了！"他说。

"不用客气！"

她将桌上的香烟和火柴都递给他。他力图从她的面部表情中看出女主人对他这件事将如何处置。他暗自希望早先受到的冷遇可能只是误解。她将香烟递给他，说："你上路吧！"

马厩里又新添了几匹雌马，他从马棚边走过时，停下脚步看了看这些马。他走进鞍房，打开灯，取下他过去一直用的毛毯与马笼头。他从架子上五六个马鞍中取下其中看起来最好的一副马鞍，仔细查看，吹掉灰尘，又检查一下马肚带，接着抓住鞍角往肩膀上一搭，便径直向畜栏走去。

那匹雄马见他走来，开始踏起碎步小跑。他扶着门在那儿看了一会儿，那匹马歪着头，眼睛转动着，鼻孔吸着清晨的空气，然后它认出了他，转身向他走来。他推开门，那马扬起头，发出一阵嘶鸣，喷着鼻息，还将它那长长的、光滑的鼻子紧贴在他的胸前。

约翰·格雷迪走过那座工棚时，莫拉莱斯老人正坐在凉棚下面剥洋葱。老人懒洋洋地挥着手中的小刀，向他打招呼，约翰·格雷迪回应着，并发现老人并未向他说很高兴见到他。可是那匹雄马却对他表示了欢迎。他又挥挥手，跃上马背。那马欢喜地跺脚乱跳，似乎使出浑身解数也找不到更合适的步法来表达这一天与主人重逢的快乐。他骑着它穿过大门，越过大房子和马棚，在那马光滑的侧腹上轻轻一击，那马便纵身一跃，飞也似的向沼泽地旁的大路疾驰而去。

他在平顶山上的马群中策马前行。他将那些马从洼地和它们藏身的杉树林中赶出来，又骑着那匹雄马沿着草地边缘小跑，任凭凉爽的山风吹拂他的面颊。他与雄马的到来，惊散了正在深谷中啄食一匹死马驹的兀鹰。他坐在马上，低头望着那已经没有眼睛的可怜身躯，赤裸裸地躺在树影斑驳的草地上。

中午时分，约翰·格雷迪坐下来，两腿悬在岩石边沿上摇晃着，吃着玛丽亚为他准备的冷鸡肉和面包。系在桩上的马正在啃着青草。山野迤逦西去，光影参差。百里之外，一场夏日的暴风雨席卷而来。远处山峦连绵起伏，一缕缕薄雾像一条条丝带一样，在群山之间飘浮。他点上一支烟，一面用拳头将帽顶按扁，在上面压了块石头。接着就仰卧在芳草如茵的地上，用压了石块的帽子遮住面颊，闭上眼睛，浮想联翩，不知什么样的梦能给他带来好运。姑娘的影子不断在脑海中闪现出来……她昂首骑在马背上头戴那顶小黑帽的倩影，她那披肩秀发松散地飘拂着，她如何扭转身来回眸一笑，还有她那双眼睛……他还想到了布莱文斯，他想到他的面孔和最后的眼神。在萨尔蒂略镇，他有一夜梦见布莱文斯来到他身旁坐下，他们谈论着死亡来临时是何种光景，他说死亡根本没什么感觉。约翰·格雷迪相信他的话。他想，如果让布莱文斯的幽魂经常入梦，他就会永远消失，成为布莱文斯那一类死者中的一员。这时他耳边传来风吹草动的沙沙声，他不知不觉地入睡了，什么也没梦见。

　　约翰·格雷迪穿过草地骑下山坡，已是傍晚时分。牛群白天躲在浓荫蔽日的树丛中，这时逐个儿走了出来。他骑过野生的苹果树丛，这种树上长满了毛刺。他摘下一个苹果咬了一口，苹果青硬涩口，有一股苦滋滋的味道。他赶着马走过草地，找寻熟透了落地的苹果，发现早已被牛群吃得精光。他骑马继续前行，经过一间破旧简陋小屋的残址。房门桁条已无影无踪，他赶着马儿走了进去，看到猎人与牧人曾在这里生过火。一张陈旧的小牛皮钉在墙壁上，窗上连一块玻璃都没有，因为窗框早就当柴火给烧掉了。四周弥漫着一股特别的气味，这股异味似乎只有那种没人住的场所才有。那匹马似乎不怎么喜欢这个地方，约翰·格雷迪便用靴后跟轻轻夹了一下马腹，又拉一下缰绳，就掉转马头走出来，顺着果园，穿过沼泽地，向公路飞奔。山野被落日的余晖染成一片红色，斑鸠发出一阵阵咕咕声。

约翰·格雷迪策马前行。那马似乎因为总是踏着自己映在前方的影子而惴惴不安。约翰·格雷迪见状急忙拉转马头驱马作"Z"字形前进。

约翰·格雷迪在畜栏水龙头处冲洗了一下，换了件衬衫，掸掉靴子上的灰尘，便向工棚走去。这时天色已黑，牧人们刚吃罢饭，此刻正坐在凉棚下面吸烟呢！

"晚上好！"约翰·格雷迪打着招呼。

"原来是你啊，约翰·格雷迪！"

"正是我。"

接着是一阵短暂的沉默。这时，有人说："欢迎你来到我们这里。"

"谢谢！"他答道。

约翰·格雷迪与他们坐在一起吸烟，向他们叙述了别后的遭遇。他们跟罗林斯的交情更好，因此对罗林斯的状况表示格外关注，为罗林斯没有归来而感到难过，但又说，一个人离乡背井只身在外也不容易。他们还说，一个人出生在某一块土地上，而不在另一块土地，绝非偶然。他们说，气候与节令在形成这方水土的同时，也铸造了世世代代生长在这块土地上的人们的内在精神财富。这一财富传到后代子孙，享用不尽，而绝不是从其他什么地方能轻易得来的。他们的话题还扯到牛群、马群以及正处在发情期的那些幼龄小野马驹。他们还谈到拉维加镇的一次婚礼和维博拉镇的一桩丧事。然而，没有人提到牧场主和那位老夫人，也没人提到那位姑娘。最后，他向他们道过晚安后，便回到马棚里。他躺在小床上，但又不知是什么时辰，便又起身来到那所大房子，敲响了厨房的门。

约翰·格雷迪等了一会儿，又继续敲门。玛丽亚走来打开房门让他进去。这时，他才知道卡洛斯刚刚离开这里。玛丽亚看了看悬挂在水槽上方墙上的挂钟。

"你吃过饭了吗？"她问道。

"还没有。"

"坐下吧，我来弄饭。"

约翰·格雷迪坐在餐桌旁，玛丽亚给他盛了一盘烤羊肉，加上调味汁，放在炉上加热，一会儿工夫便将羊肉端到餐桌上，还端来了一杯咖啡。她又忙着在水槽中洗碗刷碟，完事后还不到十点钟，她用围裙擦干了手走出房门去。她回来时站在房门口，约翰·格雷迪见了便站起身来。

"老夫人正在屋里等你呢！"她说道。

"谢谢！"

约翰·格雷迪走进客厅。老夫人几乎是遵照正式礼节那样站在那里，她的衣着那样雍容华贵，使他感到心里一阵发冷。老夫人走过来坐下，向对面的一把椅子点点头。

"请坐！"

他慢慢地从有花纹图案的地毯上走过，坐了下来。在她身后的墙上悬挂着一个大挂毯，绘着在某个已经消失的景色当中，两个骑手在路上邂逅。通向书斋的双层门上方，架着一个掉了一只耳朵的公牛头颅标本。

"埃克托尔说你不会来这里了，但我坚信他的估计是不对的。"

"他什么时候能回来？"

"恐怕在一段时间内回不来，但不管怎样，他不会接见你的。"

"我觉得总该有人给我个解释。"

"我倒认为，账已经结清，你没有吃亏。对我侄子来说，你真让他大失所望，而且让我破费了一大笔钱。"

"夫人，我并没想故意触犯你，我也是出于无奈！"

"那几位警官曾来过这里一次，这你是知道的。我侄儿将他们打发走了，他自己对此事进行调查。他信心十足地认为事实真相绝不会是这样，他一直坚信这一点。"

"为什么他不跟我本人讲呢？"

"他向那位长官做了保证，不然，人家早就把你带走了。他愿意自行调查，我相信你会明白这一点，那个长官不会愿意在逮捕人之前通知当事人的。"

"应当让我有机会阐述一下我这方面的理由才是。"

"你已经骗过他两次了！他凭什么相信，你不会再对他撒第三次谎呢？"

"我从来没有对他撒过谎！"

"你还没来到这里之前，盗马之事已经闹得满城风雨，人人皆知盗马贼是美国人。他问你这个的时候，你曾矢口否认，几个月之后，你那位朋友返回恩坎塔达镇，在那儿成了杀人犯。受害者是州里的一位警官，这是任何人都无法辩驳的事实。"

"告诉我，他究竟什么时候回来？"

"回来他也不会接见你的。"

"那么，你认为我是个罪犯。"

"我相信一定有一些状况迫使你犯法。不过木已成舟，就无可挽回了。"

"你为什么还花钱将我从监狱里赎出来呢？"

"我想你心里明白。"

"因为阿莱詹德拉？"

"是的。"

"那她用什么来回报您呢？"

"我想这个你也十分清楚。"

"她答应了从此再也不与我见面吗？"

"对。"

约翰·格雷迪向椅背上靠了靠，目光掠过她，瞥向墙壁，又移向挂毯，然后停留在刻有图案的胡桃木餐具柜上摆着的湛蓝色的装饰用花瓶，久久地凝视着，

"我们这个家族究竟有多少个女性因为同声名狼藉的男人谈恋爱而历尽折磨与灾难，这个数字我简直用十个手指也数不清。当然，时代使有些男人自我标榜为革命者。我妹妹玛蒂尔德刚刚二十一岁时，就曾两次守寡，前后两个男人均被枪杀，就是因为犯了那种重婚罪。人们不愿接受家族血统被玷污这一观念。这是家族的祸患。因此那姑娘不愿意再见到你！"

"我看你是乘人之危在胁迫她！"

"我很高兴可以跟她讨价还价了。"

"你别想要我感激你！"

"我并没有想这样。"

"你没有权利把我从狱中赎出，就让我留在狱中好了。"

"那你会一命呜呼的。"

"我倒情愿一死了之。"

他们默默无语地对坐着，只听走廊的大钟滴答滴答地响。

"我们愿意给你一匹马，我已委托安东尼奥帮你去挑马了。
你身上还有钱吗？"

他看着她说："我认为，你自己的生活中经受过太多的失望，
应该让你对别人有较多的同情心。"

"你这样想就错了。"

"我想也是。"

"要说人历尽挫折与困难，才变得更为仁慈，根据我的亲身
经历看来，并非如此。"

"我想这也取决于一个人是什么样的人。"

"你自认为对我的个人生活已略有所知，一个老太婆备受痛
苦往事的折磨，可能使她这个人变得尖酸刻薄，使她对别人的
幸福心怀嫉妒。通常是这种情况，而我却不然。我是在阿莱詹
德拉的母亲暴跳如雷、大发脾气的时刻，向她提出了你这件事的。
你幸亏没有见过她的母亲。我说这些话，你不感到惊讶吗？"

"我当然觉得吃惊。"

"正是。如果姑娘的母亲是那种较为开明的女人，我一定不

301

会充当这种监护人的角色了。我不是一个喜欢交际的人。在我看来，给予我熏陶的社会团体大部分是压迫妇女的机器。在墨西哥，社会团体颇为重要，可是，妇女却没有选举权。在墨西哥，人们狂热地迷恋着社会和政治问题，然而其结果却很糟糕。我的家族在这里被认为是在美洲定居的西班牙移民。西班牙人的狂热与西班牙移民克里奥尔人的狂妄没有什么两样。西班牙的政治悲剧早在二十年前就在墨西哥的土地上进行了预演，可以说是一场正式的彩排。这是有目共睹的。看起来两者似乎不尽相同，然而实质上却是一模一样的。在西班牙人的心里，有一股追求自由的强烈渴望。但是，他们只追求个人的自由。他们极其热爱各种形式上的真理与荣誉，但并非其内在的实质。他们有一种根深蒂固的信念，只有流血见红，才是检验事物的唯一方式。对待处女、公牛以及真正的男子汉，一概如此。最终怎样，由上帝来裁决。在我眼中，我那侄孙女不过是一个孩子。然而，我在她这般年纪时，对自己的身份和境况十分清楚。如果处于另外一种不同的家世，我也许会成为军人。我的侄孙女可能也会如此。那我就永远也不知道她会怎样生活。如果生活里存在一种模式，我们凡人的眼睛看不到这种模式是如何形成的。经常使我感到困惑的问题是，我们在生活中所看到的这个世界是否打从开天辟地之初就一直是这般模样，还是在胡乱的偶发事件成为既成事实之后才形成的？不然的话，我们在这个世界上也就微不足道了。你相信命运吗？"

"我相信，夫人。"

"我父亲坚持认为世上万物之间都有联系。我不敢肯定我也有此看法。他老人家认为，一旦做出决定，就应该承担责任而决不能轻易放弃，一切只能归诸人类的决定，其结果，可能远非始料所及。他以掷硬币为例。这枚硬币过去是造币厂的一个待加工的金属片，造币者将金属片从盘中拿出，压到正反两面的其中一面印模里。紧接着他这一工序，才有其他后续的动作。要么是钱币的正面，要么是反面。不管翻转多少回，不管金属片有多少，最后轮到我们的机会来了，我们的机会又过去了。"

她淡淡地、短促地笑了笑。

"这种论调愚蠢可笑吧！但那位坐在工作台旁的不知名的小人物一直铭记在我心中。我认为，如果说命运主宰着我们这个家族，可能有几分言过其实，或者属于推论。然而造币人则不能这么想。造币人用他那视力不佳的眼睛，透过熏黑了的眼镜，注视着眼前没有光感的几个金属片。他挑来挑去，有时还踌躇片刻，这个不可知世界的未来命运仍然是个悬念。我父亲一定从这个比喻中见到了接近事物本质的通道。然而,我并没有同感。在我看来，这世界更像一场木偶戏。你到舞台大幕后面，循着一串串木偶牵线去找时，就会发现，这些牵线的末端握在另一些木偶的手里，而这些木偶自己的牵线又由更上一层的木偶掌控着，如此类推。在我的人生经历中，我看见这些牵线是没有尽头的。正是这些牵线，促使一些伟大人物死于暴力和疯狂，甚至毁掉一个民族。我要告诉你墨西哥过去是怎样的一个国家，将来又该如何。然后,你就会明白,我做出对你有利的决定之后,最终又做出对你不利的决定，其出发点是完全相同的。

　　"在我还是个小姑娘的时候，这个国家非常贫困。以你今天的所见所闻是想象不出来的，然而，我却是感触极深。那时候，农民要去集贸市场购物，必须先租衣服来遮丑。他们家中穷得叮当响，没有自己的衣裳。因此，他们只得白天出门前租衣裳，晚上回家时还掉再穿上破衣烂衫或裹上毯子。好不容易积攒下来的几个钱却又用在丧葬费上。普通农家除了有一把在厨房里用的菜刀之外，就再也没有别的机械制品了。没有锅碗瓢盆，也没有纽扣针线，真是一无所有。在城里，你会看到人们在兜售毫无价值的破烂，在路上捡到的卡车上掉下的螺栓啦，或机器上的某些破损零件啦，谁也不知有什么用途。如此种种。可怜的小东西。他们确信，一定有人想要这类东西，而且知道如何珍惜这些东西，只要找到这样的人就可以知道怎样为这些东西定价。那种信心不是任何失望情绪可以动摇的。不然他们还有什么？抛弃了苦恼，又能得到什么呢？工业社会对他们来说是无法理解的事物，而身处其中的人们对他们来说也是完全陌生的。尽管如此，他们这些人绝不愚蠢，从来也不是笨蛋。这一点你可以从他们的孩子身上看出端倪来。这些孩子的聪明才智是惊人的，他们自由内在，无拘无束，实在令人艳羡。他们没有任何精神桎梏，也很少有什么企盼。然而，待这些孩子长到十一二岁，他们就再也不是孩子了。几乎在一夜之间他们就失去了童年，当然也没有什么少年时代可言。他们变得十分严肃认真起来，仿佛某种可怕的现实降临在他们头上。某种可怕的幻象，使他们到了一定的年龄阶段，几乎在瞬息之间，都变得老成持重，十分拘谨。这一切使我困惑不解，我真摸不透他们究竟看到了什么？他们到底懂得了什么呢？

"我到十六岁时，已经博览群书，成为一个自由思想者。在所有事情上我拒绝信仰上帝。我无法理解上帝怎么会允许在他亲手创造的世界里发生我见到的如此不公正的事情。我是个理想主义者，坦诚而直率，这使我的父母极为惊愕。后来在我十七岁那年的夏天，我的生活被永远改变了。

"弗朗西斯科·马德罗的家中共有十三个孩子，其中许多人是我的朋友。拉斐尔拉与我同龄，生日只差三天。我们之间关系颇为密切，要比我同卡伦扎家姑娘们的关系更为要好。我们家与她家是教父母的关系。你懂吗？这是不能翻译的。我在罗萨里奥度过十五岁的生日，也就在同一年，埃瓦里斯托先生把我们这一群人带到加利福尼亚，全都是从帕拉斯到托雷翁等地牧场的姑娘们。那时候，他已经上了年纪，我对他这种勇气很是惊异。他也确实是一位了不起的男人，他还曾担任过一任州长。他非常富有，很喜欢我，从不对我的哲学思维感到厌烦。当时，我特别喜欢去罗萨里奥游玩。在那个时候，牧场的社交活动热闹非凡，经常举办有乐队伴奏的豪华舞会，席上还有香槟酒，还常有欧洲的客人光顾，舞会一直持续到翌日黎明时分。我感到吃惊的是，自己在这种社交场合十分招人喜欢。那时候我已经摆脱了过度的感性。除了两件事。其中之一就是两位比较年长的小伙子的归来。他们即弗朗西斯科和古斯塔沃。

"他们两位在法国读了五年书。此前，他们曾在美国的加利福尼亚和巴尔的摩读过书。我再一次被介绍给他们时，实际上就是阔别多年的老朋友再次相聚，也可以说是家庭团聚。我对他们的印象还是孩提时代的回忆，而我在他们眼中一定也成了一个完全陌生的人了。

"弗朗西斯科作为长子，在家庭中享有特殊的地位。他家正门入口处，摆着一张写字台。他经常在那里招待朋友们。那年秋天，我曾多次被邀请去他家做客。正是在他那里，我生平第一次听到了那些最贴心的尽情倾吐的感情表白。我开始思忖，要是我住进这所房子，这个世界会变成什么样子呢。

"弗朗西斯科开始为本地区的贫苦儿童开办学堂，并向人们施舍药品。后来，他从自己的厨房拿出食物去救济成百上千的饥民。要向生活在现在这个时代的人们表达在那个年月里人们的那种兴奋之情是颇为不易的。弗朗西斯科深深地吸引了人们。人们喜欢同他交往。当时还没有听到有关他进入政界的传闻。他当时只是想将他在国外所接受的思想付诸实施，在日常生活中加以体现。有很多人从墨西哥各处来拜访他，他的每一项举措均得到古斯塔沃的支持和辅佐。

"我不敢断定你是否明白我同你讲的这些话。我当时才十七岁。对我来说，这个国家就如同一个珍贵的花瓶，此刻正被一个儿童拿着移来移去，空气中似乎弥漫着电的火花，一切事都可能发生。我原认为，像弗朗西斯科和古斯塔沃这类仁人志士，在墨西哥何止千万！然而，事实并非如此。到最后，真遗憾，似乎根本一个也没有。

"古斯塔沃在孩提的时候，一场事故使他失去了一只眼睛。他现在的这只假眼丝毫没有削弱他对我的吸引力。我觉得也许恰恰相反。我更愿同他做伴而不愿同别人在一起。他经常送书籍给我阅读。我们常在一起促膝谈心，一谈就是几个小时。古斯塔沃比弗朗西斯科更讲究实际，他没有弗朗西斯科那种喜欢神秘玄奥事物的特殊癖好。他总是认真地谈论一些严肃的事物。后来，就在那年的秋天，我同父亲与叔叔一起来到圣路易斯波托西的牧场，就是在那里发生了我的手受伤致残的事故。这件事，我曾同你讲过。

"对一个男孩子来说，手臂致残无非是一场事故的后果。但对于一个女孩子来说，却是一场灾难了。从那以后，我便不能在公共场合再露面了。我甚至猜想父亲对我的态度都有了改变。他无能为力，只是站在一旁，视我如伤残的人。我还觉得人们会认为这样一来，我就缔结不了一门美满的婚事了。或许人们真是这样想的，因为我没有了佩戴戒指的手指。人们待我特别体贴周到，如同对待一个刚刚出院回到家里的病人。这时候，我倒满心希望生在一个贫苦的家庭里，因为在那种家庭里，人们比较容易接受这样的事实。在这种情况下，我只能默默地等待衰老和死亡的来临。

"几个月过去后，那还是在圣诞节之前。有一天，古斯塔沃前来看望我。他这一来，把我吓了一跳。我只好让妹妹央求他赶紧离开这里，可是古斯塔沃不听。那天夜里，父亲归来很晚。

他回家后看见古斯塔沃一个人坐在客厅里，膝盖上放顶帽子，不禁大吃一惊。后来，他来到我的房间找我谈话，我将两手捂住耳朵不肯听他讲。我记不得当时发生了什么事情，只看见古斯塔沃一个坐在那儿一动不动。那天夜里，他就像搬运夫一样，一个人在客厅里，度过了那样一个漫长的夜晚。

"第二天，父亲向我大发雷霆。此后的情景我就不再向你赘述了。不过，我确信古斯塔沃一定听见了我激动而痛苦的哭叫声。当然，我不能违抗父亲的意愿，最后我出面见他了。我只记得，当时我的穿戴很优雅。我特意用手帕盖在左手上遮住残指。古斯塔沃见我走来，便站起身向我微笑。我们便在那照管得很好的花园内散步。他向我谈到他的工作及未来的打算。他还向我透露关于弗朗西斯科及拉斐尔拉的消息，以及别的朋友们的近况。他待我一如既往。他向我讲述了他的眼睛是如何失去的，谈到了他所在的那所学校里孩子们如何残忍无情地对待他。他甚至还向我谈了许多他从来没告诉过别人的事情，有些事情甚至连他的朋友弗朗西斯科也不知道。他说我应该明白他为什么这样做。

"他还谈到我们在罗萨里奥经常谈论的那些事，那时我们经常聚首谈心，有时直至深夜。他说，那些遭受过不幸的人们总归与众不同，但正是这种不幸造就了他们的才华，成为他们的力量。他们一定要再投身到人类共同的事业中努力求得生存。如果不这样做，社会就不能前进，他们自己也会在痛苦中日渐憔悴。古斯塔沃向我讲述这番话时，是那样情真意切，而又是那样温柔可亲。在正门入口处昏暗的灯光下，我看到他开始呜咽起来。我知道他是为我而哭泣，我还从来没有像这样受人尊崇过。一个男人将自己置于这样的地位来对待我，我简直不知道说什么好了。那天夜里，我辗转反侧，想了好久，感到自己的前途未卜，不由得满怀绝望。我渴望将来能成为一个有价值的人。然而，我又扪心自问，一个人在一生中，如果没有灵魂的主宰或者精神的支柱，怎么能经受住不幸的挑战，或身体致残的考验呢？这样的渴望又怎能变成现实？如果人要成为一个有价值的人，这个价值不能为无常的命运所左右。它应该是无论在何种情况下都能保持不变的一种品质。还不到天明，我终于悟到，原来我孜孜以求要发现的东西，也就是我早已熟知的东西。勇气的表现形式为坚韧不拔。胆小怕事的人是最先失去勇气的。而一旦丧失了勇气，其他背信弃义的事也就轻而易举地随之而来了。

"我知道有些人不需要费多大努力就有了勇气。而另外一些人却不然。不过我深信，任何人只要有强烈的愿望便能获得勇气。因此，愿望本身至关重要。我想不出还有什么比这个道理更为正确的了。

"许多事都靠运气。只是在后来的岁月中，我才逐渐明白，古斯塔沃同我讲这些话是需要多么大的决心啊！他当时走进我父亲的房间时带着那样的神情，丝毫不为可能遭到拒绝或嘲笑而踌躇不前。最使我感慨万分的是，他带给我的礼物绝不仅仅是那些语重心长的话，还有他给我讲的那些事情，这是他不能向外讲的。也不知怎的，从那一天开始，我爱上了他，爱上了这个带给我那些消息的青年人。尽管现在他已离开人世将近四十年了，但我对他的这份感情始终不渝。"

她从袖筒里掏出一块手帕，轻轻地揉了揉眼皮，抬起目光，又继续说："你听我讲了这么长时间，倒是挺有耐性的！这故事的其余部分也不难想象，因为事实已是尽人皆知的了。在以后的几个月里，我的革命精神重新焕发起来，弗朗西斯科·马德罗从事政治活动的面貌愈加明显，并受到当局的密切关注。事态严重起来，他的政敌也蠢蠢欲动。结果，他的名字很快传到独裁者迪亚兹的耳朵里。弗朗西斯科为了给革命活动筹措资金，不得不将他在澳大利亚购置的财产变卖出去。不久之后，他就被捕了。后来，他逃亡到美国。然而，他的革命意志从未动摇过。在当时那个年代，几乎没有人能预料到他将会成为墨西哥未来的总统。他同古斯塔沃返回墨西哥时，还同时运回了枪支。于是，革命活动在墨西哥开展起来了。

"与此同时，我被送往欧洲，后来便留在了欧洲。父亲坦率地向我谈及地主阶级在这个社会上的责任。然而，革命却是与之完全不同的事。我父亲说，除非我答应同马德罗一家人脱离关系，否则，他不带我回墨西哥。这是我绝对做不到的。我与古斯塔沃从未订过婚，后来我们之间的信件往来日渐稀少，再后来便终止了。最后我才听说他已经结婚了。关于这一点，无论当时还是现在，我都不怪他。长达数月之久的革命活动所需的经费，都是他个人掏的腰包，包括每一粒子弹，甚至每一片面包。后来，独裁者迪亚兹逃之夭夭。墨西哥开始了自由选举。弗朗西斯科被选为墨西哥第一任，也是最后一任民选的共和国总统。

"我再与你谈谈墨西哥，谈谈弗朗西斯科、古斯塔沃这些勇敢、善良、受人爱戴的仁人志士的结局。那个时候，我在伦敦教书，妹妹来伦敦看我，她陪我一直住到夏天。临走时，她央求我同她一道回墨西哥，我未答应。我当时很自负而又倔强。我实在不能原谅父亲在政治上的盲目无知和他对待我的那种蛮横的态度。

"弗朗西斯科·马德罗总统从就职的第一天起，就置身于一群阴谋家与野心家当中。他相信人类本性是善良的，这为他日后的垮台埋下了祸根。有一次，古斯塔沃用枪口顶住胡尔塔将军的后背，将他押送到弗朗西斯科总统面前，斥之为叛徒。可是，弗朗西斯科总统对此事充耳不闻，他恢复了胡尔塔将军的名誉与职务。其实胡尔塔是一个衣冠禽兽，是个内奸。那是在1913年2月，当时墨西哥爆发了武装暴动。胡尔塔与叛乱分子同谋，秘密地在内部策应。他在稳住了自己的权力地位之后，便向反叛者投降，并率领叛军一起反对政府。古斯塔沃、弗朗西斯科以及皮诺·苏阿列兹相继被捕。古斯塔沃被移交给城堡院子里的一伙暴徒来处置。这伙暴徒手持火把和灯笼，将古斯塔沃团团围住，骂他为呆疤瘌眼，对他进行人身侮辱，百般折磨。古斯塔沃请求他们为了他妻子和孩子饶他一条命的时候，这伙暴徒骂他是个胆小鬼。他们将他推来搡去，拳打脚踢，甚至用火烧他的皮肉。他再一次求他们住手时，一个暴徒走上前来，手里拿个凿子将他那只好眼睛抠了出来。他两眼皆盲，在黑暗中呻吟着瘫倒在地，再也不作声了。另一个暴徒手持左轮手枪，顶住他的脑袋就要开火，忽然被拥挤的人群撞了一下手臂，结果这一枪打歪，把古斯塔沃的下巴打掉了，古斯塔沃瘫倒在莫利劳斯雕像前。最后，一阵来复枪响，子弹全都射入他的体内。古斯塔沃被宣布死亡。这时从人群中跑出来一个酒鬼，又向古斯塔沃的尸体补了一枪。暴徒们对他的尸体又踢又踹，而且还大口大口地往上吐唾沫。还有一个人竟将古斯塔沃那只假眼睛抠出来，当作稀罕物一样在众人当中传看。"

他们俩无言地坐在那儿，时钟滴答滴答地响着。过了一会儿，她抬起头看着约翰·格雷迪，继续说道："这就是古斯塔沃曾向我描述并为之奋斗的那群人。这个好人。他为此献出了一切。"

"那个弗朗西斯科后来怎样了？"

"他和皮诺·苏阿列兹被赶到监狱后院枪杀了。杀人凶手们竟然宣称他们几个人企图逃跑才被当场处决。这是颠倒黑白的无稽之谈，可惜无从佐证。弗朗西斯科的母亲萨拉致电塔夫脱总统 [1]，请总统进行干预，以挽救她儿子的性命。萨拉亲自将电报稿交给美国大使馆的大使，这份电报很可能根本没有发出去。最后，他们一家人不得不离开自己的祖国，过起流亡生活。他们在古巴、美国以及法国到处流浪。人们一直传说这个家庭有

---

[1] 塔夫脱总统，指第 27 届美国总统威廉·霍华德·塔夫脱（1909—1913 年在职）。

犹太血统。这种说法可能属实。因为这家人个个绝顶聪明。当然，在我看来，这家人至少有着普通犹太人的命运。他们长期遭受迫害，备受折磨，最后殉难或不得不到处流浪。萨拉现住在科洛尼亚罗马市。她早已当上祖母了。虽然我们很少见面，但彼此心照不宣地保持一种姐妹情谊。那天晚上，在我父亲的寓所的花园里，古斯塔沃曾对我说，那些遭到伤害或蒙受巨大损失的人们被一种特殊的感情纽带联结在一起，现在他的这番话得到了证实。我们知道，维系感情的最紧密的纽带便是忧伤，这是与悲哀共通的一种最深切的感情。一直到父亲去世之后，我才从欧洲返回家乡。我现在感到十分懊悔的是，我对父亲尚不能说是十分理解。我总觉得，父亲在很多方面并不适合于他所选择的生活，或者可以这样说，不是他选择了生活，而是生活选择了他，或许我们大家都如此。父亲爱读园艺学方面的书籍。他开始在这片沙漠里种植棉花。如果他现在还活着，他一定会为他所取得的成功而喜不自胜。在后来的岁月中，我发现父亲与古斯塔沃有着许多惊人的相似之处。古斯塔沃从来就不是一个当军人的料。我认为他们都不了解墨西哥。他同我父亲一样，都讨厌暴力与流血，但或许可以说，他们对暴力与流血还恨得不够深。弗朗西斯科是他们当中最受蒙蔽的一个。他从来就不适当墨西哥的总统。甚至可以说，他几乎不适于做一名普通的墨西哥人。最终，随着时间的流逝，我们大家的感情创伤逐渐平复。即使有些人的创伤不能平复，但将来死神会解决一切的。这个世界在必须对梦想与现实有所抉择时是十分残酷无情的。就算我们不去选,这个世界也会在愿望与现实之间静观其变。我为个人与祖国的命运深思了许久。但我始终认为,真正为世人所了解的东西还是微乎其微。我的家族一直还算幸运,但别的人家恐怕就时运不济了。正如许多人很快就能指出的那样。

"我在学校读书时学过生物。我得知科学家们在做实验时,总是将一组细菌、老鼠或人置于某种特定条件下进行观察,而又将第二组同样的东西置于正常状态下观察,并对二者的结果加以比较。这第二组叫作控制组。科学家据此对实验结果进行判断。然而,在人类历史上,并不存在什么控制组之类的东西。从来没有人告诉我们原本应该是什么状况。我们为原本应该是什么状况而流泪,但根本没有所谓原本应该是什么状况。一般说来,那些不懂得历史的人注定会重蹈历史的覆辙。但我认为,即使懂得历史也不能挽救我们。实际上历史总是不断重演,人类社会充斥着贪得无厌、愚蠢无知和嗜血残杀,这是人类的痼疾,就连全能的无所不知的上帝对此也无回天之力。

"我父亲被安葬在离这里不到二百米远的地方。我经常在那里徘徊并跟他默默谈心。而他在世时我却不能这样做,在自己的国家里,父亲使我流亡在外、有家难回,尽管这绝非他的本意。我当年就诞生在这座房子里,那时屋里堆满了五种文字的各种书籍。因为我知道我作为一个女人,在这个世上是会大大受到限制的,我只能去掌握另一个世界。早在五岁的孩提时代,我就开始读书,谁也没夺走我手中的书。后来,父亲把我送到欧洲两所最好的学校读书。尽管父亲严峻有权威,他还是属于那种最危险的自由主义分子。你过去说我经历过伤心失望，如果当真如此，那只会导致我更加不顾后果。我侄孙女的未来是我唯一的期望，对于她的一切，我将全力以赴。也许对于她来说，我所企盼的人生模式已不复存在。但我知道她不能做什么。并没有什么可失去的。到1月份，我就满七十三周岁了。我认识许多那个时代的人，他们当中几乎没有多少人活得称心如意。我倒希望我那侄孙女有机会缔结一种不同的姻缘。不同于她现在所生活的那个环境执意强加给她的那种婚姻。反正我不会让她接受那种因袭旧传统的婚姻。还是那句话，我知道她不能做些什么，并没有什么可失去的。我不知道她将会生活在什么样的世界里，我对于她如何在这世界中生活并没有固定的意见。我只知道，如果她将生活中实用的东西看得比真实还重，那么，她无论生活不生活，都没有什么两样。我所谓的真实不是指真理而是指真相。你向她求婚，而我将你拒之门外，你可能认为因为我看你年轻，没受过什么教育，或者是因为你来自异国。事实并非如此。我一直劝她看清楚追求她的人的花言巧语。不过我也要你知道这家族里的女性血液里有荒唐的特质，有某种固执，不知节制。既然了解她身上也有这一缺点，因此在考虑你的问题上，我本应该格外小心谨慎。过去对你了解不够，现在可以说了解得更清楚了。"

"你不让我分辩。"

"我了解你的情况。你的情况是有些事情发生了，而你又控制不了。"

"是这样的。"

"我确信是这样。但我说的不是这个。我对遭遇事故的人并不同情。可能是他们运气不佳，难道因此就应该向着他们吗？"

"我打算见一见你的侄孙女。"

"你以为我会对此感到吃惊吗？我甚至会答应你。尽管这件事你似乎从来没要求过。我相信，她不会对我食言的。你走着瞧吧！"

"是的，夫人，我们走着瞧。"

她站起身来，把身后的裙子一拉，使其下垂，然后又向约翰·格雷迪伸出手来。他随即也站了起来，急促地握了握她的手，那只手纤软而冰凉。

"很遗憾我不会再见到你了。我向你讲述个人的身世，心里很痛苦。但我之所以要向你诉说这一切，除了别的原因之外，我们应当清楚，我们的共同的敌人是谁。我认识一些人，他们胸怀仇恨，终日郁郁寡欢，这些人活得太不幸福了。"

"我不恨你。"

"你会恨我的。"

"我们等着瞧吧。"

"好吧，我们看看，那等待着我们的命运会是什么样的，好吗？"

"我还以为你不相信命运呢！"

她挥了一下手臂说："与其说我不相信命运，倒不如说我并不认可命运的安排。如果命运就是法律，那么命运也受法律的制约吗？在许多时候，我们不能逃避责任。承担责任是我们的天性。有时候，我想我们大家如同在冲压机旁工作的造币工人一样，将待加工的金属片一个个地从托盘中拿出来，我们大家那样小心翼翼地在案边埋头工作，就连混乱的制造也不愿假他人之手。"

　　清晨，他去工棚，与牧人们共进早餐，吃完饭便向他们道别。然后，他又去总管家里。他与安东尼奥一道去马棚，给马上鞍，骑上马通过围栏瞧了瞧那些没有驯过的马。安东尼奥知道他想要哪匹马。那匹马看到他们便喷着鼻息转过身来碎步跳蹦着。它是罗林斯的格鲁洛马。他们在那马身上拴上绳子，带到畜栏里。到中午时分，他已经使这匹马处于较易于驾驭的状态，他牵着马遛了几圈，让它凉爽一下。这匹马已经有好几周没有人骑，身上连马肚带的痕迹都没有，几乎都不知道怎么吃谷物了。接着，约翰·格雷迪来到那座大房子向玛丽亚告别。她将午饭包好给他，接着又递给他一个玫瑰色的信封，信封左上角印有普利西玛牧场标志的浮雕图案。他走到外边打开了信封，将钱拿出来，连数都没数便把钱和信封分别收进口袋里，向房前的山核桃小树林走去。安东尼奥牵着马正站在那里等着他。他们默默无言地在那儿站了一会儿，然后约翰·格雷迪便跨上马背，拨转马头，策马骑上公路。

　　约翰·格雷迪一路骑行，途经拉维加镇也未下马，这匹马看见一切事物都会喷气，眼珠儿转来转去。有一辆卡车从路上迎面驶来，这马看见便发狂似的大声嘶叫并试图掉转身子。约翰·格雷迪拼命拉紧马缰绳，直到它几乎要蹲坐下来。他在马背上轻轻地拍着，同时还不停地低声安抚着它，待卡车驶过去后，他们才又继续赶路。一骑出镇子，他就骑马离开公路，冲过那广阔而年代久远的沼泽地浅滩，直向远方飞奔。他穿过干涸的石膏干盐湖，盐体结晶的硬壳被马蹄踏得粉碎，如同白云母薄片一般。接着他又翻过一座白色的、长满矮树的石膏山，跨越山麓灰色的冲积平原。平原上处处点缀着成片的石膏花，宛如石灰洞底直接暴露在光天化日之下。远处，密集的树木和茅舍沿着细长的、青草环绕的小湾伫立着，在清爽宜人的曙光中显得有几分苍白而朦胧。这时马儿迈着惯常的步子，他一边骑一边向它吐露心曲。他告诉它关于这个世界他亲身经历的最真实的感受，还告诉它一些他认为可能是真实的事情，只不过为了想听一听这些话说出来效果会怎样。此外，他还告诉它为什么他喜欢它，为什么偏偏选择它为自己的坐骑。他还向这马表示，决不让它受到任何外来的伤害。

中午，他骑马来到公路上。公路两侧均是田地。灌溉渠的水顺着脚踏成的断层泥土的边缘涓涓地流着。他将马带到水边，在浓荫蔽日的三角叶杨下走来走去让它凉快凉快。有几个孩子来到他身边，他便同他们共进午餐。其中有的孩子还从未吃过发酵的面包，眼望着他们当中那位年龄稍大些的孩子，期待他的指导。他们一共五个，并排坐在小路一边。约翰·格雷迪将牧场带来的腌火腿三明治分送给他们吃。大家都一本正经地吃着。吃罢三明治，他又用小刀把新烤好的苹果和番石榴馅饼切开给孩子们品尝。

"你住在哪儿？"那个年龄最大的孩子问。

听到这个问题，他先沉思了一会儿，接着说："我过去住在一个大牧场里。不过，现在我却无家可归了。"

孩子们端详着他，脸上露出十分关切的神色。"那你可以跟我们住在一起！"孩子们说道。约翰·格雷迪向他们表示感谢，告诉他们他有一个女友住在另外一座城镇，他现在骑马去那里，准备正式向女友求婚。

"你的女友长得漂亮吗？"孩子们继续追问。他告诉孩子们，他的女友长得非常美丽，有一双漂亮的蓝眼睛。他们简直都不能相信。他还说姑娘的父亲是一位富有的牧场主，而他自己则一贫如洗。孩子们默不作声地听着，深深地为他的前途感到忧虑。他们当中年龄较大的那个女孩说，如果那姑娘真正爱他，那么无论如何也会嫁给他的，而那位男孩说的话则叫人感到希望渺茫，他说即使是富贵人家的千金小姐，也不敢违拗父亲的意旨。那个女孩说，祖母对这些事的意见颇为重要，必须同她商量。因此，她说他应该为女友的祖母带去礼物，以争取使老夫人站到他这边来。如果没有她的帮助，几乎是没有什么指望的。她还说这是世人所共知的真理。

约翰·格雷迪点头赞赏孩子们的聪明睿智。不过他说他已经得罪了那位老祖母，恐怕不能指望她老人家的帮助了。有几个孩子听了这话，连饭都吃不下去了，茫然地盯着眼前的地面。

"这倒是个问题！"一位男孩插言道。

"我也这样想。"

一位年龄较小的女孩俯下身，靠近约翰·格雷迪说道："你怎么得罪了那位老祖母的？"

"说来话长了。"约翰·格雷迪说。

"时间还早着哪！你讲吧！"孩子们说。

约翰·格雷迪对他们笑了一笑，瞧着他们。因为时间确实充裕，他便向他们叙述了自己的遭遇。他和另外一位伙伴从异国骑马来到这里。途中遇到第三位骑手。此人饥肠辘辘，身无分文，衣不蔽体，他们便将他收留，一路同行，同舟共济。这位骑手非常年轻，骑着一匹绝好的马。然而，他满心恐惧，总担心上帝会通过空中的闪电夺去他的生命。为此他在沙漠中不慎丢失了自己的马。接着他又讲述了由这匹马而引起的风波。他们如何从恩坎塔达镇设法取回那匹马，那位年轻骑手如何回到该镇杀了一条人命，警官来到牧场，如何将他和他的同伴拘捕。最后老姑婆不惜重金将他和他的朋友搭救出狱，并禁止她的侄孙女再和他来往。

孩子们听他讲完后，坐在那里沉默着。最后，还是那位姑娘建议，他最好带着他那位骑手朋友一起去拜见老祖母。那位朋友自己就会向老祖母承认，这一切全是他的过错。约翰·格雷迪说这是不可能的事了，因为他的那位朋友已经命赴黄泉。听到这话，孩子们立即在胸前画了个十字，求主赐福于己，然后又吻吻自己的手指头。那个年龄大些的男孩说，现在情况对他来说不妙，他应设法找一个能为他说话的人，从中调停说项。应该让老祖母知道这一切并非他的过错，那样她会回心转意的。那个年龄稍大些的女孩则认为这个小伙子考虑问题时，忘却了这样一个事实，那就是，姑娘是富家阔小姐，而约翰·格雷迪则是一个穷光蛋。那男孩争辩说，约翰·格雷迪毕竟还有一匹马，还不能说他一贫如洗。此时，孩子们都望着约翰·格雷迪的眼睛，期待他做出决定。约翰·格雷迪告诉他们不要看他的表面，他确实囊空如洗，这匹马还是那位老祖母送给他的。有的孩子听了他的话，倒吸了一口气，连连摇头。那位姑娘还建议约翰·格雷迪去找一个聪明有见识的人，或是一位萨满女巫，与他们商量并争取他们的帮助。一位年龄较小的女孩则建议约翰·格雷迪向上帝祈祷。

约翰·格雷迪赶到托雷翁镇时，已是深夜，天黑得伸手不见五指。他给马套上笼头，拴在旅馆门前，然后走进旅馆打听马厩在哪里，服务员却一问三不知。服务员透过窗户往外看看那匹马，又端详了一下约翰·格雷迪的面孔。

"你把马拴在后院好了。"那人说。

"后院？"约翰·格雷迪问道。

"是啊，就在那边。"那人向后院指了指。

约翰·格雷迪向这座旅馆的后院望去。

"从哪儿走？"

那个服务员耸了耸肩膀，用手掌擦着桌子向门厅过道方向一挥，说："就从这边走。"

门厅过道的沙发上，正坐着一位老汉，一直向窗外看着。老汉转过身来告诉约翰·格雷迪说没事，还有比马更糟的东西经过门厅呢。约翰·格雷迪看了一眼服务员，便走出房门，解下那匹马牵进来。服务员引他走过门厅，将后门打开，站在那里。约翰·格雷迪将马牵进后院，一边先让马在水槽内饮水，一边打开他在特拉华里洛镇购买的一袋谷物。他将谷物倒进废铁盒盖内，接着又卸下马鞍，将空麻袋弄湿，用来给马儿擦身，之后把马鞍带入室内，拿了钥匙锁门后，便上床睡觉了。

他次日醒来时，已是中午。他一看自己已经睡了差不多有十二个小时，便起身走向窗口向窗外眺望。窗户恰好面朝旅馆的后院，他看见马很有耐性地在院子里踱步，三个儿童此刻正跨在马背上，另一个儿童在前边牵着马，还有另外一个则紧紧地握住马尾巴不放。

几乎整个上午，约翰·格雷迪都在电话交换台排队等着打电话。那里一共有四个电话间，他坐在其中一间内等着。最后轮到他接通了电话，可是没找到那个姑娘。他又跑到柜台重新登记。坐在玻璃窗后面的女服务员看出他的心思，便告诉他下午再打电话碰碰运气。果然，下午待约翰·格雷迪再一次打通了电话时，一个女人接了电话并立即差人去找那位姑娘。他耐心地等待着。姑娘来到电话机旁说她猜到准是他打来的电话。

"我必须见你！"约翰·格雷迪说。

"我不能见你。"

"你必须见我，我现在就赶到你那儿去！"

"不行。你绝不能来。"

"明天上午我就动身,此刻我在托雷翁镇。"

"你同我姑婆谈过我们的事了?"

"谈过了。"

姑娘默然无语,然后说:"不!我不能见你。"

"不,你会同我见面的。"

"我不能在此地久留,再过两天就要动身回普利西玛牧场。"

"那么,我们在火车上见面,好吗?"

"那不成!安东尼奥要来接我。"

约翰·格雷迪闭上眼睛,手紧紧地握住话筒。他告诉她他多么爱她,她没有权利做出不再同他见面的承诺,即使他们要杀了他,也不该如此。他还说,见不着她的面,他是不会离开此地的,即使这次见面是他们最后的永诀,她沉默了好一阵子,然后才说那她就提前一天起程,推说姑婆病了。她将于第二天一早动身,同他在萨卡特卡斯镇会面,说完就挂断了电话。

约翰·格雷迪将马安置在铁路南边城郊还要向外的马房里。他嘱咐老板小心照料那匹马,因为它才刚被驯服。老板点点头,叫过仆人来听候吩咐。但约翰·格雷迪断定老板对看护马匹有自己的见解和做法。他将马鞍拖至鞍房挂在墙上。旅馆侍者将房门锁好。约翰·格雷迪便径直向办公室走去。

他向老板提出要提前付账,老板用手一挥谢绝了他。他接着便离开那里走向大街,搭上公共汽车返回镇里。

他在商店里买了一个小旅行袋、两件衬衫和一双新皮靴,接着便去火车站买了第二天一早的车票，然后到餐馆就餐，吃罢饭又在街上溜达了一圈以使新靴子变得更合脚些。回寓所后，他将手枪、尖刀，连同旧衣服一起裹在一个行李卷里，让服务员把他的行李卷存放在库房里。他嘱咐侍者次日早晨六点钟叫醒他，便走回房内，上床睡觉了。这时天色还没有完全黑下来。

次日清晨，约翰·格雷迪离开旅馆向火车站走去。天灰蒙蒙的，空气凉爽宜人。待他安稳地在车厢里坐下来时，外面已经开始下雨了。雨点轻轻敲打着车窗的玻璃。一个男孩同姐姐并排坐在他对面的座位上。火车刚一开动，男孩便问约翰·格雷迪从何处来并往何处去。他们听说约翰·格雷迪来自得克萨斯州，似乎并未感到惊异。一位服务员从过道走来，大声嚷着餐车已经开始供应早饭了。约翰·格雷迪邀请男孩同他的姐姐跟自己一道用餐。可是男孩神情忸怩不肯去。这反倒使得约翰·格雷迪也觉得不好意思了。他只好独自一人来到餐车，吃了一大盘西班牙克里奥尔调味汁炒蛋，喝了一杯咖啡，同时透过那湿漉漉的车窗，向外眺望一掠而过的灰色的田野。他脚上穿着新皮靴，身上穿着新衬衫，似乎许久以来从未如此感觉良好，似乎已将心灵的重压卸下。这时他不由得重又想起父亲曾同他讲过的那句话："怀着担惊受怕的心去赌钱是不能赢的；心烦意乱的男人，也很难谈恋爱。"火车穿过色调单一的平原，又开进一片广阔的、长满了棕榈树的森林。他打开在车站货摊上买来的一盒烟，拿出一支点上，将烟盒放在餐桌台布上。接着就对着车窗，对着窗外在雨中一闪而逝的乡野，喷出了一缕缕白烟。

临近傍晚，火车终于开进了萨卡特卡斯车站。他走出车站，顺着大街，穿过那些老旧的石砌导水槽高高的门形架顶，径直向镇里走去。他从北边来到这里，淅沥的雨声一路陪伴着他始终没有停歇。狭窄的石头路面被雨淋得湿漉漉的，商店均已打烊。他顺着希达尔高大街一直朝前走，途经大教堂来到阿玛斯广场，登记住进了一家名叫王后酒店的旅馆。这家酒店是一座古老的殖民时代的建筑，幽静凉爽。过厅的石头地板暗黑发亮，还有一个鸟笼，里面有只金刚鹦鹉，直望着进进出出的客人。在与过厅毗连的餐厅里，还有些客人在用午餐。约翰·格雷迪领了房间的钥匙便上楼了。服务员为他提着小旅行袋。客房宽敞，天花板高高的，床上铺着用绳绒线织的床罩，桌上摆着一只刻花玻璃做的细颈盛水杯。服务员拉开窗帘，走进浴室看看设备是否完好。约翰·格雷迪倚在窗户栏杆向窗外望去。窗下的院子里，一位老人跪坐在盆养的红白相间的天竺葵花间。老人一面忙着侍弄花儿，一面柔声吟唱着古老的《圣经》诗歌。

　　约翰·格雷迪付给服务员小费后，将帽子放在梳妆台上，关上房门，伸展开四肢倒在床上。他望着天花板上的雕刻饰物，然后，又起身戴上帽子，走下楼去餐厅买三明治。

　　他顺着狭窄而弯曲的大街漫步。大街两边矗立着古老的建筑。街区之间有个用隔板隔离的小广场，镇上人们穿着的服饰还有几分雅致。这时，风停雨歇，空气清新。商店已开始营业。他坐在街头广场的长椅上，让人将皮靴擦得油光锃亮。他从商店橱窗望进去，想为姑娘物色一件礼品。最终，他选中一枚无花纹的银项链，按要价付了款。女货主用丝带将项链包好，他接过来放在衣袋内，然后，他又回到他下榻的旅馆。

从圣路易斯波托西和墨西哥城方向开来的火车，正点抵达的时间是八时整。约翰·格雷迪于七时三十分就赶到火车站。可是那趟火车误点了，直到九时才到。他同拥挤的人群一道站在站台上，望着乘客走下车厢。阿莱詹德拉在火车的阶梯上露面的一刹那，约翰·格雷迪几乎认不出是她了。她身穿一袭天蓝色的女装，长裙下摆几乎拖至足踝，头上戴着一顶宽边的蓝色女帽。她这种打扮在他和站台上其他人看来简直不像是个中学生。她手里拎着一个小手提皮箱，走下阶梯时，脚夫赶忙接过来帮她提着，后来又将皮箱交还给她，并用手碰一下帽子。姑娘一转过身来，便朝约翰·格雷迪站立的地方张望着。约翰·格雷迪这时才意识到，姑娘在车厢里就从车窗看见他了。她向他走来时，她的美对他来说似乎是一件难以置信的东西。无法解释在这种地方或是任何地方会有这样的美存在。她走到他身边，望着他凄然一笑，用她那纤细的手指，轻抚着他面颊上的伤疤，又俯身用嘴唇轻轻地吻着。约翰·格雷迪也情不自禁地亲吻了她，并从她手中接过皮箱。

"你看起来比过去消瘦多了！"她说。他注视着她那双蓝汪汪的眼睛，仿佛在探索那茫茫宇宙中未来的景象。他呼吸急促，几乎喘不过气来。他对她说，她太漂亮了。她听后嫣然一笑。这时，他才发现她眼中那种感伤的神情。正如那天夜里，她走进他的房间时，他从她眼睛里第一次看到的那种充满忧郁的眼神一样。

"你还好吗？"姑娘说。

"还好。"

"莱西好吗？他在哪儿？"

"他很好。他已经回家了。"

他俩并肩走出火车站狭窄的尽头,她挽着他的手臂向前走着。

"我去叫辆出租车吧！"

"我们走走吧。"

"那好。"

大街上人群熙来攘往。

在阿玛斯广场,木匠们在搭脚手架,在总督府前面架起一个用绉绸遮盖的讲坛,以备两天后在这里纪念独立日之际供演说者登台演说。他拉住她的手,穿过街道向旅馆走去。他试图通过拉手的感觉了解她的心意,然而却一无所获。

他们先来到旅馆餐厅一道用晚餐。此前,两人还从未在这种公共场合一起露过面。他毫无准备,受不了邻桌那些中年男子投射过来的目光。他也没有想到姑娘居然以一种雍容大方的神情,坦然地迎着这些目光。他去柜台买了一包美国烟,侍者送上咖啡后,他点燃一支烟,又将烟放在烟灰缸上,说他一定要向她讲述别后的遭遇。

他谈到布莱文斯和卡斯特拉的监狱,又告诉她罗林斯的遭遇。最后,他也讲述了在餐厅同那个持刀行凶的小伙子恶斗,讲述了后来自己如何用刀刺入小伙子的心脏,小伙子如何倒在他臂上死去的经过。他向她讲述了分手后所发生的一切。接着,他们默默无言地对坐了一会儿。待她抬起头来时，只见她在伤心地哭着，已成了一个泪人。

"告诉我怎么了？"

"不，我不能说"。

"告诉我！"

"我怎么知道你是什么样的人呢？我怎么能知道你是哪种人呢？我父亲又是属于哪一种人呢？你酗酒成性吗？你去嫖过娼吗？我父亲是不是也这样呢？你们这些男人究竟都是什么样的呢？"

"我今天讲给你听的这些话，都是我从来没向任何人讲过的。凡是该讲的我都讲了。"

"你今天讲这些话又有什么用呢？"

"我也不知道！我想我就是相信这些。"

他们又相对无言坐在那里很长时间。最后，她抬起头望着他说："我已经告诉爸爸我们是情人了。"

约翰·格雷迪听了这话，感到一股冰冷的寒意掠过全身。餐厅静悄悄的，她虽然是低声细语，他仍感到周围死一般的沉寂，他简直都抬不起眼睛了。他开口讲话的时候，声音都变得嘶哑了。

"为什么？"

"因为姑婆威胁说，如果我不和你断绝往来，她就要把此事告诉父亲。"

"她不会这样做的。"

"不！我不知道。但我不能容忍她行使这种权利。因此，我就亲口告诉父亲了。"

"为什么？"

"我也不知道，我真的不知道！"

"真的吗？你亲口跟他讲的？"

"是真的。"

他向后仰身，双手捂着脸，又瞥了她一眼说："你姑婆怎么发现了我们的关系？"

"我也不知道，恐怕有各种原因吧。或许是那天她听见我离开大房子，又听见我回去了吧。"

"你也没否认？"

"没有。"

"你父亲都说了些什么？"

"他什么话也没说。"

"那时你为什么不告诉我呢？"

"我本来打算告诉你的，可是你当时还在平顶山上，你刚一返回牧场就被捕了。"

"是你爸爸叫人拘捕我的？"

"对。"

"你怎么能将我们的关系告诉你父亲呢？"

"我也不知道。我稀里糊涂。都是姑婆太蛮横傲慢了。我告诉她我不怕讹诈。她逼得我快发疯了。"

"你恨她吗？"

"不！我并不恨她。她告诉我做人要有自己的独立人格。她煞费苦心地想把我培养成为具有她那样人格的人。我并不恨她，她也是出于无奈。不过，我倒是伤了父亲的心，我使他伤透了心。"

"你父亲什么话也没说吗？"

"没有！"

"他有什么反应？"

"父亲从桌旁站起来，回到他自己的房间去了。"

"你是在餐桌上跟他讲的？"

"对。"

"当着你姑婆的面？"

"对。父亲回到自己的房间。第二天一早，天还没亮，他就备鞍上马，带着几条狗，一个人上山去了。我还担心他是去杀你呢！"

姑娘说着说着便呜咽起来。餐厅里人们的目光都转向了他们的餐桌。她垂下眼睛，轻轻地啜泣着，只见她肩膀不停地抽动，眼泪像断线珍珠一般顺着两颊流下来。

"别哭了！阿莱詹德拉，别哭了！"

"是我把一切事情都搞糟了！我真不想活了！"她一边摇着头，一边哭泣着。

"别哭了！我会想办法把一切处理妥当的。"

"你做不到。"她抬起眼睛望着他。约翰·格雷迪还从来没有见过这种绝望的神情，他还以为自己见过这种神情，其实他没有。

"你爸爸既然去了平顶山，他为什么没杀我呢？"

"我不知道。不过我想，他是怕我会因此而轻生吧。"

"你会吗？"

"我不知道。"

"我会将此事处理好的，你得让我去试一试。"

她摇了摇头说："你不理解！"

"不理解什么？"

"我原来没想过父亲会不再疼爱我。我以为他不会的。现在我全明白了。"

她从手袋中拿出一条手帕，轻轻地擦拭着眼泪，说道："对不起，人们在看着我们呢。"

雨淅淅沥沥地下了一整夜，窗帘被风吹得不时地卷起来，他能听见庭院里雨点溅落发出的响声。他拥抱着她，她那白皙而赤裸的胴体依偎着他，姑娘泣不成声，她告诉他，她有多么爱他，约翰·格雷迪则请求她嫁给他。他说自己完全能够自食其力，他们可以一道回到他的祖国，在那里安家立业。在那里，他们绝不会受到任何伤害。那一夜，她通宵都没有合眼，他醒来时天已破晓，她穿着他的衬衫站在窗前。

"天快亮了。"她说。

"是啊。"

她走到床前，坐下对他说："我梦见过你。梦见你死了。"

"昨天晚上做的梦吗？"

"不，许久以前的事了。我许下一个承诺。"

"一个承诺。"

"是的。"

"为我的生命。"

"是的。我梦见人们抬着你的尸体,穿过一座城市的大街。这座城市我从来没有见过。那时天刚拂晓,孩子们正在祈祷。你母亲在号啕大哭,比你的妓女哭得更合乎情理。"

他赶紧上前,用手捂着她的嘴。"别这么说。你不能说这些话。"

她双手握住他的手,抚弄他手上的青筋。

清晨他们双双来到大街上散步。他们先是和大街上的清扫工搭话,又和清洗店铺台阶和开小店的女老板攀谈。在咖啡馆吃过早饭后,又顺着大街小巷四处溜达。卖乳脂皮糖及各种糖果的小贩们正在地摊上摆放货品。他在货摊上给她买了些草莓,卖货的小男孩在铜制的小天平上将草莓称好,倒进一个纸袋里。他们顺着大街继续散步。前方高高矗立着一尊由雪白石头雕刻的天使,天使的一个翅膀已经残缺不全,天使的石头手腕上摇晃着一只锁链已断裂的手铐。他心里估计着时间,还差几个小时从南部开来的火车就要进站。他还揣测着阿莱詹德拉能否同他一道搭乘这辆开往托雷翁镇的火车。他告诉她,如果她肯将终身托付给他,他绝不会变心,更不会抛弃她,他爱她,至死不渝。她说她相信他。

快到中午时,在返回旅馆的路上,她拉着他的手穿过马路。

"你跟我来,我领你去一个地方。"

他们越过教堂的围墙,穿过盖有拱形圆顶、两边都是商店的通道，来到一条大街上。

"你要干什么？"

"我领你去一个地方。"

他们顺着弯弯曲曲的街道朝前走，经过制革厂和白铁厂，来到一个小广场，她转过身来对他说："我母亲的父亲，我的外祖父就死在这里。"

"死在哪儿？"

"这里，就在这个瓜达拉哈拉广场。"

"他是在那场大革命中死去的吗？"

"是的。在 1914 年 6 月 23 日。外祖父当时跟着劳尔·马德罗领导下的萨拉戈隆部队。当时他年仅二十四岁。他们是从市区北部开进来的。当时，这里是一片草原，外祖父就死在这个陌生的地方、现在成为欲望街及墨西哥思想家小巷的一隅。当时并没有母亲在旁啼哭，像在墨西哥传统歌谣里一样，没有小鸟在飞。只有洒满鲜血的石头。我想领你看看这个地方。然后我们就可以走了。"

"谁是墨西哥的思想家？"

"诗人约舍·费尔南多·德·利扎尔第。他活着的时候历尽艰险，死时还很年轻。至于欲望街，就像悲夜街一样，只是墨西哥的街道名称。现在我们可以走了。"

他们两人回到客房，女仆正在清理房间。女仆离开之后，他们便拉上窗帘做爱。最后两人依偎着睡去。一觉醒来时，早已红日西沉。她冲完澡，身上裹着浴巾，从浴室走出，来到床边拉着他的手，低头望着他，说道："你要求的事我做不到。我爱你。但我做不到。"

约翰·格雷迪十分清楚地感觉到，他的一生到了此刻就算完结了，今后的归宿如何尚难预料。他感到似乎有一个冰冷的、没有灵魂的东西进入他的体内，他可以想象出这个怪物如何向他发出恶毒的微笑，而且没有理由会离开。这时她走出浴室，衣服已经穿好。约翰·格雷迪把她拉到床边，双手紧紧地握着她的双手，跟她说话。她只是不断地摇头，扭过淌满了泪水的脸说，现在该是去火车站的时候了，她不想误了这班车。

约翰·格雷迪替她拎着旅行袋，她拉着他的手，两人穿过大街小巷，顺着那个古老的、石头砌的斗牛场上方的林荫路，沿台阶而下，穿过石雕的室外音乐台，继续前行。这时刮来一阵干燥的南风。在桉树丛中，可以看见白头翁在枝头跳来跳去，不时发出尖声的鸣叫。太阳已从远处的地平线上落下去了，公园里暮霭茫茫，大地一片朦胧。沿着高架水渠墙壁处的一排排黄色的煤气路灯忽的一下亮了，黄色的灯光洒在林间小道上。

他们并肩站在站台上，她将脸贴在他的肩膀上。尽管他不停地低声絮语，可她一直默不作答。这时，列车轰隆隆地从南边开进车站，喷着白气震颤一下便停靠在站台边，车厢的窗子弯曲地沿着路轨一字排开，仿佛多米诺骨牌在黑暗中闷烧。他不由得将这次列车进站的情景同二十四小时之前她来时的情景做了比较，心中好不难受。她摸了一下脖子上挂着的那串银项链，转过身拎起皮箱，然后身体前倾，给了他最后一个吻。晶莹的泪珠浸湿了她的面颊，然后她就走了。他呆呆地望着她离去，眼前这一切恍如在梦中。在站台上，亲人之间及情侣之间在相互道别。他还看见一个男人怀里抱着一个小女孩在兜着圈子玩耍，小女孩快活地笑着，可是当她一瞥见约翰·格雷迪的脸，便立即止住了笑声。火车启动了，约翰·格雷迪不知道自己怎么能站在那里直到火车出站，但他确实站在那里了。等到火车在远方消失，他才转过身来，向大街走去。

　　他在旅馆中付款结账后，收拾好东西便离开了。他来到背街的一家酒馆，从敞开的房门里传来北方酒馆音乐那种聒耳的嘈杂声。他喝得酩酊大醉，还和人打了一架。待到黎明醒来时，他发现自己躺在某个后台化妆间里的铁床上，窗户内拉着纸窗帘，窗户外边传来公鸡的叫声。

　　他在模糊的镜子里，仔细端详着自己的面孔，发现下巴被打得青肿，伤痕累累，衣服已被撕破，浑身血迹斑斑。只有将脑袋偏到一定的位置，镜子里的映象才能恢复面孔两颊的对称；只有合上嘴巴，才能忍住伤口的疼痛。他随身携带的旅行包已无影无踪。他只记得昨天晚上发生的一些事情，但具体的真实情况却并不清楚。他只记得在街口的一个人影，站在那里的样子与他上次看见罗林斯的样子差不多。那人将上衣随便地搭在肩上，身子转过一半正在挥手道别。这人既不是来这里破坏谁的家庭，更不是要糟蹋谁家的女儿。他看到仓库的波纹铁墙的门道上方有个亮光，看不见那里有人进出。这时天正下着雨，他看到雨中这个市镇里的一块空地，看到空地上有个木箱子。

他看见一条狗从木箱中跳出来，蹿到空地上，来到微弱灰黄的灯光下，好像杂耍团的狗形单影只，无家可归。那狗在碎石瓦块中断断续续地择路而行，一会儿悄悄地消失在一片黑乎乎的建筑群里。

约翰·格雷迪走出大门便不知自己身在何处了。这时，天下着蒙蒙细雨。他试图通过矗立在城西的拉布法高地来判断自己所处的位置。但走在弯弯曲曲的大街上，还是很容易迷失方向。这时，他向一位妇女打听去市中心的路怎样走。她向他指明了那条街，然后站在那里，目送着他朝那边走去。约翰·格雷迪刚刚走到希达尔高大街，忽然一群狗快步跑来，从他面前穿过，有一只狗滑了一下，乱扒着湿漉漉的石头，倒了下去。这群狗见状聚立到一起，身上的毛都竖起来，龇着牙一阵狂吠。然而，还没等他受到狗群的袭击，那只倒下的狗又挣扎着站起来了，一群狗跟刚才一样离开了。他顺着向北的公路走出市区来到城边，伸出大拇指，要求搭顺风车。他此时几乎身无分文，可他还有好长的一段路要走。

他搭乘一辆老式的拉沙利牌敞篷马车在路上疾跑了一整天。驾车的是位身着白色套装的男人。他告诉约翰·格雷迪，他驾驶的这辆车即使在全墨西哥也是绝无仅有的。他说他年轻时曾环游世界，还曾在意大利的米兰以及阿根廷的布宜诺斯艾利斯学过歌剧。他驱车在乡野上飞驰，一边吟唱着歌剧的咏叹调还打着手势，充满了活力。

他就这样接连搭乘各种车辆，终于在第二天将近中午时分抵达托雷翁市。他首先去他曾下榻的那家旅馆取回铺盖，然后又去牵马。他连续有好几天没有洗澡刮脸，又没有换洗的衣服，显得十分邋遢。旅店老板看见他这副模样，点点头表示同情，似乎对此并不觉得奇怪。约翰·格雷迪骑上马奔向大街，中午交通拥挤，这匹马难以驾驭受了惊吓，在大街上撒蹄乱窜乱跳起来。那马一脚踢在公共汽车上，车上乘客见了大乐，纷纷探出头来观望，他们在安全的车窗内起哄地嚷嚷着。

约翰·格雷迪骑马来到迪格拉多大街的一家商店前，下马后将马儿拴到灯柱上，走进商店买了一盒四十五发的猎枪子弹。然后，他在城郊停下，买了一些玉米饼、奶酪，还有几瓶菜豆罐头。他用毛毯将食品裹在行李卷里，系在马鞍后头，并将水罐盛满了水后，跃身上马，掉转马头，向北方骑去。雨水滋润着原野，路边茂密的青草一片葱绿。涓涓溪水潺潺流过，青草上挂着的水珠儿在阳光下闪闪发光。在这一望无际的田野上，繁花盛开，五彩缤纷。那天夜里，他露宿在远离城镇的旷野上。他没有点起篝火，只是躺在地上倾听着马啮食青草的声音。他将马松散地系在树桩上。他躺着倾听空旷田野中的风声，注视着群星在漫无边际的苍穹中徐徐移动，最后沉没在远处天边的黑暗中。他躺在草地上，心中隐隐作痛，如同肉体在受火刑的煎熬。他联想到人世间的苦痛如同一种无形的寄生虫一样，在人类灵魂深处竭力寻找一片温暖之地，以便在那里产卵。他觉得他了解人们何以容易受到这种寄生虫的光顾，可是令他不解的是，这种寄生虫并无头脑，因此无从知道人类灵魂的极限，而他所担心的则是人类灵魂可能根本没有什么极限可言。

次日午后，他骑马深入山谷浅滩之中，四周是崇山峻岭。第三天，他又进入一片连绵起伏的山峦，极目望去，崎岖不平的荒野连接着荒山迤逦北延。那匹马似乎不适应他这种走法，他不得不常常停下来休息片刻。他在夜间骑马赶路，因为那马蹄子似乎更适于在湿漉漉的荒野山径上跋涉，他骑在马上远远望见前方散落在平原远处的几个小村庄，在不协调的黑暗中泛出微弱的黄光。他知道，那里的生活对他来说是难以想象的。五天之后的一个夜晚，他骑马来到位于小十字路口的一个不知名的印第安人小村庄。他便停下马来休息。这时正值月盈之际，借着皎洁的月光，他辨认出路标上这些城镇的名字是圣杰洛尼莫、洛斯平托斯、拉罗西达。路标是由烙铁烫印在细木板上的，下端有一块木板，上面的箭头指向另一方向，通往恩坎塔达镇。他在这十字路口坐了许久，然后，身子向前探着，啐了一口唾沫，目光又转向西边黑暗的夜空。他随口骂了一声："去他妈的！我可不能把马留在这里！"

他骑马走了一整夜，直到东方的天边露出鱼肚白。那马已累得耷拉着脑袋气喘吁吁，他让它慢慢前行，来到山坡下，才辨认出横在前面小镇的轮廓。最早亮灯的房子的旧泥墙上玻璃窗泛着黄光，细长的炊烟呈螺旋形袅袅升起，一直飘向破晓时无风的夜空。一切仿佛是静止的。远远望去，这小村就好像由一根根丝线在黑暗中悬吊着似的。他跳下马来，解开行李，打开了弹盒，将一半子弹放在口袋里。再检查手枪的六个旋转弹膛是否都装满了子弹，然后关上弹膛膛口，把手枪别在腰带里面。他又把自己的衣物包好，重新系在马鞍后面，便跨上马背，向镇里骑去。

镇里大街上连个人影儿都见不到。约翰·格雷迪将马拴在商店前，顺着大街直向那所破旧的学校走去。他站在学校门廊里伸头向里面瞧着。他试着开门，没打开，便绕向后院，打破窗户玻璃爬了进去，启开门锁，提着手枪走进房门。他穿过房间，从窗口朝大街望去，然后转身走到上尉的写字台边，打开抽屉，拿出手铐放在桌面上，然后拉了把椅子坐下，将双脚放在写字台上。

一个小时之后，一个女仆用钥匙打开房门，见他坐在那里，不禁大惊失色。她呆呆地站在那里，茫然不知所措。

"进来吧！"他说，"没有关系！"

"谢谢！"女仆说。她刚要穿过房间向后院走去，约翰·格雷迪止住她，让她在贴墙放着的一把金属折叠椅上坐下来。她坐在那儿一声不响，也没向他提出任何问题。他们都坐在那里等待着。

这时，他看到上尉穿过大街走来。一会儿走廊上便传来上尉脚上皮靴踏在木地板上的声音。上尉走进来一只手端着咖啡，另一只手拿着一串钥匙，胳膊底下还夹着邮件。上尉抬头看见约翰·格雷迪坐在他的椅子上，一下子怔住了。他看见约翰·格雷迪手上的枪撑在桌面上，枪口正对着他。

"把门关上！"约翰·格雷迪命令道。

上尉的眼光飞快地向门口瞥了一眼。约翰·格雷迪站在那儿，手指已扣上了扳机。左轮手枪的顶针进入位置的响声以及手枪保险装置"咔嗒"一声被打开的响声在静谧的清晨显得格外响亮和清晰。女仆见状，两手捂着耳朵，闭上眼睛，上尉用胳膊肘缓慢地将房门推上了。

　　"你想干什么？"上尉问道。

　　"我来取回我的马。"

　　"取回你的马？"

　　"是的。"

　　"我这里没有你的马。"

　　"你最好知道它在哪儿。"

　　上尉向女仆瞥了一眼，她双手仍捂着耳朵没有放下，但抬起头来望着他们。

　　"你过来，将手里的东西放下！"约翰·格雷迪说道。

　　上尉走到写字台前，将咖啡杯和邮件放在桌面上，手里仍然拿着那串钥匙。

　　"把你手中的钥匙放下。"

　　上尉将钥匙放在桌子上。

　　"转过身去。"

　　"我看你这是自找麻烦。"

　　"我找的麻烦，你连听都没听说过呢。转过身。"

　　上尉只得转过身去。约翰·格雷迪俯身向前，解开上尉佩戴的枪套，拔出手枪，解除扳机，将枪别进自己的腰带里。

"转过身来。"他说。

上尉高举着双手，转过身来，尽管没有人命令他举起手来，他还是高举着手。约翰·格雷迪从桌上拾起手铐塞在腰间皮带上。

"你想把女仆留在哪里？"

"你说什么？"

"算了，我们走吧。"

约翰·格雷迪拾起钥匙，从写字台后面走出来，把上尉推在前面走，同时又抬起下巴向那位女仆示意。

"我们走吧。"他说道。

后门仍然开着，他们走出去，顺着小路来到监狱。约翰·格雷迪打开牢房的挂锁开了房门。灰暗的微光呈三菱形照进牢房，那老头仍然坐在里面直眨巴着眼睛。

"你还待在这里，老头？"

"是呀。还待在这里。"

"请你走过来。"

老头费了好半天劲才站起身来。他一只手扶着墙壁，慢慢地朝前迈了几步。约翰·格雷迪告诉他，他已是自由人，可以出狱了。他同时向旁边那个清扫女工打了个手势，让她进来，抱歉地说要委屈她一下。清扫女工表示不必介意。约翰·格雷迪便关上牢房门将那清扫女工锁在里面。

约翰·格雷迪转过身来，发现那老头仍然站在那儿不动。他让老头赶紧回家，可是老头的眼睛不住地盯着上尉。

"用不着看他的眼色，"约翰·格雷迪向老头嚷道，"你赶紧离开这里吧。"

老头一把抓住约翰·格雷迪的手，刚要低下头去吻，他赶紧将手抽回。

"你赶紧离开这里，"约翰·格雷迪嚷道，"别看他了，赶紧走吧！"

那老头一瘸一拐地向监狱大门走去，拉开门闩走出门外，转身又将大门关严，便离开了此地。

约翰·格雷迪同上尉走上大街，约翰·格雷迪骑在马上，两支手枪分别塞在腰间，用上衣盖住。他的两只手佯装戴着手铐置于身前，上尉在前牵马引路，他们顺着大街朝那位穿着考究的骑手居住的那座蓝色房子走去。来到门口，上尉上前敲门，只见一位妇女前来应门。她一见到上尉，便又缩回身，沿着过道走回去。过了一会儿，那位骑手来到门口，向上尉点了点头，站在那里，手里拿牙签剔着牙齿。他瞅瞅约翰·格雷迪，又瞧瞧上尉。然后，又把目光落到约翰·格雷迪身上。

"我们遇到麻烦了！"上尉说道。

那位骑手吮着牙签，他还没看见约翰·格雷迪腰带上别着手枪，对上尉的反常举动感到困惑不解。

"走过来，"约翰·格雷迪命令道，"关上房门。"

那骑手抬头瞥见约翰·格雷迪腰间的枪管。约翰·格雷迪知道此时那骑手才明白发生了什么事。那骑手迅速走到他的身后，随手将门关上，扬头看了看骑在马上的人。这时他正面对着射进来的阳光睁不开眼，便稍微退到一边，又重新抬头看着约翰·格雷迪。

"我要牵回我的马。"约翰·格雷迪说道。

那骑手看了看上尉，上尉耸耸肩膀。那骑手又抬头瞥了一眼骑在马上的人。这时他的目光似乎接触到了什么异样的东西，立即避开转向右边，紧接着便低下了头。约翰·格雷迪骑在马背上，目光掠过篱笆墙，望见一座高大建筑物锈迹斑驳的铁皮屋顶和一些泥棚。他纵身跳下马来，那副手铐吊在他一只手腕上摇来晃去。

"我们走吧！"约翰·格雷迪喊道。

罗林斯的马拴在房后一块地里的牲口棚内。约翰·格雷迪一看见这马便立即上前和它讲话。这匹马听到他的声音，昂起头来嘶叫着。他叫那骑手取来马笼头勒上，自己站在一边，手中紧握着手枪，并从骑手的手中接过缰绳。他向骑手追问另外几匹马的下落。那骑手吞了吞口水，眼睛瞥着上尉。约翰·格雷迪走上前一把拽住上尉的衣领，用手枪直顶着上尉的后脑勺，向骑手嚷道，如果他胆敢再瞅一眼上尉，他便立刻要了上尉的命。那人两眼朝下望着，不敢再抬起头来。约翰·格雷迪说，他的耐心是有限的，时间也不多，反正上尉已是要死的人了。但他又说，上尉如果要保全自己的性命，现在还来得及。他告诉他们说，布莱文斯是他的兄弟。他已发下血誓不提上尉的头颅绝不回家乡去见自己的父亲。并说，如果他没有得手，还有众多的兄弟们等着为他报仇雪恨呢。那个骑手控制不住自己的眼睛，频频看向上尉，然后又转过脸闭上眼睛，用一只手紧紧地抱着自己瘦削的脑袋。约翰·格雷迪观察着上尉。他第一次发现上尉脸上布满疑云。上尉刚要同那骑手讲话，约翰·格雷迪便拽住他的衣领，将他的头扭过来，用手枪顶住他的脑袋威胁说，如果他胆敢再开口，便将他就地枪毙。

"我问你，另外几匹马在哪儿？"

骑手站在那里，眼睛往牲口棚堆放干草处望去，他那副模样活像话剧中的一个临时演员，在那里背着他自己那句仅有的台词。

"在拉斐尔先生的牧场里。"他说。

后来，他们骑马穿过市镇。上尉和骑手并骑在罗林斯那匹光背无鞍的马上，约翰·格雷迪骑在另一匹马上紧随其后，双手同先前一样虚戴着手铐。他肩上还吊着另一副备用的马笼头。他们悄无声息地骑马走过中心。一位清扫大街的老太婆站在清晨的寒气中，望着他们走过。

这里离牧场十公里左右。他们在早晨过了一半时抵达。他们从敞开的大门走进，绕过那座大房子，径直向后院的马厩走去。跟随他们的几条看门狗围绕着马前后乱蹦，还不停地狂吠着。

约翰·格雷迪来到畜栏前停下脚步，卸下手铐放进口袋里，又从皮带里拔出手枪。然后，他下马推开大门，挥手示意上尉他们进去。他牵着那匹叫格鲁洛的马走进去，随即将门关上，然后，命令上尉他们下马，并用手枪朝马厩那边打着手势。

这是一所新盖的由砖坯砌成的建筑。高高的屋顶铺着锌铁片，另一端的几扇门都关着，畜栏内隔间的窗板也都关着。仓房内一片漆黑，几乎没有一点亮光。他用枪顶着上尉与那个骑手在前面走。这时，他听到马厩内马抽鼻子的声音。头顶上传来鸽子低叫的咕咕声。

"雷德博！"他叫道。

伫立在马厩远端的那匹叫雷德博的马听见后，立即发出一阵嘶鸣。

约翰·格雷迪做手势让他们继续朝前，并说："我们走吧！"

他刚一转身，突然一个人跳到他们身后的门口处，映现出一个黑色的人影。

"是谁在那儿？"黑影问。

约翰·格雷迪转到骑手的身后，用枪口顶住他的肋骨，说："答话！"

"是路易斯。"骑手答道。

"路易斯？"

"是的。"

"还有谁在那儿？"

"还有上尉劳尔。"

那黑影站在那里，显得犹疑不决。这时，约翰·格雷迪迈步走到上尉身后说道："就说我们这里有个犯人。"

上尉便复述："这里有个犯人。"

"就说他是个贼。"约翰·格雷迪压低嗓门说道·

"他是一个贼。"上尉又说。

"就说我们是找马来了。"

"我们是找马来了。"

"要找哪匹马？"

"要找那匹美国马。"

那黑影站在那里，迈步离开门口的亮光处。这时，谁也没有出声。

"发生什么事情了？"那黑影问道。

谁也没有回答。约翰·格雷迪仔细地朝马厩门口那片洒满阳光的空地望去，看见那人的影子，那人仍然在门侧站着，过了一会儿，那黑影便退去了。他侧耳倾听，接着就把那两个人推到马厩的后边。"我们走吧。"他说。

约翰·格雷迪吆喝着自己那匹马的名字找到了它所在的隔间。他打开门将马放了出来。那马亲昵地将鼻子和额头抵在约翰·格雷迪的胸前。他便同它讲起话来，这马喷着鼻息转过身去，既没戴马勒，也没套笼头，迈开碎步跳跃着朝门内洒进阳光的地方走去。待他们走回谷仓中堆放干草的地方时，另外的两匹马将头探出隔栏的门。第二匹马就是布莱文斯的那匹大棕红马。

约翰·格雷迪停下脚步，看着这匹马。他肩膀上依然吊着那只备用的马笼头。他将那个骑手叫到身边，从肩膀上退下那副马笼头给他，让他系好马笼头再将马儿牵出去。他知道刚才站在马厩门口的那个黑影早已看见这两匹马拴在畜栏内，其中一匹马已装上马鞍和马笼头，另一匹马儿只套了马笼头却没有上鞍。他揣测着那黑影走到那所房子去取步枪。他估计骑手还没来得及系好马笼头，那黑影或许就能赶回来。果然不出他所料，那个黑影又在马厩门外叫嚷，他是在叫上尉。上尉的眼睛直盯住约翰·格雷迪。骑手站在一边，一只手拎着马笼头，另一只手将那匹马的鼻子挽在胳膊肘弯处。

"走。"

"劳尔！"那人叫道。

那个骑手将马笼头套在马耳朵上，手持缰绳站在隔栏的门口。

"我们走吧。"约翰·格雷迪道。

门厅套钩上悬挂着笼头、绳索、扣链系带等马具。他拿起一圈绳子递给那个骑手，吩咐他将绳子一端系在布莱文斯那匹马的喉头上。他知道无须对骑手干的活儿进行检查，因为那骑手绝对不敢怠慢而把事情搞砸。约翰·格雷迪自己的马站在门道里不时地回头张望，又转过身来，望着外边倚着马厩墙壁而立的那个黑影。

"同你在一起的还有谁？"那黑影问道。

约翰·格雷迪从口袋中掏出手铐，让上尉转过身去，双手背在身后。上尉有些迟疑，眼睛朝房门望去，约翰·格雷迪提起手枪，扳上了枪机。

上尉见状，赶紧答应说："好，好……"约翰·格雷迪将手铐戴在上尉的手腕上，把他推在前面走，又示意那个骑手牵马。这时，罗林斯的那匹马在马厩房门口出现了，站在那里亲昵地用鼻子蹭着雷德博。它扬着头和雷德博望着他们把另一匹马牵出来。

在阳光照进马厩的暗影边缘处，约翰·格雷迪从那骑手的手中接过了牵马绳。

"请在这里等一会儿。"他说道。

"好的。"

他随即将上尉推向前去。

"我来牵回我的马,"他喊道,"别的什么东西都不要。"没有人吭声。约翰·格雷迪放下手中的牵马绳,拍一下马的臀部,这匹马就迈着碎步走出马厩,头偏向一侧以便不踩在拖曳着的绳索上。这匹马一来到外边便转过身来,用额头轻触一下罗林斯那匹马,然后站在那里,望着蹲坐在墙边的那个人。一定是那人做了驱赶马的动作,这马突然翘起脑袋,眼睛眨巴着,但却没有移动。约翰·格雷迪拾起马身后拖曳着的绳子末端,把它从上尉那两条戴着手铐的胳膊中间穿过,将绳头拴在马厩门的木栅柱上。然后,他跨出门口,将左轮手枪枪口顶在蹲坐着的那个人的两眼中间。

那人把一直持在腰间的步枪放在泥地上,举起了双手几乎就在这一霎,约翰·格雷迪的腿突然遭到一下猛击,随即他便倒地了。他根本没有听到枪机的响声,然而,那"砰"的一声枪响却惊了布莱文斯的那匹马。它前腿腾空,后腿直立地惊跳起来,马蹄正好被绳头绊倒,身子也向侧方歪过去,接着就"咕咚"一声栽倒在地上。山墙边屋顶上方的阁楼里的一群鸽子被惊起,它们纷纷拍动着翅膀,向着灿烂的朝阳飞去。另外两匹受惊的马则匆匆跑开。那匹叫格鲁洛的马沿着栅栏跑着。约翰·格雷迪以手枪枪管撑地,挣扎着要爬起来。他这时才知道,自己的腿部中了一枪。他想知道那开枪的人现在藏在哪里。另外那个人伸手试图夺回放在地上的步枪，约翰·格雷迪转过身来，持枪猛地将那人推倒，伸手将步枪夺到手，又翻过身来，把那匹栽倒并正在挣扎着站起的马的头部遮住，不让它站起来。然后，他抬起头来，小心翼翼地向四处张望。

"不要向马开枪！"他身后的那个人喊道。这时，他才发现向他开枪的那个人站在空地外一百英尺之遥的一辆卡车上。那支来复枪就架在卡车顶。约翰·格雷迪把手枪对准那个人。那人立即蜷缩着蹲下，透过驾驶舱的后窗和挡风玻璃看着约翰·格雷迪。约翰·格雷迪扳上枪机，端起手枪，"砰"的一响就把挡风玻璃击穿一个洞，又急转身再次扳上枪机，将枪口对准跪在身后的那个人。他身下的那匹马儿在哼叫着。他能感觉到依偎在他心窝处马儿那缓慢而沉稳的呼吸声。那人伸出两手叫道："伙计，不关我的事！"约翰·格雷迪向卡车望去，可以看见卡车后面车轴处露出那人脚上穿的皮靴。约翰·格雷迪伸平身子伏在马背上，又扳动机枪向那人开火。那个人退到卡车后轮处。约翰·格雷迪接连开了两枪，打中了一个轮胎。那人从车后跑出来穿过一片开阔地，向车库飞奔而去。轮胎发出一阵长长的尖锐刺耳的声音，划破了清晨的宁静。卡车渐渐倾向一边。

雷德博和朱尼阿这两匹马站在马厩墙边的阴影处直打哆嗦，它们的腿稍稍叉开，眼睛骨碌碌地转个不停。约翰·格雷迪躺在那儿，掩着马的头，一面用手枪枪口对准身后的那个人。同时，又叫着那骑手。他没有听到骑手的回答，便再一次叫他给另一匹马拿马鞍、马笼头和缰绳来，否则将立刻杀了那老板。大家都静静地等待着，又过了几分钟，那骑手来到房门口，大声叫着自己的名字，仿佛那是一个能防止灾难降临的避邪物似的。

"过来！"约翰·格雷迪喊道，"没有人会烦他！"

那骑手忙着给雷德博系马笼头、上马鞍，约翰·格雷迪则不停地和它说话。布莱文斯那匹马的呼吸匀称而缓慢，约翰·格雷迪的腹部觉得暖烘烘的，他的衬衣也被马的呼吸弄湿了。他发现他自己与马的呼吸节拍同步，仿佛那马的部分身体已经进入他的体内与他一同呼吸着，这时约翰·格雷迪与马之间仿佛产生了深深的、言语难以形容的默契。他低头看了看自己的腿，发现裤子已经血迹斑斑，地上留有一片血渍。他感到肢体麻木而僵硬，但丝毫感觉不到肉体上的疼痛。这时，骑手已经给雷德博备好了马鞍牵至约翰·格雷迪跟前。他一见到这马，心中感到无限宽慰。他仰视着它，马的眼睛也滴溜溜地凝视着他。过了一会儿，那马抬头凝望着无边无际、碧蓝如洗的天空。约翰·格雷迪用步枪支着地面，挣扎着站立起来。他全身的重量全压在那条受伤的腿上，一股剧烈的疼痛从身体右侧骤然升起，他不由自主地大口大口地吸着气。也就在这个时候，布莱文斯的马跟跟趄趄地摇晃着，拼命挣扎着从地上爬起来，这样一来便将套着的绳索绷紧。忽听从仓房内传来一阵叫声。原来那绳子一动，手臂反铐着的上尉便被绳子拉得弓着身子，沿着颤动的绳索趔趔趄趄地向前扑过来，像被烟熏得从洞里逃出来。上尉的帽子也不知掉在什么地方了，长直的黑发垂在脸旁。他吓得面如死灰，连连呼救。那匹马听到第一声枪响就惊了，拉紧了绳子的末端，将上尉一下子拽起来，把他的肩胛骨拉得脱了臼。上尉感到剧痛难忍。约翰·格雷迪将绳索从大棕红马的脖子上解开，系在那个骑手拿来的绳索上。他把绳头递给骑手并吩咐他将绳头系在马鞍鞍头上，又吩咐他将另外两匹马牵过来。骑手看着上尉，上尉坐在地上，双手背在后面戴着手铐，身体微微弯着斜向一侧。另外那个人则跪在几英尺以外的地方，高举着双手。

约翰·格雷迪俯视着他，那人只是一个劲地摇着头。

"难道你疯了吗？"那人嚷道。

"你算说对了。"约翰·格雷迪说。

约翰·格雷迪吩咐那人将枪手从库房中叫出来。他连叫了两遍，里边那人就是不出来。约翰·格雷迪知道，只要他骑马走出这个围墙，那个人必定会堵截他。而且布莱文斯的那匹马易受雷电霹雳的惊吓，他必须采取一些措施。那骑手手牵着几匹马站在那里，约翰·格雷迪手拿绳索，又将马缰绳递给骑手。他吩咐骑手去上尉那里，将上尉扶上格鲁洛的背上。他自己仍倚在布莱文斯的马的一侧，以便喘口气并看看受伤的腿。骑手站在上尉跟前，牵着马儿，等待扶上尉上马，可是上尉赖着不肯走了。约翰·格雷迪刚想朝上尉坐的位置前方开一枪，忽然想到布莱文斯的马易受惊吓。他向那个跪着的人看了一眼，便用步枪当拐杖，转到马脖子下方，从地上拾起雷德博的缰绳，将手枪塞进腰带里。

他一只脚踩住马镫，伫立一会儿，咬紧牙关，使足力气将他那条血淋淋的腿迈过了马鞍。他知道，如果第一次跃不上去的话，那么第二次就更不成了。这一动作疼得他几乎叫了起来。他解开马鞍鞍头处的绳索，让马后退到上尉坐着的地方。他手扶步枪，眼睛密切注视着库房的动静，因为枪手仍藏在里面。他骑在马上向后退时，差一点将上尉撞倒，不过即使撞倒了，他也不介意。他吩咐那骑手将绳索从马厩门口的柱子上解下递给他。他看出这两个人有嫌隙。那骑手将绳头递给他，他吩咐骑手将绳头系在上尉的手铐上。骑手按他的话做了之后就走回去了。

"谢谢。"约翰·格雷迪说了一句。他已将绳索盘成圈，把绳索的中间拴在马鞍鞍头上，然后催马向前。上尉见此情景，站了起来。

"等一会儿！"上尉叫道。

约翰·格雷迪骑马前行，眼睛注视着库房的动静。上尉见松散在地上的绳子快要被拉光时才向他大声叫着，三步并作两步地跑上来，两手仍反绑在后。"请等一等！"上尉叫道。

约翰·格雷迪在后面用一只胳膊搂着上尉的腰，和上尉两人并骑着雷德博一起穿过大门。他们将两匹马赶在前边走，后面用绳牵着布莱文斯的那匹马。约翰·格雷迪下定决心，即使死在路上，也一定要将这四匹马带出来。除此之外，他也没有多想。他的双腿僵硬麻木，还流着血，沉甸甸的好像是一袋玉米面。他穿的靴子里也渗满了血。他们路过大门，那骑手正站在大门口，手里拎着他的帽子。约翰·格雷迪伸手从他手中接过帽子戴在头上，朝那骑手点了点头。"再会了！"他说。

那骑手一边点头，一边向后退了几步。约翰·格雷迪催马前行，踏上了公路。他紧紧抱住上尉，自己半侧身将来复枪挎在腰间，眼睛往回望着畜栏。那个骑手仍站在大门口，却不见另外两个人的踪影。在他前面坐着的上尉浑身散发出一股难闻的汗味，他的上衣前襟半敞着，一只手伸进里边去吊着另外一只受伤的臂膀。他们经过那座大房子时，周围一个人影都看不见，可他们开始踏上公路时，却发现厨房里有六七个妇女和年轻姑娘在房角偷偷看着他们。

他们继续沿着公路骑马前行。约翰·格雷迪让朱尼阿和格鲁洛两匹马并排在他前面走，而布莱文斯的那匹大棕红马则用牵马绳牵着跟在后面。他们一路小跑地赶回到恩坎塔达镇去。他不知道格鲁洛是否会挣脱束缚，离他而去。他想要是当时将那副备用的马鞍套在朱尼阿的身上就好了！现在已无计可施。这时上尉又为他那脱臼的胳膊叫苦不迭，他拼命握紧缰绳，一会儿说他需要赶紧去看医生，一会儿又说他得去解手。约翰·格雷迪则注视着身后公路上的动静。"继续向前赶路吧，"约翰·格雷迪嚷道，"你身上那股臭味真他妈熏死人了！"

他们策马前行足足有十多分钟，后面的几个骑手才露面了。其中，四位骑手身体前倾伏在马背上，单手在身体一侧持着步枪，向他们飞奔而来。约翰·格雷迪松开缰绳，急转过身来扳上枪机，便开始射击。布莱文斯的马受到惊吓，如同马戏团的马一样，站在原地打转。上尉想必是勒住了雷德博的缰绳，这匹马在公路中间死死地停住了，以致身后的约翰·格雷迪撞在上尉后背上，险些将上尉推下马鞍。在后边追赶的骑手们一会儿勒住马停下，一会儿又骑马在路上转着圈子。约翰·格雷迪打开枪膛，重新装上子弹，又开始射击。此时，雷德博在公路上转过身来，面朝着缰绳被勒紧的方向。布莱文斯的马已完全失去控制。约翰·格雷迪转过身来，用步枪枪筒拍击着上尉的胳膊使他放下缰绳。他接过缰绳之后，使劲拽着雷德博，使它转过身来并用步枪拍打它，还不时地回头向后瞭望。他发现骑手们已经不在公路上了，最后一匹马已消失在灌木丛中。他心里明白这些骑手已朝哪个方向窜去。他身体前倾抓住绳索，将受惊而眼睛瞪得溜圆的那匹马拖曳至身边，迅速盘绕着绳索，终于将马勒住。他再次拍打着雷德博，与之并肩奔驰赶上跑在前面的两匹马并将它们一起赶到那几簇灌木丛中，最后登上了位于镇西的一片丘陵起伏的山野。上尉半扭转过身子，又开始抱怨不休。约翰·格雷迪不管上尉的啰唆多么可憎，仍然紧紧地抱住他不放。上尉在他前面神情呆滞，摇摇欲坠，如同商店橱窗中被恶作剧地摆弄的假人。

他们来到一个平坦而宽阔的干河谷，他勒马缓步前行。这时，他的腿部伤口一阵剧痛，上尉又大声喊叫，要求把他就地留下。干河谷向东延伸。他们走了好长一段路，直到河谷变得越来越窄，四周岩石嶙峋，走在前边的那两匹松松地套在一起的马小心翼翼地迈着步子，抬眼望着上面的斜坡。约翰·格雷迪赶着这几匹马，蜿蜒穿过从山坡边缘滚落下来的暗色岩石，费力地攀登上山地的北坡，又沿着堆满砾石的荒芜山梁前行。约翰·格雷迪重新拉住上尉，不时地转过身子向后面观望追赶的骑手呈扇形散开在山下约一英里处的开阔地面上。他数了数人头才发现，不是四个，而是六个骑手。过了一会儿，骑手们的影子就消失在下边的溪谷中。约翰·格雷迪解开了上尉身前鞍头上的绳索，再松松地重新系上。

"你一定是欠这些王八蛋的债了！"他说道。

约翰·格雷迪催马向前，赶上站在前面一百英尺之外的、沿着山脊回头观望的另外几匹马。他环顾一下四周，找不到走出溪谷的山径，这片开阔地也无处可以藏身。他需要十五分钟的时间才能进入安全地带，但他没有这么多时间。他爬下马来，拉住普利西玛牧场的马，拖着自己的伤腿一瘸一拐地跟在它后面。那匹马不停地移动着脚胆怯地望着他。他从马鞍鞍头上解下缰绳，踏上马镫，费力地爬上马背，回过头来瞧着上尉。"我要你跟在我后面，"他说道，"我知道你心里在琢磨什么。你别以为我骑不过你！如果非要让我赶上你，我一定会像打狗一样，狠狠地揍你一顿。你听明白了吗？"

上尉听罢没有吭声，只是冷笑了一下。约翰·格雷迪点了点头，继续说："你就一直笑下去吧。但我要告诉你，如果我死了，你也活不成。"

约翰·格雷迪掉转马头，骑下干河谷。上尉紧随其后。在岩石塌方处的斜坡，约翰·格雷迪跳下马来，将马系好，掏出一支香烟点上开始抽起来，接着，他手持步枪，在山坡上滚石和砾石之间，蹒跚地走着。来到山坡一个避风处，他停下脚步，从腰带中掏出上尉的那把手枪放在地上，又掏出自己的小刀，将身穿的衬衫割下一长条来，拧成一股绳子，再用刀将绳子切成两段，用一条绳子将枪的扳机向后系在手枪上，紧紧地缠住枪机以便压住手枪的保险。他又折断一根枯树枝，将另一条绳子的一端系在枯枝上，并将绳子的另一端系在手枪的击铁上。他搬来好大一块石头压在那根树枝上稳住，将手枪拉开，直到那条绳子能够扳起手枪的击铁，将手枪放下，又弄来一块石头慢慢地放在手枪上压住，使之不动。他深深地吸了一口烟后小心翼翼地将燃红的烟头放在一端系着击铁的绳结上，这样一旦绳子烧断，枪就响了。然后他拾起步枪，转过身来一瘸一拐地朝后边那几匹马站着的地方走去。

约翰·格雷迪拿着水瓶，从格鲁洛头上摘下马笼头，抚摸着它的下巴，说道："我的老伙计，我不忍心离开你，你真是好样的！"

约翰·格雷迪将水瓶递给上尉，将马笼头挎在肩上。他向上伸出一只手。上尉向下看着他，伸出他那只没受伤的手够着他。约翰·格雷迪强忍疼痛，吃力地爬上马背，坐在紧挨上尉身后的位置。他伸手拿过缰绳，掉转马头，向山岭驰去。

他赶上在前边撒开行走的那几匹马，将它们赶下山岭，穿过那片开阔地。地面满是火山砾石，马在其中行走真是艰难。他打马急行，越过河流泥沙淤积的漫滩，在两英里开外有一座低矮的怪石嶙峋的平顶山，远处崎岖不平的荒山野林尽收眼底。他们刚刚走了不到一半的路，就听到后面"砰"的一声闷声闷气的手枪声响，这正是他所企盼的枪声。

"上尉，刚才这一枪是你为平民百姓放的。"

他远远看到的树是一条干河道的断流处。他催马穿过低矮的树丛，钻进了一片三角叶杨林。他掉转马头，坐在马上往回眺望他们横穿过的平原。这时仍见不到后面骑手的影子。他瞧了一眼高悬在南面的太阳，心里揣摩着还有整整四个小时才天黑。他骑的马已经热得大汗淋漓。他回过头再望了望那片开阔原野，骑马急驰来到位于河上游的那片柳树林，另外两匹马正站在那里饮着河床坑洼处的水。他与另外两匹马并排前行。不一会儿他跳下马来，抓住朱尼阿，从肩上搋下马笼头给它系上。他用步枪打着手势，让上尉跳下马来。接着，他解开马肚带，扯下马鞍与毛毯扔在地上，又拾起毛毯披在朱尼阿的背上，接着便靠在马身上歇息喘口气。这时，他的腿又开始剧烈地疼起来，他将步枪靠放在马身上，拾起马鞍，设法放在马背上，拉紧马肚带，休息片刻，他和马都喘了口气。他接着又拉紧了马身上的皮带系好。

约翰·格雷迪拿起步枪，转向上尉说："如果你渴了，最好自己去弄些水喝。"

上尉绕过那几匹马，向前方走了几步，他端着那只受伤的胳膊，跪下身来饮水，并用那只未受伤的手向脖子后面洒了些水。他站起身来，脸上带着严肃的神情向约翰·格雷迪问道："你为什么不把我留在这里？"

"我才不把你留在这里呢，我要拿你当人质。"

"对不起，你说什么？"上尉问道。

"我们还是继续赶路吧。"

上尉站在那里，满脸狐疑。

"你回来干吗？"

"我回来是为了取回我的马。我们走吧。"

上尉朝约翰·格雷迪那还在流血的腿部点点头，他的整个裤腿都让血浸得变黑了，便说："弄不好，你会把命搭上的。"

"这个问题还是让上帝去决定吧，赶紧上路吧！"

"难道你不害怕上帝？"

"我没有任何理由害怕上帝，我倒有一两件事想和上帝理论理论。"

"你应当害怕上帝才是，你又不是法官，你有什么权威？"上尉说。

约翰·格雷迪仍倚着步枪站在那里。听了上尉的话，他转身干啐了一口唾沫，用眼睛瞟着上尉说："你快上马吧。你在我前边骑，如果你胆敢溜掉，我就毙了你。"

夜幕降临时，他们已赶到恩坎塔达山脉的丘陵地带。这时天色昏暗，他们沿着一条干涸的河道而上，在乱石间择路而行，越过由于洪水冲刷、鹅卵石翻滚到河床上所形成的阻挡山洪的天然屏障，来到由石头环抱的一个圆圆的浅水塘。水面黑魆魆的，夜空的星斗亮晶晶地倒映在水中。那几匹松缰的马正沿着水塘边的石头浅滩不安地向前走着，不时地喷着鼻息饮着水。

他们跨下马来，绕路走向浅滩的远端，趴在石头上啜饮着塘水，白昼的太阳将石头照得滚烫，塘水清凉绵软，宛如黑丝绒一般。他们还将水撩在脸上和脖子后面，看着那几匹马在饮水，他们又畅饮了一番。

约翰·格雷迪离开水塘边站着的上尉，手持步枪一瘸一拐地向干河谷走去。他在那里收捡洪水冲刷下来现已干枯的柴火，再抱着柴火蹒跚地走回浅滩高处，点起了一堆篝火。他摘下帽子扇火助燃，一边不断地往里再加些柴火。那几匹马的身上蒙着一层已被吹干的汗水结晶，苍白的倒影像鬼魅般在水中闪烁，血红的眼睛眨巴着。上尉正侧躺在浅滩光滑的石坡上，好像一只受了伤而又找不到水的动物，正在那儿呻吟。

约翰·格雷迪一瘸一拐地来到那些马的身边，拿起缰绳，坐在那里用剪刀将绳子剪成一段段足够缚住所有马腿的绳索，并用这些绳索套住马的前脚。然后他卸下步枪中的所有子弹，将子弹放进口袋后，便提着水瓶回到篝火旁。

他扇了扇篝火，将手枪从皮带中掏出，拉开弹膛的保险栓，将保险栓连同装满子弹的弹膛，一起放进口袋。他又掏出小刀，用刀尖将枪把螺丝旋下，将螺丝连同枪把一起放进另一只口袋中。他用帽子又使劲地扇篝火，并拿一根树枝将烧红的木炭耙成一个火堆，然后弯腰将手枪枪筒直插进燃烧的炭火中去。

上尉坐直了身子望着他。

"那些骑手会发现你的。"

"我们不会在这个地方久留。"

"可是我实在骑不动了。"

"怎么？骑不动了？到时候你会对你自己的潜能感到吃惊。"

他先脱下衬衣放在水塘中浸泡着，又回到篝火边，用帽子扇了扇火，然后他拔下皮靴，解开腰带并脱下裤子。

直到这时，他才发现步枪子弹是从他大腿外侧的上部射进，又从大腿后侧穿出。他只要稍一转身就可清楚地看见前后两个枪眼。他拎起泡在水中那湿漉漉的衬衣，仔细地用衬衣洗去伤口上的污血，直至前后两个枪眼清晰可见，就像一副面具上的两个小洞。伤口附近的皮肤已经变色，在火光照耀下呈青紫色，周围的皮肤发黄。他屈身用一根树枝穿过手枪柄，从炭火堆中挑起来，抱着甩到背阴处查看一下，便又将枪放回炭火堆上。上尉坐在一边，一只胳膊抱在膝上，注视着他。

"过一会儿，我处理伤口时可能会疼得大声喊叫，也许会让马受惊。你可要当心不要让它踩到了。"

上尉听了没有搭腔，仍坐在那儿望着他扇火。过了一会儿，他又一次将枪从火堆中拖出，枪管末端已烧得暗红发亮。他先把枪放到石头上，然后用他那湿衬衫包住枪柄，迅速提起灼热的枪筒连同灰烬一起塞进自己的腿部伤口中。

上尉见此情景，或是不知道他要干什么，或是知道了但不肯相信。他试着站起身来，却向后倒退了几步，差点跌进那个水塘中。约翰·格雷迪甚至还未等到炽热的枪筒接触到伤口皮肉后发出嘶嘶声响，便开始大声号叫了。他的惨叫声压过了周围黑夜里所有弱小生灵的叫声。那几匹马听了也纷纷越过篝火向黑暗处涌去。它们惊恐地蹲坐在那里，蹄子乱踢乱跳，同时尖声地嘶叫着。约翰·格雷迪吸了一口气，又大声号叫并将炽热的枪筒塞进另一个伤口，直等到金属枪身冷却下来，他才抽出枪管，身体向一侧瘫倒在岩石边。那支左轮手枪掉落在岩石上，只听见"哐啷"一阵撞击声，手枪顺着岩石往下翻滚，最后"嘶"的一声在那个水塘中消失不见了。

约翰·格雷迪将自己大拇指的指肚放入口中咬住，伤口疼得他前仰后合。他用另一只手去拿放在岩石上那只没有塞子的水瓶，然后向腿部伤口处浇水，只听见肉像在烤肉铁叉上一样，发出嘶嘶的响声。他喘着气，让水瓶落下来，挣扎着爬起身但摇摇晃晃地又跌倒在岩石上。他一边挣扎一边柔声呼唤马儿的名字，希望能减少马儿心中的惊恐。

约翰·格雷迪转身刚要去拿那个歪倒在岩石上、还在不断往外淌水的水瓶，上尉飞起一脚竟将水瓶踢开了。约翰·格雷迪抬起头来，只见上尉端着步枪站在他的上方。上尉将枪柄夹在腋下，做手势让约翰·格雷迪站起身来。

"站起来！"上尉喝道。

约翰·格雷迪挣扎着从岩石边上爬起来，目光越过水塘朝那几匹马望去。这时，他才发现只有两匹马伫立在那儿。他琢磨第三匹马一定已跑下了干河谷，猜想准是布莱文斯的那匹马走失了。他赶紧拉上腰带，费力地想把裤子穿上。

"你把钥匙放在哪儿了？"上尉问道。

约翰·格雷迪挣扎着站起身来，猛地转过身将步枪从上尉手里夺过来。步枪的撞针下落发出一声沉闷的噼啪声。

"你给我滚回原地坐下！"约翰·格雷迪喝道。

上尉露出踌躇不定的神色，他那双黑眼睛转向篝火。约翰·格雷迪完全清楚上尉此刻正在打着什么算盘，他伤口疼痛难忍，又怒火填膺。如果此刻枪膛里有子弹，他一定会开枪将上尉打死。他猛地抓住上尉手铐的锁链，使劲把他拽到自己的身边，上尉发出一声低沉的惨叫，便弯着腰，端着胳膊踉踉跄跄地向前走了。

约翰·格雷迪将弹壳拿出，坐下来重新装上子弹。他每装一粒子弹，身上就大汗淋漓，气喘吁吁。他尽力强打起精神，他不知道痛苦居然会让人变笨。他满以为会相反才对。他给步枪装膛后，拾起那湿漉漉的破衬衫，用它从火堆中拿起一根正燃烧着的木头当火炬，举着来到水塘边，摇晃着在水面上照来照去。水塘里的水格外清澈，沉在水底的手枪依稀可见，他立即跳下水去，俯身将枪拾起，别在腰带上。他又向水深处走了几步，直到水深齐至大腿根。他将沾在裤上的血迹洗掉，又把创口的烫伤处清洗干净，接着走向岸边跟马儿说话。马儿听唤后蹒跚地来到水边。约翰·格雷迪站在黑暗的水中，身上挎着步枪，高举着火炬，直到手中那根木头已经烧成橙色的灰烬，还一直站在那儿同马儿说话。

他们终于离开水塘旁边还在燃烧的篝火，骑马走下了深谷，找回了失散的那匹布莱文斯的马，又继续上路。他们一路从南边过来，夜空乌云密布，还不时地飘来零星的雨点。约翰·格雷迪骑在雷德博没有马鞍的光背上，走在这一小群马的前边，不时地竖起耳朵倾听着周围的动静。然而什么声音都没有听见。他回头看去，水塘边上的那堆篝火已经微弱得几乎看不见了。只能看到篝火映在岩石上闪烁的微光。随着他们不断前行，那火光被荒漠的夜空所包围，逐渐变弱，最后全然消失。

他们策马离开干河床，沿着山岭南坡爬行。四周鸦雀无声，漆黑的夜空无边无际。山岭两边高大的芦荟一棵棵黑压压地一掠而过。他揣摩此时已过了午夜时分。他不时回头瞧瞧上尉，只见他骑在罗林斯的马的背上，在马鞍上摇摇欲坠，看来这一次惊险遭遇使他非常衰弱憔悴。他们继续骑马前行。他将湿漉漉的破衬衫缠在腰间，上身赤裸着，夜晚寒气袭人，他觉得很冷。他一边走一边告诉那几匹马还要走很长的一段路程。夜行途中，他有时不知不觉地在马背上睡着了。这时，忽然"咔嗒"一声将他从睡梦中惊醒，原来他的步枪掉落在岩石上。他立即挺起身来，掉转马头往回骑。他坐在马背上，低头看着那支掉落的步枪。上尉坐在罗林斯的马背上瞧着他。约翰·格雷迪起先不敢肯定下马取枪后还能不能爬回马上去。他思忖着索性将步枪丢在那里算了。最后，他还是跳下马来，拾起步枪，将自己的马拉近到朱尼阿的右边，叫上尉将脚从马镫中退出来，他靠这个马镫跨上了自己的马背，然后又继续赶路。

拂晓时分，约翰·格雷迪独自一人坐在山坡的砾石上，肩倚着步枪，脚下放着水瓶。他眺望着荒漠的轮廓在灰蒙蒙的晨曦中逐渐展露开来。平顶山和平原以及东方的群山暗影朦胧，一轮红日正喷薄欲出。

他端起水瓶，拧开瓶塞，仰着脖子喝了几口水。过了一会儿，又喝了一次水。这时第一缕曙光正穿过东方群山，万道霞光洒在方圆五十英里的荒原上。大地万籁俱寂，悄无声息。对面一英里之外的山谷斜坡上，有七只小鹿正站在那儿望着他。

他在那儿坐了许久，便又骑马爬上了山梁，返回马儿停留的杉树林。上尉正坐在地上，看起来已经累得筋疲力尽了。

"我们还得继续赶路啊。"他向上尉说道。

上尉抬头望着他说："我可是一步也迈不动了。"

"待会儿再休息。赶快走。"约翰·格雷迪对他说。

他们骑马翻过山冈，进入一条狭长的山谷去寻找水源，但没有找到水，便又出来，然后钻进东面的另一个山谷。这时候，太阳早已悬在当空，阳光照得后背暖烘烘的。他将衬衫围在腰间系住，让它尽快晒干。待他钻出山谷时，早晨已过了一半。几匹马早已疲惫不堪。他忽然想到，上尉也许会在半路上累得一命呜呼的。

他们最终在一个石砌蓄水池里找到了水，跨下马来从水管里接水喝，并给马也喂足了水。然后，便坐在水塘旁那棵已经枯萎而又歪歪扭扭的栎木树荫下歇息，望着脚下那片开阔的荒野。大约一英里之遥，有几头牛站在那边，眼睛直直地朝东望着，它们没有啮食青草。约翰·格雷迪回头去看那些牛在看什么，可是什么也没有发现。他又瞥了一眼上尉，只见上尉脸色苍白，毫无生气地蜷缩在那里。他皮靴上的一只鞋跟也跑丢了，裤脚上尽是被篝火熏脏的一道道黑斑和灰渍。脖子上挂着由他那带扣眼的腰带做成的吊带，吊着他那只受伤的胳膊。

"我不会杀死你的，"约翰·格雷迪说，"我可不像你那样。"

上尉沉默不语。

约翰·格雷迪挣扎着站起身来，从口袋里拿出钥匙。他挂着步枪一跛一拐地来到上尉身边，俯身抓住上尉的手腕将手铐打开。上尉低头看着自己的手腕，发现那里的皮肤已经失去血色，便坐在那里轻轻地揉着。约翰·格雷迪站在他的上方。

"你把衬衫脱下来，我帮你抻一下肩膀。"

"你说什么？"上尉问道。

"我让你把衬衣脱下来。"约翰·格雷迪说道。

上尉摇了摇头，像个孩子那样抱着胳膊。

"别哭丧着脸。我不是请求你，而是命令你。懂吗？"

"什么？"

"没有其他的办法。"

他把上尉的衬衫脱下来，平铺在地上，让上尉仰卧在上面。上尉的肩膀已经变色，整个上臂呈深青色。他眼睛朝上望着，额头上渗满了亮晶晶的汗珠。约翰·格雷迪坐在那里，将穿着皮靴的脚伸至上尉的腋窝处，一只手抓住上尉的手腕和前肘部，轻轻地转动着。上尉望着他，那眼神就像一个正从悬崖跌下去的人。

"别担心。我家祖祖辈辈行医，给你们这些墨西哥人治疗疾病，至今已有一百年了。"约翰·格雷迪对上尉说。

即使上尉已下定决心，胳膊再疼也决不叫出声来，但他却没能挺住。他的叫声把马弄惊了，它们顿时乱作一团，四处兜圈子，还跑到彼此的身后躲藏起来。上尉探起身子，抱住自己的胳膊，似乎要缩回来的样子。但约翰·格雷迪已经听见"咯噔"一声脱臼的肩膀复位的声音，于是他把住上尉的肩膀，又转动了一下他的手臂。上尉不断地喘着粗气，并摇晃着脑袋，约翰·格雷迪放下上尉，拾起步枪站起身来。

"怎么？治好了吗？"上尉吭哧吭哧地喘着气问道。

"是的，你脱臼的胳膊已复位了。"

上尉抱着胳膊，躺在那里，望着约翰·格雷迪，眨巴着眼睛。

"穿好衬衣，我们好赶路。我们不会在这旷野等到你的朋友追过来。"约翰·格雷迪说道。

他们下到低矮的丘陵中，穿过一个小牧场，便下了马，徒步穿过收割后的玉米地，在甜瓜地找到一些瓜。他们坐在高低不平、被雨水冲坏的田垄上吃起甜瓜来。吃完瓜后，他又脚步蹒跚地顺着垄沟挑着甜瓜，过了一会儿，就聚拢了一大堆。他把瓜拿到马的面前，打开放在它们脚下，好让马也吃个痛快。他自己则挂着枪杆，向旁边那所房子望去。只见几只火鸡在院子当中走来走去。房子那边有一座畜栏，里边站着好几匹马。约翰·格雷迪让上尉与他继续骑马前行。他们爬上山冈，再次回首瞭望，才发现牧场的这片土地广阔无垠。那座房舍的上方，还有一簇建筑群。他能看见四合院子四周围着篱笆墙、土坯墙及灌溉渠。一群个子细高、骨瘦如柴的牛四散地站在矮树丛中。

中午烈日当头，传来一阵公鸡的啼鸣。一会儿之后，远处又接二连三地传来铁匠店打铁的那种金属捶击声。

他们骑马沿着群山间弯曲的小径吃力地慢慢行进。约翰·格雷迪将步枪卸下，系在上尉所骑的马鞍边缘上。他接着将他那支被篝火熏黑的左轮手枪装配好，装上子弹别在腰带上。他骑着布莱文斯的马，那马拖着懒散的步子向前慢走。此刻唯一能使约翰·格雷迪保持清醒头脑的便是他那条隐隐作痛的伤腿。

夕阳西下时分，约翰·格雷迪正坐在平顶山东部的边缘，向脚下的山野瞭望。几匹马正在那里休息。山坡下，一只苍鹰及其倒映在山间的影子箭似的掠过，像纸鸢飞翔一样。他仔细观察着远方的平原，过了一会儿，只见五英里开外有一小队骑手急驰而来。他用眼死死地盯住他们，这些人一会儿映入他的眼帘，一会儿隐没于山谷深壑或阴霾之中，不一会儿，又重新出现在远方的地平线上。

约翰·格雷迪跨上马背，继续骑马前行。上尉在马鞍上打着瞌睡，身子摇摇欲坠，一只胳膊挂在套在脖子上的吊带上。这片荒野地势较高。空气中透着凉意，太阳落山后，就会更加寒气逼人了。他们催马急行，天黑前来到山岭北坡的一个灌木丛生的深谷，穿过深谷后便开始下山。这时发现岩石间有一股山泉，几匹马便用蹄子蹭着地面，趴下去喝水。

他给朱尼阿卸下马鞍，将上尉的手铐套在木质马镫上，告诉他只能在马鞍鞍座的有限范围内活动。然后他在岩石边上燃起了篝火，又在草丛中踏出一个能容下身的地方，便躺了下来舒展开酸痛的伤腿，将手枪别在腰带间，闭上了眼睛。

他在睡梦中听到马匹在岩石间走动的声音，还能听见黑暗中马在浅水塘喝水。水塘周围岩石呈垂直线，石面光滑，如同远古遗迹中的石头一样。水珠从马的嘴套中滴下，那声音就像滴水落入井中一样发出清脆的声响。他还梦见有些马神情严肃地在倾斜的乱石间徜徉，好像它们发现了一座古城遗址，在那里，人世间的秩序行不通。如果石头上曾经有过什么记载的话，那么，经过风吹雨打，也早已无影无踪。可是，马仍小心翼翼地走着，因为凡是马留下足迹及将要再次留下足迹的地方，都会在其心灵深处留有深刻的记忆。最后，他从梦中领悟到，铭刻在马心中的秩序不会受雨水的冲刷而消失，因而更加持久永恒。

他从睡梦中醒来时，发现身边站立着三个骑手。他们肩上披着色彩鲜艳的羊毛毯，其中一人手持未装上实弹的步枪，每个人身上都佩带着手枪。虽然他们用树枝点起的篝火仍在燃烧，但约翰·格雷迪却感到身子阵阵发冷。他也不知道自己究竟睡了多少个时辰。这时，他坐起身来，那个持步枪的人"啪"的一声打了一个响指，伸出手来。

"把钥匙给我。"那人说。

约翰·格雷迪将手伸进裤袋，拿出钥匙交给他们。那人与另外一个同伙向坐在篝火另一端的上尉走去。第三个同伙则站在约翰·格雷迪的身边。他们放开了锁在马鞍上的上尉。那个提着步枪的人又走过来。

"哪匹马是你的？"那人又问道。

"这几匹马都是我的。"他回答。

那人借着篝火的亮光，仔细地端详着约翰·格雷迪的眼睛，便又走回其他人当中，他们这伙人叽叽咕咕地交谈起来。这些人带着上尉从身旁走过时，约翰·格雷迪发现上尉背在身后的双手仍戴着手铐。那位提着步枪的人将手中的枪打开，见枪内空空如也，便将枪竖在岩石旁，他眼瞧着约翰·格雷迪问道：

"你的披肩头巾在哪儿？"

"我没有披肩头巾。"

那人解下自己肩膀上披着的毛毯，挥舞一下便递给约翰·格雷迪，然后转过身子，随他的同伴骑手们一道向他们骑来的、此刻站在黑影中的马走去。

"你们都是干什么的？"约翰·格雷迪大声喊道。

那位递给他披肩毛毯的骑手刚走到篝火火光的外围。他转过身来，用手碰一下帽檐致意，答道："乡下的村民。"说完他们这一伙人就继续上路了。

"乡下的村民。"约翰·格雷迪坐在篝火边，侧耳静听这伙人骑马走出山谷，直到他们的身影在远处消失。第二天天刚蒙蒙亮，他又忙着给雷德博备鞍，赶着另外两匹马走在前面。他骑马钻出了山谷，沿着平顶山向北方奔去。

他骑马奔驰了一整天，这时，天空乌云密布，冷风乍起，不断地向南边刮着，约翰·格雷迪把步枪重新装上子弹，横放在马鞍的弓形部位，将披肩毛毯搭在肩上，把那几匹无人乘坐的马松松地系在一起赶在前面走。夜幕降临，北边的山野昏暗无光，一阵阵寒风掠面而过。他沿着山野小路，穿过稀疏的水草洼地和起伏不平的火山岩，终于在迟暮时分爬上了高原。他先将马系于树桩上，让它们在身后啮食青草，然后坐在那儿，将步枪横放在膝盖上，在清冷的蓝色暮霭中俯视着脚下的山麓。就在这夜色朦胧，尚能瞧见步枪瞄准器的时候，他看见五只小鹿蹦跳着进入了山坡。小鹿警觉地竖着耳朵，站在那里，低下头啮食着青草。

约翰·格雷迪端起枪，瞄准其中最小的一只小母鹿扣了扳机，结果一枪命中，小鹿应声倒下。这时布莱文斯的马两只前腿扬起大声嘶叫起来。另外几只在山坡上食草的小鹿闻声撒腿飞奔而去。只有那只被击中的小鹿躺在那儿，直蹬着腿儿。

他走近小鹿，看到小鹿躺在草地上血泊之中。他支着枪跪下来，用手抚摸着小雌鹿的脖颈，小鹿温情地望着他，两只眼睛湿润润的，没有一点恐惧的样子，然后便死去了。他坐在那儿瞧着死去的小鹿有好半天。他想起了上尉，他不知道上尉现在是死是活？他还想到布莱文斯。他想起了与阿莱詹德拉邂逅时的情景。他记得当时正值黄昏，她牵着马儿沿路经过，刚从湖中骑马归来，她的马背上还湿漉漉的。他又回想起伫立在草地上的牛群及天空中的飞鸟，还有那平顶山上的马群。这时，一阵冷风吹过，天色昏暗。在这暮霭的微光下，仿佛有一种清冷的青色色调，将横躺在草地上那只小鹿的眼睛变成另外一种难以描绘的东西。青草沾在血泊里，血泊又染红了石头及石头上暗黑的圆形浮雕似的花纹。那是由最早的雨水滴在石头上侵蚀而成的斑纹。此刻，他回忆起自己亲昵地爱抚阿莱詹德拉的肩膀时，他第一次觉察出她心中隐含的忧伤。过去他曾自以为很理解女孩的这种感伤之情，实际上他不。他感到自孩提时代以来从未感受过的一种难言的孤寂。尽管他仍然痴恋着这个世界，然而，这个世界使他感到完全陌生。他陷入遐想，觉得在这个大千世界华丽的外表下，掩盖着一个秘密。他认为，这个世界心脏的跳动和运作要付出可怕的代价。这个世界的美丽与丑恶、幸福与痛苦正以相同的程度各自向相反的方向发展。如果这一逆差加剧加大而急转直下，那么，到最后哪怕只是要目睹一朵鲜花也要付出血腥的代价了。

清晨，天空晴朗无云，冷风飕飕，令人感到彻骨生寒。北边的山峰白雪盖顶。他从睡梦中醒来时，猛然省悟到父亲已不在人世。他把篝火里的木炭翻弄一下，又将火苗吹旺。从那条小鹿的腿上割下大片的鹿肉放在火苗上烧烤。然后他便披上毛毯，坐在篝火旁一边吃着，一边放眼向南方远眺着他一路骑行过来的荒野。

他又继续骑马前行，中午时分，踏上了白雪皑皑的荒野，山上的隘道也积满了雪。马蹄踏碎山径上一片片松脆的冰雪，发出阵阵清脆的响声。融雪顺着湿漉漉、黑黝黝的路面向下流淌。他费了九牛二虎之力，才骑马爬上在阳光照耀下闪闪发光的雪坡，又穿过两边长满冷杉的浓荫通道，顺着北面的山坡往下走。他骑着马一会儿隐没于阳光照不进的深谷，一会儿又进入阳光普照的一片洼地。从空气中能嗅到一股松脂的芳香，岩石湿漉漉的。听不到鸟声啁啾。

夜晚下山途中，他看见远处有亮光，便催马前行，马不停蹄地直向那里奔去。深更半夜时分，终于赶到这个名叫洛斯皮科斯的小镇。这时已人困马乏，疲惫不堪。

最近的几场雨将马路变成了一条泥道。污浊的林荫道上，伫立着一个用行将腐烂的树枝搭成的凉亭，还有几把旧长铁椅。林荫道两边的树上新涂过内粉而树干上部则融入了黑暗的夜色中。在几盏灯的照耀下，树干看起来活像用熟石膏处理过的，刚从模子里刻出来的舞台树木布景一般。几匹马疲惫不堪地在干掉的泥道上迈着步子。从他们经过的两边木门内传来阵阵的狗吠声。

他这一夜是在小镇北隅露宿的，早晨醒来的时候，感到很冷，偏偏天公不作美，又下起雨来，浑身发出的一股酸臭味直冲鼻子。他备鞍上马，披上披肩毛毯，将那两匹马赶在前边，便骑马向这座小镇奔去。

林荫道上，摆放着几张用马口铁制作的小折叠椅。几个年轻的姑娘正忙着将头顶上方的那些彩色绉纸拉成一条条长带。她们已被雨淋湿，但仍在那儿笑个不停。她们一会儿将绉纸卷过铁丝，一会儿又接过来。那些彩纸褪了色，弄得她们双手都染上了各种颜色，有红的、绿的，还有蓝的。他将马系在头天夜里路过的商店前，走进商店买了一袋燕麦，借了一个电镀的水桶让牲口饮水。他欠身挂着步枪站在林荫道上，看着几匹马在一边饮水。他本以为过路行人会好奇地瞧瞧他，然而，过路人只是向他点点头便又忙着赶路了。用完水桶后交还给商店，他又沿着大街向前走，来到一家小餐馆便走了进去。餐馆内共有三张木质餐桌，他选了一个座位坐下。餐馆内地板刚清扫过，垃圾仍堆在一边。眼下他是这家小餐馆的唯一顾客。他站起来将步枪竖放在墙上，点了一盘墨西哥风味炒蛋，要了一杯巧克力饮料，接着就在座位上等着。菜来了，他就慢慢地吃，在他看来，食品很油腻。巧克力饮料里加了肉桂，他又要了一杯，然后卷了一块玉米饼，一边吃着，一边注视着站在马路对面广场上的马，同时，眼睛还不时观察着那几位姑娘。经过她们一番打扮，那个凉亭已被装饰得如同一个色彩斑斓的灌木丛。餐馆老板对他彬彬有礼，热情招待，还特地从厨房里给他端来刚刚出锅的玉米饼。老板还告诉他这里正要举行一场婚礼。如果不巧下雨的话，那可真是太遗憾了。老板询问他从何处来，当得知他从远道而来，脸上露出大为诧异的神色。他走到窗口站立了一会儿，望着广场的景色，若有所思地说，这些姑娘开始忙碌时，上帝并没有向她们预告天气的阴晴。这样做可算不错，否则，她们就没有心思去忙碌了。

上午过了一半，总算风停雨歇了。林荫道旁的树上和悬在湿绳上的彩色绉纸不住地往下滴着水。约翰·格雷迪站在他的马旁边，眼望着刚举行完婚礼从教堂走出来的一行人。新郎身着一套黑色的礼服，尺寸过大了，新郎脸上看上去并没有不安的样子，而是流露出一种无可奈何的神情，好像一点也不习惯穿这种服装似的。而新娘则害羞地紧挽着新郎的胳膊，站在台阶上等着拍照。他们身着古色古香的正式礼服站在教堂前，那情景已经像一幅老照片了。这对年轻的新婚夫妇在一个下雨天身处这个远离尘嚣的小村里，在这种色调单一、黯淡无光的氛围中拍照。似乎在顷刻之间，他们已变成了一对饱经沧桑的老夫妻。

在林荫道上，一位围着黑色披巾的老妇人正忙着掀起那些铁皮桌椅，让桌面上的雨水流下去。她与其他人一道从提篮与桶中端出食品摆在桌上。三位穿着污秽的银色套装的乐师手拿乐器守候在一边。新郎挽着新娘的手，帮她跨过教堂台阶前的一汪水。水洼中他们灰色的倒影映衬在灰色的天空中。忽然，一个小男孩从人群中跑出来，一脚踏进水洼泥浆中，溅得新郎新娘满身泥水，那孩子与小伙伴们一溜烟地跑开了。新娘紧紧地抓住新郎，新郎气得横眉怒目地朝孩子们的背影望着，无计可施。新娘瞧了瞧自己那身溅满泥水的婚纱礼服，又瞧了瞧新郎的模样，忽然扑哧一声笑出来。新郎也忍俊不禁。参加婚礼的人们哄堂大笑起来。这一行人一路说笑着穿过大路，来到林荫道上，在桌旁入座。乐师们开始奏乐助兴。

约翰·格雷迪用身上仅剩下的一点钱买了咖啡、玉米饼、菜豆以及水果罐头。水果罐头上的商标已经褪色，看来一定在货架上摆了很长时间了。他沿着大道走着，看见参加婚礼的一行人正聚集在桌旁欢宴。那些乐师们也停止了演奏，正蹲坐在那里喝着锡杯里的酒。不远处，一个男人孤身坐在道旁的长椅上，看来不属于婚礼的参加者。大道上传来缓慢的马蹄声时，这人抬起头来，看见约翰·格雷迪肩披毛毯，手持步枪走过，便抬起一只手向他打招呼。面容憔悴的约翰·格雷迪也向他招手答礼，之后又继续赶路了。

约翰·格雷迪骑马经过最后几处低矮的泥土房，踏上了奔向北方的路。这条泥土路弯弯曲曲，穿过荒芜的、由沙砾堆积成的小山丘后分岔旁行，隔了一段路又忽然中断，最后终止在一个废弃的矿井围栏。四周全是锈迹斑斑的各种形状的水管、水泵支柱以及各种碎木料。他骑马登上山岭高地。黄昏时分，沿着北坡下了山冈，踏上了平原。在这里集中生长的橄榄树在雨后颜色变深，似乎已有千年之久的历史，比周围的任何生灵都年代久远。

约翰·格雷迪继续骑马前行。另外两匹马紧随其后。他们的到来，惊散了正在水潭中戏水的斑鸠。这时正值夕阳没入西边暗黑的阴云之中。红色的余光在山顶上方那狭长的天空中慢慢消逝，像血融入水中一样。雨后的荒漠天高气爽，晚霞在暮霭微光中呈一片金黄色，又逐渐变暗，最后漆黑的夜幕徐徐笼罩了平原，远处绵亘起伏的山丘以及光秃秃的石头山岭一直延伸到南墨西哥，那里的崇山峻岭都变成了黑乎乎的一片。平原的四周堆满了山洪冲刷下来的暗色岩石。几只沙漠小狐狸在暮色苍茫中从丛林里蹿出来，坐在石板上观望着夜空的到来。

小狐狸们一声不响，那副庄严肃穆的模样活像一尊尊圣像。栖息在洋槐树上的斑鸠发出阵阵咕咕声。夜色漆黑，伸手不见五指；山野间只听得见马儿的呼吸声和马蹄踩在地面上的嘚嘚声。他朝着北极星所指的北方，掉转马头，向前奔驰。直到圆月从东方升起，远方传来土狼此起彼伏的号叫声，响彻整个平原和他身后的南方。

约翰·格雷迪冒着绵绵的细雨，终于再次跨过位于得克萨斯州兰特里市以西的那条河流。北风呼啸，吹得人彻骨生寒。在河湾断流处，牛群静悄悄毫无生气地站在那里。他顺着山间小路来到一片柳树林，又来到一条灰蒙蒙的河岸边。河水潺潺流过，冲击着沙砾碎石。

约翰·格雷迪眼望着急流激起的寒冷的青灰色浪花，下了马，解开马肚带，自己也宽衣解带，将靴子塞进裤子的两个裤腿里，像很久以前做过的那样，随后又将衬衣和外套以及手枪塞进去，用皮带紧紧缠住腰部。最后，他将裤子搭在肩膀上，赤身登上马背，手里高举着步枪，又把那几匹松松系在一起的马驱赶在前，自己则骑在雷德博的背上进入水中，骑马过河。

约翰·格雷迪骑着马终于踏上了得克萨斯的土地。旅途劳顿，使他面容憔悴，浑身战栗不止。他跳下马来稍事休息，放眼眺望着北面的平原。一片灰暗景色，牛群正懒洋洋地迈着步子走出来。这些牛见到了马，便轻声地叫着，约翰·格雷迪想起了在这片土地上过世的父亲。飘落的雨点拍打在马的赤背上，他情不自禁地失声痛哭起来。

约翰·格雷迪骑马来到兰特里时，刚刚过了晌午，天还下着毛毛细雨。首先映入眼帘的是一辆发动机罩打开的小卡车，两个人正试图将其发动起来。其中一位抬起头来打量着他。在他们看来，他一定像从消逝的过去里冒出来的幽灵。因为那个人用胳膊肘推了推他的同伴，两个人都望着他。

"你们好，"约翰·格雷迪说，"请问，今天是哪一天？"

两个人面面相觑。

"今天是星期四。"其中一人说道。

"我问的是几号。"

那人瞧了他一眼，又看了看立在他身后的马。"几号？"那人问。

"是的，先生。"

"今天是感恩节。"另一个人说。

约翰·格雷迪瞧着他们，然后眼光转向大街。

"路那边的餐馆开着吗？"

"是的，开着。"

约翰·格雷迪听罢，便将手从鞍头抬起，他刚要跃上马去，忽然又停下来。

"你们想买步枪吗？"

他们又一次彼此相视。

"或许埃尔先生愿意从你手中买枪，"第一位答话的人说道，"他总是助人为乐。"

"你说的是开餐馆的老板吗？"

"正是。"

约翰·格雷迪用手碰一下帽檐致意，说了一声"谢谢"，便催马顺着大街前行，那几匹松缰的马尾随在后。两人目送着他的身影，谁也没有开口。其中一位把扳手放在汽车挡泥板上，这两人便一直注视着约翰·格雷迪的背影转过街角消失不见。

约翰·格雷迪骑着马在得克萨斯州与墨西哥接壤的边境地区转来转去已有好几个星期了。他一直在寻找大棕红马的主人。临近圣诞节时，在奥宗那地区，有三个人立下字据，各自声称自己是马的主人。州警官立即将马扣留。在法院那座古老的石头建筑的法官议事厅里举行了听证会。书记员宣读了被告与原告的名字及其指控后，法官转过身来低头注视着约翰·格雷迪。

"年轻人，"法官问道，"你有律师吗？"

"法官先生，我不需要律师，"约翰·格雷迪说，"我只需要跟您谈谈这匹马的来龙去脉。"

法官点点头，说："好，你谈谈吧。"

"谢谢法官先生，如果您不介意的话，我不妨从头谈起，从我第一次见到这匹马时说起。"

"那好吧。既然你愿意谈，我们也愿意洗耳恭听。请说。"

几乎用了半小时，约翰·格雷迪才讲完关于这匹马的故事。他讲完后想要一杯水喝。无人说话。法官转向书记员说："埃米尔，给这位小伙子倒一杯水。"

法官看了看记录本，又转向约翰·格雷迪。

"年轻人，我准备问你三个问题。如果你都能回答出来，这匹马就判归你了。"

"好吧，先生，请问。"

"我提的这些问题，你也许知道，也许不知道。骗子的麻烦就是他很难记住自己说过的话。"

"我可不是骗子。"

"我知道你不是，这些问题只供做记录用。我相信任何人都编造不出你刚才讲给我们听的那个故事。"

法官戴上了眼镜。首先，他问约翰·格雷迪是否知道普利西玛圣母玛利亚牧场的面积有多大；接着又问牧场厨娘丈夫的姓名；最后法官放下手中的笔记本，问了他第三个问题：他是否穿着干净的短裤。

法官的语音刚落，法庭内便爆发出一阵压抑不住的哄笑声。只有法官先生和法警脸上没有笑容。

约翰·格雷迪回答说："是的，先生，我穿了。"

"嗯。反正这里没有女士在场，如果你不觉得很不好意思的话，我倒愿意让你在法庭上给大家亮一亮你腿上的枪眼。如果你不愿意的话，我可以问你别的问题。"

"可以。"约翰·格雷迪说完就解下腰带，把裤子褪到膝盖处，斜过身子将右腿伤口亮给法官看。

"很好，小伙子。谢谢你。请到那儿去喝水吧。"

约翰·格雷迪提上裤子，系好裤扣，扎上皮带后，便走到桌子跟前，端起书记员倒好的那杯水，一口气喝下去。

"你腿部的伤口还挺严重，"法官说，"你没找医生治疗吗？"

"没有，去哪儿找医生啊？"

"我想也是。没有染上坏疽，算你走运。"

"是的，我用火烧它，效果挺好。"

"用火烧？"

"对。"

"你用什么东西烧呢？"

"用手枪枪筒。我将烧红的枪筒插进伤口患处。"

法庭上下一阵沉寂，法官将身子向后仰靠着。

法官最后吩咐警官将马归还给约翰·格雷迪·科尔先生。他说："史密斯先生，请你监督，务必将马归还给这个小伙子。年轻人，你现在可以走了。法庭谢谢你的证词。自从这里建县以来，我一直在这里担任法官，听过许多让我对人类产生怀疑的事情，然而此案却不在此列。今天午饭之后，也就是下午一点钟，我准备在法官议事室接见本案的三位原告。"

原告律师站起身来说："法官大人，显而易见，这是个错认了失主的案子。"

法官合上笔记本，站起来回答："是的。这确确实实是一起错认了失主的案子。我现在宣布听证会到此结束。"

当天晚上，约翰·格雷迪来到法官的寓所。楼下房子还亮着灯，他上前敲响了房门。一位墨西哥姑娘前来开门，问他有何贵干。他说要求见法官。他这话是用西班牙语讲的。那姑娘带着相当冷漠的神色用英语重复了一遍他的话，然后让他先在门口等一下。

法官在门口露面时，穿着的外衣里面套了件旧法兰绒浴衣。即使法官看见约翰·格雷迪站在他家门廊时感到大为诧异，他也没有表露出来，他推开了纱门。

"进来吧，年轻人。快进来。"

"真不好意思这个时候来打扰您。"

"没关系。"

约翰·格雷迪握着帽子。

"你要是来找我，最好进来谈，我可不能站在门廊里同你谈话。"

"好吧。"

约翰·格雷迪走进长长的门廊过道，右侧便是通向楼上的带栏杆的楼梯，房间里弥漫着一股烹调食物的味道和家具的油漆味。法官脚穿着皮拖鞋，在铺着地毯的过道上悄然走着，进了左边虚掩着门的房间。房间摆满了各种图书，壁炉里的火在熊熊地燃烧。

"我们来这里，"法官进了房门后，向他母亲说，"迪克西，这位是约翰·科尔。"

约翰·格雷迪刚一迈进房门，那位白发苍苍的老妇人便站起身来向他微笑，接着转过身来对法官说："查尔斯，我要上楼去休息了。"

"好吧，妈妈。"

法官又转向约翰·格雷迪说："请坐，年轻人。"

约翰·格雷迪坐下来，将帽子放在大腿上。

他们都坐在那里。

"说吧，"法官说道，"现在可是谈话的最好时候。"

"是的，先生。我首先想谈的是，听了您在法庭上所说的话，好像我所做的事样样在理，实际上我并不这样认为。"

"你是怎么想的？"

他坐在那儿，眼睛注视着帽子，过了好一会儿，才抬起头来说："我觉得我做的事并非完全正确。"

法官点了点头说："你没有向我提供关于马的虚假证词吧？"

"没有，先生。我要说的不是这个。"

"那是什么事？"

"先生，我想是一个女孩的事情。"

"嗯。"

"我曾为这位姑娘的父亲打工，我一向敬重这位雇主。凡是他指派给我的工作，我都竭力去完成，因此，他对我是满意的，也一直很器重我。可有一天他竟爬上山来到我工作的地方，我确信他是存心来杀我的。这是我引起的。不是别人，是我。"

"难道你让那个女孩怀孕了吗？"

"不是，先生。我爱上了她。"

法官严肃地点了点头，说道："可是，你可以爱上她，但同时搞大了她的肚子。"

"您说得对。"

法官注视着他，说："小伙子，你给我留下了严于律己的印象。从你刚才讲的来看，你做得真不错，竟能够安全脱险，死里逃生。也许你的最佳选择应该是一往直前，而将一切烦恼置于脑后。我爸爸常常告诫我，不要整天琢磨那些让你烦恼的事情。"

"是的，先生。"

"你还有什么别的事，对吗？"

"是的，先生。"

"什么事？"

"我被关在州监狱的时候，杀了一个男孩。"

法官将身子往后靠在椅背上。"嗯，"他说，"这倒使我感到遗憾。"

"这件事一直使我十分不安。"

"你当时一定是受到挑衅了。"

"是的。我实在出于无奈。那人扬起匕首向我刺来，也不知是怎么的，我居然占了他的上风。"

"那你还不安什么呢？"

"我也莫名其妙。我压根儿就不认识这个小伙子，连他的名字都叫不出来。他或许是个蛮不错的家伙。谁知道呢？我没有料到他竟会一命呜呼。"

约翰·格雷迪抬起头来。在壁炉火光的映照下，可以看到他眼睛湿润了。法官坐在一旁，注视着他。

"不过你知道那小伙子不是一个规矩的好人，不是吗？"

"是的，先生，我想是这样的。"

"你不想当一名法官，是吧？"

"先生，我当然不愿意。"

"我又何尝不是如此呢！"

"先生，您是说……"

"我并不愿意当法官。我年轻时，曾在圣安东尼奥当律师，父亲病重我才回到故里，为县检察官做事。我确实并不愿意干这一行，很多地方我与你的想法一致。我至今仍是如此。"

"那你后来怎么又改变主意了呢？"

"我在不知不觉中改变了初衷。我亲眼目睹了在司法系统中存在的大量执法不公的现象。我看到同我从小一起长大的一些同龄人，现在都官居高位，可他们简直连一丁点见识都没有。我实在没有什么选择的余地。也实在没有其他办法！1932年我曾将本县的一个男孩送上了亨茨维尔市监狱的电椅。我并不认为他是一个好人，但我思索了好久。如果能再次选择，我还会这样做吗？是的，我会。"

"不知怎么的，我差一点又干出了那档子事。"

"干出哪种事？又杀人了吗？"

"是的，先生。"

"你指的是那位墨西哥上尉？"

"是的，先生。上尉或别的什么称呼。他实际上是他们所说的保护人，甚至不算个治安官。"

"但你毕竟没有杀他。"

"是的，先生。我没有。"

他们对坐了一会儿，壁炉里的木柴已烧成木炭了。门外的大风呼啸着，一会儿他还要迎着大风继续赶路呢。

"我并没有下定决心。我告诉自己我下定了决心，但我没有。我真无法想象如果那伙人没有将他带走，结果会是怎样。我想他终归还是会死的。"

约翰·格雷迪将目光从壁炉火上移开，注视着法官。

"我甚至没有生他的气。或者我觉得没有。其实我对那个被上尉枪杀的男孩根本不熟悉。这件事一直让我心里不好受，但他毕竟与我非亲非故。"

"既然如此，你为什么还想杀上尉呢？"

"我自己也不知道。"

"嗯，"法官说道，"我想这是你与仁慈的上帝之间的事情，你说是吗？"

"我也是这么想。我并不是要找什么答案，或许根本就没有什么答案。困扰着我的是您对我的看法。您或许认为我这个人有点特别，其实我并不是这样。"

"嗯。这种困扰倒也不坏。"

约翰·格雷迪拿起帽子，捏在双手里。看上去他好像要站起来告辞，但他仍然坐在那儿不动。

"我之所以想要杀死上尉，是因为当时我站在那儿，由着他将那个男孩带进丛林中干掉了，而我竟然只是袖手旁观一声不吭。"

"你就是吭声了，又顶什么用呢？"

"话是这么说，但我总觉得不怎么对劲。"

法官从椅子上站了起来，拿起炉边的拨火棍捅了捅炉子，然后放回原处，合拢双手，注视着他。

"如果今天我做出了不利于你的裁决，你会怎么办？"

"我也不知道。"

"嗯。我想这是个诚实的答案。"

"这匹马毕竟不是他们的，这当然让我心烦。"

"当然，我想你会的。"

"我现在需要搞清楚，这匹马究竟属于谁？这件事情成了我沉重的负担了。"

"年轻人，你的想法没有错。我想一切总归会水落石出的。"

"是的，先生，只要我活着，我一定要找到马的主人。"约翰·格雷迪说完，便站了起来。

"谢谢您抽出时间跟我谈话。谢谢您邀请我来府上做客。谢谢您所做的一切。"

法官随即也站起来说："欢迎以后你常来。"

"好的，先生，谢谢您的好意。"

门外很冷，但法官身穿浴衣，脚上穿着拖鞋，站在门廊上，看着约翰·格雷迪解开坐骑，又牵出另外两匹马。他跃身上马，掉转马头，看了一眼站在门口灯光下送他离去的法官。他举手致意，法官举手作答。然后，约翰·格雷迪便沿着映在街道上的团团灯影驱马疾行，最后消失在夜幕中。

第二天是星期天。早上，约翰·格雷迪坐在得克萨斯州布拉克特维尔的咖啡馆里，喝着咖啡。咖啡馆里只有他和服务员两个人，约翰·格雷迪坐在离柜台最远的凳子上，一面吸着香烟，一面读着报纸。柜台后面的收音机此刻正在播放节目，过了一会儿，收音机传来声音说，现在播送的节目是吉米·布莱文斯福音时刻。

约翰·格雷迪立刻仰起头。"这家电台在哪儿？"他问道。

"在德尔里奥。"服务员答道。

约翰·格雷迪大约在下午四点半赶到了德尔里奥，他找到布莱文斯牧师的住所时，天色已晚。这是一所白色房子，周围铺着碎石车道。约翰·格雷迪在信箱边下了马，然后牵着马沿车道走到房子后面，敲响了厨房的门。这时，一个娇小玲珑的金发女人向外探头观看，接着便打开了房门。

"请问您是？我能帮您什么忙吗？"她问道。

"夫人，布莱文斯牧师在家吗？"

"您找他有什么事？"

"我想找他谈谈一匹马的事。"

"什么？一匹马？"

"正是，夫人。"

她的目光越过他落到他身旁站着的几匹马身上。"您指的是哪一匹？"她问道。

"那匹大棕红马，个头最大的。"

"牧师会为这匹马赐福，但他不会把手掌按在它身上。"

"夫人，这……？"

"牧师不会把手掌按在它身上。他对动物一贯如此。"

"亲爱的，谁在外面呢？"厨房内传来男人的声音。

"一个牵马的小伙子。"她高声道。

牧师来到门廊。"哇！"他说，"看这几匹马！"

"先生，很抱歉来打扰您。不过，您看这匹马是不是您家的？"

"什么？我家的马？我这一辈子从来没养过马。"

"您是不是想让牧师为这匹马赐福？"夫人问道。

"您是否认识叫吉米·布莱文斯的十四岁左右的男孩？"

"我小的时候，家里有段时间养了一匹骡子，个头大，也很不听话。叫吉米·布莱文斯的男孩？全名就叫吉米·布莱文斯？"

"是的，先生。"

"没听说过，我记不起来有这么个人。世上叫吉米·布莱文斯的人很多，但他们叫吉米·布莱文斯·史密斯、吉米·布莱文斯·琼斯之类的。我们几乎每周都能收到一两封来信，信中说这位吉米·布莱文斯怎样怎样，另一位吉米·布莱文斯又怎样怎样。亲爱的，我说得对吗？"

"不错，牧师。"

"我们也会收到国外的来信，譬如最近的一封信里说到了叫吉米·布莱文斯·张的黄种婴儿。他父母还给我们邮来了照片。都是快照。你叫什么名字？"

"科尔。约翰·格雷迪·科尔。"

牧师伸出手来同他握手，脸上露出若有所思的神情。"科尔，"他说道，"我们可能收到过跟你同姓的人写来的信。我不喜欢说我们没收到过。呵呵。对了，你吃过晚餐了吗？"

"还没有，先生。"

"亲爱的，科尔先生也许愿意与我们共进晚餐。科尔先生，喜欢吃鸡肉和饺子吗？"

"先生，我从小就偏好这个。"

"鸡肉和饺子是我太太最拿手的，你吃了一定会更加喜欢的。"

他们在厨房内用餐。女主人说："因为家里只剩下我们两个人了，所以我们就在厨房里用餐。"

约翰·格雷迪没有问牧师家中还缺谁。牧师等他太太入座后，便低下头祈祷，感谢上帝赐予丰盛食品，并为在座的就餐者祈祷。牧师不停地为一切事物祈祷着，祈福对象一直延伸到这个国家，然后也延伸到别的国家。他提到战争、饥荒、传教以及世上的其他问题，特别是俄国、犹太人以及同类相残的野蛮行径。最后他以主的名义叫了一声"阿门"，然后抬起头来。此时他才伸手去拿玉米面包。

"人们总想知道我怎么开始干牧师这一行的，"他说，"这对我来说并不是秘密。我第一次听到收音机时，便知道它是干什么用的。我舅舅当时装配了晶体管接收机，从外地邮购来了盒装零件，自己进行组装。我们住在佐治亚州南部，当然知道收音机这玩意儿。但我们并没有亲眼见过收音机在我们眼前播放。这是有很大差别的。我当然知道收音机的用途，因为这是显而易见的。一个人长久不去聆听上帝的福音，可能会变得铁石心肠。你要是将收音机开得很大声呢？那么，他的心肠也就硬不起来了，除非他是个聋子，天下万物都有其存在的意义，有时要看到其真正的面貌是不容易的。不过收音机，哎呀，它的用途再清楚不过了。从一开始，我就计划如何充分利用收音机。正是这一点，使我献身传道事业。"

他一边谈话，一边往自己盘子里夹菜，然后就停止谈话只管进餐。他个头不算魁梧，却吃了满满两大盘子，又吃了一大份桃子馅饼，还喝了好几大杯脱脂乳。

牧师吃罢，擦了擦嘴角，向后推了推座椅，说："好了。请大家原谅。我要去工作了。主耶稣可是从来没有假日的！"

牧师从餐桌旁边站起来走进室内。女主人又给约翰·格雷迪端上第二份桃子馅饼，他谢了她。女主人便坐在一边瞧着他吃饭。

"您知道吗？他是第一位叫人把手掌按在收音机上的牧师。"女主人说道。

"夫人，您说什么？"

"这样做是他的首创。把手掌按在收音机上。他会通过收音机广播为人祈祷，并以此治愈那些将手掌按在收音机上的人们的困惑和苦恼。"

"我明白了，夫人。"

"在此之前，他会让人把东西寄过来，再把手掌按在上面为他们祈祷，然而，由此滋生了许多麻烦事。人们对上帝的仆人是期望很高的。牧师治愈了许多人，当然人们从收音机中对此有所耳闻。虽然我不想这么说，但事情的发展却很不妙。至少，我觉得是这样。"

约翰·格雷迪继续吃饭，女主人仍在看着他。

"后来有些人将死人寄来了。"

"夫人，您说什么？"

"那些人将死人装进板条箱中，通过铁路快车运来。简直无法控制！牧师对死人是束手无策的，只有主耶稣才有起死回生之力。"

"您说得对，夫人。"

"我再给你添点脱脂乳吧？"

"谢谢。脱脂乳的味道好极了。"

"很高兴您喜欢。"女主人给他的玻璃杯斟满脱脂乳，又在一旁坐下了。

"牧师为教会的事业呕心沥血，人们对此可是一点也不知道。你知道吗，他的声音传遍全世界！"

"真的吗？"

"我们甚至收到从中国寄来的信件。很难想象那边的人也都围坐在收音机旁聆听吉米牧师的布道。"

"我认为他们听不懂。"

"还有信件从法国，从西班牙，从世界各地寄来。牧师的声音就像一种乐器。您问他都是什么时候把手掌按在收音机上？他的听众可以远在非洲的廷巴克图，也可能在南极，选择什么时间和地点都没有多大差别。他的声音无处不在。你无论走到哪里都能听到。他的声音流传不息，随时都能听到。你只要打开收音机就行了。"

"他们曾设法关闭电台，但在墨西哥没有这种阻挠。因此，布林克利医生 [1] 来到这里，创办新的电台。你知道在火星上都能听到这个电台的广播吗？"

---

[1]　布林克利医生（1885—1942），是一位充满争议的美国外科医生，也是无线电广播领域的先驱者之一。1931 年，他得到墨西哥政府的授权，在美墨边界地带建立起大功率无线电台。该电台紧邻德尔里奥。

"不知道，夫人。"

"真的是这样，想到那里的人们是第一次听到主耶稣的教诲，我激动得就要哭出来了。这些都是吉米·布莱文斯牧师的贡献。他就是这样的一个人。"

这时，忽然从房内传来牧师呼呼打鼾的声音。女主人微笑着，说："我可怜的心肝儿，有谁知道他这般疲惫不堪呢？"

约翰·格雷迪始终没有找到大棕红马的主人。临近2月底，他又向北方漂泊。沿着柏油路的边缘，他拖着那几匹马在路边的排水沟中行走着，路上大卡车驰过，使他们不得不贴着栅栏走。等到3月份的第一周，他已回到圣安吉洛。他骑马穿越前面十分熟悉的原野。在夜幕刚刚降临之际，他赶到了罗林斯家牧场的栅栏边。这是当年第一个温暖无风的夜晚。得克萨斯西部平原上一片宁静安谧，天朗气清。约翰·格雷迪骑到罗林斯家的谷仓旁下了马，径直朝他家的房子走去。这时罗林斯的房间还亮着灯，约翰·格雷迪将两个手指放入齿间，打了一声呼哨。

罗林斯闻声走近窗口，探头向外面张望。他随即便走出厨房，转过房角向约翰·格雷迪走来。

"伙计，是你吗？"

"是我。"

"好小子，"他叫道，"好小子！"

罗林斯绕着约翰·格雷迪走了几圈，想要在灯光下把他看个仔细。罗林斯满脸惊喜地望着他，仿佛对方是一件稀罕的宝贝。

"我想你愿意把你那匹马要回来吧。"约翰·格雷迪问道。

"我简直都不敢相信。你把朱尼阿也带回来了？"

"可不是，现在朱尼阿就在那边的谷仓里呢。"

"好小子，真有种！"罗林斯叫道，"简直不敢相信！好小子！"

他们一道骑马来到草原上，下马松开缰绳，让几匹马自由徜徉，然后便席地而坐。约翰·格雷迪向罗林斯讲述了分手以后的遭遇。他们默然地坐在那里，西天上挂着一轮幽暗的月亮。一缕缕平淡而狭长的云彩在月亮前面飘过，如同魔影舰队一般。

"回家去看你妈妈了吗？"罗林斯问道。

"没有。"

"知道你爸爸已经去世了吗？"

"是的，我知道了。"

"当时，你还在墨西哥，你妈妈曾想方设法去通知你这个消息。"

"嗯。"

"路易莎的母亲病得很厉害。"

"你说的是阿布艾拉？"

"对！"

"他们现在日子过得怎样？"

"我想他们过得还好。我在街上遇见过阿图罗。撒切尔·科尔在学校给他找了一件差事，去打扫打扫卫生之类的。"

"阿布艾拉会好起来吗？"

"不知道，她可是风烛残年了。"

393

"是啊。"

"下一步打算怎么办啊？"

"出外闯吧。"

"去哪儿？"

"不知道。"

"干吗不去得克萨斯油田？那边可赚钱了！"

"这个我知道。"

"你可以留在家里。"

"我想继续去闯荡。"

"我们的家乡还是块好地方。"

"我知道，不过它不再是我的家乡了。"

约翰·格雷迪站起身来转过头向北方望去，那边城市中的万家灯火照亮了沙漠的夜空。他走向前拿起缰绳，跃身上马，手中抓住布莱文斯那匹马的笼头。

"拉住你的马，"他说道，"否则它又会跟着我走的。"

罗林斯走上前，将他那匹马拉紧后站在一旁。

"那你的家乡在哪儿？"罗林斯问道。

"我不知道，"约翰·格雷迪说，"我不知道它究竟在哪儿，我不知道那片土地上会发生什么事。"

罗林斯没有吭声。

"我的老朋友，再会了！"约翰·格雷迪说道。

"好，再会了！"

罗林斯手牵着马站在那里。约翰·格雷迪掉转马头疾驰而去，身影渐渐沉入地平线。罗林斯蹲坐下来，以便尽可能多看一眼他的伙伴，可是不多久，约翰·格雷迪便从视线中消失得无影无踪。

这一天，在尼克勃克镇正举行一场葬礼。风很大，天气透着凉意。这时，约翰·格雷迪策马来到大路远端一侧的牧场。他在那儿坐了良久，向通往北方的路眺望着，只见那边天空已阴霾四布，天色灰暗。过了一会儿，送葬的队伍出现了。一辆老旧的派克牌灵车，后面紧跟着各种各样的满是尘土的小汽车和卡车。这支队伍在一个小小的墨西哥公墓前的马路边停下，人们纷纷从车上下来。那些身着褪色黑礼服的抬棺人站在灵车后方，抬起阿布艾拉的棺材，穿过大门走进公墓。站在马路另一侧的约翰·格雷迪摘下帽子拿在手里。没有谁注意到他。人们将棺材抬进公墓，后面跟着神父和身着白色礼服摇铃的男童。人们将阿布艾拉安葬之后，便开始为她祈祷，有人眼中含泪，有人甚至失声恸哭。接着，送葬的人们逐渐离开公墓走上大路，他们在途中相互搀扶着，悲泣着。人们上车之后，在狭窄的柏油路上轮流掉转车头，纷纷向来时的方向驶回去。

灵车已经驶走，还有一辆小货车停在马路的远端。约翰·格雷迪戴上帽子，坐在马路边排水沟的斜坡上。不一会儿，两个肩上扛着铁铲的人顺着小道从公墓走出来。他们沿马路走到货车前，将铁铲往车厢上一扔便跳到车上。货车掉过头驶走了。

约翰·格雷迪站起来，穿过马路走进公墓，经过墓地过道两边石筑的墓穴和墓碑。墓前分别放着被晒褪色的纸花、瓷花瓶、破损的赛璐珞圣母像。墓碑上的名字他都知道或者曾经听说过。维拉里尔，索萨，雷耶斯。杰苏西塔·霍尔吉恩。纳西欧。

逝者已矣。瓷鹤。带豁口的乳白玻璃花瓶。墓穴后方起伏的草原，雪松林中的清风。阿门达利斯。奥尼拉斯。迪奥多萨·塔林，萨洛梅尔·雅克斯。埃皮塔西欧·维拉里尔·库拉尔。

约翰·格雷迪脱下帽子拿在手里，低下头望着这块没有标记的土地。在这里长眠的老妇人阿布艾拉为他们科尔一家辛苦操劳了半个世纪。约翰·格雷迪的母亲还是个吃奶的娃娃时，这位老妇人就照看过她。其实早在他母亲来到这个世界之前，这位老妇人就已经在他家工作了。母亲的叔叔伯伯即格雷迪家的弟兄们，小时候都非常淘气，老妇人曾照看他们长大。如今这些人早已过世。约翰·格雷迪冒着冷风伫立在那里，手里拿着帽子，哀悼这位老妇人。他呜咽着喊她奶奶，并用西班牙语向她道别。然后戴上帽子转过泪水潸潸的脸迎风而立。有好一阵子，他伸出两只手，似乎是在稳定自己的情绪，又仿佛是在求主赐福给这块土地，还好像要拖慢这个世界急促前进的步伐。光阴似箭，岁月如流，这个世界对生活在其中的男与女、老与少、贫与富、苍白与黝黑皆视而不见。它对人们的奋斗挣扎、荣辱贵贱，乃至生老病死更是一概不闻不问。

约翰·格雷迪纵马驰骋，经过四天的跋涉，终于在得克萨斯州的伊兰安镇跨过了佩科斯河。他继续策马前行，钻出了佩科斯河断流处的河滩溪谷。河谷旁边耶茨油田的采油机立在地平线上。那一起一伏转动着的机器宛如一群机械鸟。这些由钢铁焊成的宛如传说中"原始鸟"的机器，可能就群踞在原始鸟一度栖息过的地方。在这片西部平原上，当时尚有一些印第安部落安营扎寨。那天傍晚，他单人独骑从零散稀疏的印第安人草棚中穿行。这些草棚分散在四分之一英里以北的荒野上。草棚由各种桩杆和柴棍搭架而成，顶上覆盖着山羊皮。他穿过时，那些印第安人只是呆呆地站在那儿，盯着他看。他们并没有交头接耳，也没有品头论足。他们甚至没有举手欢迎或大声问好。看来这些印第安人对他丝毫不感到好奇，似乎他们对所需要了解的东西已经了如指掌。人们站着看着他过去，看着他消失在远处的地平线，仅仅因为他只是个匆匆过客，仅仅因为他必定会在远方消失。

他骑行的沙漠满地通红，骑马飞奔扬起的烟尘颜色通红。那红尘散落在他骑着、领着的两匹马的腿上。傍晚时分，西风乍起，吹红了眼前的天空。这块土地很少有野牛的踪迹，因为这里确实是一片不毛之地。然而，他突然看到一头离群的野牛在如血的残阳中，在漫漫的红色烟尘中滚动，活像即将被宰割的祭品。如血的烟尘在日光中翻腾飘荡。约翰·格雷迪用脚后跟猛夹一下马肋，催马向前，西天的红霞给他的面颊涂上了一层古铜色。红色的西风掠过暮色笼罩的大地，栖息在沙漠中的小鸟，叽叽喳喳地在干枯的蕨枝之间飞来飞去。马、骑马人和另外那匹马继续前行，他们在身后投下的长长的影子前后相连，仿佛是一个单体生灵的影子。那影子慢慢消失在渐暗的大地上，消失在未知的世界中。